T0153847

CLASSIQUES JAUNES

Littératures francophones

Le Curé de Tours
suivi de Pierrette

Réimpression de l'édition de Paris, 1967.

Honoré de Balzac

Le Curé de Tours

suivi de Pierrette

Édition critique par Maurice Allem

PARIS
CLASSIQUES GARNIER
2019

Maurice Allem, de son vrai nom Léon Allemand, fut historien de la littérature et co-éditeur de la revue des *Lettres françaises*. Cet éminent philologue, spécialiste de la littérature française au XIXe siècle, signa d'importantes monographies sur Balzac, Sainte-Beuve, Musset, ainsi qu'une étude historique, *La Vie quotidienne sous le Second Empire*.

ISBN 978-2-8124-1221-9
ISSN 2417-6400

INTRODUCTION

L ES deux petits romans réunis dans ce volume ont été écrits, l'un, *le Curé de Tours*, en 1832; l'autre, *Pierrette*, en 1839. Ils furent, avec *la Rabouilleuse*, composée en 1842, réunis par Balzac dans *la Comédie humaine* dans un groupe spécial qu'il intitula *les Célibataires* et auquel il aurait pu joindre le roman de *la Vieille fille* qu'il avait écrit en 1836.

Ce titre de *la Vieille fille*, Balzac avait songé à le donner au roman qu'il appela finalement *le Curé de Tours*. Il subsiste, de cette première histoire de vieille fille, quelques fragments fort courts, qui sont les premiers essais de rédaction de son commencement. On ne saurait dire si le sujet en eût été le même que celui du *Curé de Tours*, mais il le semble bien, car le plus long de ces fragments montre, vivant dans une maison voisine de la cathédrale de Tours, non pas une vieille fille mais une veuve chez qui se réunissent le soir quelques amis parmi lesquels de vieux prêtres dont l'un, chanoine, demande et obtient d'être agréé comme pensionnaire.

Il subsiste aussi un fragment écrit, pense-t-on, en 1831 ou au commencement de 1832, antérieur par conséquent à l'ébauche de *la Vieille fille*, et qui est le début, différent des précédents, d'un roman qui se fût aussi passé à Tours, qui eût été aussi un roman ecclésiastique et qui eût été intitulé *le Prêtre catholique*. D'après ce fragment, le principal personnage en eût vraisemblablement été un jeune prêtre, l'abbé de Vèze, d'âme inquiète, d'esprit ardent et dont, dans la cathédrale de Tours, on admirait la prenante éloquence.

Cet ouvrage, dont le sujet ne semblait pas devoir être celui du *Curé de Tours*, Balzac le reprit en 1834 pour satisfaire, selon M. Spoelberch de Lovenjoul, à un désir de Mme Hanska, et pour être lu par elle seule. Dans cette nouvelle version, on retrouve l'abbé de Vèze et son excitante éloquence, mais cette fois c'est dans la cathédrale d'Angoulême que les fidèles, les femmes surtout, se pressent pour l'entendre *.

Ayant renoncé au titre de *la Vieille fille*, Balzac intitula son roman *les Célibataires*. Il l'écrivit pendant un séjour qu'au printemps de 1832 il fit à Saint-Firmin, dans la propriété de Mme de Berny. Dans une lettre du mois de juillet il disait à sa mère qu'il lui avait « fallu dix jours avant d'inventer et de penser *les Célibataires* ». ** Ceci peut servir à expliquer ses tâtonnements.

---

* Ces divers fragments de romans, que M. L.-J. Arrigon a signalés dans son ouvrage sur *les Années romantiques de Balzac* (Perrin et Cie, 1927, in-16, p. 199), sont conservés à la Bibliothèque Lovenjoul (dossier A. 196).

** Honoré DE BALZAC : *Letters to his family* (1809-1850) *including a series of letters from Madame de Balzac to her son*, edited with Introduction and Notes by Walter Scott Hastings, p. 87 (Princeton, Princeton University Press, 1934, in-8°).

Les *Célibataires* parurent, pour la première fois, non datés et sans dédicace, dans le tome III de la deuxième édition des *Scènes de la vie privée* *. Ce roman fut mis par Balzac, en 1833, parmi les scènes de la vie de province dont c'était la première édition. Il s'y trouve au deuxième volume **. Les *Célibataires* parurent ensuite dans le premier volume de la deuxième édition des *Scènes de la vie de province* ***.

En 1842 commença de paraître l'ensemble de ses romans que Balzac réunit pour la première fois sous le titre général de *la Comédie humaine*. Le 29 octobre, il écrivait à Mme Hanska, à propos de la manière dont il y distribuerait ses ouvrages : « *Les Deux Frères* prendront, dans *la Comédie humaine*, le titre de : *Un ménage de garçon* [qui devint ensuite *la Rabouilleuse*]. C'est la troisième histoire de *Célibataires* avec *l'Abbé Troubert* et *Pierrette*, cela complète

---

* *Scènes de la vie privée*, par H. de Balzac. Seconde édition, Paris, Mame-Delaunay, rue Guenégaud, n° 25. 4 vol. in-8°. Le deuxième volume contient : *Le Conseil* [intitulé plus tard *le Message*]; *la Bourse ; le Devoir d'une femme* [intitulé plus tard *Adieu*]; et les *Célibataires*.

** *Scènes de la vie de province*, par M. de Balzac. Quatre volumes, Paris, 1834 et 1837, in-8°. Les deux derniers volumes parurent en 1837, chez Werdet, rue de Seine, 49. Les deux premiers volumes, publiés en 1833, mais datés de 1834, parurent chez Mme Charles Béchet, quai des Grands-Augustins, 49. Le tome II contient : *Le Message; les Célibataires;* et trois nouvelles inédites : *la Femme abandonnée, la Grenadière, l'Illustre Gaudissart.*

*** *Scènes de la vie de province*, par M. de Balzac; nouvelle édition revue et corrigée ; Paris, Charpentier, 29, rue de Seine, 1839, in-12. Le tome premier contient : *les Célibataires ; la Femme abandonnée* et *Illusions perdues.* Édition revue, sans doute, mais très peu corrigée.

ce que je voulais écrire sur le célibat * ». Le titre *les Célibataires* sera donc désormais le titre collectif de trois romans au lieu d'être celui d'un seul, qui, avant d'être intitulé *le Curé de Tours*, s'est appelé un moment *l'Abbé Troubert*.

Il y a dans ce roman trois personnages principaux : une vieille fille, Mlle Gamard, qui tient pension et deux prêtres, l'abbé Troubert et l'abbé Birotteau qui sont ses pensionnaires. Les circonstances font que l'abbé Troubert, ambitieux, puissant déjà et dissimulé, et Mlle Gamard, susceptible et vindicative, se liguent contre l'abbé Birotteau, qui est un bonhomme sans détour et sans malice, gauche, distrait, candide et qui, si on l'attaque, est incapable de se défendre. Il s'agit, malgré les engagements pris envers lui, de l'abuser pour l'expulser de l'appartement qu'il occupe, où Mlle Gamard ne peut plus le souffrir et que l'abbé Troubert a un violent désir d'habiter.

Le drame est dans les manœuvres de l'abbé Troubert et de Mlle Gamard pour remporter sur un aussi faible ennemi une aussi mesquine victoire. Malgré la banalité, la médiocrité, la vulgarité de ses éléments, ce drame, tel que Balzac a eu le génie d'en concevoir les personnages et d'en combiner les péripéties, est, dans sa sobriété, par sa vérité psychologique, par sa réalité sociale, une œuvre d'une vigueur et d'un pathétique admirables.

* *Lettres à l'Étrangère*, II, 73.

L'on peut se demander comment le sujet s'en est présenté à Balzac et lequel des trois personnages il a eu pour premier souci de peindre. Est-ce la vieille fille vaniteuse, avide d'hommages, assoiffée de considération, ambitieuse de tenir dans sa ville un rang distingué et enviable, et qui ne saurait trop méchamment se venger de l'échec de son ambition quand elle l'a pu croire enfin réalisée? Or, l'agent de cet échec est, en toute innocence, le pauvre abbé Birotteau qui n'a pas assez compris cette vieille fille, qui n'a sans doute jugé ni utile ni intéressant de la bien étudier pour tâcher de lui complaire, estimant qu'il accomplissait tout son devoir envers elle en exécutant honnêtement leur contrat, et qui, en réalité, n'est coupable que d'un manque de psychologie. Une telle conception expliquerait que Balzac ait d'abord intitulé son roman *la Vieille fille*.

Si Balzac a voulu surtout montrer le prêtre jaloux, impérieux, résolu à parvenir et qui, pour obtenir quel qu'il soit, dignité ecclésiastique ou appartement mieux disposé, l'objet de désirs qui ne peuvent être qu'ardents, est capable des menées les plus sournoises et les plus patientes, c'est le titre de *l'Abbé Troubert* qui paraît le plus opportun. Mais finalement, comme il l'avait déjà fait, comme il devait le faire encore pour d'autres romans (par exemple dans le passé *César Birotteau* et dans l'avenir *le Cousin Pons*), il mit au premier rang et désigna dans le titre le personnage malheureux, injustement combattu, facilement vaincu, la victime, l'abbé François Birotteau, vicaire de la cathédrale, puis curé en disgrâce dans un faubourg de Tours.

C'est avec le titre de *le Curé de Tours* que le roman parut dans la première édition de la *Comédie humaine**. Il y était, pour la première fois, précédé de sa dédicace et, pour la première fois aussi, suivi de sa date.

Dans l'édition in-8º de la *Comédie humaine* qui parut de 1869 à 1876, chez Michel Lévy et Calmann Lévy, *le Curé de Tours* est, comme dans l'édition de 1843, au tome VI qui comprend, de plus que l'édition précédente, *la Vieille fille ;* ce volume, où *la Rabouilleuse* paraît pour la première fois sous ce titre, est, comme en 1843, le deuxième des *Scènes de la Vie de province.*

La vie de province, Balzac a excellé à en peindre les mœurs, les intrigues, les rivalités, les petitesses, les prétentions, les ridicules. Il a mené le lecteur dans bien des villes françaises. Trois fois, dans *Maître Cornélius*, dans *la Femme de trente ans*, dans *le Curé de Tours*, il l'a conduit à Tours. Dans ce dernier roman il a montré avec quelle curiosité, quelle excitation, l'aristocratie et la bourgeoisie de cette ville s'intéressèrent aux tribulations du pauvre abbé Birotteau ; de quelles discussions elles furent l'aliment ; quel rôle certains voulurent prendre dans cette tragi-comédie

---

* *Scènes de la vie de province.* Tome II. *Le Curé de Tours.* — *Un ménage de garçon.* — *Les Parisiens en province. L'Illustre Gaudissart ; — la Muse du département.* (Paris, Furne, rue Saint-André-des-Arts, 55 ; J.-J. Dubochet et Cⁱᵉ, rue de Seine, 33 ; J. Hetzel, rue de Seine, 1843, in-8º.) — Ce volume était le sixième de *la Comédie humaine.*

et avec quelle facilité, avec quelle lâcheté même,
ceux qui étaient partis en guerre pour la cause de
l'abbé, rentrèrent leurs armes et l'abandonnèrent sur
une simple menace de Troubert quand ils eurent
la révélation de sa puissance occulte. Cela fait autour
des acteurs principaux et en harmonie avec eux
une comique et vivante troupe de comparses.

Dans le roman de *Pierrette* c'est Provins que Balzac a montré. Il a décrit avec détail, quartier bas et
quartier haut, cette jolie et pittoresque ville; et,
avec plus de détail encore, le train-train et les remous
de sa petite bourgeoisie. Ces Provinois sont presque
tous parents ou alliés les uns des autres et ces rapports
de parenté y sont énumérés avec quelque prolixité.
Les comparses sont plus nombreux que dans *le Curé
de Tours* et leurs préoccupations, leurs rivalités surtout, sociales, politiques et individuelles y tiennent
plus de place. Mais, comme dans *le Curé de Tours*, un
événement extraordinaire, un drame domestique,
plus terrible que celui de l'abbé Birotteau, vient les
agiter et aviver leurs divisions.

La victime de ce drame est une jeune fille étrangère
à leur ville et qui s'appelle Pierrette. Pierrette est
orpheline. Elle est pauvre. Des parents de Provins,
un cousin et une cousine, enrichis à Paris dans le
commerce, l'ont fait venir auprès d'eux. Ils sont
regardants mais ils s'ennuient et ils sont vaniteux.
Ils ont pris la petite Pierrette pour leur distrac-

tion et pour leur gloire. Elle est d'abord traitée en parente, puis en parente pauvre, puis en servante surmenée, puis en servante maltraitée. Les sentiments de sa cousine contre elle se sont altérés puis compliqués d'une absurde jalousie; ils se sont aigris, irrités. Pierrette est une sorte de martyre. Elle n'a qu'un ami, c'est son prétendu qui est, comme elle, pauvre et seul. Il entreprend de la tirer de chez ses méchants cousins. Quand il y réussit, il est trop tard. La jeune fille, qui était malade et que l'on avait laissée sans soins, est trop malade maintenant pour être sauvée, quels que soient les soins que lui fassent donner et sa grand'mère que le fiancé a avertie et qui est accourue de Bretagne et ce fiancé lui-même. Elle meurt.

C'est, on le voit, une histoire très simple. Elle est contée très simplement. Elle émeut, elle indigne. D'une autre manière que celle de l'abbé Birotteau, elle est poignante.

Le 16 juin 1846, Balzac écrivait à Mme Hanska : « *Le vieux Musicien* [devenu, depuis, *le Cousin Pons*], est le *parent pauvre* accablé d'injures, plein de cœur. *La Cousine Bette* est la *parente pauvre* accablée d'injures, vivant dans l'intérieur de trois ou quatre familles, et prenant vengeance de toutes ses douleurs. Ces deux histoires, avec *Pierrette*, constituent l'histoire des *Parents pauvres* *. » De ces parents pauvres, la plus jeune, la plus faible, est l'innocente Pierrette;

---

* *Lettres à l'Étrangère*, III, 256.

elle est aussi la plus cruellement traitée. Cependant, parce que le drame de Pierrette se passe à Provins, Balzac l'a laissé dans le groupe *les Célibataires*, parmi les *Scènes de la vie de province ;* mais sa place paraît aussi bien marquée parmi celle des *Parents pauvres* *. La décision, ici encore, dépendait du point de vue. Le dessein principal de Balzac était-il de raconter le martyre de *la parente pauvre* ou d'exposer la cruauté de *la célibataire* qui est son bourreau? C'est vraisemblablement la célibataire qui l'a tenté et l'étendue du malheur de Pierrette n'est que la mesure de la méchanceté et de la jalousie d'une vieille fille.

En juillet 1839, écrivant à Mme Hanska, Balzac disait : « Il va paraître une nouvelle de moi, intitulée *Pierrette*, dont vous serez sans doute contente, » et dans la même lettre : « J'aurai d'ici quelques jours une délicieuse petite histoire qui pourra être lue par Anna **. » L'histoire ne fut pas terminée au bout de quelques jours; mais elle l'était au mois de novembre suivant. Le 2 de ce mois-là, Balzac écrivait à son amie : «*Pierrette* est une de ces délicieuses fleurs de mélancolie qui sont vouées d'avance au succès. Comme cela est à Anna, je ne veux vous en rien dire, je veux vous laisser le plaisir de la surprise ***. » En décembre on imprime *Pierrette* et Balzac écrit : « Il y a eu treize

---

* On remarquera que le sixième chapitre de *Pierrette* est intitulé : *Histoire des cousines pauvres chez leurs parents riches.*

** *Lettres à l'Étrangère*, I, 517 et 518. Balzac dit aussi qu'il veut dédier ce roman à Mlle Anna de Hanska. (Voir, à ce sujet, la note 512.)

*** *Ibid.*, I, 522. Dans la même lettre, mais le 30 octobre, Balzac avait écrit qu'entre autres travaux il terminait *Pierrette*.

épreuves successives de *Pierrette ;* c'est-à-dire que
cela a été fait treize fois [...]. Comme j'ai fait *Pierrette*
en dix jours, jugez quel travail *.» En dix jours,
dit-il. A quel moment? En juillet il allait finir ce
roman et le 30 octobre il l'achevait. En tout cas,
après avoir été annoncé sous le titre de *Pierrette
Lorrain*, il parut sous le titre de *Pierrette* dans le
journal *le Siècle*, du 14 au 27 janvier 1840. Il y était
divisé en neuf chapitres.

Le 10 février, Balzac écrit que le roman de
Pierrette est sous presse pour paraître en librairie **,
mais le 10 mai il n'a pas paru encore. Balzac, naturellement, s'impatiente : « Je ne sais pas, écrit-il,
quand il plaira à mon libraire de faire paraître le
livre ***. » Peut-être le libraire attendait-il qu'il
plût à Balzac de lui remettre la préface qui devait
être mise dans cette édition et qui y est datée de
juin 1840. En juin, d'ailleurs, Balzac avoue que
« *Pierrette* est retenue par la préface ****, » mais il
ajoute : « et par le libraire, je ne sais pour quelle
cause *****». Et il récrimine. Il trouve que le
commerce français des livres va très mal, que les
contrefaçons belges ruinent notre littérature. « Si

---

* *Lettres à l'Étrangère*, I, 523.
** *Ibid.*, I, 532.
*** *Ibid.*, I, 537.
**** *Ibid.*, I, 540.
***** Balzac s'est plaint dans plusieurs lettres à son éditeur
Souverain de la lenteur que l'on mettait à lui envoyer les
épreuves du livre. (Cf. *Balzac and Souverain; an unpublished
Correspondence*, edited by Walter Scott Hastings. (New-York-
Doubleday, Page and Company, 1927; in-8°.)

chacun, dit-il, dans la même lettre, à Mme Hanska, avait refusé l'édition belge et voulu, comme vous le faites, l'édition française, s'il s'était trouvé deux mille personnes ainsi sur le continent, nous étions sauvés. Et la Belgique nous vend à vingt ou trente mille ! »

Les éditeurs belges étaient des gens diligents, et à peine *Pierrette* finissait-elle de paraître dans *le Siècle* qu'ils l'imprimaient en volumes. On a appelé ces éditions subreptices des *préfaçons.* Ce sont des contrefaçons véritables. Voici, d'après M. Paul Van der Perre, qui a fait une si minutieuse bibliographie des «préfaçons belges» de romans de Balzac, celles de *Pierrette,* mentionnées dans le numéro du 20 novembre 1832 du *Bulletin du Bibliophile :*

I. *Pierrette,* par M. de Balzac. Bruxelles, Société belge de Librairie, Hauman et Cie, 1840; un vol. in-16.

II. *Pierrette; scène de la vie de province,* par H. de Balzac. Méline, Cans et compagnie, librairie, imprimerie et fonderie, 1840; un vol. in-16.

III. *Pierrette, scène de la vie de province,* par De Balzac. Bruxelles, A. Jamar, éditeur-libraire, rue de la Régence, 8; un vol. in-16.

Le texte de ces trois éditions est conforme à celui du *Siècle.* Les deux premières ont dû paraître en février 1840, la troisième dans la première quinzaine de mars.

L'édition française, malgré l'impatience de Balzac, tarda encore plusieurs mois. Elle ne fut annoncée

dans la *Bibliographie de la France* que le 5 décembre*,
et le 16 Balzac écrivait à Mme Hanska : « Vous devez
avoir maintenant une *Pierrette* complète **. » Dans
cette édition, *Pierrette* tenait le premier volume
et une partie du deuxième qui était complété par
la nouvelle : *Pierre Grassou*. *Pierrette* y était précédée
de sa préface, mais n'était pas datée à la fin. Le roman
était divisé en chapitres, mais au lieu de neuf, comme
dans la version du *Siècle,* il en avait dix par le dédou-
blement du chapitre premier dont la deuxième
partie dans le roman est intitulée : *les Lorrain.*
C'est cette division en dix chapitres qui a été conser-
vée dans l'édition présente. Cette division disparut
en 1843, quand *Pierrette* entra dans l'édition générale
de *la Comédie humaine,* non précédée de sa préface
mais suivie de sa date ***. Elle y est, dans les *Scènes
de la vie de province,* le premier roman du groupe,
les Célibataires, bien que chronologiquement elle n'en
soit que le deuxième.

Dans l'édition de la *Comédie humaine* de 1869-1876,
Pierrette est, comme dans celle de 1843, dans le
cinquième volume, qui est aussi le premier des *Scènes
de la vie de province* et qui contient, de plus que
l'édition de 1843, *le Lys dans la Vallée.*

---

* *Pierrette, scène de la vie de province,* par M. de Balzac.
Paris, Hippolyte Souverain, éditeur de F. Soulié, Alphonse
Brot, Jules Lecomte, etc.; rue des Beaux-Arts, 5, à l'entresol.
1840, 2 vol. in-8°.
** *Lettres à l'Étrangère,* I, 550.
*** *Scènes de la vie de province.* Tome I. *Ursule Mirouet. —
Eugénie Grandet. — Les Célibataires,* I. *Pierrette.* Paris, Furne;
Dubochet et Hetzel [voir la n. de la p. vi], 1843, in-8°. C'est
le tome V de la *Comédie humaine.*

On trouvera dans les notes les variantes des diverses éditions que nous avons mentionnées. Nous regrettons de n'avoir pu consulter l'édition critique, laborieusement et minutieusement établie par une savante balzacienne américaine, Mme John Wodrada, qui a relevé les variantes, non seulement de toutes les éditions de *Pierrette* parues du vivant de Balzac, mais encore celles des épreuves que l'on en a conservées et qui ne sont plus treize, comme en décembre 1839, mais, d'après un article de M. Marcel Bouteron, paru le 9 février 1928 dans le journal *la Presse*, de vingt-neuf. Il est regrettable qu'un travail aussi consciencieux et qui serait très utile aux balzaciens n'ait pas trouvé d'éditeur.

M. A.

SOMMAIRE BIOGRAPHIQUE

1799 :

Naissance, à Tours, le 20 mai, d'Honoré Balzac, fils du « citoyen Bernard-François Balzac » et de la « citoyenne Anne-Charlotte-Laure Sallambier, son épouse ». Il sera mis en nourrice à Saint-Cyr-sur-Loire jusqu'à l'âge de quatre ans. Il aura deux sœurs : Laure, née en 1800, et Laurence, née en 1802 ; un frère, Henri, né en 1807.

1804 :

Il entre à la pension Le Guay, à Tours.

1807 :

Il entre, le 22 juin, au collège des Oratoriens de Vendôme, qu'il quittera, après un rigoureux internat, le 22 avril 1813.

1814 :

Pendant l'été, il fréquente le collège de Tours. En novembre, il suit sa famille à Paris, rue du Temple.

1815 :

Il fréquente deux institutions du quartier du Marais, l'institution Lepître, puis, à partir d'octobre, l'institution Ganser et suit vraisemblablement les cours du lycée Charlemagne.

1816 :

En novembre, il s'inscrit à la Faculté de Droit et entre, comme clerc, chez Me Guillonnet-Merville, avoué, rue Coquillière.

1818 :

Il quitte, en mars, l'étude de Me Guillonnet-Merville pour entrer dans celle de Me Passez, notaire, ami de ses parents et qui habite la même maison, rue du Temple. Il rédige des *Notes sur l'immortalité de l'âme.*

1819 :

Vers le 1er août, Bernard-François Balzac, retraité de l'administration militaire, se retire à Ville-parisis avec sa famille. Honoré, bachelier en droit depuis le mois de janvier, obtient de rester à Paris pour devenir homme de lettres. Installé dans un modeste logis mansardé, rue Lesdiguières, il y compose une tragédie, *Cromwell,* qui ne sera ni jouée, ni publiée de son vivant.

1820 :

Il commence *Falthurne* et *Sténie,* deux récits qu'il n'achèvera pas. Le 18 mai, il assiste au mariage de sa sœur Laure avec Eugène Surville, ingénieur des Ponts et Chaussées. Ses parents donnent congé rue Lesdiguières pour le 1er janvier 1821.

1821 :

Le 1er septembre sa sœur Laurence épouse M. de Montzaigle.

1822 :

Début de sa liaison avec Laure de Berny, âgée de quarante-cinq ans, dont il a fait la connaissance à Villeparisis l'année précédente ; elle sera pour

lui la plus vigilante et la plus dévouée des amies.
Pendant l'été, il séjourne à Bayeux, en Normandie,
avec les Surville. Ses parents emménagent avec
lui à Paris, dans le Marais, rue du Roi-Doré.

Sous le pseudonyme de Lord R'hoone, il publie,
en collaboration, *L'Héritière de Birague* et
Jean-Louis; puis, seul, *Clotilde de Lusignan ; Le
Centenaire* et *Le Vicaire des Ardennes*, parus
la même année, sont signés Horace de Saint-
Aubin.

1823 :

Au cours de l'été, séjour en Touraine.
   La Dernière Fée, par Horace de Saint-Aubin.

1824 :

Vers la fin de l'été, ses parents ayant regagné
Villeparisis, il s'installe rue de Tournon.

Annette et le Criminel (Argow le Pirate), par Horace
de Saint-Aubin. Sous l'anonymat : *Du Droit
d'aînesse ; Histoire impartiale des Jésuites.*

1825 :

Associé avec Urbain Canel, il réédite les œuvres de
Molière et de La Fontaine. En avril, bref voyage à
Alençon. Début des relations avec la duchesse
d'Abrantès. Sa sœur Laurence meurt le 11 août.

Wann-Chlore, par Horace de Saint-Aubin. Sous
l'anonymat : *Code des gens honnêtes.*

1826 :

Le 1er juin, il obtient un brevet d'imprimeur. Associé
avec Barbier, il s'installe rue des Marais-Saint-

Germain (aujourd'hui rue Visconti). Au cours de l'été, sa famille abandonne Villeparisis pour se fixer à Versailles.

1827 :

Le 15 juillet, avec Laurent et Barbier, il crée une société pour l'exploitation d'une fonderie de caractères d'imprimerie.

1828 :

Au début du printemps, Balzac s'installe 1, rue Cassini, près de l'Observatoire. Ses affaires marchent mal : il doit les liquider et contracter de lourdes dettes. Il revient à la littérature : du 15 septembre à la fin d'octobre, il séjourne à Fougères, chez le général de Pommereul, pour préparer un roman sur la chouannerie.

1829 :

Balzac commence à fréquenter les salons : il est reçu chez Sophie Gay, chez le baron Gérard, chez Mme Hamelin, chez la princesse Bagration, chez Mme Récamier. Début de la correspondance avec Mme Zulma Carraud qui, mariée à un commandant d'artillerie, habite alors Saint-Cyr-l'École. Le 19 juin, mort de Bernard-François Balzac. En mars a paru, avec la signature Honoré Balzac, *Le Dernier Chouan ou La Bretagne en 1800* qui, sous le titre définitif *Les Chouans*, sera le premier roman incorporé à *La Comédie humaine*. En décembre, *Physiologie du mariage*, « par un jeune célibataire ».

1830 :

Balzac collabore à la *Revue de Paris,* à la *Revue des Deux Mondes,* ainsi qu'à divers journaux : le *Feuilleton des Journaux politiques, La Mode, La Silhouette, Le Voleur, La Caricature.* Il adopte la particule et commence à signer « de Balzac ». Avec Mme de Berny, il descend la Loire en bateau (juin) et séjourne, pendant l'été, dans la propriété de La Grenadière, à Saint-Cyr-sur-Loire. A l'automne, il devient un familier du salon de Charles Nodier, à l'Arsenal.

Premières « *Scènes de la vie privée* » : *La Vendetta; Les Dangers de l'inconduite (Gobseck); Le Bal de Sceaux; Gloire et Malheur (La Maison du Chat-qui-pelote); La Femme vertueuse (Une double famille); La Paix du ménage.* Parmi les premiers « contes philosophiques » : *Les Deux Rêves, L'Élixir de longue vie...*

1831 :

Désormais consacré comme écrivain, il travaille avec acharnement, tout en menant, à ses heures, une vie mondaine et luxueuse, qui ranimera indéfiniment ses dettes. Ambitions politiques demeurées insatisfaites.

La Peau de chagrin, roman philosophique. Sous l'étiquette « Contes philosophiques » : *Les Proscrits; Le Chef-d'Œuvre inconnu...*

1832 :

Entrée en relations avec Mme Hanska, « l'Étrangère », qui habite le château de Wierzchownia,

en Ukraine. Il est l'hôte de M. de Margonne à
Saché (où il a fait et fera d'autres séjours) ;
puis des Carraud, qui habitent maintenant
Angoulême. Il est devenu l'ami de la marquise
de Castries, qu'il rejoìnt en août à Aix-les-Bains
et qu'il suit en octobre à Genève : désillusion
amoureuse. Au retour, il passe trois semaines à
Nemours auprès de Mme de Berny. Il a adhéré
au parti néo-légitimiste et publié plusieurs
essais politiques.

La Transaction (Le Colonel Chabert). Parmi de
nouvelles « *Scènes de la vie privée* » : *Les Célibataires (Le Curé de Tours)* et cinq « scènes »
distinctes qui seront groupées plus tard dans
La Femme de trente ans. Parmi de nouveaux
« contes philosophiques » : *Louis Lambert*.
En marge de la future *Comédie humaine :* premier
dixain des *Contes drolatiques*.

1833 :

Début d'une correspondance suivie avec Mme Hanska. Il la rencontre pour la première fois
en septembre à Neuchâtel et la retrouve à
Genève pour la Noël. Contrat avec Mme Béchet
pour la publication, achevée par Werdet, des
*Études de mœurs au XIX*e *siècle* qui, de 1833 à
1837, paraîtront en douze volumes et qui sont
comme une préfiguration de *La Comédie humaine*
(I à IV : « *Scènes de la vie privée* » ; V à VIII :
« *Scènes de la vie de province* » ; IX à XII :
« *Scènes de la vie parisienne* »).

Le Médecin de campagne. Parmi les premières
« *Scènes de la vie de province* » : *La Femme aban-
donnée ; La Grenadière ; L'Illustre Gaudissart ;
Eugénie Grandet* (décembre).

1834 :

Retour de Suisse en février. Le 4 juin naît Maria du
Fresnay, sa fille présumée. Nouveaux développements de la vie mondaine : il se lie avec la
comtesse Guidoboni-Visconti.

La Recherche de l'absolu. Parmi les premières
« *Scènes de la vie parisienne* » : *Histoire des Treize*
(I. *Ferragus*, 1833. II. *Ne touchez pas la hache
(La Duchesse de Langeais)*, 1833-1834. III. *La
Fille aux yeux d'or*, 1834-1835).

1835 :

Une édition collective d'*Études philosophiques*
(1835-1840) commence à paraître chez Werdet.
Au printemps, Balzac s'installe en secret rue
des Batailles, à Chaillot. Au mois de mai, il
rejoint Mme Hanska, qui est avec son mari
à Vienne, en Autriche ; il passe trois semaines
auprès d'elle et ne la reverra plus pendant huit
ans.

Le Père Goriot (1834-1835). *Melmoth réconcilié.
La Fleur des pois (Le Contrat de mariage).
Séraphîta.*

1836 :

Année agitée. Le 20 mai naît Lionel-Richard
Guidoboni-Visconti, qui est peut-être son fils
naturel. En juin, Balzac gagne un procès contre la

Revue de Paris au sujet du *Lys dans la vallée*. En juillet, il doit liquider *La Chronique de Paris*, qu'il dirigeait depuis janvier. Il va passer quelques semaines à Turin ; au retour, il apprend la mort de Mme de Berny, survenue le 27 juillet.

Le Lys dans la vallée. L'Interdiction. La Messe de l'athée. Facino Cane. L'Enfant maudit (1831-1836). *Le Secret des Ruggieri (La Confidence des Ruggieri).*

1837 :

Nouveau voyage en Italie (février-avril) : Milan, Venise, Gênes, Livourne, Florence, le lac de Côme.

La Vieille Fille. Illusions perdues (début). *César Birotteau.*

1838 :

Séjour à Frapesle, près d'Issoudun, où sont fixés désormais les Carraud (février-mars) ; quelques jours à Nohant, chez George Sand. Voyage en Sardaigne et dans la péninsule italienne (avril-mai). En juillet, installation aux Jardies, entre Sèvres et Ville-d'Avray.

La Femme supérieure (Les Employés). La Maison Nucingen. Début des futures *Splendeurs et Misères des courtisanes (La Torpille).*

1839 :

Balzac est nommé, en avril, président de la Société des Gens de Lettres. En septembre-octobre, il mène une campagne inutile en faveur du notaire Peytel, ancien codirecteur du *Voleur*, condamné à mort pour meurtre de sa femme et d'un domestique. Activité dramatique : il achève *L'École des ménages* et *Vautrin*. Candidat à l'Académie française, il s'efface, le 2 décembre, devant Victor Hugo, qui ne sera pas élu.

Le Cabinet des antiques. Gambara. Une fille d'Ève. Massimilla Doni. Béatrix ou les Amours forcés. Une princesse parisienne (Les Secrets de la princesse de Cadignan).

1840 :

Vautrin, créé le 14 mars à la Porte-Saint-Martin, est interdit le 16. Balzac dirige et anime la *Revue parisienne*, qui aura trois numéros (juillet-août-septembre) ; dans le dernier, la célèbre étude sur *La Chartreuse de Parme*. En octobre, il s'installe 19, rue Basse (aujourd'hui la « Maison de Balzac », 47, rue Raynouard).

Pierrette. Pierre Grassou. Z. Marcas. Les Fantaisies de Claudine (Un prince de la bohème).

1841 :

Le 2 octobre, traité avec Furne et un consortium de libraires pour la publication de *La Comédie humaine*, qui paraîtra avec un *Avant-propos* capital, en dix-sept volumes (1842-1848) et un volume posthume (1855).

Le Curé de village (1839-1841). *Les Lecamus (Le Martyr calviniste).*

1842 :

Le 19 mars, création, à l'Odéon, des *Ressources de Quinola. Mémoires de deux jeunes mariées.*

Albert Savarus. La Fausse Maîtresse. Autre Étude de femme. Ursule Mirouët. Un début dans la vie. Les Deux Frères (La Rabouilleuse).

1843 :

Juillet-octobre : séjour à Saint-Pétersbourg, auprès de Mme Hanska, veuve depuis le 10 novembre 1841 ; retour par l'Allemagne. Le 26 septembre, création, à l'Odéon, de *Paméla Giraud.*

Une ténébreuse affaire. La Muse du département. Honorine. Illusions perdues, complet en trois parties (I. *Les Deux Poètes,* 1837. II. *Un grand homme de province à Paris,* 1839. III. *Les Souffrances de l'inventeur,* 1843).

1844 :

Modeste Mignon. Les Paysans (début). *Béatrix* (II. *La Lune de miel*). *Gaudissart II.*

1845 :

Mai-août : Balzac rejoint à Dresde Mme Hanska, sa fille Anna et le comte Georges Mniszech ; il voyage avec eux en Allemagne, en France, en Hollande et en Belgique. En octobre-novembre, il retrouve Mme Hanska à Châlons et se rend avec elle à Naples. En décembre, seconde candidature à l'Académie française.

Un homme d'affaires. Les Comédiens sans le savoir.

1846 :

Fin mars : séjour à Rome avec Mme Hanska ; puis la Suisse et le Rhin jusqu'à Francfort. Le 13 octobre, à Wiesbaden, Balzac est témoin au

mariage d'Anna Hanska avec le comte Mniszech.
Au début de novembre, Mme Hanska met au
monde un enfant mort-né, qui devait s'appeler
Victor-Honoré.

Petites Misères de la vie conjugale (1845-1846).
L'Envers de l'histoire contemporaine (premier
épisode). *La Cousine Bette.*

1847 :

De février à mai, Mme Hanska séjourne à Paris,
tandis que Balzac s'installe rue Fortunée (aujour-
d'hui rue Balzac). Le 28 juin, il fait d'elle sa
légataire universelle. Il la rejoint à Wierzchownia
en septembre.

Le Cousin Pons. La Dernière Incarnation de Vautrin
(dernière partie de *Splendeurs et Misères des
courtisanes*).

1848 :

Rentré à Paris le 15 février, il assiste aux premières
journées de la Révolution. *La Marâtre* est créée,
en mai, au Théâtre historique ; *Mercadet,* reçu
en août au Théâtre-Français, n'y sera pas représenté. A la fin de septembre, il retrouve Mme Hanska en Ukraine et reste avec elle jusqu'au
printemps de 1850.

L'Initié, second épisode de *L'Envers de l'histoire
contemporaine.*

1849 :

Deux voix à l'Académie française le 11 janvier
(fauteuil Chateaubriand) ; deux voix encore le 18
(fauteuil Vatout). La santé de Balzac, déjà

éprouvée, s'altère gravement : crises cardiaques
répétées au cours de l'année.

1850

Le 14 mars, à Berditcheff, il épouse Mme Hanska.
Malade, il rentre avec elle à Paris le 20 mai et
meurt le 18 août. Sa mère lui survit jusqu'en
1854 et sa femme jusqu'en 1882. Son frère Henri
mourra en 1858 ; sa sœur Laure en 1871.

1854 :

Publication posthume du *Député d'Arcis*, terminé
par Charles Rabou.

1855 :

Publication posthume des *Paysans*, terminés sur
l'initiative de Mme Honoré de Balzac. Édition,
commencée en 1853, des *Œuvres complètes* en
vingt volumes par Houssiaux, qui prend la
suite de Furne comme concessionnaire (I à
XVIII. *La Comédie humaine*. XIX. *Théâtre*.
XX. *Contes drolatiques*).

1856-1857 :

Publication posthume des *Petits Bourgeois*, roman
terminé par Charles Rabou.

1869-1876 :

Édition définitive des *Œuvres complètes* de Balzac en
vingt-quatre volumes chez Michel Lévy, puis
Calmann-Lévy. Parmi les « *Scènes de la vie
parisienne* » sont réunies pour la première fois
les quatre parties de *Splendeurs et Misères des
courtisanes*.

LE CURÉ DE TOURS

A DAVID

STATUAIRE [1]

La durée de l'œuvre sur laquelle j'inscris votre nom, deux fois illustre dans ce siècle, est très problématique; tandis que vous gravez le mien sur le bronze qui survit aux nations, ne fût-il frappé que par le vulgaire marteau du monnayeur. Les numismates ne seront-ils pas embarrassés de tant de têtes couronnées dans votre atelier, quand ils retrouveront parmi les cendres de Paris ces existences par vous perpétuées au delà de la vie des peuples, et dans lesquelles ils voudront voir des dynasties? A vous donc ce divin privilège, à moi la reconnaissance.

DE BALZAC.

LE CURÉ DE TOURS

Au commencement de l'automne de l'année 1826, l'abbé Birotteau [2], principal personnage de cette histoire, fut surpris [3] par une averse en revenant de la maison où il était allé passer la soirée. Il traversait donc, aussi promptement que [4] son embonpoint pouvait le lui permettre, la petite place déserte, nommée *le Cloître*, qui se trouve derrière le chevet de Saint-Gatien [5], à Tours.

L'abbé Birotteau, petit homme court, de constitution apoplectique, âgé [6] d'environ soixante ans, avait déjà subi plusieurs attaques de goutte. Or, entre toutes les petites misères de la vie humaine, celle pour laquelle le bon prêtre éprouvait le [7] plus d'aversion était le subit arrosement de ses souliers à larges agrafes d'argent et l'immersion de leurs semelles. En effet, malgré [8] les chaussons de flanelle dans lesquels il empaquetait en tout temps ses pieds avec [9] le soin que les ecclésiastiques prennent d'eux-mêmes, il y gagnait toujours un peu d'humidité; puis, le lendemain, la goutte lui donnait infailliblement quelques preuves de sa constance. Néanmoins, comme le pavé du Cloître est toujours sec, que l'abbé Birotteau avait gagné trois livres dix sous au whist chez Mᵐᵉ de Listomère [10], il endura la pluie [11]

avec résignation depuis le milieu de la place de
l'Archevêché, où elle avait commencé à tomber en
abondance. En ce moment, il caressait d'ailleurs
sa chimère[12], un désir déjà vieux de douze ans, un
désir de prêtre ! un désir qui, formé tous les soirs,
paraissait alors près de s'accomplir; enfin, il s'enve-
loppait trop bien dans l'aumusse d'un canonicat
pour [13] sentir les intempéries de l'air : pendant la soirée, les personnes habituellement réunies chez madame
de Listomère lui avaient presque garanti sa nomination à la place de chanoine, alors vacante au chapitre métropolitain de Saint-Gatien, en lui prouvant
que personne ne la méritait mieux que lui, dont les
droits, longtemps méconnus, étaient incontestables.
S'il eût perdu au jeu, s'il eût appris que l'abbé
Poirel[14], son concurrent, passait chanoine, le bonhomme eût alors trouvé la pluie bien froide. Peut-
être eût-il médit de l'existence. Mais il se trouvait [15]
dans une de ces rares circonstances de la vie où
d'heureuses sensations font tout oublier. En hâtant
le pas, il obéissait à un mouvement machinal, et
la vérité, si essentielle dans une histoire de mœurs,
oblige [16] à dire qu'il ne pensait ni à l'averse, ni à la
goutte.

Jadis [17], il existait [18] dans le Cloître, du côté de
la Grand'Rue, plusieurs maisons réunies par une
clôture, appartenant à la cathédrale et où logeaient
quelques dignitaires du chapitre. Depuis l'aliénation
des biens du clergé, la ville a fait du passage qui
sépare [19] ces maisons une rue, nommée rue de la
Psalette, et par laquelle on va du Cloître à la Grand'-
Rue [20]. Ce nom indique suffisamment que là demeurait autrefois le grand chantre, ses écoles et ceux
qui vivaient sous sa dépendance. Le côté gauche de

cette rue est rempli par [21] une seule maison dont les
murs sont traversés par les arcs-boutants de Saint-
Gatien, qui sont implantés [22] dans son petit jardin
étroit, de manière à laisser en doute si la cathédrale
fut bâtie [23] avant ou après cet antique logis. Mais,
en examinant les arabesques et la forme des fenêtres,
le cintre de la porte, et l'extérieur de cette maison
brunie par le temps, un archéologue voit qu'elle a
toujours fait partie [24] du monument magnifique avec
lequel elle est mariée. Un antiquaire, s'il y en avait à
Tours, une des villes les moins littéraires [25] de France,
pourrait même reconnaître, à l'entrée du passage
dans le Cloître, quelques vestiges de l'arcade [26] qui
formait jadis le portail de ces habitations ecclésiastiques et qui devait s'harmonier au caractère [27]
général de l'édifice. Située au nord de Saint-Gatien,
cette maison [28] se trouve continuellement dans les
ombres projetées par cette grande cathédrale sur
laquelle le temps a jeté son manteau noir, imprimé
ses rides, semé son froid humide, ses mousses et ses
hautes herbes. Aussi cette habitation est-elle toujours enveloppée dans un profond silence, interrompu
seulement par le bruit des cloches, par le chant des
offices qui franchit les murs de l'église, ou par les
cris des choucas nichés [29] dans le sommet des clo-
chers. Cet endroit est un désert de pierres, une solitude
pleine de physionomie, et qui ne peut être habitée
que par des êtres arrivés à une nullité [30] complète
ou doués d'une force d'âme prodigieuse. La maison
dont il s'agit avait toujours été occupée par des
abbés, et appartenait à une vieille fille nommée
Mlle Gamard [31]. Quoique ce bien eût été acquis
de la nation [32], pendant la Terreur, par le père
de mademoiselle Gamard, comme, depuis vingt

ans, cette vieille fille y logeait des prêtres, personne ne s'avisait de trouver mauvais, sous la Restauration, qu'une dévote conservât un bien national : peut-être les gens religieux lui supposaient-ils l'intention de le léguer au chapitre, et les gens du monde n'en voyaient-ils pas la destination changée.

L'abbé Birotteau se dirigeait donc vers cette maison, où il demeurait depuis deux ans. Son appartement avait été, comme [33] l'était alors le canonicat, l'objet de son envie et son *hoc erat in votis* [34] pendant une douzaine [35] d'années. Être le pensionnaire de Mlle Gamard et devenir chanoine furent les deux grandes affaires de sa vie; et [36] peut-être résument-elles exactement l'ambition d'un prêtre, qui, se considérant comme en voyage vers l'éternité, ne peut souhaiter en ce monde qu'un bon gîte, une bonne table, des vêtements propres, des souliers à agrafes d'argent, choses suffisantes pour les besoins de la bête, et un canonicat pour satisfaire l'amour-propre [37], ce sentiment indicible qui nous suivra, dit-on, jusqu'auprès de Dieu, puisqu'il y a des grades parmi les saints. Mais la convoitise de l'appartement alors habité par l'abbé Birotteau, ce sentiment, minime [38] aux yeux des gens du monde, avait été pour lui toute une passion, passion pleine d'obstacles, et, comme les plus criminelles passions, pleine d'espérances, de plaisirs et de remords [39].

La distribution intérieure et la contenance de sa maison n'avaient pas permis à mademoiselle Gamard d'avoir plus de deux pensionnaires logés [40]. Or, environ douze ans avant le jour où Birotteau devint le pensionnaire de cette fille, elle [41] s'était chargée d'entretenir en joie et en santé M. l'abbé Troubert et M. l'abbé Chapeloud. L'abbé Troubert vivait.

L'abbé Chapeloud[42] était mort, et Birotteau lui avait immédiatement succédé.

Feu M. l'abbé Chapeloud ,en son vivant[43] chanoine de Saint-Gatien, avait été l'ami intime de l'abbé Birotteau. Toutes les fois que le vicaire était entré chez le chanoine, il en avait admiré constamment l'appartement [44], les meubles et la bibliothèque. De cette admiration naquit un jour l'envie de posséder ces belles choses. Il avait été impossible à l'abbé Birotteau d'étouffer [45] ce désir, qui souvent le fit horriblement souffrir quand il venait à penser que la mort de son meilleur ami pouvait seule satisfaire cette cupidité cachée, mais qui allait toujours croissant [46]. L'abbé Chapeloud et son ami Birotteau n'étaient pas riches. Tous deux fils de paysans, ils n'avaient rien [47] autre chose que les faibles émoluments accordés aux prêtres; et leurs minces économies furent employées à passer [48] les temps malheureux de la Révolution. Quand Napoléon rétablit le culte catholique, l'abbé Chapeloud fut nommé chanoine de Saint-Gatien, et Birotteau devint vicaire de la cathédrale. Chapeloud se mit alors en pension[49] chez Mlle Gamard. Lorsque Birotteau vint visiter le chanoine dans sa nouvelle demeure, il trouva l'appartement parfaitement bien distribué; mais il n'y vit rien autre chose. Le début de cette concupiscence [50] mobilière fut semblable à celui d'une passion vraie, qui, chez un jeune homme, commence quelquefois par une froide admiration pour la femme que plus tard il aimera toujours.

Cet appartement, desservi par un escalier [51] en pierre, se trouvait dans un corps de logis à l'exposition du midi. L'abbé Troubert occupait le rez-de-chaussée et Mlle Gamard le premier étage du principal bâtiment situé sur [52] la rue. Lorsque Chapeloud entra dans son logement, les pièces étaient nues et les plafonds noircis par la fumée. Les chambranles des cheminées en pierre assez mal sculptée n'avaient jamais été peints. Pour tout mobilier, le pauvre chanoine y mit d'abord un lit [53], une table, quelques chaises, et le peu de livres qu'il possédait. L'appartement ressemblait à une [54] belle femme en haillons. Mais, deux ou trois ans après, une vieille dame ayant laissé deux mille francs à l'abbé Chapeloud, il employa [55] cette somme à l'emplette d'une bibliothèque en chêne, provenant de la démolition d'un château dépecé [56] par la bande noire, et remarquable par des sculptures dignes de l'admiration des artistes [57]. L'abbé fit cette acquisition, séduit moins par le bon marché que par [58] la parfaite concordance qui existait entre les dimensions de ce meuble et celles de la galerie. Ses économies lui permirent alors de restaurer entièrement la galerie, jusque-là pauvre et délaissée. Le parquet fut [59] soigneusement frotté, le plafond blanchi, et les boiseries furent peintes de manière à figurer les teintes [60] et les nœuds du chêne. Une cheminée de marbre remplaça [61] l'ancienne. Le chanoine eut assez de goût pour chercher et pour trouver de vieux fauteuils en bois de noyer sculpté. Puis une longue table en ébène et deux meubles de Boulle achevèrent de donner à cette galerie une physionomie pleine de caractère. Dans l'espace [62] de deux ans, les libéralités de plusieurs personnes dévotes, et des legs de ses pieuses pénitentes, quoique légers [63], remplirent de livres les rayons de la bibliothèque alors vide [64]. Enfin, un oncle de Chapeloud, un ancien oratorien, lui légua sa collection in-folio [65] des Pères de l'Église, et plusieurs autres grands ouvrages précieux pour un ecclésiastique. Birotteau, surpris de plus en plus par les transformations successives de cette galerie jadis nue, arriva par degrés à une involontaire convoitise [66]. Il souhaita posséder ce cabinet, si bien en rapport avec la gravité des mœurs ecclésiastiques. Cette passion s'accrut de jour en jour. Occupé pendant des journées entières à travailler dans cet asile, le vicaire put en apprécier le silence et la paix, après en avoir primitivement admiré l'heureuse distribution. Pendant les années [67] suivantes, l'abbé Chapeloud fit de la cellule un oratoire, que ses dévotes amies se plurent à embellir. Plus tard encore, une dame offrit au chanoine pour sa chambre un [68] meuble en tapisserie qu'elle avait faite elle-même pendant longtemps sous les yeux de cet homme aimable sans qu'il en soupçonnât la destination [69]. Il en fut alors de la chambre à coucher comme de la galerie, elle éblouit le vicaire [70]. Enfin, trois ans avant sa mort, l'abbé Chapeloud avait complété le confortable de son appartement en en décorant le salon. Quoique [71] simplement garni de velours d'Utrecht rouge, le meuble avait séduit Birotteau [72]. Depuis le jour où le camarade du chanoine vit les rideaux de lampasse [73] rouge, les meubles d'acajou, le tapis d'Aubusson qui ornaient cette vaste pièce peinte à neuf, l'appartement de Chapeloud devint pour lui l'objet d'une monomanie secrète. Y demeurer, se coucher dans le lit à grands rideaux de soie où couchait le chanoine, et trouver toutes ses aises autour de lui, comme les trouvait Chapeloud, fut pour Birotteau le bonheur complet : il ne voyait rien au delà. Tout ce que les choses du monde font naître d'envie et d'ambition dans le cœur des autres hommes se concentra chez l'abbé Birotteau dans le sentiment [74] secret et profond avec lequel il désirait un intérieur semblable à celui que s'était créé l'abbé Chapeloud. Quand son ami tombait malade, il venait certes chez lui conduit par une sincère affection ; mais, en apprenant l'indisposition du chanoine, ou en lui tenant compagnie, il s'élevait, malgré lui, dans le fond de son âme, mille pensées dont la formule la plus simple était toujours :

— Si Chapeloud mourait, je pourrais avoir son logement.

Cependant, comme Birotteau avait un cœur excellent, des idées étroites et une intelligence bornée. il n'allait pas jusqu'à concevoir les moyens de se faire léguer la bibliothèque et les meubles de son ami.

L'abbé Chapeloud, égoïste aimable [75] et indulgent, devina la passion de son ami, ce qui n'était pas difficile, et la lui pardonna, ce qui peut sembler facile [76] chez un prêtre. Mais aussi le vicaire, dont l'amitié resta toujours la même, ne cessa-t-il pas de se promener avec son ami tous les jours dans la même allée du Mail de Tours, sans lui faire tort un seul moment du temps consacré depuis vingt années à cette promenade. Birotteau, qui considérait ses vœux involontaires comme des fautes, eût été capable, par contrition, du plus grand dévouement pour l'abbé Chapeloud. Celui-ci paya sa dette envers une fraternité si naïvement sincère en disant, quelques jours avant sa mort, au vicaire, qui [77] lui lisait *la Quotidienne* [78] :

— Pour cette fois, tu auras l'appartement. Je sens que tout est fini pour moi.

En effet, par son testament, l'abbé Chapeloud légua sa bibliothèque et son mobilier à Birotteau.

La possession de ces choses, si vivement désirées, et la perspective d'être pris en pension par Mlle Gamard, adoucirent beaucoup la douleur que causait à Birotteau la perte de son ami le chanoine : il ne l'aurait peut-être pas ressuscité, mais il le pleura. Pendant quelques jours, il fut comme Gargantua, dont la femme, étant morte en accouchant de Pantagruel, ne savait s'il devait se réjouir de la naissance de son fils, ou se chagriner d'avoir enterré sa bonne Badbec, et qui se trompait en se réjouissant de la mort de sa femme et déplorant la naissance de Pantagruel. L'abbé Birotteau passa les premiers jours de son deuil à vérifier les ouvrages de *sa* bibliothèque, à se servir de *ses* meubles, à les examiner, en disant d'un ton qui, malheureusement, n'a pu être noté : « Pauvre Chapeloud ! » Enfin sa joie et sa douleur l'occupaient tant, qu'il ne ressentit aucune peine de voir donner à un autre la place de chanoine, dans laquelle feu Chapeloud espérait avoir Birotteau pour successeur.

Mlle Gamard ayant pris avec plaisir le vicaire en pension, celui-ci participa dès lors à toutes les félicités de la vie matérielle que lui vantait le défunt chanoine. Incalculables avantages ! A entendre feu l'abbé Chapeloud, aucun de tous les prêtres qui habitaient la ville de Tours ne pouvait être, sans en excepter l'archevêque, l'objet de soins aussi délicats, aussi minutieux que ceux prodigués par Mlle Gamard à ses deux pensionnaires. Les premiers mots que disait le chanoine à son ami, en se promenant sur le Mail, avaient presque toujours trait au succulent dîner qu'il venait de faire, et il était bien rare que, pendant les sept promenades de la semaine, il ne lui arrivât pas de dire au moins quatorze fois :

— Cette excellente fille a certes pour vocation le service ecclésiastique. Pensez donc, disait l'abbé Chapeloud à Birotteau, que, pendant douze années consécutives, linge blanc, aubes, surplis, rabats, rien ne m'a jamais manqué. Je trouve [79] toujours chaque chose en place, en nombre suffisant, et sentant l'iris. Mes meubles sont frottés [80], et toujours si bien essuyés, que, depuis longtemps, je ne connais plus la poussière. En avez-vous vu un seul grain chez moi [81]? Jamais ! Puis le bois de chauffage est bien choisi, les moindres choses sont excellentes ; bref [82], il semble que Mlle Gamard ait sans cesse un œil dans ma chambre. Je ne me souviens pas d'avoir sonné deux fois, en dix ans, pour demander quoi que ce fût. Voilà [83] vivre ! N'avoir rien à chercher, pas même ses pantoufles. Trouver toujours bon feu, bonne table. Enfin, mon soufflet m'impatientait, il avait le larynx embarrassé, je ne m'en suis pas plaint deux fois. Bast [84] ! le lendemain, mademoiselle m'a donné un très joli soufflet, et cette paire de badines avec lesquelles vous me voyez tisonnant [85].

Birotteau, pour toute réponse, disait :

— Sentant l'iris !

Ce *sentant l'iris* le frappait toujours. Les paroles du chanoine accusaient un bonheur fantastique [86] pour le pauvre vicaire, à qui ses rabats et ses aubes faisaient tourner la tête ; car il n'avait aucun ordre, et oubliait assez fréquemment de commander son dîner. Aussi, soit en quêtant, soit en disant la messe, quand il apercevait Mlle Gamard à Saint-Gatien, ne manquait-il jamais de lui jeter un regard doux et bienveillant, comme sainte Thérèse pouvait en jeter au ciel.

Quoique le bien-être que désire toute créature, et

qu'il avait si souvent rêvé, lui fût échu, comme il
est difficile à tout le monde, même à un prêtre [87],
de vivre sans un dada, depuis dix-huit mois, l'abbé
Birotteau avait remplacé ses deux passions satis-
faites par le souhait d'un canonicat. Le titre de
chanoine était devenu pour lui ce que doit être la
pairie pour un ministre plébéien. Aussi la probabilité
de sa nomination, les espérances qu'on venait de lui
donner chez Mme de Listomère lui tournaient-elles
si bien la tête, qu'il ne se rappela y avoir oublié
son parapluie qu'en arrivant à son domicile. Peut-
être même [88], sans la pluie qui tombait alors à
torrents, ne s'en serait-il pas souvenu, tant il était
absorbé par le plaisir avec lequel il rabâchait en lui-
même tout ce que lui avaient dit, au sujet de sa
promotion, les personnes de la société de Mme de
Listomère, vieille dame chez laquelle il passait la
soirée du mercredi. Le vicaire sonna vivement,
comme pour dire à la servante de ne pas le faire
attendre. Puis il se serra dans le coin de la porte,
afin de se laisser arroser le moins possible; mais
l'eau qui tombait du toit coula précisément sur le
bout de ses souliers, et le vent poussa par moments sur lui certaines bouffées de pluie assez
semblables à des douches. Après avoir calculé le
temps nécessaire pour sortir de la cuisine et venir
tirer le cordon placé sous la porte, il resonna encore
de manière [89] à produire un carillon très significatif.

— Ils ne peuvent pas être sortis [90], se dit-il en n'entendant aucun mouvement dans l'intérieur.

Et, pour la troisième fois, il recommença sa son-
nerie, qui retentit si aigrement dans la maison et
fut si bien répétée par tous les échos de la cathédrale,
qu'à ce factieux tapage il était impossible de ne

pas se réveiller. Aussi, quelques instants après, n'entendit-il pas sans un certain plaisir mêlé d'humeur les sabots de la servante qui claquaient sur le petit pavé caillouteux. Néanmoins, le malaise du podagre [91] ne finit pas aussitôt qu'il le croyait. Au lieu de tirer le cordon, Marianne fut obligée d'ouvrir la serrure de la porte [92] avec la grosse clef et de défaire les verrous.

— Comment me laissez-vous sonner trois fois par un temps pareil? dit-il à Marianne [93].

— Mais, monsieur, vous voyez bien que la porte était fermée. Tout le monde est couché depuis longtemps, les trois quarts de dix heures sont sonnés. Mademoiselle aura cru que vous n'étiez pas sorti.

— Mais vous m'avez bien vu partir, vous! D'ailleurs, mademoiselle sait bien que je vais chez Mme de Listomère tous les mercredis [94].

— Ma foi! monsieur, j'ai fait ce que mademoiselle m'a commandé de faire, répondit Marianne en fermant la porte.

Ces paroles portèrent à l'abbé Birotteau un coup qui lui fut d'autant plus sensible, que sa rêverie l'avait rendu plus complètement heureux. Il se tut, suivit Marianne à la cuisine pour prendre son bougeoir, qu'il supposait y avoir été mis. Mais, au lieu d'entrer dans la cuisine, Marianne mena l'abbé chez lui, où le vicaire aperçut son bougeoir sur une table qui se trouvait à la porte du salon rouge, dans une espèce d'antichambre formée par le palier de l'escalier auquel le défunt chanoine avait adapté une grande clôture vitrée. Muet de surprise, il entra promptement dans sa chambre, n'y vit pas de feu [95] dans la cheminée, et appela Marianne, qui n'avait pas encore eu le temps de descendre.

— Vous n'avez donc pas allumé de feu? dit-il.

— Pardon, monsieur l'abbé, répondit-elle. Il se sera éteint.

Birotteau regarda de nouveau le foyer, et s'assura que le feu était resté couvert depuis le matin.

— J'ai besoin de me sécher les pieds, reprit-il; faites-moi du feu.

Marianne obéit avec la promptitude d'une personne qui avait envie de dormir. Tout en cherchant lui-même ses pantoufles, qu'il ne trouvait pas au milieu de son tapis de lit, comme elles y étaient jadis, l'abbé fit, sur la manière dont Marianne était habillée, certaines observations par lesquelles il lui fut démontré qu'elle ne sortait pas de son lit, comme elle le lui avait dit. Il se souvint alors que, depuis environ quinze jours, il était sevré de tous ces petits soins qui, pendant dix-huit mois, lui avaient rendu la vie si douce à porter. Or [96], comme la nature des esprits étroits les porte à deviner les minuties [97], il se livra soudain à de très grandes réflexions sur ces quatre événements, imperceptibles pour tout autre, mais qui, pour lui, constituaient quatre catastrophes. Il s'agissait évidemment de la perte entière de son bonheur, dans l'oubli des pantoufles, dans le mensonge de Marianne relativement au feu [98], dans le transport insolite de son bougeoir sur la table de l'antichambre, et dans la station forcée qu'on lui avait ménagée, par la pluie, sur le seuil de la porte.

Quand la flamme eut brillé dans le foyer, quand la lampe de nuit fut allumée, et que Marianne l'eut quitté sans lui demander, comme elle le faisait jadis : « Monsieur a-t-il encore besoin de quelque chose? » l'abbé Birotteau se laissa doucement aller dans la belle et ample bergère de son défunt ami; mais le mouvement par lequel il y tomba eut quelque chose de triste. Le bonhomme était accablé sous le pressentiment d'un affreux malheur. Ses yeux se tournèrent successivement sur [99] le beau cartel, sur la commode, sur les sièges, les rideaux, les tapis, le lit en tombeau, le bénitier, le crucifix, sur une *Vierge* du Valentin, sur un *Christ* de Lebrun, enfin sur tous les accessoires de cette chambre; et l'expression de sa physionomie révéla les douleurs [100] du plus tendre adieu qu'un amant ait jamais fait à sa première maîtresse, ou un vieillard à ses derniers arbres plantés. Le vicaire venait [101] de reconnaître, un peu tard à la vérité, les signes d'une persécution sourde exercée sur lui depuis environ trois mois par Mlle Gamard, dont les mauvaises intentions eussent sans doute été beaucoup plus tôt devinées par un homme d'esprit. Les vieilles n'ont-elles pas toutes [102] un certain talent pour accentuer les actions et les mots que la haine leur suggère? Elles égratignent à la manière des chats. Puis non seulement elles blessent, mais elles éprouvent du plaisir à blesser, et à faire voir à leur victime qu'elles l'ont blessée. Là où un homme du monde ne se serait pas laissé griffer deux fois, le bon Birotteau avait besoin de plusieurs coups de patte dans la figure avant de croire à une intention méchante [103].

Aussitôt, avec cette sagacité questionneuse que contractent les prêtres habitués à diriger les consciences et à creuser [104] des riens au fond du confessionnal, l'abbé Birotteau se mit à établir, comme s'il s'agissait d'une controverse religieuse, la proposition suivante :

— En admettant que Mlle Gamard n'ait plus songé

à la soirée de Mme de Listomère, que Marianne ait oublié de faire mon feu, que l'on m'ait cru rentré; attendu que j'ai [105] descendu ce matin, et moi-même! *mon bougeoir!!!* il est impossible que Mlle Gamard, en le voyant dans son salon, ait pu me supposer couché. *Ergo*, Mlle Gamard a voulu me laisser à la porte par la pluie; et, en faisant remonter mon bougeoir chez moi, elle a eu l'intention de me faire connaître [106]... — Quoi? dit-il tout haut, emporté par la gravité des circonstances, en se levant pour quitter ses habits mouillés, prendre sa robe de chambre et se coiffer de nuit.

Puis il alla de son lit à la cheminée, en gesticulant et lançant sur des tons différents les phrases suivantes, qui toutes furent terminées d'une voix de fausset, comme pour remplacer des points d'interjection :

— Que diantre [107] lui ai-je fait? Pourquoi m'en veut-elle? Marianne n'a pas dû oublier mon feu! C'est mademoiselle qui lui aura dit de ne pas l'allumer! Il faudrait être un enfant pour ne pas s'apercevoir, au ton et aux manières qu'elle prend avec moi, que j'ai eu le malheur de lui déplaire. Jamais il n'est arrivé rien de pareil à Chapeloud! Il me sera impossible de vivre au milieu des tourments que... A mon âge!...

Il se coucha dans l'espoir d'éclaircir le lendemain matin la cause de la haine qui détruisait à jamais ce bonheur dont il avait joui pendant deux ans [108], après l'avoir si longtemps désiré. Hélas! les secrets motifs du sentiment que Mlle Gamard lui portait devaient lui être éternellement inconnus, non qu'ils fussent difficiles à deviner, mais parce que le pauvre homme manquait de cette bonne foi avec laquelle les grandes âmes et les fripons savent réagir sur eux-

mêmes et se juger. Un homme de génie ou un intrigant seuls se disent : « J'ai eu tort. » L'intérêt [109] et le
talent sont les seuls conseillers consciencieux et
lucides. Or, l'abbé Birotteau, dont la bonté allait
jusqu'à la bêtise, dont l'instruction n'était en
quelque sorte que plaquée à force de travail, qui
n'avait aucune expérience du monde ni de ses mœurs,
et qui vivait entre la messe et le confessionnal, grandement occupé de décider les cas de conscience les
plus légers, en sa qualité de confesseur des pensionnats de la ville et de quelques belles âmes qui l'appré-
ciaient, l'abbé [110] Birotteau pouvait être considéré
comme un grand enfant, à qui la majeure partie des
pratiques sociales [111] était complètement étrangère.
Seulement, l'égoïsme naturel à toutes les créatures
humaines, renforcé par l'égoïsme particulier au
prêtre, et par celui de la vie étroite que l'on mène
en province, s'était insensiblement développé chez
lui, sans qu'il s'en doutât.

Si quelqu'un eût pu trouver assez d'intérêt à
fouiller l'âme du vicaire pour lui démontrer que,
dans les infiniment petits détails de son existence
et dans les devoirs minimes de sa vie privée, il manquait essentiellement de ce dévouement dont il
croyait faire profession, il se serait puni lui-même, et
se serait mortifié de bonne foi. Mais ceux que nous
offensons, même à notre insu, nous tiennent peu
compte de notre innocence, ils veulent et savent [112]
se venger. Donc Birotteau, quelque faible qu'il fût,
dut être soumis aux effets de cette grande Justice
distributive, qui va toujours chargeant le monde
d'exécuter ses arrêts, nommés, par certains niais [113],
les malheurs de la vie.

Il y eut cette différence entre feu l'abbé Chapeloud

et le vicaire, que l'un était un égoïste adroit et spirituel et l'autre un franc et maladroit égoïste. Lorsque l'abbé Chapeloud vint se mettre en pension chez Mlle Gamard, il sut parfaitement juger [114] le caractère de son hôtesse. Le confessionnal lui avait appris à connaître tout ce que le malheur de se trouver en dehors de la société met d'amertume au cœur d'une vieille fille; il calcula donc sagement sa conduite chez Mlle Gamard. L'hôtesse, n'ayant guère alors que trente-huit ans [115], gardait encore quelques prétentions, qui, chez ces discrètes personnes, se changent plus tard en une haute [116] estime d'elles-mêmes. Le chanoine comprit que, pour bien vivre avec Mlle Gamard, il devait lui toujours accorder les mêmes attentions et les mêmes soins, être plus infaillible que ne l'est le pape. Pour obtenir ce résultat, il ne laissa [117] s'établir entre elle et lui que les points de contact strictement ordonnés par la politesse, et ceux qui existent nécessairement entre [118] des personnes vivant sous le même toit. Ainsi, quoique l'abbé Troubert et lui fissent régulièrement trois repas par jour, il s'était abstenu de partager le déjeuner commun, en [119] habituant Mlle Gamard à lui envoyer dans son lit une tasse de café à la crème [120]. Puis il avait évité les ennuis du souper en prenant tous les soirs du thé dans les maisons où il allait passer ses soirées. Il voyait ainsi rarement son hôtesse à un autre moment de la journée que celui du dîner; mais il venait toujours quelques instants avant l'heure fixée [121].

Durant cette espèce de visite polie, il lui avait adressé [122], pendant les douze années qu'il passa sous son toit, les mêmes questions, en obtenant d'elle les mêmes réponses. La manière dont avait dormi

Mlle Gamard durant la nuit, son déjeuner, les petits
événements domestiques, l'air de son visage, l'hygiène de sa personne [123], le temps qu'il faisait, la durée
des offices, les incidents de la messe, enfin la santé
de tel ou tel prêtre, faisaient tous les frais de cette
conversation périodique. Pendant le dîner [124], il procédait toujours par des flatteries indirectes, allant
sans cesse de la qualité d'un poisson, du bon goût
des assaisonnements ou des qualités d'une sauce aux
qualités de Mlle Gamard et à ses vertus de maîtresse
de maison. Il était sûr de caresser toutes les vanités
de la vieille fille en vantant l'art avec lequel étaient
faits ou préparés ses confitures, ses [125] cornichons,
ses conserves, ses pâtés, et autres inventions gastro-
nomiques. Enfin, jamais le rusé chanoine n'était sorti
du salon jaune de son hôtesse sans dire que, dans
aucune maison de Tours, on ne prenait du café aussi
bon que celui qu'il venait d'y déguster.

Grâce à cette parfaite entente du caractère de
Mlle Gamard, et à cette science d'existence professée
pendant douze années par le chanoine, il n'y eut
jamais entre eux [126] matière à discuter le moindre
point de discipline intérieure. L'abbé Chapeloud avait
tout d'abord reconnu les angles, les aspérités, le
rêche de cette vieille fille, et réglé l'action des tangentes inévitables entre [127] leurs personnes de manière
à obtenir d'elle toutes les concessions nécessaires
au bonheur [128] et à la tranquillité de sa vie. Aussi,
Mlle Gamard disait-elle que l'abbé Chapeloud était un
homme très aimable, extrêmement facile à vivre [129]
et de beaucoup d'esprit. Quant à l'abbé Troubert, la
dévote n'en disait absolument rien. Complètement [130]
entré dans le mouvement de sa vie comme un satel-
lite dans l'orbite de sa planète, Troubert était pour

elle [131] une sorte de créature intermédiaire entre les
individus de l'espèce humaine et ceux de l'espèce canine; il se trouvait classé dans son cœur immédiatement avant la place destinée aux amis et celle occupée
par un gros carlin poussif qu'elle aimait tendrement;
elle le gouvernait entièrement, et la promiscuité
de leurs intérêts devint si grande, que bien des personnes, parmi celles de la société de Mlle Gamard,
pensaient [132] que l'abbé Troubert avait des vues
sur la fortune de la vieille fille, se l'attachait insensiblement par une continuelle patience, et la dirigeait [133] d'autant mieux qu'il paraissait lui obéir,
sans laisser apercevoir en lui le moindre désir de la
mener [134].

Lorsque l'abbé Chapeloud mourut, la vieille fille,
qui voulait un pensionnaire de mœurs douces, pensa
naturellement [135] au vicaire. Le testament du chanoine n'était pas encore connu, que déjà Mlle Gamard
méditait de donner le logement du défunt à son [136]
bon abbé Troubert, qu'elle trouvait fort mal au rez-
de-chaussée. Mais, quand l'abbé Birotteau vint sti-
puler avec la vieille fille les conventions chirogra-
phaires de sa pension, elle le vit fort épris de cet
appartement pour lequel il avait nourri si longtemps
des désirs dont la violence pouvait alors être avouée,
qu'elle n'osa lui parler d'un échange, et fit céder
l'affection aux exigences de l'intérêt [137]. Pour consoler
le bien-aimé chanoine, mademoiselle remplaça les
larges briques blanches de Château-Regnaud qui formaient le carrelage de l'appartement par [138] un
parquet en point de Hongrie [139], et reconstruisit une
cheminée qui fumait.

L'abbé Birotteau avait vu pendant douze ans
son ami Chapeloud, sans avoir jamais eu la pensée

de chercher d'où procédait l'extrême circonspection de
ses rapports avec Mlle Gamard. En venant demeurer
chez cette sainte fille, il se trouvait dans la situation [140]
d'un amant sur le point d'être heureux. Quand il
n'aurait pas été [141] déjà naturellement aveugle
d'intelligence, ses yeux étaient trop éblouis par le
bonheur pour qu'il lui fût possible de juger [142] Mlle Gamard, et de réfléchir sur la mesure à mettre dans ses
relations journalières avec elle [143]. Mlle Gamard, vue
de loin et à travers le prisme des félicités matérielles
que le vicaire rêvait [144] de goûter près d'elle, lui
semblait une créature parfaite, une chrétienne accomplie, une personne essentiellement charitable, la
femme de l'Évangile, la vierge sage [145], décorée de
ces vertus humbles et modestes qui répandent
sur la vie un céleste parfum. Aussi, avec tout
l'enthousiasme d'un homme qui parvient à un
but longtemps souhaité, avec la candeur d'un
enfant et la niaise étourderie d'un vieillard sans
expérience mondaine, entra-t-il [146] dans la vie de
Mlle Gamard, comme une mouche se prend dans la
toile d'une araignée. Ainsi, le premier jour où il vint
dîner et coucher chez la vieille fille, il fut retenu
dans son salon par le désir de faire connaissance avec
elle, aussi bien que par cet inexplicable embarras
qui gêne souvent les gens timides, et leur fait craindre
d'être impolis en interrompant une conversation
pour sortir. Il y resta donc pendant toute la soirée.
  Une autre vieille fille, amie de Birotteau, nommée
Mlle Salomon de Villenoix [147], vint le soir. Mlle Gamard
eut alors la joie [148] d'organiser chez elle une partie de
boston. Le vicaire trouva, en se couchant, qu'il avait
passé une très agréable soirée [149]. Ne connaissant
encore que fort légèrement Mlle· Gamard et l'abbé

Troubert, il n'aperçut que la superficie de leurs caractères. Peu de personnes montrent tout d'abord leurs défauts à nu. Généralement, chacun tâche de se donner une écorce attrayante. L'abbé Birotteau conçut donc le charmant projet de consacrer ses soirées à Mlle Gamard, au lieu d'aller les passer au dehors.

L'hôtesse avait, depuis quelques années, enfanté un désir qui se reproduisait plus fort de jour en jour. Ce désir, que forment les vieillards et même les jolies femmes, était devenu chez elle une passion semblable à celle de Birotteau pour l'appartement de son ami Chapeloud, et tenait au cœur de la vieille fille par les sentiments d'orgueil et d'égoïsme, d'envie et de vanité qui préexistent chez les gens du monde. Cette histoire est de tous les temps : il suffit [150] d'étendre un peu le cercle étroit au fond duquel vont agir ces personnages pour trouver la raison coefficiente des événements qui arrivent dans les sphères les plus élevées de la société.

Mlle Gamard passait alternativement ses soirées dans six ou huit maisons différentes. Soit qu'elle regrettât d'être obligée d'aller chercher le monde et se crût en droit, à son âge, d'en exiger quelque retour; soit que son amour-propre eût été froissé de ne point avoir de société à elle; soit enfin que sa vanité désirât les compliments et les avantages dont elle voyait jouir ses amies, toute son ambition était de rendre son salon le point d'une réunion vers laquelle chaque soir un certain nombre de personnes se dirigeassent *avec plaisir* [151]. Quand Birotteau et son amie Mlle Salomon eurent passé quelques soirées chez elle, en compagnie du fidèle et patient abbé Troubert, un soir, en sortant de Saint-Gatien,

Mlle Gamard dit aux bonnes amies, de qui elle se considérait comme l'esclave jusqu'alors, que les personnes qui voulaient [152] la voir pouvaient bien venir une fois par semaine chez elle, où elle réunissait un nombre d'amis suffisant [153] pour faire une partie de boston; elle ne devait pas laisser seul l'abbé Birotteau, son nouveau pensionnaire; Mlle Salomon n'avait pas encore manqué une seule soirée de la semaine; elle appartenait à ses amis [154], et que... et que..., etc., etc.

Ses paroles furent d'autant plus humblement altières et abondamment doucereuses, que Mlle Salomon de Villenoix tenait à la société [155] la plus aristocratique de Tours. Quoique Mlle Salomon vînt uniquement par amitié pour le vicaire, Mlle Gamard triomphait de l'avoir dans son salon, et se vit, grâce [156] à l'abbé Birotteau, sur le point de faire réussir son grand dessein de former un cercle [157] qui pût devenir aussi nombreux, aussi agréable que l'étaient ceux de Mme de Listomère, de Mlle Merlin de la Blottière [158], et autres dévotes en possession de recevoir la société pieuse de Tours. Mais, hélas [159]! l'abbé Birotteau fit avorter l'espoir de Mlle Gamard.

Or, si tous ceux qui dans leur vie sont parvenus à jouir d'un bonheur souhaité longtemps ont compris la joie que put avoir le vicaire en se couchant dans le lit de Chapeloud, ils devront aussi prendre une légère idée du chagrin que Mlle Gamard ressentit au renversement de son plan favori. Après avoir pendant six mois accepté son bonheur assez patiemment, Birotteau déserta le logis [160], entraînant avec lui Mlle Salomon. Malgré des efforts inouïs, l'ambitieuse Gamard avait à peine recruté cinq ou six personnes, dont l'assiduité fut très problématique, et il fallait au moins quatre gens fidèles pour constituer un boston.

Elle fut donc forcée [161] de faire amende honorable
et de retourner chez ses anciennes amies, car les
vieilles filles se trouvent en trop mauvaise compagnie
avec elles-mêmes pour ne pas rechercher les agréments équivoques de la société.

La cause de cette désertion est facile à concevoir.
Quoique le vicaire fût un de ceux auxquels le paradis
doit un jour appartenir en vertu de l'arrêt : *Bienheureux les pauvres d'esprit!* il ne pouvait, comme
beaucoup de sots, supporter l'ennui que lui causaient
d'autres sots. Les gens sans esprit ressemblent aux
mauvaises herbes qui se plaisent dans les bons terrains, et ils aiment d'autant plus à être amusés qu'ils
s'ennuient eux-mêmes. L'incarnation de l'ennui dont
ils sont victimes, jointe au besoin [162] qu'ils éprouvent
de divorcer perpétuellement [163] avec eux-mêmes,
produit cette passion pour le mouvement, cette nécessité d'être [164] toujours là où ils ne sont pas qui les
distingue, ainsi que les êtres dépourvus de sensibilité
et ceux dont la destinée est manquée, ou qui souffrent
par leur faute. Sans trop sonder le vide, la nullité de
Mlle Gamard, ni sans s'expliquer la petitesse de ses
idées, le pauvre abbé Birotteau s'aperçut, un peu
tard, pour son malheur, des défauts qu'elle partageait
avec toutes les vieilles filles et de ceux qui lui étaient
particuliers. Le mal, chez autrui, tranche si vigoureusement [165] sur le bien, qu'il nous frappe presque
toujours [166] la vue avant de nous blesser. Ce phénomène moral justifierait, au besoin, la pente qui nous
porte plus ou moins vers la médisance. Il est, sociale-
ment parlant, si naturel de se moquer des imperfections d'autrui, que nous devrions pardonner le
bavardage railleur que nos ridicules autorisent, et [167]
ne nous étonner que de la calomnie. Mais les yeux du

bon vicaire n'étaient jamais à ce point d'optique qui permet aux gens du monde de voir et d'éviter promptement les aspérités du voisin; il fut donc obligé, pour reconnaître les défauts de son hôtesse, de subir l'avertissement que donne la nature à toutes ses créations, la douleur [168] !

Les vieilles filles [169] n'ayant pas fait plier leur caractère et leur vie à une autre vie ni à d'autres caractères [170], comme l'exige la destinée de la femme, ont, pour la plupart [171], la manie de vouloir tout faire plier autour d'elles. Chez Mlle Gamard, ce sentiment dégénérait en despotisme; mais ce despotisme ne pouvait se prendre qu'à de petites choses. Ainsi, entre mille exemples, le panier de fiches et de jetons posé sur la table de boston pour l'abbé Birotteau devait rester à la place où elle l'avait mis; et l'abbé la contrariait vivement en le dérangeant, ce qui arrivait presque tous les soirs [172]. D'où procédait cette susceptibilité stupidement portée sur des riens, et [173] quel en était le but? Personne n'eût pu le dire, Mlle Gamard [174] ne le savait pas elle-même. Quoique très mouton de sa nature, le nouveau pensionnaire n'aimait [175] cependant pas plus que les brebis à sentir trop souvent la houlette, surtout quand elle est armée de pointes. Sans s'expliquer la [176] haute patience de l'abbé Troubert, Birotteau voulut se soustraire au bonheur que Mlle Gamard prétendait lui assaisonner à sa manière, car elle croyait qu'il en était du bonheur comme de ses confitures [177]; mais le malheureux s'y prit assez maladroitement, par suite de la naïveté de son caractère. Cette séparation n'eut donc pas lieu sans bien des tiraillements et des picoteries, auxquels l'abbé Birotteau s'efforça de ne pas se montrer sensible [178].

A l'expiration de la première année qui s'écoula sous [179] le toit de Mlle Gamard, le vicaire avait repris ses anciennes habitudes en allant passer deux soirées par semaine chez Mme de Listomère, trois chez Mlle Salomon, et les deux autres [180] chez Mlle Merlin de la Blottière. Ces personnes appartenaient à la partie aristocratique de la société tourangelle, où Mlle Gamard n'était point admise. Aussi, l'hôtesse fut-elle vivement outragée [181] par l'abandon de l'abbé Birotteau, qui lui faisait sentir son peu de valeur : toute espèce de choix implique un mépris pour l'objet refusé [182].

— M. Birotteau ne nous a pas trouvés assez aimables, dit l'abbé Troubert aux amies de Mlle Gamard, lorsqu'elle fut obligée de renoncer à ses soirées. C'est un homme d'esprit, un gourmet ! Il lui faut du beau monde, du luxe, des conversations à saillies, les médisances de la ville.

Ces paroles amenaient toujours Mlle Gamard à justifier l'excellence de son caractère aux dépens [183] de Birotteau.

— Il n'a pas déjà tant d'esprit, disait-elle. Sans l'abbé Chapeloud, il n'aurait jamais été reçu chez Mme de Listomère. Oh ! j'ai bien perdu en perdant l'abbé Chapeloud. Quel homme aimable et facile à vivre ! Enfin, pendant douze ans, je n'ai pas eu la moindre difficulté ni le moindre désagrément avec lui.

Mlle Gamard fit de l'abbé Birotteau un portrait si peu flatteur, que l'innocent pensionnaire passa [184] dans cette société bourgeoise, secrètement ennemie de la société aristocratique, pour un homme essentiellement difficultueux et très difficile à vivre. Puis la vieille fille eut, pendant quelques semaines, le plaisir de s'entendre plaindre par ses amies, qui,

sans penser un mot de ce qu'elles disaient, ne cessèrent de lui répéter : « Comment, vous, si douce et si
bonne, avez-vous inspiré de la répugnance…? » ou :
« Consolez-vous [185], ma chère mademoiselle Gamard,
vous êtes si bien connue, que… » etc.

Mais, enchantées d'éviter une soirée par semaine
dans le Cloître, l'endroit le plus désert, le plus sombre
et le plus éloigné du centre qu'il y ait à Tours, toutes
bénissaient le vicaire.

Entre personnes sans cesse en présence, la haine
et l'amour vont toujours croissant : on trouve à
tout moment des raisons pour s'aimer ou se haïr
mieux. Aussi l'abbé [186] Birotteau devint-il insuppor-
table à Mlle Gamard. Dix-huit mois après l'avoir
pris en pension, au moment où le bonhomme croyait
voir la paix du contentement dans le silence de la
haine, et s'applaudissait d'avoir su *très bien corder*
avec la vieille fille, pour se servir de son expression,
il fut pour elle [187] l'objet d'une persécution sourde
et d'une vengeance froidement calculée. Les quatre [188]
circonstances capitales de la porte fermée, des pantoufles oubliées, du manque de feu, du bougeoir
porté chez lui, pouvaient seules lui [189] révéler cette
inimitié terrible dont les dernières conséquences ne
devaient le frapper qu'au moment où elles seraient
irréparables [190].

Tout en s'endormant, le bon vicaire se creusait
donc, mais inutilement, la cervelle, et certes il en
sentait [191] bien vite le fond, pour s'expliquer la conduite singulièrement impolie de Mlle Gamard. En
effet, ayant agi jadis très logiquement en obéissant
aux lois naturelles de son égoïsme, il lui était impossible de deviner ses torts envers son hôtesse. Si les
choses grandes [192] sont simples à comprendre, faciles

à exprimer, les petitesses de la vie veulent beaucoup
de détails. Les événements qui constituent en quelque
sorte l'avant-scène de ce drame bourgeois [193], mais
où les passions se retrouvent tout aussi violentes
que si elles étaient excitées [194] par de grands intérêts,
exigeaient cette longue introduction, et il eût été
difficile à un historien exact d'en resserrer les minutieux développements [195].

Le lendemain matin, en s'éveillant, Birotteau pensa
si fortement à son canonicat, qu'il ne songeait plus
aux quatre circonstances dans lesquelles il avait
aperçu, la veille, les sinistres pronostics d'un avenir
plein de malheurs. Le vicaire n'était pas homme à
se lever sans feu, il sonna [196] pour avertir Marianne
de son réveil et la faire venir chez lui; puis [197] il resta,
selon son habitude, plongé dans les rêvasseries somno-
lescentes pendant lesquelles la servante avait coutume, en lui embrasant la cheminée, de l'arracher
doucement à ce dernier sommeil par les bourdonnements de ses interpellations et de ses allures, espèce
de musique qui lui plaisait. Une demi-heure [198] se
passa sans que Marianne eût paru. Le vicaire [199], à
moitié chanoine, allait sonner de nouveau, quand
il laissa le cordon de sa sonnette en entendant le
bruit d'un pas d'homme dans l'escalier. En effet,
l'abbé Troubert, après avoir discrètement frappé [200]
à la porte, entra, sur l'invitation de Birotteau. Cette
visite, que les deux abbés se faisaient assez régulièrement une fois par mois l'un à l'autre, ne surprit
point le vicaire. Le chanoine s'étonna, dès l'abord, que
Marianne n'eût pas encore allumé le feu [201] de son
quasi-collègue. Il ouvrit une fenêtre, appela Marianne
d'une voix rude, lui dit de venir chez Birotteau; puis,
se retournant vers son frère :

— Si mademoiselle apprenait que vous n'avez pas de feu, elle gronderait Marianne [202].

Après cette phrase, il s'enquit de la santé de Birotteau, et lui demanda d'une voix douce s'il avait quelques nouvelles récentes qui lui fissent espérer d'être nommé chanoine. Le vicaire lui expliqua ses [203] démarches, et lui dit naïvement quelles étaient les personnes auprès desquelles Mme de Listomère agissait, ignorant que [204] Troubert n'avait jamais su pardonner à cette dame de ne pas l'avoir admis chez elle, lui, l'abbé Troubert, déjà deux fois désigné pour être vicaire-général du diocèse.

Il était impossible de rencontrer deux figures qui offrissent autant de contrastes qu'en présentaient celles de ces deux abbés. Troubert, grand et sec, avait un teint jaune et bilieux, tandis que le vicaire était ce qu'on appelle familièrement grassouillet. Ronde et rougeaude, la figure de Birotteau peignait une bonhomie sans idées ; tandis que celle de [205] Troubert, longue et creusée par des rides profondes, contractait en certains [206] moments une expression pleine d'ironie ou de dédain : mais il fallait cependant l'examiner avec attention pour y découvrir ces deux sentiments. Le chanoine restait habituellement dans un calme parfait, en tenant ses paupières presque toujours abaissées sur [207] deux yeux orangés dont le regard devenait, à son gré, clair et perçant. Des cheveux roux complétaient cette sombre physionomie sans cesse obscurcie par le voile que de graves méditations jettent sur les traits. Plusieurs [208] personnes avaient pu d'abord le croire absorbé par une haute et profonde ambition ; mais celles qui prétendaient le mieux connaître avaient fini par détruire cette opinion en le montrant hébété par le despotisme de

Mlle Gamard ou fatigué par [209] de trop longs jeûnes.
Il parlait rarement et ne riait jamais. Quand il lui
arrivait d'être agréablement ému [210], il lui échappait
un sourire faible qui se perdait dans les plis de son
visage. Birotteau était, au contraire, tout expansion,
tout franchise, aimait les bons morceaux, et s'amu-
sait d'une bagatelle avec la simplicité d'un homme
sans fiel ni malice [211].

L'abbé Troubert causait, à la première vue, un
sentiment de terreur involontaire, tandis que le vicaire
arrachait un sourire doux à ceux qui le voyaient.
Quand, à travers les arcades et les nefs de Saint-
Gatien, le haut chanoine marchait d'un pas solennel,
le front incliné, l'œil sévère, il excitait le respect : sa
figure cambrée était en harmonie avec les voussures
jaunes de la cathédrale, les plis de sa soutane avaient
quelque chose de monumental, digne de la statuaire.
Mais le bon vicaire y circulait sans gravité, trottait,
piétinait en paraissant rouler sur lui-même. Ces deux
hommes avaient [212] néanmoins une ressemblance. De
même que l'air ambitieux de Troubert, en donnant
lieu de le redouter, avait contribué peut-être à le faire
condamner au rôle insignifiant de simple chanoine,
le caractère et la tournure de Birotteau semblaient
le vouer éternellement au vicariat de la cathédrale.

Cependant, l'abbé Troubert, arrivé à l'âge de cinquante ans, avait tout à fait dissipé, par la mesure
de sa conduite, par l'apparence d'un manque total
d'ambition [213] et par sa vie toute sainte, les craintes
que sa capacité soupçonnée et son terrible extérieur
avaient inspirées à ses supérieurs. Sa santé s'étant
même gravement altérée depuis un an, sa prochaine
élévation au vicariat-général de l'archevêché paraissait probable. Ses compétiteurs eux-mêmes souhai-

taient [214] sa nomination, afin de pouvoir mieux préparer la leur pendant le peu de jours qui lui seraient accordés par une maladie devenue chronique. Loin [215] d'offrir les mêmes espérances, le triple menton de Birotteau présentait aux concurrents qui lui disputaient son canonicat les symptômes d'une santé florissante, et sa goutte leur semblait [216] être, suivant le proverbe, une assurance de longévité.

L'abbé Chapeloud, homme d'un grand sens, et que son amabilité avait toujours fait rechercher par les gens de bonne compagnie et par les différents chefs de la métropole [217], s'était toujours opposé, mais secrètement et avec beaucoup d'esprit, à l'élévation de l'abbé Troubert; il lui avait même très adroitement interdit l'accès de tous les salons où se réunissait la meilleure société de Tours, quoique pendant sa vie Troubert l'eût traité sans cesse avec un grand respect, en lui témoignant en toute occasion [218] la plus haute déférence. Cette constante soumission n'avait pu changer l'opinion du défunt chanoine qui, pendant sa dernière promenade, disait encore à Birotteau :

— Défiez-vous de ce grand sec de Troubert ! C'est Sixte-Quint réduit aux proportions de l'évêché.

Tel était l'ami, le commensal de Mlle Gamard, qui venait, le lendemain même du jour où elle avait, pour ainsi dire, déclaré la guerre au pauvre Birotteau, le visiter et lui donner des marques d'amitié.

— Il faut excuser Marianne, dit le chanoine en la voyant entrer. Je pense qu'elle a commencé par venir chez moi. Mon appartement est très humide, et j'ai beaucoup toussé pendant toute la nuit. — Vous êtes très sainement ici, ajouta-t-il en regardant les corniches.

— Oh ! je suis ici en chanoine, répondit Birotteau
en souriant.

— Et moi en vicaire, répliqua l'humble prêtre.

— Oui, mais vous logerez bientôt à l'Archevêché,
dit le bon prêtre, qui voulait [219] que tout le monde
fût heureux.

— Oh ! ou dans le cimetière. Mais que la volonté
de Dieu soit faite !

Et Troubert leva les yeux au ciel par un mouvement de résignation.

— Je venais, ajouta-t-il, vous prier de me prêter
le *pouillé* des évêques [220]. Il n'y a que vous à Tours
qui ayez cet ouvrage.

— Prenez-le dans ma bibliothèque, répondit
Birotteau, que la dernière phrase du chanoine fit
ressouvenir de toutes les jouissances de sa vie [221].

Le grand chanoine passa dans la bibliothèque, et
y resta pendant le temps que le vicaire mit à s'habiller. Bientôt la cloche du déjeuner se fit entendre,
et le goutteux, pensant [222] que, sans la visite de
Troubert, il n'aurait pas eu de feu pour se lever, se
dit :

— C'est un bon homme [223] !

Les deux prêtres descendirent ensemble, armés
chacun d'un énorme in-folio, qu'ils posèrent sur une
des consoles de la salle à manger.

— Qu'est-ce que c'est que ça ? demanda d'une voix
aigre Mlle Gamard en s'adressant à Birotteau.
J'espère que vous n'allez pas encombrer ma salle [224]
à manger de vos bouquins.

— C'est [225] des livres dont j'ai besoin, répondit
l'abbé Troubert, monsieur le vicaire a la complaisance de me les prêter.

— J'aurais dû deviner cela, dit-elle en laissant

échapper un sourire de dédain. M. Birotteau [226] ne lit pas souvent dans ces gros livres-là.

— Comment vous portez-vous, Mademoiselle? reprit le pensionnaire d'une voix flûtée.

— Mais pas très bien, répondit-elle sèchement. Vous êtes cause [227] que j'ai été réveillée hier pendant mon premier sommeil, et toute ma nuit s'en est ressentie.

En s'asseyant, Mlle Gamard ajouta [228] :

— Messieurs, le lait va se refroidir.

Stupéfait d'être si aigrement accueilli par son hôtesse quand il en attendait des excuses, mais effrayé, comme le sont les gens timides, par la perspective d'une discussion, surtout quand ils en sont l'objet, le pauvre vicaire s'assit en silence. Puis, en reconnaissant dans le visage de Mlle Gamard les symptômes d'une mauvaise humeur apparente, il resta constamment en guerre avec sa raison, qui lui ordonnait de ne pas souffrir le manque d'égards de son hôtesse, tandis [229] que son caractère le portait à éviter une querelle [230].

En proie à cette angoisse intérieure, Birotteau commença par examiner sérieusement les grandes hachures vertes peintes sur le gros taffetas ciré que, par un usage immémorial, Mlle Gamard laissait pendant le déjeuner sur la table, sans avoir égard ni aux bords usés ni aux nombreuses cicatrices de cette couverture. Les deux pensionnaires se trouvaient établis, chacun dans un fauteuil de canne, en face l'un de l'autre, à chaque bout de cette table royalement carrée, dont le centre était occupé par l'hôtesse, et qu'elle dominait du haut de sa chaise à patins, garnie [231] de coussins et adossée au poêle de la salle à manger. Cette pièce et le salon commun étaient situés au rez-de-chaussée, sous la chambre et le salon de l'abbé Birotteau.

Lorsque le vicaire eut reçu de Mlle Gamard sa tasse de café sucré [232], il fut glacé du profond silence dans lequel il allait accomplir l'acte si habituellement gai de son déjeuner. Il n'osait regarder ni la figure aride de Troubert ni le visage menaçant de la vieille fille, et se tourna par contenance vers le gros carlin chargé d'embonpoint qui, couché sur un coussin près du poêle, n'en bougeait jamais, trouvant toujours à sa gauche un petit plat rempli de friandises, et à sa droite un bol plein [233] d'eau claire.

— Eh bien, mon mignon, lui dit-il, tu attends ton café.

Ce personnage, l'un des plus importants au logis, mais peu gênant en ce qu'il n'aboyait plus et laissait la parole à sa maîtresse, leva sur Birotteau ses petits yeux perdus sous les plis formés dans son masque par la graisse, puis il les referma sournoisement [234]. Pour comprendre la souffrance du pauvre vicaire, il est nécessaire de dire que, doué d'une loquacité vide et sonore comme le retentissement d'un ballon, il prétendait [235], sans avoir jamais pu donner aux médecins une seule raison de son opinion, que les paroles favorisaient la digestion. Mademoiselle, qui partageait cette doctrine hygiénique, n'avait pas encore manqué, malgré leur mésintelligence, à causer pendant [236] les repas ; mais, depuis plusieurs matinées, le vicaire avait usé vainement son intelligence à lui faire des questions insidieuses pour parvenir à lui délier la langue [237].

Si les bornes étroites dans lesquelles se renferme cette histoire avaient permis de rapporter une seule de ces conversations qui excitaient presque toujours

le sourire amer et sardonique de l'abbé Troubert,
elle eût offert une peinture achevée de la vie
béotienne [238] des provinciaux. Quelques gens d'esprit
n'apprendraient peut-être pas sans plaisir les étranges
développements que l'abbé Birotteau et Mlle Gamard
donnaient à leurs opinions personnelles sur la politique, la religion et la littérature [239].

Il y aurait certes quelque chose de comique à
exposer : soit les raisons qu'ils avaient tous deux de
douter sérieusement, en 1826 [240], de la mort de
Napoléon; soit les conjectures qui les faisaient croire
à l'existence de Louis XVII, sauvé dans le creux
d'une grosse bûche. Qui n'eût pas ri de les entendre
établissant, par des raisons bien évidemment à eux,
que le roi de France disposait seul de tous les impôts,
que les Chambres étaient assemblées pour détruire
le clergé, qu'il était mort plus de treize cent mille [241]
personnes sur l'échafaud pendant la Révolution?
Puis ils parlaient de la presse sans connaître le
nombre des journaux, sans avoir la moindre idée
de ce qu'était cet instrument moderne.

Enfin, M. Birotteau écoutait avec attention
Mlle Gamard quand elle disait qu'un homme nourri
d'un œuf chaque matin devait infailliblement mourir
à la fin de l'année, et que cela s'était vu; qu'un
petit pain mollé, mangé sans boire pendant quelques
jours, guérissait de la sciatique; que tous les ouvriers
qui avaient travaillé à la démolition de l'abbaye
Saint-Martin étaient morts dans l'espace de six
mois [242]; que certain préfet avait fait tout son possible, sous Bonaparte, pour ruiner les tours de Saint-
Gatien; et mille autres contes absurdes.

Mais, en ce moment, Birotteau se sentit la langue
morte, il se résigna donc à manger [243] sans entamer

la conversation. Bientôt il trouva ce silence dangereux pour son estomac et dit hardiment [244] :

— Voilà du café excellent !

Cet acte de courage fut complètement inutile. Après avoir regardé le ciel par le petit espace qui séparait, au-dessus [245] du jardin, les deux arcs-boutants noirs de Saint-Gatien, le vicaire eut encore le courage de dire :

— Il fera [246] plus beau aujourd'hui qu'hier...

A ce propos, Mlle Gamard [247] se contenta de jeter la plus gracieuse de ses œillades à l'abbé Troubert, et reporta ses yeux empreints d'une sévérité terrible sur Birotteau, qui heureusement avait baissé les siens.

Nulle créature du genre féminin n'était plus capable que Mlle Sophie Gamard de formuler la nature élégiaque de [248] la vieille fille; mais, pour bien peindre un être dont le caractère prête un intérêt immense aux petits événements de ce drame, et à la vie antérieure des personnages qui en sont les acteurs, peut-être faut-il résumer ici les idées dont l'expression se trouve chez la vieille fille : la vie habituelle fait l'âme, et l'âme fait la physionomie.

Si tout, dans la société, comme dans le monde, doit avoir une fin, il y a certes ici-bas quelques existences dont le but et l'utilité sont inexplicables. La morale [249] et l'économie politique repoussent également l'individu qui consomme sans produire, qui tient une place sur terre sans répandre autour de lui ni bien ni mal; car le mal est sans doute un bien dont les résultats ne se manifestent pas immédiatement [250]. Il est rare que les vieilles filles ne se rangent pas d'elles-mêmes dans la classe de ces êtres improductifs. Or, si la conscience de son travail donne [251] à l'être agissant un sentiment de satisfaction qui l'aide à supporter la vie, la certitude [252] d'être à charge ou même inutile doit produire un effet contraire, et inspirer pour lui-même à l'être inerte le mépris qu'il excite chez les autres. Cette dure réprobation sociale est [253] une des causes qui, à l'insu des vieilles filles, contribuent à mettre dans leur âme le chagrin qu'expriment leurs figures [254].

Un préjugé dans lequel il y a du vrai peut-être jette constamment [255] partout, et en France encore plus qu'ailleurs, une grande défaveur sur la femme avec laquelle personne n'a voulu ni partager les biens ni supporter les maux de la vie. Or, il arrive pour les filles un âge où le monde, à tort ou à raison, les condamne sur le dédain dont elles sont victimes. Laides, la bonté de leur caractère devait racheter les imperfections de la nature; jolies, leur malheur a dû être fondé sur des causes graves [256]. On ne sait lesquelles, des unes ou des autres, sont les plus dignes de rebut. Si leur célibat a été raisonné, s'il est un vœu d'indépendance, ni les hommes ni les mères ne leur pardonnent d'avoir menti au dévouement de la femme, en s'étant refusées aux passions qui rendent leur sexe si touchant : renoncer à ses douleurs, c'est en abdiquer la poésie, et ne plus mériter les douces consolations [257] auxquelles une mère a toujours d'incontestables droits. Puis les sentiments généreux, les qualités exquises de la femme ne se développent que par leur constant exercice; en restant fille, une créature du sexe féminin n'est plus qu'un non-sens : égoïste et froide, elle fait horreur.

Cet arrêt implacable est malheureusement trop juste pour que les vieilles filles en ignorent les motifs.

Ces idées germent dans leur cœur aussi naturellement que les effets de leur triste vie se reproduisent dans leurs traits. Donc, elles se flétrissent, parce que l'expansion constante ou le bonheur qui épanouit la figure des femmes et jette tant de mollesse dans leurs mouvements n'a jamais existé chez elles. Puis elles deviennent âpres et chagrines, parce qu'un être qui a manqué sa vocation est malheureux; il souffre, et la souffrance engendre la méchanceté [258]. En effet, avant de s'en prendre à elle-même de son isolement, une fille en accuse longtemps le monde. De l'accusation à un désir de vengeance, il n'y a qu'un pas. Enfin, la mauvaise grâce répandue sur leurs personnes est encore un résultat nécessaire de leur vie. N'ayant jamais senti le besoin de plaire, l'élégance, le bon goût leur [259] restent étrangers. Elles ne voient qu'elles en elles-mêmes. Ce sentiment les porte insensiblement à choisir les choses qui leur sont commodes, au détriment de celles qui peuvent être agréables à autrui. Sans se bien rendre compte [260] de leur dissemblance avec les autres femmes, elles finissent par l'apercevoir et par en souffrir. La jalousie est un sentiment indélébile dans les cœurs féminins. Les vieilles filles sont donc jalouses à vide, et ne connaissent que les malheurs [261] de la seule passion que les hommes pardonnent au beau sexe, parce qu'elle les flatte [262].

Ainsi, torturées dans tous leurs vœux, obligées de se refuser aux développements de leur nature, les vieilles filles éprouvent toujours une gêne intérieure à laquelle elles ne s'habituent jamais. N'est-il pas dur à tout âge, surtout pour une femme, de lire sur les visages un sentiment de répulsion, quand il est dans sa destinée de [263] n'éveiller autour d'elle, dans les cœurs,

que des sensations gracieuses? Aussi le regard d'une
vieille fille est-il toujours oblique [264], moins par modestie que par peur et honte. Ces êtres ne [265] pardonnent pas à la société leur position fausse, parce qu'ils
ne se la pardonnent pas à eux-mêmes. Or, il est
impossible à une personne perpétuellement en guerre
avec elle, ou en contradiction avec la vie, de laisser
les autres en paix, et de ne pas envier leur bonheur.

Ce monde d'idées tristes était tout entier dans
les yeux gris et ternes de Mlle Gamard, et le large
cercle noir par lequel ils [266] étaient bordés accusait
les longs combats de sa vie solitaire. Toutes les
rides de son visage étaient droites. La charpente
de son front, de sa tête et de ses joues avait les caractères de la rigidité, de la sécheresse. Elle laissait
pousser, sans aucun souci, les poils jadis bruns de quelques signes parsemés sur son menton. Ses lèvres
minces couvraient à peine des dents trop longues qui
ne manquaient pas de blancheur [267]. Brune, ses cheveux, jadis noirs, avaient été blanchis par d'affreuses
migraines. Cet accident la [268] contraignait à porter
un tour; mais, ne sachant pas le mettre de manière
à en dissimuler la naissance, il existait souvent
de [269] légers interstices entre le bord de son bonnet et le cordon noir qui soutenait cette demi-
perruque assez mal bouclée [270]. Sa robe, de taffetas
en été, de mérinos en hiver, mais toujours de couleur
carmélite, serrait un peu trop sa taille [271] disgracieuse
et ses bras maigres. Sans cesse rabattue, sa collerette
laissait voir un cou dont la peau rougeâtre était
aussi artistement rayée que peut l'être une feuille de
chêne vue dans la lumière.

Son origine expliquait assez bien les malheurs de
sa conformation. Elle était fille d'un marchand de

bois, espèce de paysan parvenu. A dix-huit ans, elle
avait pu être fraîche et grasse, mais il ne lui restait
aucune trace ni de la blancheur de teint ni des jolies
couleurs [272] qu'elle se vantait d'avoir eues. Les tons
de sa chair avaient contracté la teinte blafarde assez
commune chez les dévotes. Son nez aquilin était
celui de tous les traits de sa figure qui contribuait
le plus à exprimer le despotisme de ses idées, de
même que la forme plate de son front [273] trahissait
l'étroitesse de son esprit. Ses mouvements avaient
une soudaineté bizarre qui excluait toute grâce; et
rien qu'à la voir tirant son mouchoir de son sac pour
se moucher à grand bruit, vous eussiez deviné son
caractère et ses mœurs [274]. D'une taille assez élevée,
elle se tenait très droit, et justifiait l'observation [275]
d'un naturaliste qui a physiquement expliqué la
démarche de toutes les vieilles filles en prétendant
que leurs jointures se soudent. Elle marchait sans
que le mouvement se distribuât également dans [276]
sa personne, de manière à produire ces ondulations
si gracieuses, si attrayantes chez les femmes; elle
allait, pour [277] ainsi dire, d'une seule pièce, en paraissant surgir, à chaque pas, comme la statue du Com-
mandeur. Dans ses moments de bonne humeur, elle
donnait à entendre, comme le font toutes les vieilles
filles qu'elle aurait bien pu se marier, mais elle
s'était heureusement aperçue à temps de la mauvaise
foi de son amant, et faisait ainsi, sans le savoir, le
procès à son cœur en faveur de son esprit de calcul.

Cette figure typique du genre *vieille fille* était
très bien encadrée par les grotesques inventions d'un
papier verni représentant des paysages turcs qui
ornaient les murs [278] de la salle à manger. Mlle Gamard
se tenait habituellement dans cette pièce, décorée

de deux consoles et d'un baromètre. A la place [279] adoptée par chaque abbé se trouvait un petit coussin en tapisserie dont les couleurs étaient passées. Le salon commun où elle recevait était digne d'elle. Il sera bientôt connu en faisant observer qu'il se nommait *le salon jaune :* les draperies en étaient jaunes, le meuble et la tenture jaunes ; sur la cheminée garnie d'une glace à cadre doré, des flambeaux et une pendule en cristal jetaient un éclat dur à l'œil. Quant au [280] logement particulier de Mlle Gamard, il n'avait été permis à personne d'y pénétrer. On pouvait seulement conjecturer qu'il était rempli de ces chiffons, de ces meubles usés, de ces espèces de haillons dont s'entourent toutes les vieilles filles, et auxquels elles tiennent tant.

Telle était la personne destinée à exercer la plus grande influence sur les derniers jours de l'abbé [281] Birotteau.

Faute d'exercer, selon les vœux de la nature, l'activité donnée à la femme, et par la nécessité où elle était de la dépenser, cette vieille fille l'avait transportée dans les intrigues [282] mesquines, les caquetages de province et les combinaisons égoïstes dont finissent par s'occuper exclusivement toutes les vieilles filles [283]. Birotteau, pour son malheur, avait développé chez Sophie Gamard les seuls sentiments qu'il fût possible à cette pauvre créature [284] d'éprouver, ceux de la haine, qui, latents jusqu'alors, par suite du calme et de la monotonie d'une vie provinciale dont pour elle l'horizon s'était encore rétréci, devaient acquérir d'autant plus d'intensité qu'ils allaient s'exercer sur de petites choses et au milieu d'une sphère étroite. Birotteau était de ces gens qui sont prédestinés à tout souffrir, parce que, ne sachant rien voir, ils ne peuvent rien éviter [285] : tout leur arrive.

— Oui, il fera beau, répondit après un moment le chanoine, qui parut sortir de sa rêverie et vouloir pratiquer les lois de la politesse.

Birotteau, effrayé du temps qui s'écoula entre la demande et la réponse, car il avait, pour la première fois de sa vie, pris son café sans parler, quitta la salle à manger, où son cœur était serré comme dans un étau. Sentant sa tasse de café pesante [286] sur son estomac, il alla se promener tristement dans les petites allées étroites et bordées de buis qui dessinaient [287] une étoile dans le jardin. Mais, en se retournant, après le premier tour qu'il y fit, il vit sur le seuil de la porte du salon Mlle Gamard et l'abbé Troubert plantés silencieusement : lui, les bras croisés et immobile comme la statue d'un tombeau; elle, appuyée sur la porte-persienne. Tous deux [288] semblaient, en le regardant, compter le nombre de ses pas. Rien n'est déjà plus gênant, pour une créature naturellement timide, que d'être l'objet d'un examen curieux; mais, s'il est fait par les yeux de la haine, l'espèce de souffrance qu'il cause se change en un martyre intolérable. Bientôt, l'abbé Birotteau s'imagina qu'il empêchait Mlle Gamard et le chanoine de se promener. Cette idée, inspirée tout à la fois par la crainte et par la bonté, prit un tel accroissement, qu'elle lui fit abandonner la place. Il s'en alla, ne pensant déjà plus à son canonicat, tant il était absorbé [289] par la désespérante tyrannie de la vieille fille. Il trouva par hasard, et heureusement pour lui, beaucoup d'occupation à Saint-Gatien, où il y eut plusieurs enterrements, un mariage et deux baptêmes. Il put alors oublier ses chagrins.

Quand son estomac lui annonça l'heure du dîner, il ne tira pas sa montre sans effroi, en voyant quatre heures et quelques minutes. Il connaissait la ponctualité de Mlle Gamard, il se hâta donc de se rendre au logis.

Il aperçut dans la cuisine le premier service desservi. Puis, quand il arriva dans la salle à manger, la vieille fille lui dit d'un son de voix où se peignaient également l'aigreur d'un reproche et la joie de trouver son pensionnaire en faute [290] :

— Il est quatre heures et demie, monsieur Birotteau. Vous savez que nous ne devons pas nous attendre.

Le vicaire regarda le cartel de la salle à manger, et la manière dont était posée l'enveloppe de gaze destinée à le garantir de la poussière lui prouva que son hôtesse l'avait remonté pendant la matinée, en se donnant le plaisir de le faire avancer sur l'horloge de Saint-Gatien. Il n'y avait pas d'observation possible. L'expression verbale du soupçon conçu par le vicaire eût causé [291] la plus terrible et la mieux justifiée des explosions éloquentes que Mlle Gamard sût, comme toutes les femmes de sa classe, faire jaillir en pareil cas [292].

Les mille et une contrariétés qu'une servante peut faire subir à son maître, ou une femme à son mari dans les habitudes privées de la vie, furent devinées par Mlle Gamard, qui en accabla son pensionnaire. La manière dont elle se plaisait à ourdir ses conspirations contre le bonheur domestique du pauvre prêtre portait l'empreinte du génie le plus profondément malicieux. Elle s'arrangea pour ne jamais paraître [293] avoir tort.

Huit jours après le moment où ce récit commence,

l'habitation de cette maison et les relations que l'abbé Birotteau avait avec Mlle Gamard lui révélèrent une trame ourdie depuis six mois. Tant que [294] la vieille fille avait sourdement exercé sa vengeance, et que le vicaire avait pu s'entretenir volontairement dans l'erreur, en refusant de croire à des intentions malveillantes, le mal moral avait fait peu de progrès chez lui. Mais, depuis l'affaire du bougeoir [295] remonté, de la pendule avancée, Birotteau ne pouvait pas douter qu'il ne vécût sous l'empire d'une haine dont l'œil était toujours ouvert sur lui. Il arriva dès lors rapidement [296] au désespoir, en apercevant, à toute heure, les doigts crochus et effilés de Mlle Gamard prêts à s'enfoncer dans son cœur.

Heureuse de vivre par un sentiment aussi fertile en émotions que l'est celui de la vengeance, la vieille fille se plaisait à planer, à peser sur le vicaire, comme un oiseau de proie plane et pèse [297] sur un mulot avant de le dévorer. Elle avait conçu depuis longtemps un plan que le prêtre abasourdi ne pouvait deviner, et qu'elle ne tarda pas à dérouler, en montrant le génie que savent déployer, dans les petites choses, les personnes solitaires dont l'âme, inhabile à sentir les grandeurs de la piété vraie, s'est jetée dans les minuties de la dévotion. Dernière mais affreuse aggravation de peine ! La nature de ses chagrins interdisait à Birotteau, homme d'expansion, aimant à être plaint et consolé, la petite douceur de les raconter à ses amis. Le peu de tact qu'il devait à sa timidité lui faisait redouter de paraître ridicule en s'occupant de pareilles niaiseries. Et cependant ces niaiseries composaient toute son existence, sa chère existence pleine d'occupations [298] dans le vide et de vide dans les occupations ; vie terne et grise où les sentiments trop forts étaient des malheurs [299], où l'absence de toute émotion était une félicité. Le paradis du pauvre prêtre se changea donc subitement en enfer [300]. Enfin, ses souffrances devinrent intolérables. La terreur que lui causait la perspective d'une explication avec Mlle Gamard s'accrut de jour en jour, et le malheur secret qui flétrissait les heures de sa vieillesse altéra sa santé. Un matin, en mettant ses bas bleus chinés, il reconnut une perte de huit lignes dans la circonférence de son mollet. Stupéfait de ce diagnostic si cruellement irrécusable, il résolut de faire [301] une tentative auprès de l'abbé Troubert, pour le prier d'intervenir officieusement entre Mlle Gamard et lui.

En se trouvant en présence de l'imposant chanoine, qui, pour le recevoir dans une chambre nue, quitta promptement un cabinet plein de papiers où il travaillait sans cesse, et où ne pénétrait personne [302], le vicaire eut presque honte de parler des taquineries de Mlle Gamard à un homme qui lui paraissait si sérieusement occupé. Mais, après avoir subi toutes les angoisses de ces délibérations intérieures que les gens humbles, indécis ou faibles éprouvent même pour des choses sans importance [303], il se décida, non sans avoir le cœur grossi par des pulsations extraordinaires, à expliquer sa position à l'abbé Troubert. Le chanoine écouta d'un air grave et froid [304], essayant, mais en vain, de réprimer certains sourires qui, peut-être, eussent révélé les émotions d'un contentement intime à des yeux intelligents. Une flamme parut [305] s'échapper de ses paupières lorsque Birotteau lui peignit, avec l'éloquence que donnent les sentiments vrais, la constante amertume [306] dont il était abreuvé; mais Troubert mit la main au-dessus de ses yeux par un geste assez familier aux penseurs, et garda l'attitude de dignité qui lui était habituelle.

Quand le vicaire eut cessé de parler, il aurait été bien embarrassé s'il avait voulu chercher sur la figure de Troubert, alors marbrée par des taches plus jaunes encore que ne l'était ordinairement son teint bilieux, quelques traces des sentiments qu'il avait dû exciter chez ce prêtre mystérieux. Après être resté pendant un moment silencieux, le chanoine fit une de ces réponses dont toutes les paroles devaient être longtemps étudiées pour que leur portée fût entièrement mesurée, mais qui [307], plus tard, prouvaient aux gens réfléchis l'étonnante profondeur de son âme et la puissance de son esprit. Enfin, il accabla Birotteau en lui disant que ces choses l'étonnaient d'autant plus, qu'il ne s'en serait jamais aperçu sans la confession de son frère; il attribuait ce défaut d'intelligence à ses occupations sérieuses, à ses travaux, et à la tyrannie de certaines pensées élevées qui ne lui permettaient pas de regarder aux détails de la vie. Il lui fit observer, mais sans avoir l'air de vouloir censurer la conduite d'un homme dont l'âge et les connaissances méritaient son respect, que [308] « jadis les solitaires songeaient rarement à leur nourriture, à leur abri, au fond des thébaïdes où ils se livraient à de saintes contemplations, » et que, « de nos jours, le prêtre pouvait par la pensée se faire partout une thébaïde. »

Puis, revenant à Birotteau, il ajouta que « ces discussions étaient toutes nouvelles pour lui. Pendant douze années, rien de semblable n'avait eu lieu entre Mlle Gamard et le vénérable abbé Chapeloud. »

Quant à lui, sans doute, il pouvait bien, ajouta-t-il, devenir [309] l'arbitre entre le vicaire et leur hôtesse, parce que son amitié pour elle ne dépassait pas les bornes imposées par les lois de l'Église à ses fidèles serviteurs; mais alors la justice exigeait qu'il entendît aussi Mlle Gamard. Que, d'ailleurs, il [310] ne trouvait rien de changé en elle; qu'il l'avait toujours vue ainsi; qu'il s'était volontiers soumis à quelques-uns de ses caprices, sachant que cette respectable demoiselle était la bonté, la douceur même; qu'il fallait attribuer les légers changements de son humeur aux souffrances causées par une pulmonie dont elle ne parlait pas, et à laquelle elle se résignait en vraie chrétienne… Il finit en disant au vicaire, que : « pour peu qu'il restât encore quelques années auprès de mademoiselle, il saurait mieux l'apprécier, et reconnaître les trésors de cet excellent caractère ».

L'abbé Birotteau sortit confondu. Dans la nécessité fatale où il se trouvait de ne prendre conseil que de lui-même, il jugea Mlle Gamard d'après lui. Le bonhomme crut, en s'absentant pendant quelques jours, éteindre, faute d'aliment, la haine que lui portait cette fille. Donc, il résolut d'aller, comme jadis, passer plusieurs jours à une campagne où Mme de Listomère se rendait à la fin de l'automne, époque à laquelle le ciel est ordinairement pur et doux en Touraine. Pauvre [311] homme ! il accomplissait précisément les vœux secrets de sa terrible ennemie, dont les projets ne pouvaient être déjoués que [312] par une patience de moine; mais, ne devinant rien, ne sachant point ses propres affaires, il devait succomber, comme un agneau, sous le premier coup du boucher.

Située sur la levée qui se trouve entre la ville de

Tours et les hauteurs de Saint-Georges, exposée au midi, entourée de rochers, la propriété de Mme de Listomère offrait [313] les agréments de la campagne et tous les plaisirs de la ville. En effet, il ne fallait pas plus de dix minutes pour venir du pont de Tours à la porte de cette maison, nommée *l'Alouette :* avantage précieux dans un pays où personne ne veut se déranger pour quoi que ce soit [314], même pour aller chercher un plaisir. L'abbé Birotteau était à l'Alouette depuis environ dix jours, lorsqu'un matin, au moment du déjeuner, le concierge vint lui dire que M. Caron désirait lui parler. M. Caron était un avocat chargé des affaires de Mlle Gamard. Birotteau, ne s'en souvenant pas et ne se connaissant aucun point litigieux à démêler avec qui que ce fût au monde, quitta la table en proie à une sorte d'anxiété pour chercher l'avocat : il le trouva modestement assis sur la balustrade d'une terrasse [315].

— L'intention où vous êtes de ne plus loger chez Mlle Gamard étant devenue évidente..., dit l'homme d'affaires.

— Eh ! monsieur, s'écria l'abbé Birotteau en interrompant, je n'ai jamais [316] pensé à la quitter.

— Cependant, monsieur, reprit l'avocat, il faut bien que vous vous soyez expliqué à cet égard avec mademoiselle, puisqu'elle m'envoie à la fin de savoir si vous restez longtemps à la campagne. Le cas d'une longue absence, n'ayant pas été prévu dans vos conventions, peut donner matière à contestation. Or, Mlle Gamard entendant que votre pension...

— Monsieur, dit Birotteau, surpris et interrompant encore l'avocat [317], je ne croyais pas qu'il fût nécessaire d'employer des voies presque judiciaires pour...

— Mlle Gamard, qui veut prévenir toute difficulté, dit M. Caron, m'a envoyé pour m'entendre [318] avec vous.

— Eh bien, si vous voulez avoir la complaisance de revenir demain, reprit encore l'abbé Birotteau, j'aurai consulté de mon côté.

— Soit, dit Caron en saluant.

Et le ronge-papiers se retira [319]. Le pauvre vicaire, épouvanté de la persistance avec laquelle Mlle Gamard le poursuivait, rentra dans la salle à manger de Mme de Listomère en offrant une figure bouleversée. A son aspect, chacun de lui demander :

— Que vous arrive-t-il donc, monsieur Birotteau?

L'abbé, désolé, s'assit sans répondre, tant il était frappé par les vagues images [320] de son malheur. Mais, après le déjeuner, quand plusieurs de ses amis furent réunis [321] dans le salon devant un bon feu, Birotteau leur raconta naïvement les détails de son aventure. Ses auditeurs, qui commençaient à s'ennuyer de leur séjour à la campagne, s'intéressèrent [322] vivement à cette intrigue, si bien en harmonie avec la vie de province. Chacun prit parti [323] pour l'abbé contre la vieille fille.

— Comment, lui dit Mme de Listomère, ne voyez-vous pas clairement que l'abbé Troubert veut votre logement?

Ici, l'historien serait en droit de crayonner le portrait de cette dame; mais il a pensé que ceux mêmes auxquels le système de *cognomologie* de Sterne [324] est inconnu, ne pourraient pas prononcer ces trois mots : Mme DE LISTOMÈRE ! sans se la peindre noble, digne, tempérant les rigueurs de la pitié par la vieille élégance des mœurs monarchiques [325] et classiques, par des manières polies; bonne, mais un peu roide;

légèrement nasillarde; se permettant [326] la lecture de *la Nouvelle Héloïse*, la comédie, et se coiffant encore en cheveux [327].

— Il ne faut pas que l'abbé Birotteau cède à cette vieille tracassière ! s'écria M. de Listomère [328], lieutenant de vaisseau venu en congé chez sa tante. Si le vicaire a du cœur et veut suivre mes avis, il aura bientôt conquis sa tranquillité.

Enfin, chacun se mit à analyser les actions de Mlle Gamard avec la perspicacité particulière aux gens de province, auxquels on ne peut refuser le talent de savoir mettre à nu les motifs les plus secrets [329] des actions humaines.

— Vous n'y êtes pas, dit un vieux propriétaire qui connaissait le pays. Il y a là-dessous quelque chose de grave que je ne saisis pas encore. L'abbé Troubert est trop profond pour être deviné si promptement. Notre cher Birotteau n'est qu'au commencement de ses peines. D'abord, sera-t-il heureux et tranquille, même en cédant son logement à Troubert? J'en doute. — Si Caron est venu vous dire. ajouta-t-il en se tournant vers le prêtre ébahi, que vous aviez l'intention de quitter Mlle Gamard, sans doute Mlle Gamard [330] a l'intention de vous mettre hors de chez elle... Eh bien, vous en sortirez [331] bon gré, mal gré. Ces sortes de gens ne hasardent jamais rien et ne jouent qu'à coup sûr.

Ce vieux gentilhomme [332], nommé M. de Bourbonne, résumait toutes les idées de la province aussi complètement que Voltaire a résumé l'esprit de son époque. Ce vieillard, sec et maigre, professait en matière d'habillement toute l'indifférence d'un propriétaire dont la valeur territoriale est cotée dans le département. Sa physionomie, tannée par le soleil

de la Touraine, était moins spirituelle que fine.
Habitué à peser ses paroles, à combiner ses actions,
il cachait sa profonde circonspection sous une simplicité trompeuse. Aussi l'observation la plus légère
suffisait-elle pour faire reconnaître que [333], semblable
à un paysan de Normandie, il avait toujours l'avantage dans toutes les affaires. Il était très supérieur
en œnologie, la science favorite des Tourangeaux.
Il avait su arrondir les prairies d'un de ses domaines
aux dépens des lais [334] de la Loire en évitant tout
procès avec l'État. Ce bon tour le faisait passer
pour [335] un homme de talent. Si, charmé par la conversation de M. de Bourbonne, vous eussiez demandé
sa biographie à [336] quelque Tourangeau : « Oh ! *c'est
un vieux malin !* » eût été la réponse proverbiale de
tous ses jaloux, et il en avait beaucoup. En Touraine, la jalousie [337] forme, comme dans la plupart
des provinces, *le fond de la langue.*

L'observation de M. de Bourbonne occasionna
momentanément un silence pendant lequel les personnes qui composaient ce petit comité parurent
réfléchir [338]. Sur ces entrefaites, Mlle Salomon de Villenoix fut annoncée. Amenée par le désir d'être utile
à Birotteau, elle arrivait de Tours, et les nouvelles
qu'elle en apportait changèrent complètement la
face des affaires. Au moment de son arrivée, chacun,
sauf le propriétaire [339], conseillait à Birotteau de
guerroyer contre Troubert et Gamard, sous les aus-
pices de la société aristocratique qui devait le protéger.

— Le vicaire-général, auquel le travail du personnel est remis, dit Mlle Salomon, vient de tomber
malade [340], et l'archevêque a commis à sa place
M. l'abbé Troubert. Maintenant, la nomination au

canonicat dépend [341] donc entièrement de lui. Or,
hier, chez Mlle de la Blottière, l'abbé Poirel a parlé
des désagréments que l'abbé Birotteau causait à
Mlle Gamard, de manière à vouloir justifier la disgrâce dont sera frappé notre bon abbé [342] : « L'abbé
Birotteau est un homme auquel l'abbé Chapeloud
était bien nécessaire, disait-il; et, depuis la mort de
ce vertueux chanoine, il a été prouvé que... » Les [343]
suppositions, les calomnies se sont succédé. Vous
comprenez?

— Troubert sera vicaire-général, dit solennelle-
ment M. de Bourbonne.

— Voyons! s'écria Mme de Listomère en regardant Birotteau, que préférez-vous : être chanoine,
ou rester chez Mlle Gamard?

— Être chanoine! fut un cri général.

— Eh bien! reprit Mme de Listomère, il faut
donner gain de cause à l'abbé Troubert et à Mlle Gamard. Ne vous font-ils pas savoir indirectement,
par la visite de Caron, que, si vous consentez à les
quitter, vous serez chanoine? Donnant, donnant!

Chacun se récria sur la finesse et la sagacité de
Mme de Listomère, excepté le baron de Listomère,
son neveu, qui dit d'un ton comique à M. de Bourbonne :

— J'aurais voulu le combat entre *la Gamard* et
le Birotteau.

Mais, pour le malheur du vicaire, les forces n'étaient
pas égales entre les gens du monde et la vieille fille
soutenue par l'abbé Troubert. Le moment arriva
bientôt où la lutte devait se dessiner plus franchement, s'agrandir et prendre des proportions énormes.
Sur l'avis de Mme de Listomère et de la plupart de
ses adhérents, qui commençaient à se passionner

pour cette intrigue jetée dans le vide de leur vie provinciale, un valet fut expédié à M. Caron. L'homme d'affaires revint avec une célérité remarquable, et qui n'effraya que M. de Bourbonne [344].

— Ajournons toute décision jusqu'à un plus ample informé, fut l'avis de ce Fabius en robe de chambre, auquel de profondes réflexions révélaient les hautes combinaisons de l'échiquier tourangeau.

Il voulut éclairer Birotteau sur les dangers de sa position. La sagesse du *vieux malin* ne servait pas les passions du moment, il n'obtint qu'une légère attention. La conférence entre l'avocat et Birotteau dura peu. Le vicaire rentra tout effaré, disant :

— Il me demande un écrit qui constate mon *retrait.*

— Quel est ce mot effroyable? dit le lieutenant de vaisseau.

— Qu'est-ce que cela veut dire? s'écria Mme de Listomère.

— Cela signifie simplement que l'abbé doit déclarer vouloir quitter la maison de Mlle Gamard, répondit M. de Bourbonne en prenant une prise de tabac.

— N'est-ce que cela? Signez! dit Mme de Listomère en regardant Birotteau. Si vous êtes décidé sérieusement à sortir de chez elle, il n'y a aucun inconvénient à constater votre volonté.

La *volonté de Birotteau!*

— Cela est juste, dit M. de Bourbonne en fermant sa tabatière par un geste sec dont la signification est impossible à rendre, car c'était tout un langage [345]. — Mais il est toujours dangereux d'écrire, ajouta-t-il en posant sa tabatière sur la cheminée d'un air à épouvanter le vicaire [346].

Birotteau se trouvait tellement hébété par le renversement de toutes ses idées, par la rapidité des événements qui le surprenaient sans défense, par la facilité avec laquelle ses amis traitaient les affaires les plus chères de sa vie solitaire, qu'il restait immobile, comme perdu dans la lune, ne pensant à rien, mais écoutant et cherchant à comprendre le sens des rapides paroles que tout le monde prodiguait. Il prit l'écrit de M. Caron et le lut, comme si le *libellé* de l'avocat allait être l'objet de son attention; mais ce fut un mouvement machinal. Et il signa cette pièce, par laquelle il reconnaissait renoncer volontairement à demeurer chez Mlle Gamard, comme à y être nourri suivant les conventions faites entre eux.

Quand le vicaire eut achevé d'apposer sa signature, le sieur Caron reprit [347] l'acte et lui demanda dans quel endroit sa cliente devait faire remettre les choses à lui appartenant. Birotteau indiqua la maison de Mme de Listomère. Par un signe, cette dame consentit à recevoir l'abbé pour quelques jours, ne doutant pas qu'il ne fût bientôt nommé chanoine. Le vieux propriétaire voulut voir cette espèce d'acte de renonciation, et M. Caron le lui apporta.

— Eh bien, demanda-t-il au vicaire après [348] l'avoir lu, il existe donc entre vous et Mlle Gamard des conventions écrites? où sont-elles? quelles en sont les stipulations?

— L'acte est chez moi, répondit Birotteau.

— En connaissez-vous la teneur? demanda le propriétaire à l'avocat.

— Non, monsieur, dit M. Caron en tendant la main pour reprendre le papier fatal.

— Ah! se dit en lui-même le vieux propriétaire,

toi, monsieur l'avocat, tu sais sans doute tout ce
que cet acte contient; mais tu n'es pas payé pour
nous le dire.

Et M. de Bourbonne rendit la renonciation à
l'avocat [349].

— Où vais-je mettre tous mes meubles? s'écria
Birotteau, et mes livres, ma belle bibliothèque, mes
beaux [350] tableaux, mon salon rouge, enfin tout mon
mobilier?

Et le désespoir du pauvre homme, qui se trouvait
déplanté, pour ainsi dire, avait quelque chose de si
naïf; il peignait si bien la pureté de ses mœurs, son
ignorance des choses du monde, que Mme de Listomère et Mlle Salomon lui dirent pour le consoler,
en prenant le ton employé par les mères quand elles
promettent [351] un jouet à leurs enfants :

— N'allez-vous pas vous inquiéter de ces niai-
series-là? Mais nous vous trouverons toujours bien
une maison moins froide, moins noire que celle de
Mlle Gamard. S'il ne se rencontre pas de logement
qui vous plaise, eh bien, l'une de nous vous prendra
chez elle en pension. Allons [352], faisons un trictrac.
Demain, vous irez voir M. l'abbé Troubert pour lui
demander son appui, et vous verrez comme vous
serez bien reçu [353] par lui !

Les gens faibles se rassurent aussi facilement qu'ils
se sont effrayés [354]. Donc, le pauvre Birotteau, ébloui
par la perspective de demeurer chez Mme de Listomère, oublia la ruine, consommée sans retour, du
bonheur qu'il avait si longtemps désiré, dont il avait
si délicieusement joui. Mais, le soir, avant de s'endormir, et [355] avec la douleur d'un homme pour qui
le tracas d'un déménagement et de nouvelles habitudes étaient la fin du monde, il se tortura l'esprit

à chercher où il pourrait retrouver pour sa bibliothèque un emplacement aussi commode que l'était
sa galerie. En voyant ses livres errants, ses meubles
disloqués et son ménage en désordre [356], il se demandait mille fois pourquoi la première année passée
chez Mlle Gamard avait été si douce, et la seconde
si cruelle. Et toujours son aventure était un puits
sans fond où tombait sa raison. Le canonicat ne lui
semblait plus une compensation suffisante à tant
de malheurs, et il comparait sa vie à un bas dont
une seule maille échappée faisait déchirer toute la
trame. Mlle Salomon lui restait. Mais, en perdant
ses vieilles illusions [357], le pauvre prêtre n'osait plus
croire à une jeune amitié.

Dans la *citta dolente* des vieilles filles, il s'en rencontre beaucoup, surtout en France, dont la vie est
un sacrifice noblement offert tous les jours à de
nobles sentiments. Les unes demeurent fièrement [358]
fidèles à un cœur que la mort leur a trop promptement ravi : martyres de l'amour, elles trouvent le
secret d'être femmes par l'âme. Les autres obéissent
à un orgueil de famille, qui, chaque jour, déchoit à
notre honte, et se dévouent à la fortune d'un frère,
ou à des neveux orphelins : celles-là se font mères
en restant vierges. Ces vieilles filles atteignent au
plus haut héroïsme de leur sexe en consacrant tous
les sentiments féminins au culte du malheur. Elles
idéalisent la figure de la femme en renonçant aux
récompenses de sa destinée et n'en acceptant [359] que
les peines. Elles vivent alors entourées de la splen-
deur de leur dévouement, et les hommes inclinent
respectueusement la tête devant leurs traits flétris.
Mlle de Sombreuil n'a été ni femme ni fille; elle fut
et sera toujours une vivante poésie [360].

Mlle Salomon appartenait à ces créatures héroïques. Son dévouement était religieusement sublime, en ce qu'il devait être sans gloire, après avoir été une souffrance de tous les jours. Belle, jeune, elle fut aimée, elle aima; son prétendu perdit la raison. Pendant cinq années [361], elle s'était, avec le courage de l'amour, consacrée au bonheur mécanique de ce malheureux, de qui elle avait si bien épousé la folie qu'elle ne le croyait point fou [362]. C'était, du reste, une personne simple de manières, franche en son langage [363], et dont le visage pâle ne manquait pas de physionomie, malgré la régularité [364] de ses traits. Elle ne parlait jamais des événements de sa vie. Seulement, parfois, les tressaillements soudains qui lui échappaient en entendant le récit d'une aventure affreuse, ou triste, révélaient en elle les belles qualités que développent les grandes douleurs. Elle était venue habiter Tours après avoir perdu le compagnon de sa vie. Elle ne pouvait y être appréciée à sa juste valeur, et passait pour une *bonne personne*. Elle faisait beaucoup de bien, et s'attachait, par goût, aux êtres faibles. A ce titre, le pauvre vicaire lui avait inspiré naturellement un profond intérêt.

Mlle de Villenoix, qui allait à la ville dès le matin, y emmena Birotteau, le mit sur le quai de la Cathédrale, et le laissa s'acheminant vers le Cloître, où il avait grand désir d'arriver pour sauver au moins le canonicat du naufrage, et veiller à l'enlèvement de son mobilier. Il ne sonna pas sans éprouver de violentes palpitations de cœur à la porte de cette maison, où il avait l'habitude de venir depuis quatorze ans, qu'il avait habitée, et d'où il devait s'exiler [365] à jamais, après avoir rêvé d'y mourir en

paix, à l'imitation de son ami Chapeloud. Marianne
parut surprise de voir le vicaire. Il lui dit qu'il venait
parler à l'abbé Troubert, et se dirigea vers le rez-
de-chaussée où demeurait le chanoine; mais Marianne
lui cria :

— L'abbé Troubert n'est plus là, monsieur le
vicaire, il est [366] dans votre ancien logement.

Ces mots causèrent un affreux saisissement au
vicaire, qui comprit enfin le caractère [367] de Troubert, et la profondeur d'une vengeance si lentement
calculée, en le trouvant établi dans la bibliothèque
de Chapeloud, assis dans le beau fauteuil gothique
de Chapeloud, couchant sans doute dans le lit de
Chapeloud, jouissant des meubles de Chapeloud,
logé au cœur de Chapeloud, annulant le testament
de Chapeloud, et déshéritant enfin l'ami de ce Chapeloud, qui, pendant si longtemps, l'avait parqué
chez Mlle Gamard, en lui interdisant tout avancement et lui fermant les salons de Tours.

Par quel coup de baguette magique cette métamorphose avait-elle eu lieu? Tout cela n'apparte-
nait-il donc plus à Birotteau? Certes, en voyant
l'air sardonique avec lequel Troubert contemplait
cette bibliothèque, le pauvre Birotteau jugea [368] que
le futur vicaire-général était sûr de posséder toujours
la dépouille de ceux qu'il avait si cruellement haïs,
Chapeloud comme un ennemi, et Birotteau, parce
qu'en lui se retrouvait encore Chapeloud. Mille
idées se levèrent [369], à cet aspect, dans le cœur du
bonhomme et [370] le plongèrent dans une sorte de
songe. Il resta immobile et comme fasciné par l'œil
de Troubert, qui le regardait fixement.

— Je ne pense pas, monsieur, dit enfin Birotteau,
que vous vouliez me priver des choses qui m'appar-

tiennent. Si Mlle Gamard a pu être impatiente de vous mieux loger, elle doit se montrer cependant assez juste pour me laisser le temps de reconnaître mes livres et d'enlever mes meubles.

— Monsieur, dit froidement l'abbé Troubert en ne laissant paraître sur son visage aucune marque d'émotion, Mlle Gamard m'a instruit hier de votre départ, dont la cause m'est encore inconnue. Si elle m'a installé ici, ce fut par nécessité. M. l'abbé Poirel a pris mon appartement. J'ignore si les choses qui sont dans ce logement appartiennent ou non à mademoiselle; mais, si elles sont à vous, vous connaissez sa bonne foi : la sainteté de sa vie est une garantie de sa probité. Quant à moi, vous n'ignorez pas la simplicité de mes mœurs [371]. J'ai couché pendant quinze années dans une chambre nue sans faire attention à l'humidité, qui m'a tué à la longue. Cependant, si vous vouliez habiter de nouveau cet appartement, je vous le céderais volontiers.

En entendant ces mots terribles, Birotteau oublia l'affaire du canonicat, il descendit [372] avec la promptitude d'un jeune homme pour chercher Mlle Gamard, et la rencontra au bas de l'escalier, sur le large palier dallé qui unissait les deux corps de logis.

— Mademoiselle, dit-il en la saluant et sans faire attention ni au sourire aigrement moqueur qu'elle avait sur les lèvres ni à la flamme extraordinaire qui donnait à ses yeux la clarté de ceux des tigres, je ne m'explique pas comment vous n'avez pas attendu que j'aie enlevé mes meubles, pour...

— Quoi! lui dit-elle en l'interrompant, est-ce que [373] tous vos effets n'auraient pas été remis chez Mme de Listomère?

— Mais mon mobilier?

— Vous n'avez donc pas lu votre acte? dit la vieille fille d'un ton qu'il faudrait pouvoir écrire musicalement pour faire comprendre combien la haine sut mettre de nuances [374] dans l'accentuation de chaque mot.

Et Mlle Gamard parut grandir, et ses yeux brillèrent encore, et son visage s'épanouit, et toute sa personne frissonna de plaisir. L'abbé Troubert ouvrit une fenêtre pour lire plus distinctement dans un volume in-folio. Birotteau resta comme foudroyé. Mlle Gamard lui cornait aux oreilles, d'une voix aussi claire que le son d'une trompette, les phrases suivantes :

— N'est-il pas [375] convenu, au cas où vous sortiriez de chez moi, que votre mobilier m'appartiendrait, pour m'indemniser de la différence qui existait entre la quotité de votre pension et celle du respectable abbé Chapeloud? Or, M. l'abbé Poirel ayant été nommé chanoine...

En entendant ces derniers mots, Birotteau s'inclina faiblement, comme pour prendre congé de la vieille fille; puis il sortit précipitamment. Il avait peur, en restant plus longtemps, de tomber en défaillance et de donner ainsi un trop grand triomphe à de si implacables ennemis. Marchant comme un homme ivre, il gagna la maison de Mme de Listomère, où il trouva dans une salle basse son linge, ses vêtements et ses papiers contenus dans une malle. A l'aspect [376] des débris de son mobilier, le malheureux prêtre s'assit, et se cacha le visage dans les mains pour dérober aux gens la vue de ses pleurs. L'abbé Poirel était chanoine ! Lui, Birotteau, se voyait sans asile [377], sans fortune et sans mobilier ! Heureusement, Mlle Salomon vint à passer en voiture. Le concierge de la maison, qui comprit le désespoir du pauvre homme, fit un signe au cocher. Puis, après quelques mots échangés entre la vieille fille et le concierge, le vicaire se laissa conduire à demi mort près de sa fidèle amie, à laquelle il ne put dire que des mots [378] sans suite. Mlle Salomon, effrayée du dérangement momentané d'une tête [379] déjà si faible, l'emmena sur-le-champ à l'Alouette, en attribuant ce commencement d'aliénation mentale à l'effet qu'avait dû produire sur lui la nomination [380] de l'abbé Poirel. Elle ignorait les conventions du prêtre avec Mlle Gamard, par l'excellente raison qu'il en ignorait lui-même l'étendue. Et, comme il est dans la nature que le comique se trouve mêlé parfois aux choses les plus pathétiques, les étranges réponses de Birotteau firent presque sourire Mlle Salomon.

— Chapeloud avait raison, disait-il. C'est un monstre !

— Qui ? demandait-elle [381].

— Chapeloud. Il m'a tout pris !

— Poirel, donc ?

— Non, Troubert.

Enfin, ils arrivèrent à l'Alouette, où les amis du prêtre lui prodiguèrent des soins si empressés, que, vers le soir, ils le calmèrent, et purent obtenir de lui le récit de ce qui s'était passé [382] pendant la matinée.

Le flegmatique propriétaire demanda naturellement à voir l'acte [383] qui, depuis la veille, lui paraissait contenir le mot de l'énigme. Birotteau tira le fatal papier timbré de sa poche, le tendit à M. de Bourbonne, qui le lut rapidement, et arriva bientôt à une clause [384] ainsi conçue :

« Comme il se trouve une différence de huit cents

francs par an entre la pension que payait feu M. Chapeloud et celle pour laquelle ladite Sophie Gamard consent à prendre chez elle, aux conditions ci-dessus stipulées, ledit François Birotteau; attendu que le soussigné François Birotteau reconnaît surabondamment être [385] hors d'état de donner pendant plusieurs années le prix payé par les pensionnaires de la demoiselle Gamard, et notamment par l'abbé Troubert; enfin, eu égard à diverses avances faites par ladite Sophie Gamard soussignée [386], ledit Birotteau s'engage à lui laisser à titre d'indemnité le mobilier dont il se trouvera possesseur à son décès, ou lorsque, par quelque cause que ce puisse être [387], il viendrait à quitter volontairement, et à quelque époque que ce soit [388], les lieux à lui présentement loués, et à ne plus profiter des avantages stipulés dans les engagements pris par Mlle [389] Gamard envers lui, ci-dessus... »

— Tudieu, quelle grosse ! s'écria le propriétaire, et de quelles griffes est armée ladite Sophie Gamard !

Le pauvre Birotteau, n'imaginant dans sa cervelle d'enfant aucune cause qui pût le séparer un jour de Mlle Gamard, comptait mourir chez elle. Il n'avait aucun souvenir de cette clause, dont les termes ne furent pas même discutés jadis, tant [390] elle lui avait semblé juste, lorsque, dans son désir d'appartenir à la vieille fille, il aurait signé tous les parchemins qu'on lui aurait présentés. Cette innocence était si respectable, et la conduite de Mlle Gamard si atroce; le sort de ce pauvre sexagénaire avait quelque chose de si déplorable, et sa faiblesse le rendait si touchant, que, dans un premier moment d'indignation, Mme de Listomère s'écria :

— Je suis cause de la signature de l'acte qui vous a ruiné, je dois vous [391] rendre le bonheur dont je vous ai privé.

— Mais, dit le vieux gentilhomme [392], l'acte constitue un dol, et il y a matière à procès...

— Eh bien ! Birotteau plaidera. S'il perd à Tours, il gagnera à Orléans. S'il perd à Orléans, il gagnera à Paris, s'écria le baron de Listomère.

— S'il veut plaider, reprit froidement M. de Bourbonne, je lui conseille de se démettre d'abord de son vicariat.

— Nous consulterons des avocats, reprit Mme de Listomère, et nous plaiderons, s'il faut plaider. Mais cette affaire est trop honteuse [393] pour Mlle Gamard, et peut devenir trop nuisible à l'abbé Troubert, pour que nous n'obtenions pas quelque [394] transaction.

Après mûre délibération, chacun promit son assistance à l'abbé Birotteau dans la lutte qui allait s'engager entre lui et tous les adhérents de ses antagonistes. Un sûr pressentiment, un instinct provincial indéfinissable forçait chacun à unir les deux noms de Gamard et de Troubert. Mais aucun de ceux qui se trouvaient alors chez Mme de Listomère, excepté le *vieux malin* [395], n'avait une idée bien exacte [396] de l'importance d'un semblable combat. M. de Bourbonne attira dans un coin le pauvre abbé.

— Des quatorze personnes qui sont ici, lui dit-il à voix basse, il n'y en aura pas une pour vous dans quinze jours. Si vous avez besoin d'appeler quelqu'un à votre secours, vous ne trouverez peut-être alors que moi d'assez hardi pour oser prendre votre défense, parce que je connais la province, les hommes, les choses et, mieux encore, les intérêts ! Mais tous vos amis, quoique pleins de bonnes intentions, vous mettent dans un mauvais chemin d'où vous ne pourrez vous tirer. Écoutez mon conseil. Si vous voulez vivre en paix, quittez le vicariat de Saint-Gatien, quittez Tours. Ne dites pas où vous irez, mais allez chercher quelque cure éloignée où Troubert ne puisse pas vous rencontrer.

— Abandonner Tours? s'écria le vicaire avec un effroi indescriptible.

C'était pour lui une sorte de mort. N'était-ce pas briser toutes les racines par lesquelles il s'était planté dans le monde? Les célibataires remplacent les sentiments par des habitudes. Lorsqu'à ce système moral, qui les fait moins vivre que traverser la vie, se joint un caractère faible, les choses extérieures prennent sur eux un empire étonnant. Aussi Birotteau était-il devenu semblable à quelque végétal : le transplanter, c'était en risquer l'innocente fructification. De même que, pour vivre, un arbre ³⁹⁷ doit retrouver à toute heure les mêmes sucs, et toujours avoir ses chevelus dans le même terrain, Birotteau devait toujours trotter dans Saint-Gatien, toujours piétiner dans l'endroit du Mail où il se promenait habituellement, sans cesse parcourir les rues par lesquelles il passait, et continuer d'aller dans les trois salons où il jouait, pendant chaque soir, au whist ou au trictrac.

— Ah! je n'y pensais pas, répondit M. de Bourbonne en regardant le prêtre avec une espèce de pitié.

Tout le monde sut bientôt, dans la ville de Tours, que Mme la baronne de Listomère, veuve d'un lieutenant général, recueillait l'abbé Birotteau, vicaire de Saint-Gatien. Ce fait, que beaucoup de gens révoquaient en doute, trancha nettement toutes les questions, et dessina les partis, surtout lorsque

Mlle Salomon osa, la première, parler de dol et de
procès. Avec la vanité subtile qui distingue les vieilles
filles et le fanatisme de personnalité qui les caractérise, Mlle Gamard se trouva fortement blessée
du parti que prenait Mme de Listomère. La baronne
était une femme de haut rang, élégante dans ses
mœurs, et dont le bon goût, les manières polies, la
piété, ne pouvaient être contestés. Elle donnait,
en recueillant Birotteau, le [398] démenti le plus formel
à toutes les assertions de Mlle Gamard, en censurait
indirectement la conduite, et semblait sanctionner
les plaintes du vicaire contre son ancienne hôtesse.

Il est nécessaire, pour l'intelligence de cette histoire,
d'expliquer ici tout ce que le discernement et l'esprit
d'analyse avec lesquels les vieilles femmes se rendent
compte des actions d'autrui prêtaient de force à
Mlle Gamard, et quelles étaient les ressources de son
parti. Accompagnée du silencieux abbé Troubert,
elle allait passer ses soirées dans quatre ou cinq
maisons où se réunissaient une douzaine de personnes toutes liées entre elles par les mêmes goûts,
et par l'analogie de leur situation. C'étaient un ou
deux vieillards qui épousaient les passions et les
caquetages de leurs servantes : cinq ou six vieilles
filles qui passaient toute leur journée à tamiser les
paroles, à scruter les démarches [399] de leurs voisins et
des gens placés au-dessus ou au-dessous d'elles
dans la société; puis, enfin, plusieurs femmes âgées,
exclusivement occupées à distiller les médisances,
à tenir un registre exact de toutes les fortunes, ou
à contrôler les actions des autres : elles pronosti-
quaient les mariages, et blâmaient la conduite de
leurs amies aussi aigrement que celle de leurs ennemies [400].

Mlle Salomon osa, la première, parler de dol et de procès.

Ces personnes, logées toutes dans la ville de manière à y figurer les vaisseaux capillaires d'une plante, aspiraient, avec la soif d'une feuille pour la rosée, les nouvelles, les secrets de chaque ménage, les pompaient et les transmettaient machinalement à l'abbé Troubert, comme les feuilles communiquent à la tige la fraîcheur qu'elles ont absorbée.

Donc, pendant chaque soirée de la semaine, excitées par ce besoin d'émotion qui se retrouve chez tous les individus, ces bonnes dévotes dressaient un bilan exact de la situation de la ville, avec une sagacité digne du conseil des Dix, et faisaient la police, armées [401] de cette espèce d'espionnage à coup sûr que créent les passions. Puis, quand elles avaient deviné la raison secrète d'un événement, leur amour-propre les portait à s'approprier la sagesse de leur sanhédrin, pour donner le ton du bavardage dans leurs zones respectives [402]. Cette congrégation, oisive et agissante, invisible et voyant tout, muette et parlant sans cesse, possédait alors une influence que sa nullité rendait en apparence peu nuisible, mais qui cependant devenait terrible quand elle était animée par un intérêt majeur. Or, il y avait bien longtemps qu'il ne s'était présenté dans la sphère de leurs existences un événement aussi grave et aussi généralement important pour chacune d'elles que l'était la lutte de Birotteau, soutenu par Mme de Listomère, contre l'abbé Troubert et Mlle Gamard.

En effet, les trois salons de Mmes de Listomère, Merlin de la Blottière et de Villenoix étant considérés comme ennemis par ceux [403] où allait Mlle Gamard, il y avait au fond de cette querelle l'esprit de corps et toutes ses vanités. C'était le combat du peuple et du sénat romain [404] dans une taupinière, ou une tempête dans un verre d'eau, comme l'a dit Montesquieu en parlant de la république de Saint-Marin, dont les charges publiques ne duraient qu'un jour, tant la tyrannie y était facile à saisir [405]. Mais cette tempête développait néanmoins dans les âmes autant de passions qu'il en aurait fallu pour diriger les plus grands intérêts sociaux. N'est-ce pas une erreur de croire que le temps ne soit rapide que pour les cœurs en proie aux vastes projets qui troublent la vie et la font bouillonner [406]? Les heures de l'abbé Troubert coulaient aussi animées, s'enfuyaient chargées de pensées tout aussi soucieuses, étaient ridées par des désespoirs et des espérances aussi profonds que pouvaient l'être les heures cruelles de l'ambitieux, du joueur et de l'amant. Dieu [407] seul est dans le secret de l'énergie que nous coûtent les triomphes occultement remportés sur les hommes, sur les choses et sur nous-mêmes. Si nous ne savons pas toujours où nous allons, nous connaissons bien les fatigues du voyage. Seulement, s'il est permis à l'historien de quitter le drame qu'il raconte pour prendre pendant un moment le rôle des critiques, s'il vous convie à jeter un [408] coup d'œil sur les existences de ces vieilles filles et des deux abbés, afin d'y chercher la cause [409] du malheur qui les viciait dans leur essence, il vous sera peut-être démontré qu'il est nécessaire à l'homme d'éprouver certaines passions pour développer en lui des qualités qui donnent à sa vie de la noblesse, en étendent le cercle, et assoupissent l'égoïsme naturel à toutes les créatures.

Mᵐᵉ de Listomère revint en ville sans savoir que, depuis cinq ou six jours, plusieurs de ses amis

étaient obligés de réfuter une opinion, accréditée
sur elle, dont elle aurait ri si elle l'eût connue, et
qui supposait à son affection pour son neveu des
causes presque criminelles. Elle mena l'abbé Birotteau chez son avocat, à qui le procès ne parut pas
chose facile. Les amis du vicaire, animés par le
sentiment que donne la justice d'une bonne cause,
ou paresseux pour un procès qui ne leur était pas
personnel, avaient remis le [410] commencement de
l'instance au jour où ils reviendraient à Tours. Les
amis de Mlle Gamard purent donc prendre les
devants, et surent raconter l'affaire peu favorablement pour l'abbé Birotteau [411].

Donc, l'homme de loi, dont la clientèle se composait exclusivement des gens pieux de la ville,
étonna beaucoup Mme de Listomère en lui conseillant
de ne pas s'embarquer dans un semblable procès, et il
termina la conférence en disant que [412], d'ailleurs,
il ne s'en chargerait pas, parce que, aux termes de
l'acte, Mlle Gamard avait raison en droit; qu'en
équité, c'est-à-dire en dehors de la justice, l'abbé
Birotteau paraîtrait, aux yeux du tribunal et à
ceux des honnêtes gens, manquer au caractère de
paix, de conciliation, et à la mansuétude qu'on lui
avait supposés jusqu'alors; que Mlle Gamard, connue
pour une personne douce et facile à vivre, avait
obligé Birotteau en lui prêtant l'argent nécessaire
pour payer les droits successifs auxquels avait donné
lieu le testament de Chapeloud, sans lui en demander
de reçu; que Birotteau n'était pas d'âge et de caractère à signer un acte sans savoir ce qu'il contenait,
ni sans en connaître l'importance; et que, s'il avait
quitté Mlle Gamard après deux ans d'habitation,
quand son ami Chapeloud était resté chez elle pen-

dant douze ans, et Troubert pendant quinze ans, ce ne pouvait être qu'en vue d'un projet à lui connu; que le procès serait donc jugé comme un acte d'ingratitude, etc. Après avoir laissé Birotteau marcher en avant vers l'escalier, l'avoué prit Mme de Listomère à part, en la reconduisant, et l'engagea [413], au nom de son repos, à ne pas se mêler de cette affaire.

Cependant, le soir, le pauvre vicaire, qui se tourmentait autant qu'un condamné à mort dans le cabanon de Bicêtre quand il y attend le résultat de son pourvoi en cassation, ne put s'empêcher d'apprendre à ses amis le résultat de sa visite, au moment où, avant l'heure de faire les parties, le cercle se formait devant la cheminée de Mme de Listomère.

— Excepté l'avoué des libéraux, je ne connais, à Tours, aucun homme de chicane qui voulût se charger de ce procès sans avoir l'intention de vous le faire perdre, s'écria M. de Bourbonne, et je ne vous conseille pas de vous y embarquer.

— Eh bien [414] ! c'est une infamie, dit le lieutenant de vaisseau. Moi, je conduirai l'abbé chez cet avoué.

— Allez-y lorsqu'il fera nuit, dit M. de Bourbonne en l'interrompant.

— Et pourquoi?

— Je viens d'apprendre que l'abbé Troubert est nommé vicaire-général, à la place de celui qui est mort avant-hier.

— Je me moque bien de l'abbé Troubert.

Malheureusement le baron de Listomère, homme de trente-six ans, ne vit pas le signe que lui fit M. de Bourbonne, pour lui recommander de peser ses paroles, en [415] lui montrant un conseiller de préfecture, ami de Troubert. Le lieutenant de vaisseau ajouta donc :

— Si M. l'abbé Troubert est un fripon...

— Oh ! dit M. de Bourbonne en l'interrompant, pourquoi mettre l'abbé Troubert dans une affaire à laquelle il est complètement étranger ?...

— Mais, reprit le baron, ne jouit-il pas des meubles de l'abbé Birotteau ? Je me souviens d'être allé chez Chapeloud, et d'y avoir vu deux tableaux de prix. Supposez qu'ils valent dix mille francs... Croyez-vous que M. Birotteau ait eu l'intention de donner, pour deux ans d'habitation chez cette Gamard, dix mille francs, quand déjà la bibliothèque et les meubles valent à peu près cette somme ?

L'abbé Birotteau ouvrit de grands yeux en apprenant qu'il avait possédé un capital si énorme.

Et le baron, poursuivant avec chaleur, ajouta :

— Par Dieu ! M. Salmon, l'ancien expert du Musée de Paris, est venu voir ici sa belle-mère. Je vais y aller ce soir même, avec l'abbé Birotteau, pour le prier d'estimer les tableaux. De là, je le mènerai chez l'avoué.

Deux jours après cette conversation, le procès avait pris de la consistance. L'avoué des libéraux, devenu celui de Birotteau, jetait beaucoup de défaveur sur la cause du vicaire. Les gens [416] opposés au gouvernement, et ceux qui étaient connus pour ne pas aimer les prêtres ou la religion, deux choses que beaucoup de gens confondent, s'emparèrent de cette affaire, et toute la ville en parla. L'ancien expert du Musée avait estimé onze mille francs la *Vierge* du Valentin et le *Christ* de Lebrun, morceaux d'une beauté capitale. Quant à la bibliothèque et aux meubles gothiques, le goût dominant qui croissait de jour en jour à Paris pour ces sortes de choses leur donnait momentanément une valeur de douze mille francs. Enfin, l'expert, vérification faite, évalua le mobilier entier à dix mille écus [417]. Or, il était évident que, Birotteau n'ayant pas entendu donner à Mlle Gamard cette somme énorme pour le peu d'argent qu'il pouvait lui devoir en vertu de la soulte stipulée, il y avait [418], judiciairement parlant, lieu à réformer leurs conventions; autrement, la vieille fille eût été coupable d'un dol volontaire. L'avoué des libéraux entama donc l'affaire en lançant un exploit introductif d'instance à Mlle Gamard. Quoique très acerbe, cette pièce, fortifiée par des citations d'arrêts souverains et corroborée par quelques articles du Code, n'en était pas moins un chef-d'œuvre de logique judiciaire, et condamnait si évidemment la vieille fille, que trente ou quarante copies en furent méchamment distribuées dans la ville par l'opposition [419].

Quelques jours après le commencement des hostilités entre la vieille fille et Birotteau, le baron de Listomère, qui espérait être compris, en qualité de capitaine de corvette [420], dans la première promotion, annoncée depuis quelque temps au ministère de la Marine, reçut une lettre par laquelle un de ses amis lui annonçait qu'il était question dans les bureaux de le mettre hors du cadre d'activité. Étrangement surpris de cette nouvelle, il partit immédiatement pour Paris, et vint à [421] la première soirée du ministre, qui en parut fort étonné lui-même, et se prit à rire en apprenant les craintes dont lui fit part le baron de Listomère. Le lendemain, nonobstant la parole du ministre, le baron consulta les bureaux [422]. Par une indiscrétion que certains chefs commettent assez ordinairement pour leurs amis, un secrétaire lui montra un travail tout préparé, mais que la maladie d'un directeur avait empêché jusqu'alors d'être soumis au ministre, et qui confirmait [423] la fatale nouvelle.

Aussitôt le baron de Listomère alla chez un de ses oncles, lequel, en sa qualité de député, pouvait voir immédiatement le ministre à la Chambre, et le pria de sonder les dispositions de Son Excellence, car il s'agissait pour lui de la perte de son avenir. Aussi attendit-il avec la plus vive anxiété, dans la voiture de son oncle, la fin de la séance. Le député sortit bien avant la clôture, et dit à son neveu, pendant le chemin qu'il fit en se rendant à son hôtel :

— Comment, diable ! vas-tu te mêler de faire la guerre aux prêtres? Le ministre a commencé par m'apprendre que tu t'étais mis à la tête des libéraux à Tours ! Tu as des opinions détestables, tu ne suis pas la ligne du gouvernement, etc. Ses phrases [424] étaient aussi entortillées que s'il parlait encore à la Chambre. Alors, je lui ai dit : « Ah çà, entendons-nous ! » Son Excellence a fini [425] par m'avouer que tu étais mal avec la Grande Aumônerie [426]. Bref, en demandant quelques renseignements à mes collègues, j'ai su que tu parlais fort légèrement d'un certain abbé Troubert, simple vicaire-général, mais le personnage le plus important de la province où il représente la Congrégation [427]. J'ai répondu de toi corps pour corps au ministre. Monsieur mon neveu, si tu veux [428] faire ton chemin, ne te crée aucune inimitié sacerdotale. Va vite à Tours, fais-y la paix avec ce diable de vicaire-général. Apprends que [429] les vicaires-généraux sont des hommes avec lesquels il faut toujours vivre en paix.

Morbleu! lorsque nous travaillons tous à rétablir la religion, il est stupide à un lieutenant de vaisseau, qui veut être capitaine, de déconsidérer les prêtres. Si tu ne te raccommodes pas avec l'abbé Troubert, ne compte plus sur moi : je te renierai. Le ministre des Affaires Ecclésiastiques [430] m'a parlé tout à l'heure de cet homme comme d'un futur évêque. Si Troubert prenait notre famille en haine, il pourrait m'empêcher d'être compris dans la prochaine fournée de pairs [431]. Comprends-tu [432] ?

Ces paroles expliquèrent au lieutenant de vaisseau les secrètes occupations de Troubert, de qui Birotteau disait niaisement : « Je ne sais pas à quoi lui sert de passer les nuits. »

La position du chanoine au milieu du sénat femelle qui faisait si subtilement la police de la province et sa capacité personnelle l'avaient fait choisir par la Congrégation, entre tous les ecclésiastiques de la ville, pour être le proconsul inconnu de la Touraine. Archevêque, général, préfet, grands et petits étaient sous son occulte domination. Le baron de Listomère eut bientôt pris son parti.

— Je ne veux pas, dit-il à son oncle, recevoir une seconde bordée ecclésiastique dans mes *œuvres vives*.

Trois jours après cette conférence diplomatique entre l'oncle et le neveu, le marin, subitement revenu par la malle-poste à Tours, révélait à sa tante, le soir même de son arrivée, les dangers que couraient les plus chères espérances de la famille de Listomère, s'ils s'obstinaient l'un et l'autre à soutenir *cet imbécile de Birotteau*. Le baron avait retenu M. de Bourbonne au moment où le vieux gentilhomme prenait [433] sa canne et son chapeau pour s'en aller après la partie de whist. Les lumières du *vieux malin* étaient indispensables pour éclairer les écueils dans lesquels se trouvaient engagés les Listomère, et le *vieux malin* n'avait prématurément cherché sa canne et son chapeau que pour se faire dire à l'oreille :

— Restez, nous avons à causer.

Le prompt retour du baron, son air de contentement, en désaccord avec la gravité peinte en certains moments sur sa figure, avaient accusé vaguement à M. de Bourbonne quelques échecs reçus par le lieutenant dans sa croisière contre Gamard et Troubert. Il ne marqua point de surprise en entendant le baron proclamer le secret pouvoir du vicaire-général congréganiste.

— Je le savais, dit-il.

— Eh bien, s'écria la baronne, pourquoi ne pas nous avoir avertis?

— Madame, répondit-il vivement, oubliez que j'ai deviné l'invisible influence de ce prêtre, et j'oublierai que vous la connaissez également. Si nous ne nous gardions pas le secret, nous passerions pour ses complices; nous serions redoutés et haïs. Imitez-moi : feignez d'être une dupe; mais sachez bien où vous mettez les pieds. Je vous en avais assez dit, vous ne me compreniez point, et je ne voulais pas me compromettre.

— Comment devons-nous maintenant nous y prendre? dit le baron.

Abandonner Birotteau n'était pas une question, et ce fut une première condition sous-entendue par les trois conseillers.

— Battre en retraite avec les honneurs de la guerre a toujours été le chef-d'œuvre des plus habiles généraux, répondit M. de Bourbonne. Pliez devant Troubert : si sa haine est moins forte que sa vanité, vous vous en ferez un allié; mais, si vous pliez trop, il vous marchera sur le ventre; car

Abîme tout plutôt, c'est l'esprit de l'Église,

a dit Boileau [434]. Faites croire que vous quittez le service, vous lui échappez, monsieur le baron. — Renvoyez le vicaire, madame, vous donnerez gain de cause à la Gamard. Demandez chez l'archevêque à l'abbé Troubert s'il sait le whist, il vous dira *oui*. Priez-le de venir faire une partie dans ce salon, où il veut être reçu; certes il y viendra. Vous êtes femme, sachez mettre ce prêtre dans vos intérêts. Quand le baron sera capitaine de vaisseau, son oncle pair de France, Troubert évêque, vous pourrez faire Birotteau chanoine tout à votre aise. Jusque-là, pliez; mais pliez avec grâce et en menaçant. Votre famille peut prêter à Troubert autant d'appui qu'il vous en donnera; vous vous entendrez à merveille. — D'ailleurs, marchez la sonde en main, marin!

— Ce pauvre Birotteau! dit la baronne.

— Oh! entamez-le promptement, répliqua le propriétaire en s'en allant. Si quelque libéral adroit s'emparait de cette tête vide, il vous causerait des chagrins. Après tout, les tribunaux prononceraient en sa faveur, et Troubert doit avoir peur du jugement. Il peut encore vous pardonner d'avoir entamé le combat; mais, après [435] une défaite, il serait implacable. J'ai dit.

Il fit claquer sa tabatière, alla mettre ses doubles souliers, et partit.

Le lendemain matin, après [436] le déjeuner, la baronne resta seule avec le vicaire, et lui dit, non sans un visible embarras :

— Mon cher monsieur Birotteau, vous allez

trouver mes demandes bien injustes et bien inconsé-
quentes; mais il faut, pour vous et pour nous,
d'abord éteindre votre procès contre Mlle Gamard
en vous désistant de vos prétentions, puis quitter
ma maison.

En entendant ces mots, le pauvre prêtre pâlit [437].

— Je suis, reprit-elle, la cause innocente de vos
malheurs, et sais que sans mon neveu vous n'eussiez
pas intenté le procès qui maintenant fait votre
chagrin et le nôtre. Mais écoutez !

Elle [438] lui déroula succinctement l'immense étendue de cette affaire et lui expliqua la gravité de ses
suites. Ses méditations lui avaient fait deviner pendant la nuit les antécédents probables de la vie de
Troubert : elle put alors, sans se tromper, démontrer
à Birotteau la trame dans laquelle l'avait enveloppé
cette vengeance si habilement ourdie, lui révéler la
haute capacité, le pouvoir de son ennemi en lui en
dévoilant la haine, en lui en apprenant les causes, en
le lui montrant couché durant douze années devant
Chapeloud, et dévorant Chapeloud, et persécutant
encore Chapeloud dans son ami. L'innocent Birotteau
joignit ses mains comme pour prier et pleura de
chagrin à l'aspect d'horreurs humaines que son
âme pure n'avait jamais soupçonnées. Aussi effrayé
que s'il se fût trouvé sur le bord d'un abîme, il
écoutait, les yeux fixes et humides, mais sans
exprimer aucune idée, le discours de sa bienfaitrice,
qui lui dit en terminant [439] :

— Je sais tout ce qu'il y a de mal à vous abandonner; mais, mon cher abbé, les devoirs de famille
passent avant ceux de l'amitié. Cédez, comme je le
fais, à cet orage, je vous en prouverai toute ma reconnaissance. Je ne vous parle pas de vos intérêts, je

m'en charge. Vous serez hors de toute inquiétude pour votre existence. Par l'entremise de Bourbonne, qui saura sauver les apparences, je ferai en sorte que rien ne vous manque. Mon ami, donnez-moi [440] le droit de vous trahir. Je resterai votre amie tout en me conformant aux maximes du monde. Décidez.

Le pauvre abbé stupéfait s'écria :

— Chapeloud avait donc raison en disant que, si Troubert pouvait venir le tirer par les pieds dans la tombe, il le ferait ! Il couche dans le lit de Chapeloud.

— Il ne s'agit pas de se lamenter, dit Mme de Listomère, nous avons peu de temps à nous. Voyons !

Birotteau avait trop de bonté pour ne pas obéir, dans les grandes crises, au dévouement irréfléchi du premier moment. Mais, d'ailleurs, sa vie n'était déjà plus qu'une agonie. Il dit, en jetant à sa protectrice un regard désespérant qui la navra [441] :

— Je me confie à vous. Je ne suis plus qu'un *bourrier* de la rue !

Ce mot tourangeau n'a pas d'autre équivalent possible que le mot brin de paille [442]. Mais il y a de jolis petits brins de paille, jaunes, polis, rayonnants, qui font le bonheur des enfants; tandis que le *bourrier* est le brin de paille décoloré, boueux, roulé dans les ruisseaux, chassé par la tempête, tordu par les pieds du passant.

— Mais, madame, je ne voudrais pas laisser à l'abbé Troubert le portrait de Chapeloud; il a été fait pour moi, il m'appartient, obtenez qu'il me soit rendu, j'abandonnerai tout le reste.

— Eh bien ! dit Mme de Listomère, j'irai chez Mlle Gamard.

Ces mots furent dits d'un ton qui révéla l'effort extraordinaire que faisait la baronne de Listomère [443] en s'abaissant à flatter l'orgueil de la vieille fille.

— Et, ajouta-t-elle, je tâcherai de tout arranger. A peine osé-je l'espérer. Allez voir M. de Bourbonne, qu'il minute votre désistement en bonne forme, apportez-m'en l'acte bien en règle; puis, avec le secours [444] de monseigneur l'archevêque, peut-être [445] pourrons-nous en finir.

Birotteau sortit épouvanté. Troubert avait pris à ses yeux les dimensions d'une pyramide d'Égypte. Les mains de cet homme étaient à Paris et ses coudes dans le cloître Saint-Gatien.

— Lui, se dit-il, empêcher M. le marquis de Listomère de devenir pair de France?... *Et peut-être, avec le secours de monseigneur l'archevêque, pourra-t-on en finir* [446] *!*

En présence de si grands intérêts, Birotteau se trouvait comme un ciron : il se faisait justice.

La nouvelle du déménagement de Birotteau fut d'autant plus [447] étonnante, que la cause en était impénétrable. Mme de Listomère disait que, son neveu voulant se marier [448] et quitter le service, elle avait besoin, pour agrandir son appartement, de celui du vicaire. Personne ne connaissait encore le désistement de Birotteau [449].

Ainsi les instructions de M. de Bourbonne étaient sagement exécutées. Ces deux nouvelles, en parvenant aux oreilles du grand-vicaire, devaient flatter son amour-propre en lui apprenant que, si elle ne capitulait pas, la famille de Listomère restait au moins neutre, et reconnaissait tacitement le pouvoir occulte de la Congrégation : le reconnaître, n'était-ce pas s'y soumettre? Mais le procès demeurait tout entier *sub judice*. N'était-ce pas à la fois plier et menacer?

Les Listomère avaient donc pris dans cette lutte une attitude exactement semblable à celle du grand-vicaire : ils se tenaient en dehors et pouvaient tout diriger. Mais un événement grave survint et rendit encore plus difficile la réussite des desseins médités par M. de Bourbonne et par les Listomère pour apaiser [450] le parti Gamard et Troubert. La veille, Mlle Gamard avait pris du froid en sortant de la cathédrale, s'était mise au lit et passait pour être dangereusement malade. Toute la ville retentissait de plaintes excitées par une fausse commisération [451]. « La sensibilité de Mlle Gamard n'avait pu résister au scandale de ce procès. Malgré son bon droit, elle allait mourir de chagrin. Birotteau tuait sa bienfaitrice [452]... » Telle était la substance des phrases jetées en avant par les tuyaux capillaires du grand conciliabule femelle, et complaisamment répétées par la ville [453] de Tours.

Mme de Listomère eut la honte d'être venue chez la vieille fille sans recueillir le fruit de sa visite. Elle demanda fort poliment à parler à M. le vicaire-général. Flatté peut-être de recevoir [454] dans la bibliothèque de Chapeloud, et au coin de cette cheminée ornée des deux fameux tableaux contestés, une femme par laquelle il avait été méconnu, Troubert fit attendre la baronne un moment; puis il consentit à lui donner audience [455]. Jamais courtisan ni diplomate ne mirent dans la discussion de leurs intérêts particuliers, ou dans la conduite d'une négociation nationale, plus [456] d'habileté, de dissimulation, de profondeur que n'en déployèrent la baronne et l'abbé dans le moment où ils se trouvèrent tous les deux en scène [457].

Semblable au parrain qui, dans le moyen âge, armait le champion et en fortifiait la valeur par d'utiles conseils, au moment où il entrait en lice, le *vieux malin* avait dit à la baronne :

— N'oubliez pas votre rôle, vous êtes conciliatrice et non partie intéressée. Troubert est également un médiateur. Pesez vos mots ! étudiez les inflexions de la voix du vicaire-général. S'il se caresse le menton, vous l'aurez séduit.

Quelques dessinateurs se sont amusés à représenter en caricature le contraste fréquent qui existe entre *ce que l'on dit* et *ce que l'on pense*. Ici, pour bien saisir l'intérêt du duel de paroles qui eut lieu entre le prêtre et la grande dame, il est nécessaire de dévoiler les pensées qu'ils cachèrent mutuellement sous des phrases en apparence insignifiantes. Mme de Listomère commença par témoigner le chagrin que lui causait le procès de Birotteau [458], puis elle parla du désir qu'elle avait de voir terminer cette affaire à la satisfaction des deux parties.

— Le mal est fait, madame, dit l'abbé d'une voix grave, la vertueuse Mlle Gamard se meurt [459]. *(Je ne m'intéresse pas plus à cette sotte fille qu'au prêtre Jean* [460]*, pensait-il ; mais je voudrais bien vous mettre sa mort sur le dos, et vous en inquiéter la conscience, si vous êtes assez niais pour en prendre du souci.)*

— En apprenant sa maladie, monsieur, lui répondit la baronne, j'ai exigé de M. le vicaire un désistement que j'apportais à cette sainte fille [461]. *(Je te devine, rusé coquin ! pensait-elle ; mais nous voilà mis à l'abri de tes calomnies. Quant à toi, si tu prends le désistement, tu t'enferreras, tu avoueras ainsi ta complicité.)*

Il se fit un moment de silence [462].

— Les affaires temporelles de Mlle Gamard ne me concernent pas, dit enfin le prêtre[463] en abaissant ses larges paupières sur ses yeux d'aigle pour voiler ses émotions. *(Oh! oh! vous ne me compromettrez pas! Mais, Dieu soit loué! les damnés avocats ne plaideront pas une affaire qui pouvait me salir. Que veulent donc les Listomère, pour se faire ainsi mes serviteurs?)*

— Monsieur[464], répondit la baronne, les affaires de M. Birotteau me sont aussi étrangères que vous le sont les intérêts de Mlle Gamard; mais, malheureusement, la religion peut souffrir de leurs débats, et je ne vois en vous qu'un médiateur, là où moi-même j'agis en conciliatrice... *(Nous ne nous abuserons ni l'un ni l'autre, monsieur Troubert, pensait-elle. Sentez-vous le tour épigrammatique de cette réponse?)*

— La religion souffrir, madame! dit le grand-vicaire. La religion est trop haut située pour que les hommes puissent y porter atteinte. *(La religion, c'est moi, pensait-il.)* — Dieu nous jugera sans erreur, madame, ajouta-t-il, je ne reconnais que son tribunal.

— Eh bien, monsieur, répondit-elle, tâchons d'accorder les jugements des hommes avec les jugements de Dieu. *(Oui, la religion, c'est toi.)*

L'abbé Troubert changea de ton :

— Monsieur votre neveu n'est-il pas allé à Paris[465]? *(Vous avez eu là de mes nouvelles, pensait-il. Je puis vous écraser, vous qui m'avez méprisé. Vous venez capituler.)*

— Oui, monsieur, je vous remercie de l'intérêt que vous prenez à lui. Il retourne ce soir à Paris[466], il est mandé par le ministre, qui est parfait pour nous, et voudrait ne pas lui voir quitter le service.

(Jésuite, tu ne nous écraseras pas, pensait-elle, *et ta plaisanterie est comprise.)*

Un moment de silence.

— Je ne trouve pas sa conduite convenable dans cette affaire, reprit-elle, mais il faut pardonner à un marin de ne pas se connaître en droit. *(Faisons alliance,* pensait-elle. *Nous ne gagnerons rien à guerroyer.)*

Un léger sourire de l'abbé se perdit dans les plis de son visage.

— Il nous aura rendu le service de nous apprendre la valeur de ces deux peintures, dit-il en regardant les tableaux ; elles seront un bel ornement pour la chapelle de la Vierge. *(Vous m'avez lancé une épigramme,* pensait-il, *en voici deux, nous sommes quittes, madame).*

— Si vous les donniez à Saint-Gatien, je vous demanderais de me laisser offrir à l'église des cadres dignes du lieu et de l'œuvre. *(Je voudrais bien te faire avouer que tu convoitais les meubles de Birotteau,* pensait-elle.)

— Elles ne ⁴⁶⁷ m'appartiennent pas, dit le prêtre en se tenant toujours sur ses gardes.

— Mais voici, dit Mᵐᵉ de Listomère, un acte qui éteint toute discussion, et les rend à Mˡˡᵉ Gamard. — Elle posa le désistement sur la table. — *(Voyez, monsieur,* pensait-elle, *combien j'ai de confiance en vous.)* Il est digne de vous, monsieur, ajouta-t-elle, digne de votre beau caractère, de réconcilier deux chrétiens ; quoique je prenne maintenant ⁴⁶⁸ peu d'intérêt à M. Birotteau...

— Mais il est votre pensionnaire, dit-il ⁴⁶⁹ en l'interrompant.

— Non, monsieur, il n'est plus chez moi. *(La pairie de mon beau-frère et le grade de mon neveu me font faire bien des lâchetés,* pensait-elle.)

L'abbé demeura impassible, mais son attitude calme était l'indice des émotions les plus violentes. M. de Bourbonne avait seul deviné le secret de cette paix apparente. Le prêtre triomphait [470] !

— Pourquoi vous êtes-vous donc chargée de son désistement [471]? demanda-t-il, excité par un sentiment analogue à celui qui pousse une femme à se faire répéter des compliments.

— Je n'ai pu me défendre d'un mouvement de compassion. Birotteau, dont le caractère faible doit vous être connu, m'a suppliée [472] de voir Mlle Gamard, afin d'obtenir, pour prix de sa renonciation à...

L'abbé fronça ses sourcils.

— ... A des *droits* reconnus par des avocats distingués, le portrait [473]...

Le prêtre regarda Mme de Listomère.

— ... Le portrait de Chapeloud, dit-elle en continuant [474]. Je vous laisse le juge de sa prétention... (*Tu serais condamné, si tu voulais plaider*, pensait-elle.)

L'accent [475] que prit la baronne pour prononcer les mots *avocats distingués* fit voir au prêtre qu'elle connaissait le fort et le faible de l'ennemi. Mme de Listomère montra tant de talent à ce connaisseur émérite dans le cours de cette conversation, qui se maintint longtemps sur ce ton, que l'abbé descendit [476] chez Mlle Gamard pour aller chercher sa réponse à la transaction proposée.

Troubert revint bientôt [477].

— Madame, voici les paroles de la pauvre mourante : « M. l'abbé Chapeloud m'a témoigné trop d'amitié, m'a-t-elle dit, pour que je me sépare de son portrait. » Quant à moi, reprit-il, s'il m'appartenait, je ne le céderais à personne. J'ai porté des sentiments trop constants au cher défunt pour ne pas me croire le droit de disputer son image à tout le monde.

— Monsieur [478], ne *nous brouillons* pas pour une mauvaise peinture. (*Je m'en moque autant que vous vous en moquez vous-même*, pensait-elle.) — Gardez-la, nous en ferons faire une copie. Je m'applaudis d'avoir assoupi ce triste et déplorable procès, et j'y aurai personnellement gagné le plaisir de vous connaître. J'ai entendu parler de votre talent au whist. Vous pardonnerez à une femme d'être curieuse, dit-elle en souriant. Si vous vouliez venir jouer quelquefois chez moi, vous ne pouvez pas douter de l'accueil que vous y recevriez.

Troubert se caressa le menton. — *(Il est pris! Bourbonne avait raison*, pensait-elle, *il a sa dose de vanité.)*

En effet, le grand vicaire éprouvait en ce moment la sensation délicieuse contre laquelle Mirabeau ne savait pas se défendre quand, aux jours de sa puissance, il voyait ouvrir devant sa voiture la porte cochère d'un hôtel autrefois fermé pour lui.

— Madame, répondit-il, j'ai de trop grandes occupations pour aller dans le monde; mais, pour vous, que ne ferait-on pas? *(La vieille fille va crever, j'entamerai les Listomère, et les servirai s'ils me servent!* pensait-il. *Il vaut mieux les avoir pour amis que pour ennemis.)*

Mme de Listomère retourna chez elle, espérant que l'archevêque consommerait une œuvre de paix si [479] heureusement commencée. Mais Birotteau ne devait pas même profiter de son désistement. Mme de Listomère apprit, le lendemain [480], la mort de Mlle Gamard. Le testament de la vieille fille ouvert, personne [481] ne fut surpris en apprenant qu'elle avait fait l'abbé Troubert son légataire universel. Sa fortune fut estimée à cent mille écus. Le vicaire-général envoya deux billets d'invitation pour le service et le convoi de son amie chez Mme de Listomère : l'un pour elle, l'autre pour son neveu.

— Il faut y aller, dit-elle.

— Ça ne veut pas dire autre chose ! s'écria M. de Bourbonne. C'est une épreuve par laquelle Mgr Troubert veut vous juger. — Baron, allez jusqu'au cimetière, ajouta-t-il en se tournant vers le lieutenant de vaisseau, qui, pour son malheur, n'avait pas quitté Tours.

Le service eut lieu et fut d'une grande magnificence ecclésiastique. Une seule personne y pleura. Ce fut Birotteau, qui, seul dans une chapelle écartée, et sans être vu, se crut coupable de cette mort, et pria sincèrement pour l'âme de la défunte, en déplorant avec amertume de n'avoir pas obtenu d'elle le pardon de ses torts. L'abbé Troubert accompagna le corps de son amie jusqu'à la fosse où elle devait être enterrée. Arrivé sur le bord, il prononça un discours où, grâce à son talent, le tableau de la vie étroite menée par la testatrice prit des proportions monumentales. Les assistants remarquèrent ces paroles dans la péroraison :

« Cette vie pleine de jours acquis à Dieu et à la religion, cette vie que décorent tant de belles actions faites dans le silence, tant de vertus modestes et ignorées [482], fut brisée par une douleur que nous appellerions imméritée, si, au bord de l'éternité, nous pouvions oublier que toutes nos afflictions nous sont envoyées par Dieu. Les nombreux amis de cette sainte fille, connaissant la noblesse et la candeur de son âme [483], prévoyaient qu'elle pouvait tout supporter, hormis des soupçons qui flétrissaient sa vie [484] entière. Aussi, peut-être la Providence l'a-t-elle emmenée au sein de Dieu pour l'enlever à nos misères. Heureux ceux qui peuvent reposer, ici-bas, en paix [485] avec eux-mêmes, comme Sophie repose maintenant au séjour des bienheureux dans sa robe d'innocence ! »

— Quand il eut achevé ce pompeux discours, reprit M. de Bourbonne, qui raconta les circonstances de l'enterrement à Mme de Listomère au moment où, les parties finies et les portes fermées, ils furent [486] seuls avec le baron, figurez-vous, si cela est possible, ce Louis XI en soutane, donnant ainsi le dernier coup de goupillon chargé d'eau bénite.

M. de Bourbonne prit la pincette et imita si bien le geste de l'abbé Troubert, que le baron et sa tante ne purent s'empêcher de sourire.

— Là seulement, reprit [487] le vieux propriétaire, il s'est démenti. Jusqu'alors, sa contenance avait été parfaite ; mais il lui a sans doute été impossible, en calfeutrant pour toujours cette vieille fille qu'il méprisait souverainement et haïssait peut-être autant qu'il a détesté Chapeloud, de ne pas laisser percer sa joie dans un geste.

Le lendemain matin, Mlle Salomon vint déjeuner chez Mme de Listomère, et, en arrivant, lui dit tout émue :

— Notre pauvre abbé Birotteau a reçu tout à l'heure un coup affreux, qui annonce les calculs les plus étudiés de la haine. Il est nommé curé de Saint-Symphorien.

Saint-Symphorien est un faubourg de Tours, situé au delà du pont. Ce pont, un des plus beaux monuments de l'architecture française, a dix-neuf cents pieds[488] de long, et les deux places qui le terminent à chaque bout sont absolument pareilles[489].

— Comprenez-vous ? reprit-elle après une pause et tout étonnée de la froideur que marquait Mme de Listomère en apprenant cette nouvelle. L'abbé Birotteau sera là comme à cent lieues de Tours, de ses amis, de tout. N'est-ce pas un exil d'autant plus affreux, qu'il est arraché à une ville que ses yeux verront tous les jours[490] et où il ne pourra plus guère venir ? Lui qui, depuis ses malheurs, peut à peine marcher, serait obligé de faire une lieue pour nous voir. En ce moment, le malheureux est au lit, il a la fièvre. Le presbytère de Saint-Symphorien est froid, humide, et la paroisse n'est pas assez riche pour le réparer. Le pauvre vieillard va donc se trouver enterré dans un véritable sépulcre. Quelle affreuse combinaison[491] !

Maintenant, il nous suffira peut-être, pour achever cette histoire, de rapporter simplement quelques événements, et d'esquisser[492] un dernier tableau.

Cinq mois après, le vicaire-général fut nommé évêque. Mme de Listomère était morte et laissait quinze cents francs de rente par testament à l'abbé Birotteau. Le jour où le testament de la baronne fut connu, Mgr Hyacinthe, évêque de Troyes[493], était sur le point de quitter la ville de Tours pour aller résider dans son diocèse[494]; mais il retarda son départ. Furieux d'avoir été joué par une femme à laquelle il avait donné la main tandis qu'elle tendait secrètement la sienne à un homme qu'il regardait comme son ennemi, Troubert menaça de nouveau l'avenir du baron et la pairie du marquis de Listomère. Il dit en pleine assemblée, dans le salon de l'archevêque, un de ces mots ecclésiastiques, gros de vengeance et pleins de mielleuse mansuétude. L'ambitieux marin vint voir ce prêtre implacable, qui lui dicta sans doute de dures conditions; car la conduite du baron attesta le plus entier dévouement aux volontés du terrible congréganiste. Le nouvel évêque rendit, par un acte authentique, la maison de Mlle Gamard au Chapitre de la cathédrale, il donna la bibliothèque et les livres de Chapeloud au petit séminaire, il dédia les deux tableaux contestés à la chapelle de la Vierge; mais il garda le portrait de Chapeloud.

Personne ne s'expliqua cet abandon presque total de la succession de Mlle Gamard. M. de Bourbonne supposa que l'évêque en conservait secrètement la partie liquide, afin d'être à même de tenir avec honneur son rang à Paris, s'il était porté au banc des évêques dans la Chambre haute. Enfin, la veille du départ de Mgr Troubert, le *vieux malin* finit par deviner le dernier calcul que cachait cette action, coup de grâce donné par la plus persistante de toutes les vengeances [495] à la plus faible de toutes les victimes. Le legs de Mme de Listomère à Birotteau fut attaqué par le baron de Listomère, sous prétexte de captation ! Quelques jours après l'exploit introductif d'instance, le baron fut nommé capitaine de vaisseau. Par une [496] mesure disciplinaire, le curé de Saint-Symphorien était interdit. Les supérieurs ecclésiastiques jugeaient le procès par avance [497]. L'assassin de feu Sophie Gamard était donc un fripon ! Si Mgr Troubert avait conservé la succession de la vieille fille, il eût été difficile de faire censurer Birotteau.

Au moment où Mgr Hyacinthe, évêque de Troyes, venait [498] en chaise de poste, le long du quai Saint-

Symphorien, pour se rendre à Paris, le pauvre abbé Birotteau avait été mis dans un fauteuil au soleil, au-dessus d'une terrasse. Ce pauvre prêtre, frappé par son archevêque, était pâle [499] et maigre. Le chagrin, empreint dans tous les traits, décomposait entièrement ce visage, qui jadis était si doucement gai. La maladie jetait sur les yeux, naïvement animés autrefois par les plaisirs de la bonne chère et dénués d'idées pesantes, un voile [500] qui simulait une pensée. Ce n'était plus que le squelette du Birotteau qui roulait, un an [501] auparavant, si vide mais si content, à travers le Cloître. L'évêque lança sur sa victime un regard [502] de mépris et de pitié; puis il consentit à l'oublier, et passa [503].

Nul doute que Troubert n'eût été, en d'autres temps, Hildebrand ou Alexandre VI. Aujourd'hui, l'Église n'est plus une puissance politique et n'absorbe plus les forces des gens solitaires. Le célibat offre donc alors ce vice capital que, faisant converger les qualités de l'homme sur une seule passion, l'égoïsme, il rend [504] les célibataires ou nuisibles ou inutiles. Nous vivons à une époque où le défaut des gouvernements est d'avoir moins fait la société pour l'homme, que l'homme pour la société [505]. Il existe un combat perpétuel entre l'individu contre le système qui veut l'exploiter et qu'il [506] tâche d'exploiter à son profit; tandis que jadis l'homme, réellement plus libre, se montrait plus généreux pour la chose publique.

Le cercle au milieu duquel s'agitent les hommes s'est insensiblement élargi : l'âme qui peut en embrasser la synthèse ne sera jamais qu'une magnifique exception; car, habituellement, en morale comme en physique, le mouvement perd en intensité ce qu'il gagne en étendue. La société ne doit pas se baser sur des exceptions. D'abord, l'homme fut purement et simplement père, et son cœur battit chaudement, concentré dans le rayon de sa famille. Plus tard, il vécut pour un clan ou pour une petite république : de là les grands dévouements historiques de la Grèce ou de Rome. Puis il fut l'homme d'une caste ou d'une religion pour les grandeurs de laquelle il se montra souvent sublime; mais, là, le champ de ses intérêts s'augmenta de toutes les régions intellectuelles. Aujourd'hui, sa vie est attachée à celle d'une immense patrie; bientôt, sa famille sera, dit-on, le monde entier. Ce cosmopolitisme moral, espoir de la Rome chrétienne, ne serait-il pas une sublime erreur? Il est si naturel de croire à la réalisation d'une noble chimère, à la fraternité des hommes. Mais, hélas! la machine [507] humaine n'a pas de si divines proportions. Les âmes assez vastes pour épouser une sentimentalité réservée aux grands hommes ne seront jamais celles ni des simples citoyens, ni des pères de famille. Certains physiologistes pensent que, lorsque le cerveau s'agrandit ainsi, le cœur doit se resserrer. Erreur! L'égoïsme apparent des hommes qui portent une science, une nation ou des lois dans leur sein, n'est-il pas la plus noble des passions, et, en quelque sorte, la maternité des masses? Pour enfanter des peuples neufs ou pour produire des idées nouvelles [508], ne doivent-ils pas unir dans leurs puissantes têtes les mamelles de la femme à la force de Dieu? L'histoire des Innocent III, des Pierre le Grand et de tous les meneurs de siècle ou de nation prouverait [509] au besoin, dans un ordre très élevé, cette immense pensée que Troubert représentait au fond [510] du cloître Saint-Gatien.

Saint-Firmin, avril 832 [511].

PIERRETTE

PIERRETTE

A MADEMOISELLE ANNA DE HANSKA [512]

Chère enfant, vous la joie de toute une maison, vous dont la pèlerine blanche ou rose voltige en été dans les massifs de Wierzchownia, comme un feu follet que votre mère et votre père suivent d'un œil attendri, comment vais-je vous dédier une histoire pleine de mélancolie? Ne faut-il [513] pas vous parler des malheurs qu'une jeune fille adorée comme vous l'êtes ne connaîtra jamais, car vos jolies [514] mains pourront un jour les consoler? Il est si difficile, Anna, de vous trouver, dans l'histoire de nos mœurs, une aventure digne de passer [515] sous vos yeux, que l'auteur n'avait pas à choisir; mais peut-être apprendrez-vous combien [516] vous êtes heureuse en lisant celle que vous envoie

Votre vieil ami

DE BALZAC.

PIERRETTE

CHAPITRE PREMIER

PIERRETTE LORRAIN

E n octobre 1827, à l'aube, un jeune [518] homme âgé
d'environ seize ans, et dont la mise annonçait
ce que la phraséologie moderne appelle si insolemment un prolétaire, s'arrêta sur une petite place
qui se trouve dans le bas Provins. A cette heure, il put
examiner sans être observé les différentes maisons
situées sur cette place qui forme un carré long. Les
moulins assis sur les rivières de Provins allaient
déjà. Leur bruit, répété par les échos de la haute
ville, en harmonie avec l'air vif, avec les pimpantes
clartés du matin, accusait la profondeur du silence,
qui permettait d'entendre les ferrailles d'une diligence, à une lieue, sur la grande route.

Les deux plus longues lignes de maisons, séparées
par un couvert de tilleuls, offrent des constructions
naïves où se révèle l'existence paisible et définie des
bourgeois. En cet endroit, nulle trace de commerce.
A peine [519] y voyait-on alors les luxueuses portes
cochères des gens riches ! s'il y en avait, elles tour-
naient rarement sur leurs gonds, excepté celle de
M. Martener [520], un médecin obligé d'avoir son cabrio-
let et de s'en servir. Quelques façades étaient ornées
d'un cordon de vigne, d'autres de rosiers à haute tige

qui montaient jusqu'au premier étage, où leurs fleurs parfumaient les croisées de leurs grosses touffes clairsemées. Un bout de cette place arrive presque à la grande rue de la basse ville [521]. L'autre bout est barré par une rue parallèle à cette grande rue et dont les jardins s'étendent sur une des deux rivières qui arrosent la vallée de Provins.

Dans ce bout, le plus paisible de la place, le jeune ouvrier reconnut la maison qu'on lui [522] avait indiquée : une façade en pierre blanche, rayée de lignes creuses pour figurer des assises, où les fenêtres à maigres balcons de fer décorés de rosaces peintes en jaune sont fermées de persiennes grises. Au-dessus [523] de cette façade, élevée d'un rez-de-chaussée et d'un premier étage, trois lucarnes de mansarde percent un toit couvert en ardoises, sur un des pignons duquel tourne une girouette neuve. Cette moderne girouette représente un chasseur en position de tirer un lièvre. On monte à la porte bâtarde par trois marches en pierre. D'un côté de la porte, un bout de tuyau de plomb crache les eaux ménagères au-dessus d'une petite rigole, et annonce la cuisine [524]; de l'autre, deux fenêtres soigneusement closes par des volets gris où des cœurs découpés laissent passer un peu de jour lui parurent être celles de la salle à manger. Dans l'élévation rachetée par les trois marches, et au-dessous de chaque fenêtre, se voient les soupiraux des caves, clos par de petites portes en tôle peinte, percées de trous prétentieusement découpés [525]. Tout alors était neuf. Dans cette maison restaurée et dont le luxe encore frais contrastait avec le vieil extérieur de toutes les autres, un observateur eût sur-le-champ deviné les idées mesquines et le parfait contentement du petit commerçant retiré. Le jeune homme regarda ces détails avec une expression de plaisir mélangée de tristesse : ses yeux allaient de la cuisine aux mansardes par un mouvement qui dénotait une délibération. Les lueurs roses du soleil signalèrent sur une des fenêtres du grenier un rideau de calicot qui manquait aux autres lucarnes. La physionomie du jeune homme devint alors entièrement gaie, il se recula de quelques pas, s'adossa contre un tilleul [526] et chanta, sur le ton traînant particulier aux gens de l'Ouest, cette romance bretonne publiée par Bruguière, un compositeur à qui nous devons de charmantes mélodies. En Bretagne, les jeunes gens des villages viennent dire ce chant aux mariés le jour de leurs noces :

> Nous v'nons vous souhaiter bonheur en mariage,
>   A m'sieur votre époux
>   Aussi ben comme à vous.

> On vient de vous lier, madam' la mariée,
>   Avec un lien d'or
>   Qui n' délie qu'à la mort.

> Vous n'irez plus au bal, à nos jeux d'assemblée;
>   Vous gard'rez la maison
>   Tandis que nous irons.

> Avez-vous ben compris comme il vous fallait être
>   Fidèle à vot' époux :
>   Faut l'aimer comme vous.

> Recevez ce bouquet que ma main vous présente.
>   Hélas ! vos vains honneurs
>   Pass'ront comme ces fleurs [527].

Cette musique nationale, aussi délicieuse que celle adaptée par Chateaubriand à *Ma sœur, te souvient-il encore* [528]? chantée au milieu d'une petite ville de la Brie champenoise, devait être pour une Bre-

tonne le sujet d'impérieux souvenirs, tant elle peint
fidèlement les mœurs, la bonhomie, les sites de ce
vieux et noble pays. Il y règne je ne sais quelle mélancolie causée par l'aspect de la vie réelle qui touche
profondément. Ce pouvoir de réveiller un monde
de choses graves, douces et tristes, par un rythme
familier et souvent gai, n'est-il pas le caractère de
ces chants populaires qui sont les superstitions de
la musique, si l'on veut accepter le mot superstition
comme signifiant tout ce qui reste après la ruine des
peuples et surnage à leurs révolutions. En achevant le premier couplet, l'ouvrier, qui ne cessait de
regarder le rideau de la mansarde, n'y vit aucun mouvement. Pendant qu'il chantait le second, le calicot
s'agita. Quand ces mots : « Recevez ce bouquet [529], »
furent dits, apparut la figure d'une jeune fille. Une
main blanche ouvrit avec précaution la croisée, et
la jeune fille salua par un signe de tête le voyageur
au moment où il finissait la pensée mélancolique
exprimée par ces deux vers si simples :

> Hélas ! vos vains honneurs
> Pass'ront comme ces fleurs.

L'ouvrier montra [530] soudain, en la tirant de dessous
sa veste, une fleur d'un jaune d'or très commune
en Bretagne, et sans doute trouvée dans les champs
de la Brie, où elle est rare, la fleur de l'ajonc.

— Est-ce donc vous, Brigaut? dit à voix basse
la jeune fille.

— Oui, Pierrette, oui. Je suis à Paris, je fais mon
tour de France; mais je suis capable de m'établir
ici, puisque vous y êtes.

En ce moment, une espagnolette grogna dans la
chambre du premier étage, au-dessous de celle de

Pierrette. La Bretonne manifesta la plus vive crainte
et dit à Brigaut :

— Sauvez-vous !

L'ouvrier sauta comme une grenouille effrayée
vers le tournant qu'un moulin fait faire à cette rue
qui va déboucher dans la grande rue, l'artère de la
basse ville; mais, malgré sa prestesse, ses souliers
ferrés, en retentissant sur le petit pavé de Provins,
produisirent un son facile à distinguer dans la
musique du moulin, et que put entendre la personne
qui ouvrait la fenêtre.

Cette personne était une femme. Aucun homme
ne s'arrache aux douceurs du sommeil matinal pour
écouter un troubadour en veste, une fille seule se
réveille à un chant d'amour. Aussi était-ce une fille,
et une vieille fille. Quand elle eut déployé ses persiennes par un geste de chauve-souris, elle regarda
dans toutes les directions et n'entendit que vaguement les pas de Brigaut qui s'enfuyait [531]. Y a-t-il
rien de plus horrible à voir que la matinale apparition
d'une vieille fille laide à sa fenêtre? De tous les spec-
tacles grotesques qui font la joie des voyageurs
quand ils traversent les petites villes, n'est-ce pas
le plus déplaisant? il est trop triste, trop repoussant
pour qu'on en rie. Cette vieille fille, à l'oreille si alerte,
se présentait dépouillée des artifices en tout genre
qu'elle employait pour s'embellir : elle n'avait ni
son tour de faux cheveux ni sa collerette [532]. Elle
portait cet affreux petit sac en taffetas noir avec
lequel les vieilles femmes s'enveloppent l'occiput, et
qui dépassait son bonnet de nuit relevé par les mouvements du sommeil. Ce désordre donnait à cette
tête l'air menaçant [533] que les peintres prêtent aux
sorcières. Les tempes, les oreilles et la nuque, assez

peu cachées, laissaient voir leur caractère aride et
sec; leurs rides âpres se recommandaient par des
tons rouges peu agréables à l'œil, et que faisait encore
ressortir la couleur quasi blanche de la camisole
nouée au cou par des cordons vrillés [534]. Les bâillements de cette camisole entr'ouverte montraient une
poitrine comparable à celle d'une vieille paysanne
peu soucieuse de sa laideur. Le bras décharné faisait
l'effet d'un bâton sur lequel on aurait mis une étoffe.
Vue à sa croisée, cette demoiselle paraissait grande
à cause de la force et de l'étendue de son visage,
qui rappelait l'ampleur inouïe de certaines figures
suisses. Sa physionomie, où les traits péchaient par
un défaut d'ensemble, avait pour principal caractère
une sécheresse dans les lignes, une aigreur dans les
tons, une insensibilité dans le fond qui eût saisi de
dégoût un physionomiste. Ces expressions alors
visibles se modifiaient habituellement par une sorte
de sourire commercial, par une bêtise bourgeoise
qui jouait si bien la bonhomie, que les personnes avec
lesquelles vivait cette demoiselle pouvaient très bien
la prendre pour une bonne personne. Elle possédait
cette maison par indivis avec son frère. Le frère
dormait si tranquillement dans sa chambre, que
l'orchestre de l'Opéra ne l'eût pas éveillé, et cependant le diapason de cet orchestre est célèbre !
   La vieille demoiselle avança la tête hors de la
fenêtre, leva vers la mansarde ses petits yeux d'un
bleu pâle et froid, aux cils courts et plantés dans un
bord presque toujours enflé; elle essaya de voir
Pierrette; mais, après avoir reconnu l'inutilité de
sa manœuvre, elle rentra dans sa chambre par un
mouvement semblable à celui d'une tortue qui cache
sa tête après l'avoir sortie de sa carapace. Les per-

siennes se fermèrent, et le silence de la place ne
fut plus troublé que par les paysans qui arrivaient
ou par des personnes matinales. Quand il y a une
vieille fille dans une maison, les chiens de garde sont
inutiles : il ne s'y passe pas le moindre événement
qu'elle ne le voie, ne le commente et n'en tire toutes
les conséquences possibles. Aussi, cette circonstance
allait-elle donner carrière à de graves suppositions,
ouvrir un de ces drames obscurs qui se passent en
famille et qui, pour demeurer secrets, n'en sont
pas moins terribles, si vous permettez toutefois
d'appliquer le mot de drame à cette scène d'intérieur.

Pierrette ne se recoucha pas. Pour elle, l'arrivée
de Brigaut était un événement immense. Pendant la
nuit, cet Éden des malheureux, elle échappait aux
ennuis [535], aux tracasseries qu'elle avait à supporter
durant la journée. Semblable au héros de je ne sais
quelle ballade allemande ou russe, son sommeil lui
paraissait être une vie heureuse, et le jour était un
mauvais rêve. Après [536] trois années, elle venait
d'avoir pour la première fois un réveil agréable. Les
souvenirs de son enfance avaient mélodieusement
chanté leurs poésies dans son âme. Le premier couplet,
elle l'avait entendu en rêve, le second l'avait fait
lever en sursaut, au troisième elle avait douté : les
malheureux sont de l'école de saint Thomas. Au quatrième couplet, arrivée en chemise et nu-pieds à sa
croisée, elle avait reconnu Brigaut, son ami d'enfance.
Ah ! c'était bien cette veste carrée à petites basques
brusquement coupées et dont les poches ballottent
à la chute des reins, la veste de drap bleu classique
en Bretagne, le gilet de rouennerie grossière, la chemise de toile fermée par un cœur d'or, le grand col
roulé, les boucles d'oreilles, les gros souliers, le pan-

talon de toile bleue écrue, inégalement déteinte par longueurs de fil, enfin toutes ces choses humbles et fortes qui constituent le costume d'un pauvre Breton. Les gros boutons en corne blanche du gilet et de la veste firent battre le cœur de Pierrette. A la vue du bouquet d'ajonc, ses yeux se mouillèrent de larmes, puis une horrible terreur lui comprima dans l'âme les fleurs de son souvenir un moment épanouies. Elle pensa que sa cousine avait pu l'entendre se levant et marchant à sa croisée, elle devina la vieille fille et fit à Brigaut ce signe de frayeur auquel le jeune Breton s'était empressé d'obéir [537] sans y rien comprendre.

Cette soumission instinctive ne peint-elle pas une de ces affections innocentes et absolues comme il y en a, de siècle en siècle, sur cette terre, où elles fleurissent comme l'aloès à l'*Isola bella* [538], deux ou trois fois en cent ans ? Qui eût vu Brigaut se sauvant aurait admiré l'héroïsme le plus naïf du plus naïf sentiment. Jacques Brigaut était digne de Pierrette Lorrain, qui finissait sa quatorzième année : deux enfants ! Pierrette ne put s'empêcher de pleurer en le regardant lever le pied avec l'effroi que son geste lui avait communiqué. Puis elle revint s'asseoir sur un méchant fauteuil, en face d'une petite table au-dessus de laquelle se trouvait un miroir. Elle s'y accouda, se mit la tête dans les mains et resta là pensive pendant une heure, occupée à se remémorer le Marais, le bourg de Pen-Hoël, les périlleux voyages entrepris sur un étang dans un bateau détaché pour elle d'un vieux saule par le petit Jacques, puis les vieilles figures de sa grand'mère, de son grand-père, la tête souffrante de sa mère et la belle physionomie du major Brigaut, enfin toute une enfance sans soucis ! Ce fut encore un rêve : des joies lumineuses sur un fond grisâtre.

Elle avait ses beaux cheveux cendrés en désordre sous un petit bonnet chiffonné pendant son sommeil, un petit bonnet en percale et à ruches qu'elle s'était fait elle-même. De chaque côté des tempes, il passait des boucles échappées de leurs papillotes en papier gris. Derrière la tête, une grosse natte aplatie pendait déroulée. La blancheur excessive de sa figure trahissait une de ces horribles maladies de jeune fille à laquelle la médecine a donné le nom gracieux de *chlorose,* et qui prive le corps de ses couleurs naturelles, qui trouble l'appétit et annonce [539] de grands désordres dans l'organisme. Ce ton de cire existait dans toute la carnation. Le cou et les épaules expliquaient, par leur pâleur d'herbe étiolée, la maigreur des bras [540] jetés en avant et croisés. Les pieds de Pierrette paraissaient amollis, amoindris par la maladie. Sa chemise ne tombait qu'à mi-jambe et laissait voir des nerfs fatigués, des veines bleuâtres, une carnation appauvrie. Le froid qui l'atteignit lui rendit les lèvres d'un beau violet. Le triste sourire qui tira les coins de sa bouche assez délicate montra des dents d'un ivoire fin et d'une forme menue, de jolies dents transparentes qui s'accordaient avec ses oreilles fines, avec son nez un peu pointu, mais élégant, avec la coupe de son visage, qui, malgré sa parfaite rondeur, était mignonne. Toute l'animation de ce charmant visage se trouvait dans des yeux dont l'iris, couleur tabac d'Espagne et mélangé de points noirs, brillait par des reflets d'or autour d'une prunelle profonde et vive. Pierrette [541] avait dû être gaie, elle était triste. Sa gaieté perdue existait encore dans la vivacité des contours de l'œil, dans la grâce ingénue de son front et dans les méplats de son menton court. Ses longs cils se dessinaient comme des pinceaux sur ses pommettes altérées par la souffrance. Le blanc, prodigué outre mesure, rendait d'ailleurs les lignes et les détails de la physionomie très purs [542]. L'oreille était un petit chef-d'œuvre de sculpture : vous eussiez dit du marbre. Pierrette souffrait de bien des manières. Aussi peut-être voulez-vous son histoire [543] ? La voici.

CHAPITRE II

La mère de Pierrette était une demoiselle Auffray, de Provins, sœur consanguine de Mme Rogron, mère des possesseurs actuels de cette maison.

Marié d'abord à dix-huit ans, M. Auffray avait contracté vers soixante-neuf ans un second mariage. De son premier lit était issue une fille unique assez laide, et mariée dès l'âge de seize ans à un aubergiste de Provins nommé Rogron [544].

De son second lit, le bonhomme Auffray eut encore une fille, mais charmante. Ainsi, par un effet bizarre, il y eut une énorme différence d'âge entre les deux filles de M. Auffray : celle du premier lit avait cinquante ans quand celle du second naissait. Lorsque son vieux père lui donnait une sœur, Mme Rogron avait deux enfants majeurs.

A dix-huit ans, la fille du vieillard amoureux fut mariée selon son inclination à un officier nommé Lorrain, capitaine dans la Garde [545] impériale. L'amour [546] rend souvent ambitieux. Le capitaine, qui voulut devenir promptement colonel, passa dans la ligne. Pendant que le chef de bataillon [547] et sa femme, assez heureux de la pension à eux faite par M. et Mme Auffray, brillaient à Paris ou couraient en Allemagne, au gré des batailles et des paix impériales, le vieil Auffray, ancien épicier de Provins,

mourut à quatre-vingt-huit ans sans avoir [548] eu
le temps de faire aucune disposition testamentaire.
La succession du bonhomme fut si bien manœuvrée
par l'ancien aubergiste et par sa femme, qu'ils [549]
en absorbèrent la plus grande partie, et ne laissèrent
à la veuve du bonhomme Auffray que la maison du
défunt sur [550] la petite place et quelques arpents de
terre. Cette veuve, mère de la petite Mme Lorrain,
n'avait à la mort de son mari que trente-huit ans [551].
Comme beaucoup de veuves, elle eut l'idée malsaine
de se remarier. Elle vendit à sa belle-fille, la vieille
Mme Rogron, les terres et la maison qu'elle avait
gagnées en vertu de son contrat de mariage, afin de
pouvoir épouser un jeune médecin nommé Néraud [552],
qui lui dévora sa fortune. Elle mourut de chagrin
et dans la misère deux ans après.

La part qui aurait pu revenir à Mme Lorrain dans
la succession Auffray disparut [553] donc en grande
partie, et se réduisit à environ huit mille francs.
Le major Lorrain [554] mourut sur le champ d'honneur
à Montereau, laissant sa veuve chargée, à vingt et
un ans, d'une petite fille de quatorze mois, sans
autre fortune que la pension à laquelle elle avait
droit et la succession à venir de M. et Mme Lorrain,
détaillants à Pen-Hoël, bourg vendéen situé [555] dans
le pays appelé le Marais.

Ces Lorrain, père et mère de l'officier mort,
grand-père et grand'mère paternels de Pierrette
Lorrain, vendaient le bois nécessaire aux constructions, des ardoises, des tuiles, des faîtières, des
tuyaux, etc. Leur commerce, soit incapacité, soit
malheur, allait mal et leur fournissait à peine de
quoi vivre. La faillite de la célèbre maison Collinet
de Nantes, causée par les événements de 1814, qui

produisirent une baisse subite dans les denrées
coloniales, venait de leur enlever vingt-quatre mille
francs qu'ils y avaient déposés. Aussi leur belle-fille
fut-elle bien reçue. La veuve du major apportait [556]
une pension de huit cents francs, somme énorme
à Pen-Hoël. Les huit mille [557] francs que son beau-
frère et sa sœur Rogron lui envoyèrent après mille
formalités entraînées par l'éloignement, elle les
confia aux Lorrain, en prenant toutefois une hypothèque sur une petite maison qu'ils possédaient [558]
à Nantes, louée cent écus, et qui valait à peine dix
mille francs.

Mme Lorrain la jeune mourut trois ans après le
second et fatal mariage de sa mère, en 1819, presque
en même temps qu'elle. L'enfant du vieil Auffray
et de sa jeune épouse était frêle, petite et malingre :
l'air humide du Marais lui fut contraire. La famille
de son mari lui persuada, pour la garder, que dans
aucun autre endroit du monde elle ne trouverait un
pays plus sain ni plus agréable que le Marais, témoin
des exploits de Charette. Elle fut si bien dorlotée,
soignée, cajolée, que cette mort fit le plus grand
honneur aux Lorrain. Quelques personnes prétendent
que Brigaut, un ancien Vendéen, un de ces hommes
de fer qui avaient servi sous Charette, sous Mercier [559],
sous le marquis de Montauran [560] et sous le baron
du Guénic [561], dans les guerres contre la République,
était pour beaucoup dans la résignation de Mme Lorrain la jeune. S'il en fut ainsi, certes ce serait d'une
âme excessivement aimante et dévouée. Tout Pen-
Hoël voyait d'ailleurs Brigaut, nommé respectueusement *le major* [562], grade qu'il avait eu dans les armées
catholiques, passant ses journées et ses soirées dans
la salle, auprès de la veuve du major impérial. Vers

les derniers temps, le curé de Pen-Hoël s'était permis
quelques représentations à la vieille dame Lorrain :
il l'avait priée de décider sa belle-fille à épouser
Brigaut, en promettant de faire nommer le major
juge de paix du canton de Pen-Hoël par la protection du vicomte de Kergarouët [563]. La mort de
la pauvre jeune femme rendit la proposition inutile.

Pierrette resta chez ses grands-parents, qui lui
devaient quatre cents francs d'intérêt par .an,
naturellement appliqués à son entretien. Ces vieilles
gens, de plus en plus impropres au commerce, eurent
un concurrent actif et ingénieux contre lequel ils
disaient des injures sans rien tenter pour [564] se
défendre. Le major, leur conseil et leur ami, mourut
six mois après son amie, peut-être de douleur et
peut-être de ses blessures; il en avait reçu vingt-sept.
En bon commerçant, le mauvais voisin voulut
ruiner ses adversaires afin d'éteindre toute concurrence. Il fit prêter de l'argent aux Lorrain sur leur
signature, en prévoyant qu'ils ne pourraient rembourser, et les força dans leurs vieux jours à déposer
leur bilan. L'hypothèque de Pierrette fut primée par
l'hypothèque légale de sa grand'mère, qui s'en tint
à ses droits pour conserver un morceau de pain à
son mari. La maison de Nantes fut vendue neuf
mille cinq cents francs, et il y eut pour quinze cents
francs de frais. Les huit mille francs restants revinrent
à Mme Lorrain, qui les plaça sur hypothèque afin de
pouvoir vivre à Nantes dans une espèce de béguinage
semblable à celui de Sainte-Périne [565] de Paris, et
nommé Saint-Jacques [566], où ces deux vieillards
eurent le vivre et le couvert moyennant une modique
pension. Dans l'impossibilité de garder avec eux
leur petite-fille ruinée, les vieux Lorrain se sou-

vinrent de son oncle et de sa tante Rogron, auxquels
ils écrivirent. Les Rogron de Provins étaient morts.
La lettre des Lorrain aux Rogron semblait donc
devoir être perdue. Mais, si quelque chose ici-bas
peut suppléer la Providence, n'est-ce pas la poste
aux lettres ?

L'esprit [567] de la poste, incomparablement au-
dessus de l'esprit public, qui ne rapporte pas d'ailleurs autant, dépasse en invention l'esprit des
plus habiles romanciers [568]. Quand la poste possède
une lettre, valant pour elle de trois à dix sous, sans
trouver immédiatement celui ou celle à qui elle doit
la remettre, elle déploie une sollicitude financière
dont l'analogue ne se rencontre que chez les
créanciers les plus intrépides. La poste va, vient,
furette dans les 86 départements [569]. Les difficultés
surexcitent le génie des employés, qui souvent
sont des gens de lettres, et qui se mettent alors
à la recherche de l'inconnu avec l'ardeur des
mathématiciens du Bureau des longitudes : ils
fouillent tout le royaume. A la moindre lueur
d'espérance, les bureaux de Paris se remettent en
mouvement. Souvent, il vous arrive de rester stupéfait en reconnaissant les gribouillages qui zèbrent
le dos et le ventre de la lettre, glorieuses attestations
de la persistance administrative avec laquelle la
poste s'est remuée. Si un homme entreprenait ce que
la poste vient d'accomplir, il aurait perdu dix mille
francs en voyages, en temps, en argent, pour recouvrer
douze sous. La poste a décidément encore plus
d'esprit qu'elle n'en porte.

La lettre des Lorrain, adressée à M. Rogron de
Provins, décédé depuis une année, fut envoyée par
la poste à M. Rogron, son fils, mercier, rue Saint-

Denis, à Paris. En ceci éclate l'esprit de la poste. Un héritier est toujours plus ou moins tourmenté de savoir s'il a bien tout ramassé d'une succession, s'il n'a pas oublié des créances ou des guenilles. Le fisc devine tout, même les caractères. Une lettre adressée au vieux Rogron de Provins mort devait piquer la curiosité de Rogron fils, à Paris, ou de Mlle Rogron, sa sœur, ses héritiers. Aussi [570] le fisc eut-il ses soixante centimes.

Les Rogron, vers lesquels les vieux Lorrain, au désespoir de se séparer de leur petite-fille, tendaient des mains suppliantes, devaient donc être les arbitres de la destinée de Pierrette Lorrain. Il est alors indispensable d'expliquer leurs antécédents et leur caractère.

CHAPITRE III

LES ROGRON

Le père Rogron, cet aubergiste de Provins à qui le vieil Auffray avait donné la fille de son premier lit, était un personnage à figure enflammée, à nez veineux, et sur les joues duquel Bacchus avait appliqué ses pampres rougis et bulbeux. Quoique gros, court [571] et ventripotent, à jambes grasses et à mains épaisses, il était doué de la finesse des aubergistes de Suisse, auxquels il ressemblait. Sa figure représentait vaguement un vaste vignoble grêlé. Certes, il n'était pas beau, mais sa femme lui ressemblait. Jamais couple ne fut mieux assorti.

Rogron aimait la bonne chère et à se faire servir par de jolies filles. Il appartenait à la secte des égoïstes dont l'allure est brutale, qui s'adonnent à leurs vices et font leurs volontés à la face d'Israël. Avide, intéressé, peu délicat, obligé de pourvoir à ses fantaisies, il mangea ses gains jusqu'au jour où les dents lui manquèrent. L'avarice resta. Sur ses vieux jours, il vendit son auberge, ramassa, comme on l'a vu, presque toute la succession de son beau-père, et se retira dans la petite maison de la place, achetée pour un morceau de pain à la veuve du père Auffray, la grand'mère de Pierrette.

Rogron [572] et sa femme possédaient environ deux mille francs de rente, provenant de la location de

vingt-sept pièces de terre situées autour de Provins,
et les intérêts du prix de leur auberge, vendue
vingt mille francs. La maison du bonhomme Auffray,
quoique en fort mauvais état, fut habitée telle quelle
par ces anciens aubergistes, qui se gardèrent, comme
de la peste, d'y toucher : les vieux rats aiment les
lézardes et les ruines. L'ancien aubergiste, qui prit
goût [573] au jardinage, employa ses économies à
l'augmentation du jardin; il le poussa jusqu'au
bord de la rivière, il en fit un carré long, encaissé
entre deux murailles et terminé par un empierre-
ment où la nature aquatique, abandonnée à elle-
même, déployait les richesses de sa flore.

Au début de leur mariage, ces Rogron avaient eu,
de deux en deux ans, une fille et un fils : tout
dégénère, leurs enfants furent affreux. Mis en nourrice à la campagne et à bas prix, ces malheureux
enfants revinrent avec l'horrible éducation du village, ayant crié longtemps et souvent après le sein
de leur nourrice, qui allait aux champs et qui,
pendant ce temps, les enfermait dans une de ces
chambres noires, humides et basses, qui servent
d'habitation au paysan français. A ce métier, les
traits de ces enfants grossirent, leur voix s'altéra;
ils flattèrent médiocrement l'amour-propre de la
mère, qui tenta de les corriger de leurs mauvaises
habitudes par une rigueur que celle du père con-
vertissait en tendresse. On les laissa courailler dans
les cours, écuries et dépendances de l'auberge, ou
trotter par la ville; on les fouettait quelquefois;
quelquefois on les envoyait chez leur grand-père
Auffray, qui les aimait très peu. Cette injustice fut
une des raisons qui encouragèrent les Rogron à se
faire une large part dans la succession de ce *vieux*

scélérat. Cependant, le père Rogron mit son fils à
l'école, il lui acheta un homme, un de ses charretiers,
afin de le sauver de la réquisition. Dès que sa fille
Sylvie eut treize ans, il la dirigea sur Paris en qualité
d'apprentie dans une maison de commerce. Deux
ans après, il expédia son fils Jérôme-Denis par la
même voie. Quand ses amis, ses compères les rouliers
ou ses habitués lui demandaient ce qu'il comptait
faire de ses enfants, le père Rogron expliquait son
système avec une brièveté qui avait, sur celui de la
plupart des pères, le mérite de la franchise.

— Quand ils seront en âge de me comprendre, je
leur donnerai un coup de pied, vous savez où ? en
leur disant [574] : « Va faire fortune ! » répondait-il en
buvant ou s'essuyant les lèvres du revers de sa main.

Puis il regardait son interlocuteur en clignant les
yeux d'un air fin :

— Eh ! eh ! ils ne sont pas plus bêtes que moi,
ajoutait-il. Mon père m'a donné trois coups de pied,
je ne leur en donnerai qu'un ; il m'a mis un louis dans
la main, je leur en mettrai dix : ils seront donc plus
heureux que moi. Voilà la bonne manière. Eh bien !
après moi, ce qui restera, restera ; les notaires sauront
bien le leur trouver. Ce serait drôle de se gêner pour
ses enfants !... Les miens me doivent la vie, je les
ai nourris, je ne leur demande rien ; ils ne sont pas
quittes, eh ! voisin ? J'ai commencé par être char-
retier, et ça ne m'a pas empêché d'épouser la fille
à ce vieux scélérat de père Auffray.

Sylvie Rogron fut envoyée, à cent écus de pension,
en apprentissage rue Saint-Denis, chez des négociants
nés à Provins. Deux ans après, elle était au pair : si
elle ne gagnait rien, ses parents ne payaient plus
rien pour son logis et sa nourriture. Voilà ce qu'on

appelle *être au pair,* rue Saint-Denis. Deux ans après, pendant lesquels sa mère lui envoya cent francs pour son entretien, Sylvie eut cent écus d'appointements. Ainsi, dès l'âge de dix-neuf ans, Mlle Sylvie Rogron obtint son indépendance. A vingt ans, elle était la seconde demoiselle de la maison Julliard, marchand de soie en botte au Ver-Chinois, rue Saint-Denis.

L'histoire de la sœur fut celle du frère. Le petit Jérôme-Denis Rogron entra chez un des plus forts marchands merciers de la rue Saint-Denis, la maison Guépin, aux Trois-Quenouilles. Si à vingt et un ans Sylvie était première demoiselle à mille francs d'appointements, Jérôme-Denis, mieux servi par les circonstances, se trouvait à dix-huit ans premier commis à douze cents francs, chez les Guépin, autres Provinois [575].

Le frère et la sœur se voyaient tous les dimanches et les jours de fête; ils les passaient en divertissements économiques, ils dînaient hors Paris, ils allaient voir Saint-Cloud, Meudon, Belleville, Vincennes. Vers la fin de l'année 1815, ils réunirent leurs capitaux amassés à la sueur de leur front, environ vingt mille francs, et achetèrent de Mme Guenée le célèbre fonds de la Sœur-de-Famille, une des plus fortes maisons de détail en mercerie. La sœur tint la caisse, le comptoir et les écritures. Le frère fut à la fois le maître et le premier commis, comme Sylvie fut pendant quelque temps sa propre première demoiselle.

En 1821, après cinq ans d'exploitation, la concurrence devint si vive et si animée dans la mercerie, que le frère et la sœur avaient à peine pu solder leur fonds et soutenir sa vieille réputation. Quoique Sylvie Rogron n'eût alors que quarante ans [576], sa laideur, ses travaux constants et un certain air rechigné que lui donnait la disposition de ses traits, autant que les soucis, la faisaient ressembler à une femme de cinquante ans. A trente-huit ans [577], Jérôme-Denis Rogron offrait la physionomie la plus niaise que jamais un comptoir ait présentée à des chalands. Son front écrasé, déprimé par la fatigue, était marqué de trois sillons arides. Ses petits cheveux gris, coupés ras, exprimaient l'indéfinissable stupidité des animaux à sang froid. Le regard de ses yeux bleuâtres ne jetait ni flamme ni pensée. Sa figure ronde et plate n'excitait aucune sympathie et n'amenait même pas le rire sur les lèvres de ceux qui se livrent à l'examen des variétés du Parisien : elle attristait. Enfin s'il était, comme son père, gros et court, ses formes, dénuées du brutal embonpoint de l'aubergiste, accusaient dans les moindres détails un affaissement ridicule. La coloration excessive de son père était remplacée chez lui par la flasque lividité particulière aux gens qui vivent dans des arrière-boutiques sans air, dans des cabanes grillées appelées caisses, toujours pliant et dépliant du fil, payant ou recevant, harcelant des commis ou répétant les mêmes choses aux chalands. Le peu d'esprit du frère et de la sœur [578] avait été entièrement absorbé par l'entente de leur commerce, par le Doit et Avoir, par la connaissance des lois spéciales et des usages de la place de Paris. Le fil, les aiguilles, les rubans, les épingles, les boutons, les fournitures de tailleur, enfin l'immense quantité d'articles qui composent la mercerie parisienne, avaient employé leur mémoire. Les lettres à écrire et à répondre, les factures, les inventaires avaient pris toute leur capacité. En dehors de leur partie, ils ne savaient absolument rien, ils ignoraient même Paris. Pour eux, Paris était quelque chose d'étalé autour de la rue Saint-Denis. Leur caractère étroit avait eu pour champ leur boutique. Ils savaient admirablement tracasser leurs commis, leurs demoiselles, et les trouver en faute. Leur bonheur consistait à voir toutes les mains agitées comme des pattes de souris sur les comptoirs, maniant la marchandise ou occupées à replier les articles. Quand ils entendaient sept ou huit voix de demoiselles et de jeunes gens déglubant les phrases consacrées par lesquelles les commis répondent aux observations des acheteurs, la journée était belle, il faisait beau ! Quand le bleu de l'éther avivait Paris, quand les Parisiens se promenaient en ne s'occupant que de la mercerie [579] qu'ils portaient :

— Mauvais temps pour la vente ! disait l'imbécile patron.

La grande science qui rendait Rogron l'objet de l'admiration des apprentis était son art de ficeler, déficeler, reficeler et confectionner un paquet. Rogron pouvait faire un paquet et regarder ce qui se passait dans la rue ou surveiller son magasin dans toute sa profondeur, il avait tout vu quand, en le présentant à la pratique, il disait : « Voilà, madame; ne vous faut-il *rien d'autre?* » Sans sa sœur, ce crétin eût été ruiné. Sylvie [580] avait du bon sens et le génie de la vente. Elle dirigeait son frère dans ses achats en fabrique et l'envoyait sans pitié jusqu'au fond de la France pour y trouver un sou de bénéfice sur un article. La finesse que possède plus ou moins toute femme n'étant pas au service de son cœur, elle l'avait portée dans la spéculation. Un fonds à payer ! cette pensée était le piston qui faisait jouer cette machine et lui communiquait une épouvantable

activité. Rogron était resté premier commis, il ne
comprenait pas l'ensemble de ses affaires : l'intérêt
personnel, le plus grand véhicule de l'esprit, ne lui
avait pas fait faire un pas. Il restait souvent ébahi
quand sa sœur ordonnait de vendre un article à
perte, en prévoyant la fin de sa mode ; et, plus tard,
il admirait niaisement sa sœur Sylvie. Il ne raison-
nait ni bien ni mal, il était incapable de raisonne-
ment ; mais il avait la raison de se subordonner à sa
sœur, et il se subordonnait par une considération
prise en dehors du commerce :

— Elle est mon aînée, disait-il.

Peut-être une vie constamment solitaire, réduite
à la satisfaction des besoins, dénuée d'argent et de
plaisirs pendant la jeunesse, expliquerait-elle aux
physiologistes et aux penseurs la brute expression
de ce visage, la faiblesse de cerveau, l'attitude niaise
de ce mercier. Sa sœur l'avait constamment empêché
de se marier, en craignant peut-être de perdre son
influence dans la maison, en voyant une cause de
dépense et de ruine dans une femme infailliblement
plus jeune et sans aucun doute moins laide qu'elle.
La bêtise a deux manières d'être : elle se tait ou elle
parle. La bêtise muette est supportable, mais la
bêtise de Rogron était parleuse. Ce détaillant avait [881]
pris l'habitude de gourmander ses commis, de leur
expliquer les minuties du commerce de la mercerie
en demi-gros, en les ornant des plates plaisanteries
qui constituent le *bagout* des boutiques. Ce mot,
qui désignait autrefois l'esprit de répartie stéréotypée,
a été détrôné par le mot soldatesque de *blague*.
Rogron, forcément écouté par un petit monde
domestique, Rogron, content de lui-même, avait
fini par se faire une phraséologie à lui. Ce bavard se

croyait orateur. La nécessité d'expliquer aux chalands ce qu'ils veulent, de sonder leurs désirs, de leur donner envie de ce qu'ils ne veulent pas, délie la langue du détaillant. Ce petit commerçant finit [582] par avoir la faculté de débiter des phrases où les mots ne présentent aucune idée et qui ont du succès. Enfin, il explique aux chalands des procédés peu connus : de là lui vient je ne sais [583] quelle supériorité momentanée sur sa pratique; mais, une fois sorti des mille et une explications que nécessitent ses mille et un articles, il est, relativement à la pensée, comme un poisson sur la paille et au soleil. Rogron et Sylvie, ces deux mécaniques [584] subrepticement baptisées, n'avaient, ni en germe ni en action, les sentiments qui donnent au cœur sa vie propre. Aussi ces deux natures étaient-elles excessivement filandreuses et sèches, endurcies par le travail, par les privations, par le souvenir de leurs douleurs pendant un long et rude apprentissage. Ni l'un ni l'autre, ils ne plaignaient aucun malheur. Ils étaient non pas implacables, mais intraitables à l'égard des gens embarrassés. Pour eux, la vertu, l'honneur, la loyauté, tous les sentiments humains consistaient à payer régulièrement ses billets. Tracassiers, sans âme et d'une économie sordide, le frère et la sœur jouissaient d'une horrible réputation dans le commerce de la rue Saint-Denis. Sans leurs relations avec Provins, où ils allaient trois fois par an, aux époques où ils pouvaient fermer leur boutique pendant deux ou trois jours, ils eussent manqué de commis et de filles de boutique. Mais le père Rogron expédiait à ses enfants tous les malheureux voués au commerce par leurs parents, il faisait pour eux la traite des apprentis dans Provins, où il vantait par vanité la fortune de ses enfants. Chacun, appâté par la perspective de savoir sa fille ou son fils bien instruit et bien surveillé, par la chance de le voir succédant un jour aux *fils Rogron*, envoyait l'enfant qui le gênait au logis, dans une maison tenue par ces deux célibataires. Mais, dès que l'apprenti et l'apprentie à cent écus de pension trouvaient moyen de quitter cette galère, ils s'enfuyaient avec un bonheur qui accroissait la terrible célébrité des Rogron. L'infatigable aubergiste leur découvrait toujours de nouvelles victimes. Depuis l'âge de quinze ans, Sylvie Rogron, habituée à se grimer pour la vente, avait deux masques : la physionomie aimable de la vendeuse, et la physionomie naturelle aux vieilles filles ratatinées. Sa physionomie acquise était d'une mimique merveilleuse : en elle tout souriait ; sa voix, devenue douce et pateline, jetait un charme commercial à la pratique. Sa vraie figure était celle qui s'est montrée entre les deux persiennes entre-bâillées ; elle eût fait fuir le plus déterminé des Cosaques de 1815, qui cependant aimaient toute espèce de Françaises.

Quand la lettre des Lorrain arriva, les Rogron, en deuil de leur père, avaient hérité de la maison à peu près volée à la grand'mère de Pierrette, puis des terres acquises par l'ancien aubergiste, enfin de certains capitaux provenus de prêts usuraires hypothéqués sur des acquisitions faites par des paysans que le vieil ivrogne espérait exproprier. Leur inventaire annuel venait d'être terminé. Le fonds de la Sœur-de-Famille était payé. Les Rogron possédaient environ soixante mille francs de marchandises en magasin, une quarantaine [585] de mille francs en caisse ou dans le portefeuille, et la valeur de leur fonds.

Assis sur la banquette en velours d'Utrecht vert
rayé de bandes unies, et plaquée dans une niche
carrée derrière le comptoir, en face duquel se trouvait
un comptoir semblable pour leur première demoiselle,
le frère et la sœur se consultaient sur leurs intentions.
Tout marchand aspire à la bourgeoisie. En réalisant
leur fonds de commerce, le frère et la sœur devaient
avoir environ cent cinquante mille francs, sans comprendre la succession paternelle. En plaçant sur le
Grand-Livre les capitaux disponibles, chacun d'eux
aurait trois ou quatre mille livres de rente, même en
destinant à la restauration de la maison paternelle
la valeur de leur fonds, qui leur serait payé sans
doute à terme. Ils pouvaient donc aller vivre ensemble
à Provins dans une maison à eux. Leur première
demoiselle était la fille d'un riche fermier de Donne-
marie, chargé de neuf enfants; il avait dû les pourvoir
chacun d'un état, car sa fortune, divisée en neuf
parts, était peu de chose pour chacun d'eux. En cinq
années, ce fermier avait perdu sept de ses enfants;
cette première demoiselle était donc devenue un
être si intéressant, que Rogron avait tenté, mais
inutilement, d'en faire sa femme. Cette demoiselle
manifestait [586] pour son patron une aversion qui
déconcertait toute manœuvre. D'ailleurs, Mlle Sylvie
s'y prêtait peu, s'opposait même au mariage de son
frère, et voulait faire leur successeur d'une fille si
rusée. Elle ajournait le mariage de Rogron après
leur établissement à Provins.

Personne, parmi les passants, ne peut comprendre
le mobile des existences cryptogamiques de certains
boutiquiers; on les regarde, on se demande : « De
quoi? pourquoi vivent-ils? que deviennent-ils?
d'où viennent-ils? » on se perd dans les riens en

voulant se les expliquer. Pour découvrir le peu de poésie qui germe dans ces têtes et vivifie ces existences, il est nécessaire de les creuser; mais on a bientôt trouvé le tuf sur lequel tout repose. Le boutiquier parisien se nourrit d'une espérance plus ou moins irréalisable et sans laquelle il périrait évidemment : celui-ci rêve de bâtir ou d'administrer un théâtre; celui-là tend aux honneurs de la mairie; tel a sa maison de campagne à trois lieues de Paris, un prétendu parc où il plante des statues en plâtre colorié, où il dispose des jets d'eau qui ressemblent à un bout de fil et où il dépense des sommes folles; tel autre rêve les commandements supérieurs de la garde nationale.

Provins, ce paradis terrestre, excitait chez les deux merciers le fanatisme que toutes les jolies villes de France inspirent à leurs habitants. Disons-le à la gloire de la Champagne : cet amour est légitime. Provins, une des plus charmantes villes de France, rivalise avec le Frangistan et la vallée de Cachemire [587] : non seulement elle contient la poésie de Saadi [588], l'Homère de la Perse, mais encore elle offre des vertus pharmaceutiques à la science médicale. Des Croisés rapportèrent les roses de Jéricho dans cette délicieuse vallée, où, par hasard, elles prirent [589] des qualités nouvelles, sans rien perdre de leurs couleurs. Provins n'est pas seulement la Perse française, elle pourrait encore être Bade, Aix, Bath : elle a des eaux !

Voici [590] le paysage revu d'année en année, qui, de temps en temps, apparaissait aux deux merciers sur le pavé boueux de la rue Saint-Denis. Après avoir traversé les plaines grises qui se trouvent entre la Ferté-Gaucher et Provins, vrai désert, mais productif, un désert de froment, vous parvenez à une colline. Tout à coup vous voyez à vos pieds une ville arrosée par deux rivières : au bas du rocher s'étale une vallée verte, pleine de lignes heureuses, d'horizons fuyants. Si vous venez de Paris, vous prenez Provins en long, vous avez cette éternelle grande route de France, qui passe au bas de la côte en la tranchant, et douée de son aveugle, de ses mendiants, lesquels vous accompagnent de leurs voix lamentables quand vous vous avisez d'examiner ce pittoresque pays inattendu. Si vous venez de Troyes [591], vous entrez par le pays plat. Le château, la vieille ville et ses anciens remparts sont étagés sur la colline. La jeune ville s'étale en bas. Il y a le haut et le bas Provins : d'abord, une ville aérée, à rues rapides, à beaux aspects, environnée de chemins creux, ravinés, meublés de noyers, et qui criblent de leurs vastes ornières la vive arête de la colline ; ville silencieuse, proprette, solennelle, dominée par les ruines imposantes du château ; puis une ville à moulins, arrosée par la Voulzie et le Durtain, deux rivières de Brie, menues, lentes et profondes ; une ville d'auberges, de commerce, de bourgeois retirés, sillonnée par les diligences, par les calèches et le roulage. Ces deux villes ou cette ville, avec ses souvenirs historiques, la mélancolie de ses ruines, la gaieté de sa vallée, ses délicieuses ravines pleines de haies échevelées et de fleurs, sa rivière crénelée de jardins, excite si bien l'amour de ses enfants, qu'ils se conduisent comme les Auvergnats, les Savoyards et les Français : s'ils sortent de Provins pour aller chercher fortune, ils y reviennent toujours. Le proverbe « Mourir au gîte », fait pour les lapins et les gens fidèles, semble être la devise des Provinois.

Aussi les deux Rogron ne pensaient-ils qu'à leur cher Provins ! En vendant du fil, le frère revoyait la haute ville. En entassant des papiers chargés de boutons, il contemplait la vallée. En roulant ou déroulant du padou [592], il suivait le cours brillant des rivières. En regardant ses casiers, il remontait les chemins creux où jadis il fuyait la colère de son père pour venir y manger des noix, y gober des mûrons. La petite place de Provins occupait surtout sa pensée [593] : il songeait à embellir sa maison, il rêvait à la façade qu'il y voulait reconstruire, aux chambres, au salon, à la salle de billard, à la salle à manger et au jardin potager dont il faisait un jardin anglais avec boulingrins, grottes, jets d'eau, statues, etc. Les chambres où dormaient le frère et la sœur au deuxième de la maison à trois croisées et à six étages, haute et jaune comme il y en a tant rue Saint-Denis, étaient sans autre mobilier que le strict nécessaire; mais personne, à Paris, ne possédait un plus riche mobilier que ce mercier. Quand il allait par la ville, il restait dans l'attitude des teriakis [594], regardant les beaux meubles exposés, examinant les draperies dont il emplissait sa maison. Au retour, il disait à sa sœur :

— J'ai vu dans telle boutique tel meuble de salon qui nous irait bien !

Le lendemain, il en achetait un autre, et toujours ! Il regorgeait le mois courant les meubles du mois dernier. Le budget n'aurait pas payé ses remaniements d'architecture : il voulait tout, et donnait toujours la préférence aux dernières inventions. Quand il contemplait les balcons des maisons nouvellement construites, quand il étudiait les timides essais de l'ornementation extérieure, il trouvait les moulures, les sculptures, les dessins déplacés.

— Ah ! se disait-il, ces belles choses feraient bien mieux à Provins que là !

Lorsqu'il ruminait son déjeuner sur le pas de sa porte, adossé à sa devanture, l'œil hébété, le mercier voyait une maison fantastique dorée par le soleil de son rêve, il se promenait dans son jardin, il y écoutait son jet d'eau retombant en perles brillantes sur une table ronde en pierre de liais. Il jouait à son billard, il plantait des fleurs [595]. Si sa sœur était la plume à la main, réfléchissant et oubliant de gronder les commis, elle se contemplait recevant les bourgeois de Provins, elle se mirait, ornée de bonnets merveilleux [596], dans les glaces de son salon. Le frère et la sœur commençaient à trouver l'atmosphère de la rue Saint-Denis malsaine ; et l'odeur des boues de la Halle leur faisait désirer le parfum des roses de Provins. Ils avaient à la fois une nostalgie et une monomanie contrariées par la nécessité de vendre leurs derniers bouts de fil, leurs bobines de soie et leurs boutons. La terre promise de la vallée de Provins attirait d'autant plus ces Hébreux, qu'ils avaient réellement souffert pendant longtemps, et traversé, haletants, les déserts sablonneux de la Mercerie.

La lettre des Lorrain vint au milieu d'une méditation inspirée par ce bel avenir. Les merciers connaissaient à peine leur cousine Pierrette Lorrain. L'affaire de la succession Auffray, traitée depuis longtemps par le vieil aubergiste, avait eu lieu pendant leur établissement, et Rogron causait très peu sur ses capitaux. Envoyés [597] de bonne heure à Paris, le frère et la sœur se souvenaient à peine de leur tante Lorrain. Une heure de discussions généalogiques leur fut nécessaire pour se rémémorer leur tante, fille du second lit de leur grand-père Auffray, sœur consanguine de leur mère. Ils retrouvèrent la mère de Mme Lorrain dans Mme Néraud, morte de chagrin. Ils jugèrent alors que le second mariage de leur grand-père avait été pour eux une chose funeste; son résultat était le partage de la succession Auffray entre les deux lits. Ils avaient, d'ailleurs, entendu quelques récriminations de leur père, toujours un peu goguenard et aubergiste.

Les deux merciers examinèrent la lettre des Lorrain à travers ces souvenirs peu favorables à la cause de Pierrette. Se charger d'une orpheline, d'une fille, d'une cousine qui, malgré [598] tout, serait leur héritière au cas où ni l'un ni l'autre ne se marierait, il y avait là matière à discussion. La question fut étudiée sous toutes ses faces. D'abord, ils n'avaient jamais vu Pierrette. Puis ce serait un ennui que d'avoir une jeune fille à garder. Ne prendraient-ils pas des obligations avec elle? il serait [599] impossible de la renvoyer, si elle ne leur convenait pas; enfin, ne faudrait-il pas la marier? Et si Rogron trouvait chaussure à son pied parmi les héritières de Provins, ne valait-il pas mieux réserver toute leur fortune pour ses enfants? Selon Sylvie, une chaussure au pied de son frère était une fille bête, riche et laide, qui se laisserait gouverner par elle. Les deux marchands se décidèrent à refuser. Sylvie se chargea de la réponse. Le courant des affaires fut assez considérable pour retarder cette lettre, qui ne semblait pas urgente, et à laquelle la vieille fille ne pensa plus dès que leur première demoiselle consentit à traiter du fonds de la Sœur-de-Famille. Sylvie Rogron et son frère partirent pour

Provins quatre ans avant le jour où la venue de Brigaut allait jeter tant d'intérêt dans la vie de Pierrette. Mais les œuvres de ces deux personnes en province [600] exigent une explication aussi nécessaire que celle sur leur existence à Paris, car Provins ne devait pas être moins funeste à Pierrette que les antécédents commerciaux de ses cousins.

CHAPITRE IV

Quand le petit négociant venu de province à Paris retourne de Paris en province, il y rapporte toujours quelques idées; puis il les perd dans les habitudes de la vie de province où il s'enfonce, et où ses velléités de rénovation s'abîment. De là ces petits changements lents, successifs, par lesquels Paris finit par égratigner la surface des villes départementales, et qui marquent essentiellement la transition de l'ex-boutiquier au provincial renforcé. Cette transition constitue une véritable maladie. Aucun détaillant ne passe impunément de son bavardage continuel au silence, et de son activité parisienne à l'immobilité provinciale. Quand ces braves gens ont gagné quelque fortune, ils en dépensent une certaine partie à leur passion longtemps couvée, et y déversent les dernières oscillations d'un mouvement qui ne saurait s'arrêter à volonté. Ceux qui n'ont pas caressé d'idée fixe voyagent, ou se jettent dans les occupations politiques de la municipalité. Ceux-ci vont à la chasse ou pêchent, tracassent leurs fermiers ou leurs locataires. Ceux-là deviennent usuriers comme le père Rogron, ou actionnaires comme tant d'inconnus. Le thème du frère et de la sœur, vous le connaissez : ils avaient à satisfaire leur royale fantaisie de manier la truelle,

à se construire leur charmante maison. Cette idée
fixe valut à la place du bas Provins la façade que
venait d'examiner Brigaut, les distributions intérieures de cette maison et son luxueux mobilier.

L'entrepreneur ne mit pas un clou sans consulter
les Rogron, sans leur faire signer les dessins et les
devis, sans leur expliquer longuement, en détail,
la nature de l'objet en discussion, où il se fabriquait
et ses différents prix. Quant aux choses extraordinaires, elles avaient été employées chez M. Tiphaine,
ou chez Mme Julliard la jeune, ou chez M. Garceland,
le maire. Une similitude quelconque avec [601] un des
riches bourgeois de Provins finissait toujours le
combat à l'avantage de l'entrepreneur.

— Du moment que M. Garceland a cela chez lui,
mettez ! disait Mlle Rogron. Cela doit être bien, il
a bon goût.

— Sylvie, il nous propose des oves dans la corniche
du corridor ?

— Vous appelez cela des oves ?

— Oui, mademoiselle.

— Et pourquoi ? quel singulier nom ! je n'en ai
jamais entendu parler.

— Mais vous en avez vu ?

— Oui.

— Savez-vous le latin ?

— Non.

— Eh bien ! cela veut dire œufs, les oves sont des
œufs.

— Comme vous êtes drôles, vous autres archi-
tectes ! s'écriait Rogron. C'est sans doute pour cela
que vous ne donnez pas vos coquilles !

— Peindrons-nous [602] le corridor ? disait l'entrepreneur.

— Ma foi, non, s'écriait Sylvie; encore cinq cents francs !

— Oh ! le salon et l'escalier sont trop jolis pour ne pas décorer le corridor, disait l'entrepreneur. La petite Mme Lesourd a fait peindre le sien, l'année dernière.

— Cependant son mari, comme procureur du roi, peut ne pas rester à Provins.

— Oh ! il sera quelque jour président du tribunal, disait l'entrepreneur.

— Eh bien, et que faites-vous donc alors de M. Tiphaine ?

— M. Tiphaine, il a une jolie femme, je ne suis pas embarrassé de lui : M. Tiphaine ira à Paris.

— Peindrons-nous le corridor ?

— Oui, les Lesourd verront du moins que nous les valons bien ! disait Rogron.

La première année de l'établissement des Rogron à Provins fut entièrement occupée par ces délibérations, par le plaisir de voir travailler les ouvriers, par les étonnements et les enseignements de tout genre qui en résultaient, et par les tentatives que firent le frère et la sœur pour se lier avec les principales familles de Provins.

Les Rogron n'étaient jamais allés [603] dans aucun monde, ils n'étaient pas sortis de leur boutique; ils ne connaissaient absolument personne à Paris, ils avaient soif des plaisirs de la société. A leur retour, les émigrés retrouvèrent d'abord M. et Mme Julliard, du Ver-Chinois, avec leurs enfants et petits-enfants; puis la famille des Guépin, ou mieux le clan des Guépin, dont le petit-fils tenait encore les Trois-Quenouilles; enfin Mme Guénée, qui leur avait vendu la Sœur-de-Famille, et dont les trois filles étaient mariées à Provins. Ces trois grandes races, les Julliard, les Guépin et les Guénée, s'étendaient dans la ville comme du chiendent sur une pelouse. Le maire, M. Garceland, était gendre de M. Guépin. Le curé, M. l'abbé Péroux, était le propre frère de Mme Julliard, qui était une Péroux. Le président du tribunal, M. Tiphaine, était le frère de Mme Guénée, qui signe : née Tiphaine [604].

La reine de la ville était la belle Mme Tiphaine la jeune, la fille unique de Mme Roguin, la riche femme d'un ancien notaire de Paris, de qui l'on ne parlait jamais. Délicate, jolie et spirituelle, mariée en province exprès par sa mère, qui ne la voulait point près d'elle, et l'avait tirée de son pensionnat quelques jours avant son mariage, Mélanie Roguin se considérait comme en exil à Provins, et s'y conduisait admirablement bien. Richement dotée, elle avait encore de belles espérances. Quant à M. Tiphaine, son vieux père avait fait à sa fille aînée, Mme Guénée, de tels avancements d'hoirie, qu'une terre de huit mille livres de rente, située à cinq lieues de Provins, devait revenir au président. Ainsi les Tiphaine, mariés avec vingt mille livres de rente, sans compter la place ni la maison du président, devaient un jour réunir vingt autres mille livres de rente. « Ils n'étaient pas malheureux », disait-on. La grande, la seule affaire de la belle Mme Tiphaine était de faire nommer M. Tiphaine député. Le député deviendrait juge à Paris; et du tribunal elle se promettait de le faire monter promptement à la cour royale. Aussi ménageait-elle tous les amours-propres, s'efforçait-elle de plaire; mais, chose plus difficile, elle y réussissait. Deux fois par semaine, elle recevait toute la bourgeoisie de Provins dans sa belle maison de la ville haute. Cette jeune femme de vingt-deux ans n'avait point encore fait un seul pas de clerc sur le terrain glissant où elle s'était placée. Elle satisfaisait tous les amours-propres, caressait les dadas de chacun : grave avec les gens graves, jeune fille avec les jeunes filles, essentiellement mère avec les mères, gaie avec les jeunes femmes et disposée à les servir, gracieuse pour tous; enfin une perle, un trésor, l'orgueil de Provins. Elle n'en avait pas dit encore un mot, mais tous les électeurs de Provins attendaient que leur cher président eût l'âge requis pour le nommer. Chacun d'eux, sûr de ses talents, en faisait son homme, son protecteur. Ah! M. Tiphaine arriverait, il serait garde des sceaux, il s'occuperait de Provins!

Voici par quels moyens l'heureuse Mme Tiphaine était parvenue [605] à régner sur la petite ville de Provins. Mme Guénée, sœur de M. Tiphaine, après avoir marié sa première fille à M. Lesourd, procureur du roi, la seconde à M. Martener le médecin [606], la troisième à M. Auffray le notaire, avait épousé en secondes noces M. Galardon, le receveur des contributions. Mmes Lesourd, Martener, Auffray et leur mère, Mme Galardon [607], virent dans le président Tiphaine l'homme le plus riche et le plus capable de la famille. Le procureur du roi, neveu par alliance de M. Tiphaine, avait tout intérêt à pousser son oncle à Paris pour devenir président à Provins. Aussi ces quatre dames (Mme Galardon adorait son frère) formèrent-elles une cour à Mme Tiphaine, de qui elles prenaient les avis et les conseils en toute chose. M. Julliard fils aîné, qui avait épousé la fille unique d'un riche fermier, se prit [608] d'une belle passion, subite, secrète et désintéressée, pour la présidente, cet ange [609] descendu des cieux parisiens. La rusée Mélanie, incapable de s'embarrasser d'un Julliard, très capable de le maintenir à l'état d'Amadis et d'exploiter sa sottise, lui donna le conseil d'entreprendre un journal auquel elle servit d'Égérie [610]. Depuis deux ans, Julliard, doublé de sa passion romantique [611], avait donc entrepris une feuille et une diligence publiques pour Provins. Le journal, appelé LA RUCHE, *journal de Provins*, contenait des articles littéraires, archéologiques et médicaux faits en famille. Les annonces de l'arrondissement payaient les frais. Les abonnés, au nombre de deux cents, étaient le bénéfice. Il y paraissait des stances mélancoliques, incompréhensibles en Brie, et adressées A ELLE!!! avec ces trois points. Ainsi le jeune ménage Julliard, qui chantait les mérites de Mme Tiphaine, avait réuni le clan des Julliard à celui des Guénée. Dès lors, le salon du président était naturellement devenu le premier de la ville. Le peu d'aristocratie qui se trouve à Provins forme un seul salon dans la ville haute, chez la vieille comtesse de Bréautey [612].

Pendant les six premiers mois de leur transplantation, favorisés par leurs anciennes relations avec les Julliard, les Guépin, les Guénée, et après s'être appuyés de leur parenté avec M. Auffray le notaire, arrière-petit-neveu de leur grand-père, les Rogron furent reçus d'abord par Mme Julliard la mère et par Mme Galardon; puis ils arrivèrent, avec assez de difficultés, dans le salon de la belle Mme Tiphaine. Chacun voulut étudier les Rogron avant de les admettre. Il était difficile de ne pas accueillir des commerçants de la rue Saint-Denis, nés à Provins et revenant y manger leurs revenus. Néanmoins, le but de toute société sera toujours d'amalgamer des gens de fortune, d'éducation, de mœurs, de connaissances et de caractères semblables. Or, les Guépin, les Guénée et les Julliard étaient des personnes plus haut placées, plus anciennes de bourgeoisie que les Rogron, fils d'un aubergiste usurier qui avait eu quelques reproches à se faire jadis et sur sa conduite privée et relativement à la succession Auffray. Le notaire Auffray, le gendre de Mme Galardon, née Tiphaine, savait à quoi s'en tenir : les affaires s'étaient arrangées chez son prédécesseur. Ces anciens négociants, revenus depuis douze ans, s'étaient mis au niveau de l'instruction, du savoir-vivre et des façons de cette société, à laquelle Mme Tiphaine imprimait un certain cachet d'élégance, un certain vernis [613] parisien; tout y était homogène : on s'y comprenait, chacun savait s'y tenir et y parler de manière à être agréable à tous. Ils connaissaient tous leurs caractères et s'étaient habitués les uns aux autres.

Une fois [614] reçus chez M. Garceland le maire, les Rogron se flattèrent d'être en peu de temps au mieux avec la meilleure société de la ville. Sylvie apprit alors à jouer le boston. Rogron, incapable de jouer à aucun jeu, tournait ses pouces et avalait ses phrases, une fois qu'il avait parlé de sa maison; mais ses phrases étaient comme une médecine : elles paraissaient le tourmenter beaucoup, il se levait, il avait l'air de vouloir parler, il était intimidé, se rasseyait et avait de comiques convulsions dans les lèvres. Sylvie développa naïvement son caractère [615] au jeu. Tracassière, geignant toujours quand elle perdait, d'une joie insolente quand elle gagnait, processive, taquine, elle impatienta ses adversaires, ses partenaires, et devint le fléau de la société. Dévorés d'une envie niaise et franche, Rogron et sa sœur eurent la prétention de jouer un rôle dans une ville sur laquelle douze familles étendaient un filet à mailles serrées, où tous les intérêts, tous les amours-propres formaient comme un parquet sur lequel de nouveaux venus devaient se bien tenir pour n'y rien heurter ou pour n'y pas glisser. En supposant que la restauration de leur maison coûtât trente mille francs, le frère et la sœur réunissaient dix mille livres de rente. Ils se crurent très riches, assommèrent cette société [616] de leur luxe futur, et laissèrent prendre la mesure de leur petitesse, de leur ignorance crasse, de leur sotte jalousie. Le soir où ils furent présentés à la belle Mme Tiphaine, qui déjà les avait observés chez Mme Garceland, chez sa belle-sœur Galardon et chez Mme Julliard la mère, la reine de la ville dit confidentiellement à Julliard fils, qui resta, quelques instants après tout le monde, en tête-à-tête avec elle et le président :

— Vous êtes donc tous bien coiffés de ces Rogron?

— Moi, dit l'Amadis de Provins, ils ennuient ma mère, ils excèdent ma femme; et, quand Mlle Sylvie a été mise en apprentissage, il y a trente ans, chez mon père, il ne pouvait déjà pas la supporter.

— Mais j'ai fort envie, dit la jolie présidente en mettant son petit pied sur la barre de son garde-cendres, de faire comprendre que mon salon n'est pas une auberge.

Julliard leva les yeux au plafond comme pour dire : « Mon Dieu, combien d'esprit ! quelle finesse ! »

— Je veux que ma société soit choisie; et, si j'admettais des Rogron, certes elle ne le serait pas.

— Ils sont sans cœur, sans esprit ni manières,

dit le président. Quand, après avoir vendu du fil pendant vingt ans, comme l'a fait ma sœur, par exemple...

— Mon ami, votre sœur ne serait déplacée dans aucun salon, dit en parenthèse Mme Tiphaine.

— Si l'on a la bêtise de demeurer encore mercier, dit le président en continuant, si l'on ne se décrasse pas, si l'on prend les comtes de Champagne pour des mémoires de vin fourni, comme ces Rogron l'ont [617] fait ce soir, on doit rester chez soi.

— Ils sont puants, dit Julliard. Il semble qu'il n'y ait qu'une maison dans Provins. Ils veulent nous écraser tous. Après tout, à peine ont-ils de quoi vivre.

— S'il n'y avait que le frère, reprit Mme Tiphaine, on le souffrirait, il n'est pas gênant. En lui donnant un casse-tête chinois, il resterait dans un coin bien tranquillement. Il en aurait pour tout un hiver à trouver une combinaison. Mais Mlle Sylvie, quelle voix d'hyène enrhumée ! quelles pattes de homard ! Ne dites rien de ceci, Julliard.

Quand Julliard fut parti, la petite femme dit à son mari :

— Mon ami, j'ai déjà bien assez des indigènes que je suis obligée de recevoir, ces deux de plus me feraient mourir; et, si tu le permets, nous nous en priverons.

— Tu es bien la maîtresse chez toi, dit le président; mais nous nous ferons des ennemis. Les Rogron se jetteront dans l'opposition, qui jusqu'à présent n'a pas encore de consistance à Provins. Ce Rogron hante déjà le baron Gouraud et l'avocat Vinet [618].

— Eh ! dit en souriant Mélanie, ils te rendront alors service. Là où il n'y a pas d'ennemis, il n'y a pas de triomphes. Une conspiration libérale, une

association illégale, une lutte quelconque te met-
traient en évidence.

Le président regarda sa jeune femme avec une
sorte d'admiration craintive.

Le lendemain, chacun se dit à l'oreille chez
Mme Garceland que les Rogron n'avaient pas réussi
chez Mme Tiphaine, dont le mot sur l'auberge eut
un immense succès. Mme Tiphaine fut un mois à
rendre sa visite à Mlle Sylvie. Cette insolence est
très remarquée en province. Sylvie eut au boston,
chez [619] Mme Tiphaine, avec la respectable Mme Julliard la mère, une scène désagréable à propos d'une
misère superbe que son ancienne patronne lui fit
perdre, disait-elle [620], méchamment et à dessein.
Jamais Sylvie, qui aimait à jouer de mauvais tours
aux autres, ne concevait qu'on lui rendît la pareille.
Mme [621] Tiphaine donna l'exemple de composer les
parties avant l'arrivée des Rogron, en sorte que
Sylvie fut réduite à errer de table en table en regardant jouer les autres, qui la regardaient en dessous
d'un air narquois. Chez Mme Julliard la mère, on
se mit à jouer le whist, jeu que ne savait pas Sylvie.
La vieille fille finit par comprendre sa mise hors la loi,
sans en comprendre les raisons. Elle se crut l'objet de
la jalousie de tout ce monde. Les Rogron ne furent
bientôt plus priés chez personne ; mais ils persistèrent
à passer leurs soirées en ville. Les gens spirituels
se moquèrent d'eux, sans fiel, doucement, en leur
faisant dire de grosses balourdises sur les oves de
leur maison, sur une certaine cave à liqueurs qui
n'avait pas sa pareille à Provins. Cependant, la
maison des Rogron s'acheva. Naturellement, ils
donnèrent quelques somptueux dîners, autant pour
rendre les politesses reçues que pour exhiber leur

luxe. On vint seulement par curiosité. Le premier dîner fut offert aux principaux personnages, à M. et Mme Tiphaine, chez lesquels les Rogron n'avaient cependant pas mangé une seule fois; à M. et Mme Julliard père et fils, mère et belle-fille; M. Lesourd, M. le curé, M. et Mme Galardon. Ce fut un de ces dîners de province où l'on tient la table depuis cinq heures jusqu'à neuf. Mme Tiphaine importait à Provins les grandes façons de Paris, où les gens comme il faut quittent le salon après le café pris. Elle avait soirée chez elle, et voulut s'évader; mais les Rogron suivirent le ménage jusque [622] dans la rue, et, quand ils revinrent, stupéfaits de n'avoir pu retenir M. le président et Mme la présidente, les autres convives leur expliquèrent le bon goût de Mme Tiphaine en l'imitant [623] avec une célérité cruelle en province.

— Ils ne verront pas notre salon allumé! dit Sylvie, et la lumière est son fard.

Les Rogron avaient voulu ménager une surprise à leurs hôtes. Personne n'avait été admis à voir cette maison devenue célèbre. Aussi tous les habitués du salon de Mme Tiphaine attendaient-ils avec impatience son arrêt sur les merveilles du palais Rogron.

— Eh bien, lui dit la petite Mme Martener, vous avez vu le Louvre, racontez-nous-en bien tout.

— Mais tout, ce sera comme le dîner, pas grand'-chose.

— Comment est-ce?

— Eh bien, cette porte bâtarde de laquelle nous avons dû nécessairement admirer les croisillons en fonte dorée que vous connaissez, dit Mme Tiphaine, donne entrée sur un long corridor qui partage assez inégalement la maison, puisqu'à droite il n'y a qu'une fenêtre sur la rue, tandis qu'il s'en trouve deux à gauche. Du côté du jardin, ce couloir est terminé par la porte vitrée du perron, qui descend sur une pelouse, pelouse ornée d'un socle où s'élève le plâtre de Spartacus, peint en bronze. Derrière la cuisine, l'entrepreneur a ménagé sous la cage de l'escalier une petite chambre aux provisions, de laquelle on [624] ne nous a pas fait grâce. Cet escalier, entièrement peint en marbre portor [625], consiste en une rampe évidée tournant sur elle-même comme celles qui, dans les cafés, mènent du rez-de-chaussée aux cabinets de l'entre-sol. Ce colifichet en bois de noyer, d'une légèreté dangereuse, à balustrade ornée de cuivre, nous a été donnée pour une des sept nouvelles merveilles du monde. La porte des caves est dessous. De l'autre côté du couloir, sur la rue, se trouve la salle à manger, qui communique par une porte à deux battants avec un salon d'égale dimension, dont les fenêtres offrent la vue du jardin.

— Ainsi, point d'antichambre? dit Mme Auffray.

— L'antichambre est sans doute ce long couloir où l'on est entre deux airs, répondit Mme Tiphaine. Nous avons eu la pensée éminemment nationale, libérale, constitutionnelle et patriotique de n'employer que des bois de France, reprit-elle. Ainsi, dans la salle à manger, le parquet est en bois de noyer et façonné en point de Hongrie [626]. Les buffets, la table et les chaises sont également en noyer. Aux fenêtres, des rideaux en calicot blanc encadrés de bandes rouges, attachés par de vulgaires embrasses rouges sur des patères exagérées, à rosaces découpées, dorées au mat, et dont le champignon ressort sur un fond rougeâtre. Ces rideaux [627] magnifiques glissent sur des bâtons terminés par des palmettes extravagantes, où les fixent des griffes de lion en cuivre estampé, disposées en haut de chaque pli. Au-dessus d'un des buffets, on voit un cadran de café suspendu par une espèce de serviette en bronze doré, une de ces idées qui plaisent singulièrement aux Rogron. Ils ont voulu me faire admirer cette trouvaille; je n'ai rien trouvé de mieux à leur dire que, si jamais on a dû mettre une serviette autour d'un cadran, c'était bien dans une salle à manger. Il y a sur ce buffet deux grandes lampes semblables à celles qui parent le comptoir des célèbres restaurants. Au-dessus de l'autre se trouve un baromètre excessivement orné, qui paraît devoir jouer un grand rôle dans leur existence : le Rogron le regarde comme il regarderait sa prétendue.

Entre les deux fenêtres, l'ordonnateur du logis a placé un poêle en faïence blanche dans une niche horriblement riche. Sur les murs brille un magnifique papier rouge et or, comme il s'en trouve dans ces mêmes restaurants, et que le Rogron y a sans doute choisi sur place. Le dîner nous a été servi dans un service de porcelaine blanc et or, avec son dessert bleu barbeau à fleurs vertes; mais on nous a ouvert un des buffets pour nous faire voir un autre service en terre de pipe pour tous les jours. En face de chaque buffet, une grande armoire contient le linge. Tout cela est verni, propre, neuf, plein de tons criards. J'admettrais encore cette salle à manger : elle a son caractère; quelque désagréable qu'il soit, il peint très bien celui des maîtres de la maison; mais il n'y a pas moyen de tenir à cinq de ces gravures noires contre lesquelles le ministère de l'Intérieur devrait présenter une loi, et qui représentent Poniatowski sautant dans l'Elster [628], la Défense

de la barrière de Clichy [629], Napoléon pointant lui-
même un canon [630], et les deux Mazeppa [631], toutes
encadrées dans des cadres dorés dont le vulgaire
modèle convient à ces gravures [632], capables de faire
prendre les succès en haine ! Oh ! combien j'aime
mieux les pastels de Mme Julliard, qui représentent
des fruits, ces excellents pastels faits sous Louis XV,
et qui sont en harmonie avec cette bonne vieille
salle à manger, à boiseries grises et un peu vermou-
lues, mais qui certes ont le caractère de la province,
et vont avec la grosse argenterie de famille, avec la
porcelaine antique et nos habitudes. La province est
la province : elle est ridicule quand elle veut singer
Paris. Vous me direz peut-être : « Vous êtes orfèvre,
monsieur Josse ! » mais je préfère le vieux salon que
voici, de M. Tiphaine le père, avec ses gros rideaux
de lampas vert et blanc, avec sa cheminée Louis XV,
ses trumeaux contournés, ses vieilles glaces à perles
et ses vénérables tables à jouer; mes vases de vieux
Sèvres, en vieux bleu, montés en vieux cuivre; ma
pendule à fleurs impossibles, mon lustre rococo, et
mon meuble en tapisserie, à toutes les splendeurs de
leur salon.

— Comment est-il? dit M. Martener, très heureux
de l'éloge que la belle Parisienne venait de faire
adroitement de la province.

— Quant au salon, il est d'un beau rouge, le rouge
de Mlle Sylvie quand elle se fâche de perdre une
misère !

— Le rouge-Sylvie, dit le président, dont le mot
resta dans le vocabulaire de Provins.

— Les rideaux des fenêtres?... rouges! les
meubles?... rouges! la cheminée?... marbre rouge
portor! les candélabres et la pendule?... marbre

rouge portor, montés en bronze d'un dessin commun, lourd; des culs-de-lampe romains soutenus par des branches à feuillages grecs. Du haut de la pendule, vous êtes regardés à la manière des Rogron, d'un air niais, par ce gros lion bon enfant, appelé lion d'ornement, et qui nuira pendant longtemps aux vrais lions. Ce lion roule sous une de ses pattes une grosse boule, un détail des mœurs du lion d'ornement; il passe sa vie à tenir une grosse boule noire, absolument [633] comme un député de la gauche. Peut-être est-ce un mythe constitutionnel. Le cadran de cette pendule est bizarrement travaillé. La glace de la cheminée offre cet encadrement à pâtes appliquées, d'un effet mesquin, vulgaire, quoique nouveau. Mais le génie du tapissier éclate dans les plis rayonnants d'une étoffe rouge qui partent d'une patère mise au centre du devant de cheminée, un poème romantique composé tout exprès pour les Rogron, qui s'extasient en vous le montrant. Au milieu du plafond pend un lustre soigneusement enveloppé dans un suaire de percaline verte, et avec raison : il est du plus mauvais goût; le bronze, d'un ton aigre, a pour ornements des filets plus détestables en or bruni. Dessous, une table à thé, ronde, à marbre plus que jamais portor, offre un plateau moiré métallique où reluisent des tasses en porcelaine peinte, quelles peintures ! et groupées autour d'un sucrier en cristal taillé si crânement, que nos petites filles ouvriront de grands yeux en admirant et les cercles de cuivre doré qui le bordent, et ces côtes tailladées comme un pourpoint du moyen âge, et la pince à prendre le sucre, de laquelle on ne se servira probablement jamais. Ce salon a pour tenture un papier rouge qui joue le velours, encadré par panneaux dans des baguettes de cuivre agrafées aux quatre coins par des palmettes énormes. Chaque panneau est surorné d'une lithochromie encadrée dans des cadres surchargés de festons en pâte qui simulent nos belles sculptures en bois. Le meuble, en casimir et en racine d'orme, se compose de deux canapés, deux bergères, six fauteuils et six chaises. La console est embellie d'un vase en albâtre dit à la Médicis, mis sous verre, et de cette magnifique cave à liqueurs si célèbre. Nous avons été suffisamment prévenus *qu'il n'en existe pas une seconde à Provins !* Chaque embrasure de fenêtre, où sont drapés de magnifiques rideaux en soie rouge doublés de rideaux en tulle, contient une table à jouer. Le tapis est d'Aubusson. Les Rogron n'ont pas manqué de mettre la main sur ce fond rouge à rosaces fleuries, le plus vulgaire des dessins communs. Ce salon n'a pas l'air d'être habité : vous n'y voyez ni livres ni gravures, ni ces menus objets qui meublent les tables, dit-elle en regardant sa table chargée d'objets à la mode, d'albums, des jolies choses qu'on lui donnait. Il n'y a ni fleurs ni aucun de ces riens qui se renouvellent. C'est froid et sec comme Mlle Sylvie. Buffon a raison, le style est l'homme, et certes les salons ont un style !

La belle Mme Tiphaine continua sa description épigrammatique. D'après cet échantillon, chacun se figura facilement l'appartement que la sœur et le frère occupaient au premier étage, et qu'ils montrèrent à leurs hôtes; mais personne ne saurait inventer les sottes recherches auxquelles le spirituel entrepreneur avait entraîné les Rogron : les moulures des portes, les volets intérieurs façonnés, les pâtes d'ornement dans les corniches, les jolies peintures, les mains en cuivre doré, les sonnettes, les intérieurs de cheminée à systèmes fumivores, les inventions pour éviter l'humidité, les tableaux de marqueterie figurés par la peinture dans l'escalier, la vitrerie, la serrurerie superfines; enfin, tous ces colifichets qui renchérissent une construction et qui plaisent aux bourgeois, avaient été prodigués outre mesure.

Personne ne voulut aller aux soirées des Rogron, dont les prétentions avortèrent. Les raisons de refus ne manquaient pas : tous les jours étaient acquis à Mme Garceland, à Mme Galardon, aux dames Julliard, à Mme Tiphaine, au sous-préfet, etc. Pour se faire une société, les Rogron crurent qu'il suffirait de donner à dîner : ils eurent des jeunes gens assez moqueurs et les dîneurs qui se trouvent dans tous les pays du monde; mais les personnes graves cessèrent toutes de les voir. Effrayée par la perte sèche de quarante mille francs engloutis sans profit dans la maison, qu'elle appelait sa chère [634] maison, Sylvie voulut regagner cette somme par des économies. Elle renonça donc promptement à des dîners qui coûtaient trente à quarante [635] francs, sans les vins, et qui ne réalisaient point son espérance d'avoir une société, création aussi difficile en province qu'à Paris. Sylvie renvoya sa cuisinière et prit une fille de campagne pour les gros ouvrages. Elle fit sa cuisine elle-même, *pour son plaisir.*

Quatorze mois après leur arrivée, le frère et la sœur tombèrent donc dans [636] une vie solitaire et sans occupation. Son bannissement du monde avait engendré dans le cœur de Sylvie une haine effroyable contre les Tiphaine, les Julliard, les Auffray, les Garceland, enfin contre la société de Provins, qu'elle nommait *la clique,* et avec laquelle ses rapports devinrent excessivement froids. Elle aurait bien

voulu leur opposer une seconde société; mais la bourgeoisie inférieure était entièrement composée de
petits commerçants, libres seulement les dimanches
et les jours de fête, ou de gens tarés comme l'avocat
Vinet et le médecin Néraud, de bonapartistes inad-
missibles comme le colonel baron Gouraud, avec lesquels Rogron se lia, d'ailleurs, très inconsidérément,
et contre lesquels la haute bourgeoisie avait essayé
vainement de le mettre en garde. Le frère et la sœur
furent donc obligés de rester au coin de leur poêle
dans leur salle à manger, en se remémorant leurs
affaires, les figures de leurs pratiques, et autres
choses aussi agréables. Le second hiver ne se termina
pas sans que l'ennui pesât sur eux effroyablement.
Ils avaient mille peines à employer le temps de leur
journée. En allant se coucher le soir, ils disaient :
« Encore une de passée ! » Ils traînassaient le matin
en se levant, restaient au lit, s'habillaient lentement.
Rogron se faisait lui-même la barbe tous les jours,
il s'examinait la figure, il entretenait sa sœur des
changements qu'il croyait y apercevoir; il avait des
discussions avec la servante sur la température de
son eau chaude; il allait au jardin, regardait si les
fleurs avaient poussé; il s'aventurait au bord de
l'eau, où il avait fait construire un kiosque; il observait la menuiserie de sa maison : avait-elle joué? le
tassement avait-il fendillé quelque tableau? les peintures se soutenaient-elles? Il revenait parler de ses
craintes sur une poule malade, ou sur un endroit où
l'humidité laissait subsister des taches, à sa sœur qui
faisait l'affairée en mettant le couvert, en tracassant
la servante. Le baromètre était le meuble le plus
utile à Rogron : il le consultait sans cause, il le tapait
familièrement comme un ami, puis il disait : « Il

fait vilain ! » Sa sœur lui répondait : « Bah ! il fait le temps de la saison. » Si quelqu'un venait le voir, il vantait l'excellence de cet instrument. Le déjeuner prenait encore un peu de temps. Avec quelle lenteur ces deux êtres mastiquaient chaque bouchée ! Aussi leur digestion était-elle parfaite, ils n'avaient pas à craindre de cancer à l'estomac. Ils gagnaient midi par la lecture de *la Ruche* et du *Constitutionnel*. L'abonnement du journal parisien était supporté par un tiers [637] avec l'avocat Vinet et le colonel Gouraud. Rogron allait porter lui-même les journaux au colonel, qui logeait sur la place, dans la maison de M. Martener, et dont les longs récits lui faisaient un plaisir énorme. Aussi Rogron se demandait-il en quoi le colonel était dangereux. Il eut la sottise de lui parler de l'ostracisme prononcé contre lui, de lui rapporter les dires de la clique. Dieu sait comme le colonel, aussi redoutable au pistolet qu'à l'épée, et qui ne craignait personne, arrangea la Tiphaine et son Julliard, et les ministériels de la haute ville, gens vendus à l'étranger, capables de tout pour avoir des places, lisant aux élections les noms à leur fantaisie sur les bulletins, etc. Vers deux heures, Rogron entreprenait une petite promenade. Il était bien heureux quand un boutiquier sur le pas de sa porte l'arrêtait en lui disant : « Comment va, père Rogron ? » Il causait et demandait des nouvelles de la ville, il écoutait et colportait les commérages, les petits bruits de Provins. Il montait jusqu'à la haute ville et allait dans les chemins creux, selon le temps. Parfois, il rencontrait des vieillards en promenade comme lui. Ces rencontres étaient d'heureux événements. Il se trouvait à Provins des gens désabusés de la vie parisienne, des savants modestes vivant avec leurs livres. Jugez de l'attitude de Rogron en écoutant un juge suppléant nommé Desfondrilles [638], plus archéologue que magistrat, disant à l'homme instruit, le vieux M. Martener le père, en lui montrant la vallée :

— Expliquez-moi [639] pourquoi les oisifs de l'Europe vont à Spa plutôt qu'à Provins, quand les eaux de Provins ont une supériorité reconnue par la médecine française, une action, une martialité dignes des propriétés médicales de nos roses ?

— Que voulez-vous ! répliquait l'homme instruit, c'est un de ces caprices du Caprice, inexplicable comme lui. Le vin de Bordeaux était inconnu il y a cent ans : le maréchal de Richelieu, l'une des plus grandes figures du dernier siècle, l'Alcibiade français, est nommé gouverneur de la Guyenne ; il avait la poitrine délabrée, et l'univers sait pourquoi ! le vin du pays le restaure, le rétablit. Bordeaux acquiert alors cent millions de rente, et le maréchal recule le territoire de Bordeaux jusqu'à Angoulême, jusqu'à Cahors, enfin à quarante lieues à la ronde [640] ! Qui sait où s'arrêtent les vignobles de Bordeaux ? Et le maréchal n'a pas de statue équestre à Bordeaux !

— Ah ! s'il arrive un événement de ce genre à Provins, dans un siècle ou dans un autre, on y verra, je l'espère, reprenait alors M. Desfondrilles, soit sur [641] la petite place de la basse ville, soit au château, dans la ville haute, quelque bas-relief en marbre blanc représentant la tête de M. Opoix, le restaurateur des eaux minérales de Provins [642] !

— Mon cher monsieur, peut-être la réhabilitation de Provins est-elle impossible, disait le vieux M. Martener le père. Cette ville a fait faillite.

Ici, Rogron ouvrait de grands yeux et s'écriait :

— Comment?

— Elle a jadis [643] été une capitale qui luttait victorieusement avec Paris au XIIe siècle, quand les comtes de Champagne y avaient leur cour, comme le roi René tenait la sienne en Provence, répondait l'homme instruit. En ce temps, la civilisation, la joie, la poésie, l'élégance, les femmes, enfin toutes les splendeurs sociales n'étaient pas exclusivement à Paris. Les villes se relèvent aussi difficilement que les maisons de commerce de leur ruine : il ne nous reste de Provins que le parfum de notre gloire historique, celui de nos roses, et une sous-préfecture.

— Ah ! que serait la France si elle avait conservé toutes ses capitales féodales ! disait Desfondrilles. Les sous-préfets [644] peuvent-ils remplacer la race poétique, galante et guerrière des Thibault, qui avaient fait de Provins ce que Ferrare était en Italie, ce que fut Weymar en Allemagne et ce que voudrait être aujourd'hui Munich?

— Provins [645] a été une capitale? s'écriait Rogron.

— D'où venez-vous donc? répondait l'archéologue Desfondrilles.

Le juge-suppléant frappait alors de sa canne le sol de la ville haute, et s'écriait :

— Mais ne savez-vous donc pas que toute cette partie de Provins est bâtie sur des cryptes?

— Cryptes !

— Eh bien ! oui, des cryptes d'une hauteur et d'une étendue inexplicables. C'est comme des nefs de cathédrale, il y a des piliers.

— Monsieur fait un grand ouvrage archéologique dans lequel il compte expliquer ces singulières constructions, disait le vieux Martener, qui voyait le juge enfourchant son dada [646].

Rogron revenait enchanté de savoir sa maison construite dans la vallée. Les cryptes de Provins employèrent cinq à six journées en explorations, et défrayèrent pendant plusieurs soirées la conversation des deux célibataires. Rogron apprenait toujours ainsi quelque chose sur le vieux Provins, sur les alliances des familles, ou de vieilles nouvelles politiques qu'il renarrait à sa sœur. Aussi disait-il cent fois dans sa promenade et souvent plusieurs fois à la même personne : « Eh bien ! que dit-on ? — Eh bien ! qu'y a-t-il de neuf ? » Revenu dans sa maison [647], il se jetait sur un canapé du salon en homme harassé de fatigue, mais éreinté seulement de son propre poids. Il arrivait à l'heure du dîner en allant vingt fois du salon à la cuisine, examinant l'heure, ouvrant et fermant les portes. Tant que le frère et la sœur eurent des soirées en ville, ils atteignirent à leur coucher; mais, quand ils furent réduits à leur intérieur, la soirée fut un désert à traverser. Quelquefois, les personnes qui revenaient chez elles sur la petite place, après avoir passé la soirée en ville, entendaient des cris chez les Rogron, comme si le frère assassinait la sœur : on reconnut les horribles bâillements d'un mercier aux abois. Ces deux mécaniques n'avaient rien à broyer entre leurs rouages rouillés, elles criaient.

Le frère parla de se marier, mais en désespoir de cause. Il se sentait vieilli [648], fatigué : une femme l'effrayait. Sylvie, qui comprit la nécessité d'avoir un tiers au logis, se souvint alors de leur pauvre cousine, de laquelle personne ne leur avait demandé de nouvelles, car à Provins chacun croyait [649] la petite Mme Lorrain et sa fille mortes toutes deux [650]. Sylvie Rogron ne perdait rien, elle était bien trop

vieille fille pour égarer quoi que ce soit ! elle eut
l'air d'avoir retrouvé la lettre des Lorrain afin de
parler tout naturellement de Pierrette à son frère,
qui fut presque heureux de la possibilité d'avoir [651]
une petite fille au logis. Sylvie écrivit moitié commer-
cialement, moitié affectueusement aux vieux Lorrain,
en rejetant le retard de sa réponse sur la liquidation
des affaires, sur sa transplantation à Provins et sur
son établissement. Elle parut désireuse de prendre
sa cousine avec elle, en donnant à entendre que
Pierrette devait un jour avoir un héritage de douze
mille livres de rente, si M. Rogron ne [652] se mariait
pas.

Il faudrait avoir été, comme Nabuchodonosor,
quelque peu bête sauvage et enfermé dans une cage
du Jardin des plantes, sans autre proie que la viande
de boucherie apportée par le gardien, ou négociant
retiré sans commis à tracasser, pour savoir avec
quelle impatience le frère et la sœur attendirent leur
cousine Lorrain. Aussi, trois jours après que la lettre
fut partie, le frère et la sœur se demandaient-ils
déjà quand leur cousine arriverait. Sylvie aperçut
dans sa prétendue bienfaisance envers sa cousine
pauvre un moyen de faire revenir la société de Provins
sur son compte. Elle alla chez Mme Tiphaine, qui les
avait frappés de sa réprobation et qui voulait créer
à Provins une première société, comme à Genève, y
tambouriner l'arrivée de leur cousine Pierrette, la
fille du colonel Lorrain, en déplorant ses malheurs,
et se posant en femme heureuse d'avoir une belle et
jeune héritière à offrir au monde.

— Vous l'avez découverte bien tard, répondit
ironiquement Mme Tiphaine, qui trônait sur un sofa
au coin de son feu.

Par quelques mots dits à voix basse pendant une donne de cartes, Mme Garceland rappela l'histoire de la succession du vieil Auffray. Le notaire expliqua les iniquités de l'aubergiste [653].

— Où est-elle, cette pauvre petite? demanda poliment le président Tiphaine.

— En Bretagne, dit Rogron.

— Mais la Bretagne est grande, fit observer M. Lesourd, le procureur du roi.

— Son grand-père et sa grand'mère Lorrain nous ont écrit... Quand donc, ma bonne? fit Rogron.

Sylvie, occupée à demander à Mme Garceland où elle avait acheté l'étoffe de sa robe, ne prévit pas l'effet de sa réponse et dit :

— Avant la vente de notre fonds.

— Et vous avez répondu il y a trois jours, mademoiselle ! s'écria le notaire.

Sylvie devint rouge comme les charbons les plus ardents du feu.

— Nous avons écrit à l'établissement Saint-Jacques, reprit Rogron.

— Il s'y trouve en effet une espèce d'hospice pour les vieillards, dit un juge qui avait été suppléant à Nantes [654]; mais elle ne peut pas être là, car on n'y reçoit que des gens qui ont passé soixante ans.

— Elle y est avec sa grand'mère Lorrain, dit Rogron.

— Elle avait une petite fortune, les huit mille francs que votre père... non, je veux dire votre grand-père lui avait laissés, dit le notaire, qui fit exprès de se tromper.

— Ah ! s'écria Rogron d'un air bête sans comprendre cette épigramme [655].

— Vous ne connaissez donc ni la fortune ni la

situation de votre cousine germaine? demanda le président.

— Si monsieur l'avait connue, il ne la laisserait pas dans une maison qui n'est qu'un hôpital honnête, dit sévèrement le juge. Je me souviens maintenant d'avoir vu vendre à Nantes, par expropriation une maison appartenant à M. et Mme Lorrain, et Mlle Lorrain a perdu sa créance, car j'étais commissaire de l'ordre.

Le notaire parla du colonel Lorrain, qui, s'il vivait, serait bien étonné de savoir sa fille dans un établissement comme celui de Saint-Jacques. Les Rogron firent alors leur retraite en se disant que le monde était bien méchant. Sylvie comprit le peu de succès que sa nouvelle avait obtenu : elle s'était perdue dans l'esprit de chacun, il lui était dès lors interdit de frayer avec la haute société de Provins. A compter [656] de ce jour, les Rogron ne cachèrent plus leur haine contre les grandes familles bourgeoises de Provins et leurs adhérents [657]. Le frère dit alors à la sœur toutes les chansons libérales que le colonel Gouraud et l'avocat Vinet lui avaient serinées sur les Tiphaine, les Guénée, les Garceland, les Guépin et les Julliard.

— Dis donc, Sylvie, mais je ne vois pas pourquoi Mme Tiphaine renie le commerce de la rue Saint-Denis, le plus beau de son nez en est fait. Mme Roguin, sa mère, est la cousine des Guillaume [658] du Chat-qui-pelote, et qui ont cédé leur fonds à Joseph Lebas, leur gendre [659]. Son père est ce notaire, ce Roguin qui a manqué en 1819 et ruiné la maison Birotteau [660]. Ainsi la fortune de Mme Tiphaine est du bien volé, car qu'est-ce qu'une femme de notaire qui tire son épingle du jeu et laisse faire à son mari

une banqueroute frauduleuse? C'est du propre!
Ah! je vois : elle a marié [661] sa fille à Provins, rapport
à ses relations avec le banquier du Tillet [662]. Et ces
gens-là font les fiers; mais... Enfin voilà le monde.

Le jour où Denis Rogron et sa sœur Sylvie se
mirent à déblatérer contre la clique, ils devinrent,
sans [663] le savoir, des personnages et furent en
voie d'avoir une société : leur salon allait devenir
le centre d'intérêts qui cherchaient un théâtre [664].
Ici, l'ex-mercier prit des proportions historiques et
politiques; car il donna, toujours sans le savoir,
de la force et de l'unité aux éléments jusqu'alors
flottants du parti libéral à Provins. Voici comment.

Les débuts des Rogron furent curieusement
observés par le colonel Gouraud et par l'avocat
Vinet, que leur isolement et leurs idées [665] avaient
rapprochés. Ces deux hommes professaient le même
patriotisme par les mêmes raisons : ils voulaient
devenir des personnages. Mais, s'ils étaient disposés
à se faire chefs, ils manquaient de soldats. Les
libéraux de Provins se composaient d'un vieux soldat
devenu limonadier; d'un aubergiste; de M. Cournant,
notaire [666], compétiteur de M. Auffray; du médecin
Néraud, l'antagoniste de M. Martener; de quelques
gens indépendants, de fermiers épars dans l'arrondissement et d'acquéreurs de biens nationaux. Le
colonel et l'avocat, heureux [667] d'attirer à eux un
imbécile dont la fortune pouvait aider leurs
manœuvres, qui souscrirait à leurs souscriptions,
qui, dans certains cas, attacherait le grelot, et dont
la maison servirait d'hôtel de ville au parti, pro-
fitèrent de l'inimitié des Rogron contre les aristo-
crates de la ville. Le colonel, l'avocat et Rogron
avaient un léger lien dans leur abonnement commun

au *Constitutionnel,* il ne devait pas être difficile au colonel Gouraud de faire un libéral de l'ex-mercier, quoique Rogron sût si peu de chose en politique, qu'il ne connaissait pas les exploits du sergent Mercier : il le prenait pour un confrère.

La prochaine arrivée de Pierrette hâta de faire éclore les pensées cupides inspirées par l'ignorance et par la sottise des deux célibataires. En voyant toute chance d'établissement perdue pour Sylvie dans la société Tiphaine, le colonel eut une arrière-pensée. Les vieux militaires ont contemplé tant d'horreurs dans tant de pays, tant de cadavres nus grimaçant sur tant de champs de bataille, qu'ils ne s'effrayent plus d'aucune physionomie, et Gouraud coucha en joue la fortune de la vieille fille. Ce colonel, gros homme court, portait d'énormes boucles à ses oreilles, cependant déjà garnies d'une énorme touffe de poils. Ses favoris épars et grisonnants s'appelaient en 1799 des nageoires. Sa bonne grosse figure rougeaude était un peu tannée, comme celles de tous les échappés de la Bérésina. Son gros ventre pointu décrivait en dessous cet angle droit qui caractérise le vieil officier de cavalerie. Gouraud avait commandé le deuxième hussards. Ses moustaches grises cachaient une énorme bouche *blagueuse,* s'il est permis d'employer ce mot soldatesque, le seul qui puisse peindre ce gouffre : il n'avait pas mangé, mais dévoré ! Un coup de sabre avait tronqué son nez. Sa parole y gagnait d'être devenue sourde et profondément nasillarde, comme celle attribuée aux capucins. Ses petites mains, courtes et larges, étaient bien de celles qui font dire aux femmes [668] : « Vous avez les mains d'un fameux mauvais sujet. » Ses jambes paraissaient grêles sous son torse. Dans ce gros corps

agile s'agitait un esprit [669] délié, la plus complète
expérience des choses de la vie, cachée sous l'insouciance apparente des militaires, et un mépris
entier des conventions sociales. Le colonel Gouraud
avait la croix d'officier de la Légion d'honneur et
deux mille quatre cents francs de retraite, en tout
mille écus de pension pour fortune [670].

L'avocat, long et maigre, avait ses opinions
libérales pour tout talent, et pour seul revenu les
produits [671] assez minces de son cabinet. A Provins,
les avoués plaident eux-mêmes leurs causes. A raison
de ses opinions, le tribunal écoutait d'ailleurs peu
favorablement maître Vinet. Aussi les fermiers les
plus libéraux, en cas de procès, prenaient-ils, pré-
férablement à l'avocat Vinet, un avoué qui avait la
confiance du tribunal. Cet homme avait suborné,
disait-on, aux environs de Coulommiers, une fille
riche, et forcé les parents à la lui donner. Sa femme
appartenait aux Chargebœuf [672], vieille famille noble
de la Brie dont le nom vient de l'exploit d'un écuyer
à l'expédition de saint Louis en Égypte [673]. Elle avait
encouru la disgrâce de ses père et mère, qui s'arran-
geaient, au su de Vinet, de manière à laisser toute
leur fortune à leur fils aîné, sans doute à la charge
d'en remettre une partie aux enfants de sa sœur.
Ainsi la première tentative ambitieuse de cet homme
avait manqué [674]. Bientôt poursuivi par la misère,
et honteux de ne pouvoir donner à sa femme des
dehors convenables, l'avocat avait fait de vains
efforts pour entrer dans la carrière du ministère
public; mais la branche riche de la famille Chargebœuf refusa de l'appuyer. En gens moraux, ces
royalistes désapprouvaient un mariage forcé; d'ailleurs, leur prétendu [675] parent s'appelait Vinet :

comment protéger un roturier? L'avocat fut donc éconduit de branche en branche quand il voulut se servir de sa femme auprès de ses parents. Mme Vinet ne trouva [676] d'intérêt que chez une Chargebœuf, pauvre veuve chargée d'une fille, et qui toutes deux vivaient à Troyes [677]. Aussi Vinet se souvint-il un jour de l'accueil fait par cette Chargebœuf à sa femme. Repoussé par le monde entier, plein de haine contre la famille de sa femme [678], contre le gouvernement qui lui refusait une place, contre la société de Provins qui ne voulait pas l'admettre, Vinet accepta sa misère. Son fiel s'accrut et lui donna de l'énergie pour résister. Il devint libéral [679] en devinant que sa fortune était liée au triomphe de l'opposition, et végéta dans une mauvaise petite maison de la ville haute, d'où sa femme sortait peu. Cette jeune fille, promise à de meilleures destinées, était absolument seule dans son ménage avec un enfant. Il est des misères noblement acceptées et gaiement supportées; mais Vinet, rongé d'ambition, se sentant en faute envers une jeune fille séduite, cachait une sombre rage : sa conscience s'élargit et admit tous les moyens pour y parvenir. Son jeune visage [680] s'altéra. Quelques personnes étaient parfois effrayées au tribunal en voyant sa figure vipérine à tête plate, à bouche fendue, ses yeux éclatants à travers des lunettes; en entendant sa petite voix aigre, persistante, et qui attaquait les nerfs. Son teint brouillé, plein de teintes maladives, jaunes et vertes par places, annonçait son ambition rentrée, ses continuels mécomptes et ses misères cachées. Il savait [681] ergoter, parler; il ne manquait ni de trait ni d'images; il était instruit, retors. Accoutumé à tout concevoir par son désir de parvenir [682], il

pouvait devenir un homme politique. Un homme
qui ne recule devant rien, pourvu que tout soit
légal, est bien fort : la force de Vinet venait de là.
Ce futur athlète des débats parlementaires, un de
ceux qui devaient proclamer la royauté de la maison
d'Orléans, eut une horrible influence sur le sort de
Pierrette. Pour le moment, il voulait se procurer
une arme en fondant un journal à Provins. Après
avoir étudié de loin, le colonel aidant, les deux
célibataires, l'avocat avait fini par compter sur [683]
Rogron. Cette fois, il comptait avec son hôte, et sa
misère devait cesser, après sept années douloureuses
où plus d'un jour sans pain avait crié chez lui. Le
jour où Gouraud annonça, sur la petite place, à
Vinet que les Rogron rompaient avec l'aristocratie
bourgeoise et ministérielle de la ville haute, l'avocat
lui pressa le flanc d'un coup de coude significatif.

— Une femme ou une autre, belle ou laide, vous
est bien indifférente, dit-il; vous devriez épouser
Mlle Rogron, et nous pourrions alors organiser
quelque chose ici...

— J'y pensais, mais ils font venir la fille du pauvre
colonel Lorrain, leur héritière, dit le colonel.

— Vous vous ferez donner leur fortune par testament. Ah ! vous auriez une maison bien montée.

— D'ailleurs, cette petite, eh bien, nous la verrons,
dit le colonel d'un air goguenard et profondément
scélérat qui montrait à un homme de la trempe de
Vinet combien une petite fille était peu de chose
aux yeux de ce soudard.

CHAPITRE V

Depuis l'entrée de ses parents dans l'espèce d'hospice où ils achevaient tristement leur vie, Pierrette, jeune et fière, souffrait si horriblement d'y vivre par charité, qu'elle fut heureuse de se savoir des parents riches. En apprenant son départ, Brigaut, le fils du major, son camarade d'enfance, devenu garçon menuisier à Nantes, vint lui offrir la somme nécessaire pour faire le voyage en voiture, soixante francs, tout le trésor de ses pourboires d'apprenti péniblement amassés, accepté par Pierrette avec la sublime indifférence des amitiés vraies, et qui révèle que, dans un cas semblable, elle se fût offensée d'un remerciement. Brigaut était accouru tous les dimanches à Saint-Jacques, y jouer avec Pierrette et la consoler. Le vigoureux ouvrier[684] avait déjà fait le délicieux apprentissage de la protection entière et dévouée due à l'objet involontairement choisi de nos affections. Déjà, plus d'une fois Pierrette et lui, le dimanche, assis dans un coin du jardin, avaient brodé sur le voile de l'avenir leurs projets enfantins : l'apprenti menuisier, à cheval sur son rabot, courait le monde, y faisait fortune pour Pierrette qui l'attendait.

Vers le mois d'octobre de l'année 1824, époque à laquelle s'achevait sa onzième année, Pierrette fut donc confiée par les deux vieillards et par le jeune ouvrier, tous horriblement mélancoliques, au conducteur de la diligence de Nantes à Paris, avec prière de la mettre à Paris dans la diligence de Provins et de bien veiller sur elle. Pauvre Brigaut ! il courut comme un chien en suivant la diligence et regardant sa chère Pierrette tant qu'il le put. Malgré les signes de la petite Bretonne, il courut pendant une lieue en dehors de la ville; et, quand il fut épuisé, ses yeux jetèrent un dernier regard mouillé de larmes à Pierrette, qui pleura quand elle ne le vit plus. Pierrette mit la tête à la portière et retrouva son ami planté sur ses deux jambes, regardant fuir la lourde voiture. Les Lorrain et Brigaut ignoraient si bien la vie, que la Bretonne n'avait plus un sou en arrivant à Paris. Le conducteur, à qui l'enfant parlait de ses parents riches, paya pour elle la dépense de l'hôtel, à Paris, se fit rembourser par le conducteur de la voiture de Troyes [685] en le chargeant de remettre Pierrette dans sa famille et d'y suivre le remboursement, absolument comme pour une caisse de roulage.

Quatre jours après son départ de Nantes, vers neuf heures, un lundi, un bon gros vieux conducteur des Messageries royales prit Pierrette par la main, et, pendant qu'on déchargeait, dans la Grand'Rue, les articles et les voyageurs destinés au bureau de Provins, il la mena, sans autre bagage que deux robes, deux paires de bas et deux chemises, chez Mlle Rogron dont la maison lui fut indiquée par le directeur du bureau.

— Bonjour, mademoiselle et la compagnie, dit le conducteur, je vous amène une cousine à vous, que voici : elle est, ma foi, bien gentille. Vous avez quarante-sept francs à me donner. Quoique votre petite n'en ait pas lourd avec elle, signez ma feuille.

Mlle Sylvie et son frère se livrèrent à leur joie et à leur étonnement.

— Pardon, dit le conducteur, ma voiture attend, signez ma feuille, donnez-moi quarante-sept francs soixante centimes... et ce que vous voudrez pour le conducteur de Nantes et pour moi, qui avons eu soin de la petite comme de notre propre enfant. Nous avons avancé son coucher, sa nourriture, sa place de Provins et quelques petites choses.

— Quarante-sept francs douze sous !... dit Sylvie.

— N'allez-vous pas marchander? s'écria le conducteur.

— Mais la facture? dit Rogron.

— La facture? voyez la feuille.

— Quand tu feras tes narrés, paye donc ! dit Sylvie à son frère, tu vois bien qu'il n'y a qu'à payer.

Rogron alla chercher quarante-sept francs douze sous.

— Et nous n'avons rien pour nous, mon camarade et moi? dit le conducteur.

Sylvie tira quarante sous des profondeurs de son vieux sac en velours où foisonnaient ses clefs.

— Merci ! gardez, dit le conducteur. Nous aimons mieux avoir eu soin de la petite pour elle-même.

Il prit sa feuille et sortit en disant à la grosse servante :

— En voilà une baraque ! Il y a pourtant des crocodiles comme ça autre part qu'en Égypte !

— Ces gens-là sont bien grossiers, dit Sylvie, qui entendit le propos.

— Dame, ils ont eu soin de la petite ! répondit Adèle en mettant ses poings sur ses hanches.

— Nous ne sommes pas destinés à vivre avec lui, dit Rogron.

— Où que vous la coucherez? dit la servante.

Telle fut l'arrivée et la réception de Pierrette Lorrain chez son cousin et sa cousine, qui la regardaient d'un air hébété, chez lesquels elle fut jetée comme un paquet, sans aucune transition entre la déplorable chambre où elle vivait à Saint-Jacques auprès de ses grands-parents et la salle à manger de ses cousins, qui lui parut être celle d'un palais. Elle y était interdite et honteuse. Pour tout autre que ces ex-merciers, la petite Bretonne eût été adorable dans sa jupe de bure bleue grossière, avec son tablier de percale rose, ses gros souliers, ses bas bleus, son fichu blanc, les mains rouges enveloppées de mitaines en tricot de laine rouge, bordées de blanc, que le conducteur lui avait achetées. Vraiment! son petit bonnet breton qu'on lui avait blanchi à Paris (il s'était fripé dans le trajet de Nantes) faisait comme une auréole à son gai visage. Ce bonnet national, en fine batiste, garni d'une dentelle raide et plissée par grands tuyaux aplatis, mériterait une description, tant il est coquet et simple. La lumière tamisée par la toile et la dentelle produit une pénombre, un demi-jour doux sur le teint; il lui donne cette grâce virginale que cherchent les peintres sur leurs palettes, et que Léopold Robert a su trouver pour la figure raphaélique de la femme qui tient un enfant dans le tableau des Moissonneurs [686]. Sous ce cadre festonné de lumière brillait une figure blanche et rose, naïve, animée par la santé la plus vigoureuse. La chaleur de la salle y amena le sang qui borda de feu les deux mignonnes oreilles, les lèvres, le bout du nez si fin, et qui, par opposition, fit paraître le teint vivace plus blanc encore.

— Eh bien, tu ne nous dis rien? dit Sylvie. Je suis ta cousine Rogron, et voilà ton cousin.

— Veux-tu manger? lui demanda Rogron.

— Quand es-tu partie de Nantes? demanda Sylvie.

— Elle est muette, dit Rogron.

— Pauvre petite, elle n'est guère nippée, s'écria la grosse Adèle en ouvrant le paquet fait avec un mouchoir au vieux Lorrain.

— Embrasse donc ton cousin, dit Sylvie.

Pierrette embrassa Rogron.

— Embrasse donc ta cousine, dit Rogron.

Pierrette embrassa Sylvie.

— Elle est ahurie par le voyage, cette petite; elle a peut-être besoin de dormir, dit Adèle.

Pierrette éprouva soudain pour ses deux parents une invincible répulsion, sentiment que personne encore ne lui avait inspiré. Sylvie et sa servante allèrent coucher la petite Bretonne dans celle des chambres au second étage où Brigaut avait vu le rideau de calicot blanc. Il s'y trouvait un lit de pensionnaire à flèche peinte en bleu d'où pendait un rideau en calicot, une commode en noyer sans dessus de marbre, une petite table en noyer, un miroir, une vulgaire table de nuit sans porte et trois méchantes chaises. Les murs, mansardés sur le devant, étaient tendus d'un mauvais papier bleu semé de fleurs noires. Le carreau, mis en couleur et frotté, glaçait les pieds. Il n'y avait pas d'autre tapis qu'une maigre descente de lit en lisières. La cheminée, en marbre commun, était ornée d'une glace, de deux chandeliers en cuivre doré, d'une vulgaire coupe d'albâtre où buvaient deux pigeons pour figurer les anses et que Sylvie avait, à Paris, dans sa chambre.

— Seras-tu bien là, ma petite? lui dit sa cousine.

— Oh! c'est bien beau, répondit l'enfant de sa voix argentine.

— Elle n'est pas difficile, dit la grosse Briarde en murmurant. Ne faut-il pas lui bassiner son lit? demanda-t-elle.

— Oui, dit Sylvie, les draps peuvent être humides.

Adèle apporta l'un de ses serre-tête en apportant la bassinoire, et Pierrette, qui jusqu'alors avait couché dans des draps de grosse toile bretonne, fut surprise de la finesse et de la douceur des draps de coton. Quand la petite fut [687] installée et couchée, Adèle, en descendant, ne put s'empêcher de s'écrier :

— Son butin ne vaut pas trois francs, mademoiselle.

Depuis l'adoption de son système économique, Sylvie faisait rester dans la salle à manger sa servante, afin qu'il n'y eût qu'une lumière et qu'un seul feu. Mais, quand le colonel Gouraud et Vinet venaient, Adèle se retirait dans sa cuisine. L'arrivée de Pierrette anima le reste de la soirée.

— Il faudra dès demain lui faire un trousseau, dit Sylvie, elle n'a rien de rien.

— Elle n'a que les gros souliers qu'elle a aux pieds et qui pèsent une livre, dit Adèle.

— Dans ce pays-là, c'est comme ça, dit Rogron.

— Comme elle regardait sa chambre, qui n'est déjà pas si belle pour être celle d'une cousine à vous, mademoiselle !

— C'est bon, taisez-vous, dit Sylvie, vous voyez bien qu'elle en est enchantée.

— Mon Dieu, quelles chemises ! ça doit lui gratter

la peau: mais rien de ça ne peut servir, dit Adèle
en vidant [688] le paquet de Pierrette.

Maître, maîtresse et servante furent occupés jusqu'à dix heures à décider en quelle percale et de
quel prix les chemises, combien de paires de bas,
en quelle étoffe, en quel nombre les jupons de dessous,
et à supputer le prix de la garde-robe de Pierrette.

— Tu n'en seras pas quitte à moins de trois
cents [689] francs, dit à sa sœur Rogron, qui retenait
le prix de chaque chose et les additionnait de mémoire
par suite de sa vieille habitude.

— Trois cents francs? s'écria Sylvie.

— Oui, trois cents francs ! calcule.

Le frère et la sœur recommencèrent et trouvèrent
trois cents francs sans les façons.

— Trois cents francs d'un seul coup de filet ! dit
Sylvie en se couchant sur l'idée assez ingénieusement
exprimée par cette expression proverbiale.

Pierrette était un de ces enfants de l'amour que
l'amour a doués de sa tendresse, de sa vivacité, de
sa gaieté, de sa noblesse, de son dévouement; rien
n'avait encore altéré ni froissé son cœur, d'une
délicatesse presque sauvage, et l'accueil de ses
deux parents le comprima douloureusement. Si,
pour elle, la Bretagne avait été pleine de misère,
elle avait été pleine d'affection [690]. Si les vieux
Lorrain furent les commerçants les plus inhabiles, ils
étaient les gens les plus aimants, les plus francs, les
plus caressants du monde, comme tous les gens sans
calcul. A Pen-Hoël, leur petite-fille n'avait pas eu
d'autre éducation que celle de la nature. Pierrette
allait à sa guise en bateau sur les étangs, elle courait
par le bourg et par les champs [691] en compagnie de
Jacques Brigaut, son camarade, absolument comme

Paul et Virginie. Fêtés, caressés tous deux par tout
le monde, libres comme l'air, ils couraient après [692]
les mille joies de l'enfance : en été, ils allaient
voir pêcher, ils prenaient des insectes, cueillaient
des bouquets et jardinaient; en hiver, ils faisaient
des glissoires, ils fabriquaient de joyeux palais, des
bonshommes ou des boules de neige avec lesquelles
ils se battaient. Toujours les bienvenus, ils recueillaient [693] partout des sourires. Quand vint le temps
d'apprendre, les désastres arrivèrent. Sans ressources
après la mort de son père, Jacques fut mis par ses
parents en apprentissage chez un menuisier, nourri
par charité, comme plus tard Pierrette le fut à Saint-
Jacques. Mais, jusque [694] dans cet hospice particulier,
la gentille Pierrette avait encore été choyée, caressée
et protégée par tout le monde. Cette petite, accoutumée à tant d'affection, ne retrouvait pas chez ces
parents tant désirés, chez ces parents si riches, cet
air, cette parole, ces regards, ces façons que tout le
monde, même les étrangers et les conducteurs de
diligence, avait eus pour elle. Aussi son étonnement,
déjà grand, fut-il compliqué par le changement de
l'atmosphère morale où elle entrait. Le cœur a subitement froid ou chaud, comme le corps. Sans savoir
pourquoi, la pauvre enfant eut envie de pleurer :
elle était fatiguée, elle dormit.

Habituée à se lever de bonne heure, comme tous
les enfants élevés à la campagne, Pierrette s'éveilla
le lendemain deux heures avant la cuisinière. Elle
s'habilla, piétina dans sa chambre au-dessus de sa
cousine, regarda la petite place, essaya de descendre,
fut stupéfaite de la beauté de l'escalier; elle l'examina dans ses détails, les patères, les cuivres, les
ornements, les peintures, etc. Puis elle descendit,

elle ne put ouvrir la porte du jardin, remonta, redescendit quand Adèle fut éveillée, et sauta dans le jardin; elle en prit possession, elle courut jusqu'à la rivière, s'ébahit du kiosque, entra dans le kiosque; elle eut à voir et à s'étonner de ce qu'elle voyait jusqu'au lever de sa cousine Sylvie. Pendant le déjeuner, sa cousine lui dit :

— C'est donc toi, mon petit chou, qui trottais dès le jour dans l'escalier, et qui faisais ce tapage? Tu m'as si bien réveillée, que je n'ai pas pu me rendormir. Il faudra être bien sage, bien gentille, et t'amuser sans bruit [695]. Ton cousin n'aime pas le bruit.

— Tu prendras garde aussi à tes pieds, dit Rogron. Tu es entrée avec tes souliers crottés dans le kiosque, et tu y as laissé tes pas écrits sur le parquet. Ta cousine aime bien la propreté. Une grande fille comme toi doit être [696] propre. Tu n'étais donc pas propre en Bretagne? Mais c'est vrai, quand j'y allais acheter du fil, ça faisait pitié de les voir, ces sauvages-là ! En tout cas, elle a bon appétit, dit Rogron en regardant sa sœur, on dirait qu'elle n'a pas mangé depuis trois jours.

Ainsi, dès le premier moment, Pierrette fut blessée par les observations de sa cousine et de son cousin, blessée sans savoir pourquoi. Sa droite et franche nature, jusqu'alors abandonnée à elle-même, ignorait la réflexion. Incapable de trouver en quoi péchaient son cousin et sa cousine, elle devait [697] être lentement éclairée par ses souffrances.

Après le déjeuner, sa cousine et son cousin, heureux de l'étonnement de Pierrette et pressés d'en jouir, lui montrèrent leur beau salon pour lui apprendre à en respecter les somptuosités. Par suite de leur isolement, et poussés par cette nécessité morale de s'intéresser à quelque chose, les célibataires sont conduits à remplacer [698] les affections naturelles par des affections factices, à aimer des chiens, des chats, des serins, leur servante ou leur directeur. Ainsi Rogron et Sylvie étaient arrivés à un amour immodéré pour leur mobilier et pour leur maison, qui leur avaient coûté si cher. Sylvie avait fini, le matin, par aider Adèle en trouvant qu'elle ne savait pas nettoyer les meubles, les brosser et les maintenir dans leur neuf. Ce nettoyage fut bientôt une occupation [699] pour elle. Aussi, loin de perdre de leur valeur, les meubles gagnaient-ils ! S'en servir sans les user, sans les tacher, sans égratigner les bois, sans effacer le vernis, tel était le problème. Cette occupation devint bientôt une manie de vieille fille. Sylvie eut dans une armoire des chiffons de laine, de la cire, du vernis, des brosses, elle apprit à les manier aussi bien qu'un ébéniste; elle avait ses plumeaux, ses serviettes à essuyer; enfin elle frottait sans courir aucune chance de se blesser, elle était si forte ! Le regard de son œil bleu, froid et rigide comme de l'acier, se glissait jusque sous les meubles à tout moment; aussi eussiez-vous plus [700] facilement trouvé dans son cœur une corde sensible qu'un *mouton* sous une bergère.

Après ce qui s'était dit chez Mme Tiphaine, il fut impossible à Sylvie de reculer devant les trois cents francs. Pendant la première semaine, Sylvie fut donc entièrement occupée, et Pierrette incessamment distraite, par les robes à commander, à essayer, par les chemises, les jupons de dessous à tailler, à faire coudre par des ouvrières à la journée. Pierrette ne savait pas coudre.

— Elle a été joliment élevée! dit Rogron. Tu ne sais donc rien faire, ma petite biche?

Pierrette, qui ne savait qu'aimer, fit pour toute réponse un joli geste de petite fille.

— A quoi passais-tu donc le temps en Bretagne? lui demanda Rogron.

— Je jouais, répondit-elle naïvement. Tout le monde jouait avec moi. Ma grand'mère et grand-papa, chacun me racontait des histoires. Ah! l'on m'aimait bien [701].

— Ah! répondait Rogron. Ainsi *tu faisais du plus aisé.*

Pierrette ne comprit pas cette plaisanterie de la rue Saint-Denis, elle ouvrit de grands yeux.

— Elle est sotte comme un panier, dit Sylvie à Mlle Borain [702], la plus habile ouvrière de Provins.

— C'est si jeune! dit l'ouvrière en regardant Pierrette, dont le petit museau fin était tendu vers elle d'un air rusé.

Pierrette préférait les ouvrières à ses deux parents; elle était coquette pour elles, elle les regardait travaillant, elle leur disait ces jolis mots, les fleurs de l'enfance, que comprimaient déjà Rogron et Sylvie par la peur, car ils aimaient à imprimer aux subordonnés une terreur salutaire. Les ouvrières étaient enchantées de Pierrette. Cependant, le trousseau ne se complétait pas sans de terribles interjections.

— Cette petite fille va nous coûter les yeux de la tête! disait Sylvie à son frère. — Tiens-toi donc, ma petite! Que diable, c'est pour toi, ce n'est pas pour moi, disait-elle à Pierrette quand on lui prenait mesure de quelque ajustement. — Laisse donc travailler Mlle Borain, ce n'est pas toi qui payeras sa journée ! disait-elle en lui voyant demander quelque chose à la première ouvrière.

— Mademoiselle, disait Mlle Borain, faut-il coudre ceci en points arrière ?

— Oui, faites solidement, je n'ai pas envie de recommencer un [703] pareil trousseau tous les jours.

Il en fut de la cousine comme de la maison. Pierrette dut être mise aussi bien que la petite de Mme Garceland. Elle eut des brodequins à la mode, en peau bronzée, comme en avait la petite Tiphaine. Elle eut des bas de coton très fins, un corset de la meilleure faiseuse, une robe de reps bleu, une jolie pèlerine doublée de taffetas blanc, toujours pour lutter avec la petite de Mme Julliard la jeune. Aussi le dessous fut-il en harmonie avec le dessus, tant Sylvie avait peur de l'examen et du coup d'œil des mères de famille. Pierrette eut de jolies chemises en madapolam. Mlle Borain dit que les petites de madame la sous-préfète portaient des pantalons en percale, brodés et garnis, le dernier genre enfin. Pierrette eut des pantalons à manchettes. On lui commanda une charmante capote de velours bleu doublée de satin blanc, semblable à celle de la petite Martener. Pierrette fut ainsi la plus délicieuse petite fille de tout Provins. Le dimanche, à l'église, au sortir de la messe, toutes les dames l'embrassèrent. Mmes Tiphaine, Garceland, Galardon, Auffray, Lesourd, Martener, Guépin, Julliard, raffolèrent de la charmante Bretonne. Cette émeute flatta l'amour-propre de la vieille Sylvie, qui dans sa bienfaisance voyait moins [704] Pierrette qu'un triomphe de vanité. Cependant, Sylvie devait finir par s'offenser des succès de sa cousine, et voici comment : on lui demanda Pierrette ; et, toujours pour triompher de

ces dames, elle accorda Pierrette. On venait chercher
Pierrette, qui fit des parties de jeu, des dînettes avec
les petites filles de ces dames. Pierrette réussit infiniment mieux que les Rogron. Mlle Sylvie se choqua
de voir Pierrette demandée chez les autres sans que
les autres vinssent trouver Pierrette. La naïve enfant
ne dissimula point les plaisirs qu'elle goûtait
chez Mmes Tiphaine, Martener, Galardon, Julliard,
Lesourd, Auffray, Garceland, dont les amitiés con-
trastaient étrangement avec les tracasseries de [705]
sa cousine et de son cousin. Une mère eût été très-
heureuse du bonheur de son enfant, mais les Rogron
avaient pris Pierrette pour eux et non pour elle :
leurs sentiments, loin d'être paternels, étaient
entachés d'égoïsme et d'une sorte d'exploitation
commerciale.

Le beau trousseau, les belles robes des dimanches
et les robes de tous les jours commencèrent le
malheur de Pierrette. Comme tous les enfants libres
de leurs amusements et habitués à suivre les inspirations de leur fantaisie, elle usait effroyablement
vite ses souliers, ses brodequins, ses robes, et surtout
ses pantalons à manchettes. Une mère, en répriman-
dant son enfant, ne pense qu'à lui; sa parole est
douce, elle ne la grossit que poussée à bout et quand
l'enfant a des torts; mais, dans la grande question
des habillements, les écus des deux cousins étaient
la première raison : il s'agissait d'eux et non de
Pierrette. Les enfants ont le flair de la race canine
pour les torts de ceux qui les gouvernent : ils
sentent admirablement s'ils sont aimés ou tolérés.
Les cœurs purs sont plus choqués par les nuances
que par les contrastes : un enfant ne comprend pas
encore le mal, mais il sait quand on froisse le senti-

ment du beau que la nature a mis en lui. Les conseils que s'attirait Pierrette sur la tenue que doivent avoir les jeunes filles bien élevées, sur la modestie et sur l'économie, étaient le corollaire de ce thème principal : *Pierrette nous ruine*. Ces gronderies, qui eurent un funeste résultat pour Pierrette, ramenèrent les deux célibataires vers l'ancienne ornière commerciale d'où leur établissement à Provins les avait [706] divertis, et où leur nature allait s'épanouir et fleurir.

Habitués à régenter, à faire des observations, à commander, à reprendre vertement leurs commis, Rogron et sa sœur périssaient faute de victimes. Les petits esprits ont besoin de despotisme pour le jeu de leurs nerfs, comme les grandes âmes ont soif d'égalité pour l'action du cœur. Or, les êtres étroits s'étendent aussi bien par la persécution que par la bienfaisance; ils peuvent s'attester leur puissance par un empire ou cruel ou charitable sur autrui, mais ils vont du côté où les pousse leur tempérament. Ajoutez le véhicule de l'intérêt, et vous aurez l'énigme de la plupart des choses sociales. Dès lors, Pierrette devint extrêmement nécessaire à l'existence de ses cousins. Depuis son arrivée, les Rogron avaient été très occupés par le trousseau, puis retenus par le neuf de la commensalité. Toute chose nouvelle, un sentiment et même une domination, a ses plis à prendre. Sylvie commença par dire à Pierrette *ma petite*, elle quitta *ma petite* pour *Pierrette* tout court. Les réprimandes, d'abord aigres-douces, devinrent vives et dures. Dès qu'ils entrèrent dans cette voie, le frère et la sœur y firent de rapides progrès : ils ne s'ennuyaient plus ! Ce ne fut pas le complot d'êtres méchants et cruels, ce fut l'instinct d'une

tyrannie imbécile. Le frère et la sœur se crurent [707]
utiles à Pierrette, comme jadis ils se croyaient utiles
à leurs apprentis. Pierrette, dont la sensibilité vraie,
noble, excessive, était l'antipode de la sécheresse des
Rogron, avait les reproches en horreur; elle était
atteinte si vivement, que deux larmes mouillaient
aussitôt ses beaux yeux purs. Elle eut beaucoup
à combattre avant de réprimer [708] son adorable
vivacité qui plaisait tant au dehors, elle la déployait
chez les mères de ses petites amies; mais, au logis,
vers la fin du premier mois, elle commençait à
demeurer passive, et Rogron lui [709] demanda si
elle était malade. A cette étrange interrogation,
elle bondit au bout du jardin pour y pleurer au
bord de la rivière, où ses larmes tombaient comme
un jour elle devait tomber elle-même dans le torrent
social. Un jour, malgré ses soins, l'enfant fit un
accroc à sa belle robe de reps chez Mme Tiphaine,
où elle était allée jouer par une belle journée. Elle
fondit en pleurs aussitôt, en prévoyant la cruelle
réprimande qui l'attendait au logis. Questionnée, il
lui échappa quelques paroles sur sa terrible cousine,
au milieu de ses larmes. La belle Mme Tiphaine avait
du reps pareil, elle remplaça le lé elle-même.
Mlle Rogron apprit le tour que, suivant son expression, lui avait joué cette satanée petite fille. Dès ce
moment, elle ne voulut plus donner Pierrette à
ces dames [710].

La nouvelle vie qu'allait mener Pierrette à Provins devait se scinder en trois phases bien distinctes.
La première, celle où elle eut une espèce de bonheur
mélangé par les caresses froides des deux célibataires
et par des gronderies, ardentes pour elle, dura trois
mois [711]. La défense d'aller voir ses petites amies,

appuyée sur la nécessité de commencer à apprendre
tout ce que devait savoir une jeune fille bien élevée,
termina la première phase de la vie de Pierrette à
Provins, le seul temps où l'existence lui parut supportable.

CHAPITRE VI

Ces mouvements intérieurs produits chez les Rogron par le séjour de Pierrette furent étudiés par Vinet et par le colonel avec la précaution de renards se proposant d'entrer dans un poulailler, et inquiets d'y voir un être nouveau. Tous deux venaient de loin en loin pour ne pas effaroucher Mlle Sylvie; ils causaient avec Rogron sous divers prétextes, et s'impatronisaient avec une réserve et des façons que le grand Tartufe eût admirées. Le colonel et l'avocat passèrent [712] la soirée chez les Rogron, le jour même où Sylvie avait refusé de donner Pierrette à la belle Mme Tiphaine en termes très amers. En apprenant ce refus, le colonel [713] et l'avocat se regardèrent en gens à qui Provins était connu.

— Elle a positivement voulu vous faire une sottise, dit l'avocat. Il y a longtemps que nous avons prévenu Rogron de ce qui vous est arrivé. Il n'y a rien de bon à gagner avec ces gens-là.

— Qu'attendre du parti antinational? s'écria le colonel en refrisant ses moustaches et interrompant l'avocat. Si nous avions cherché à vous détourner d'eux, vous auriez pensé que nous avions des motifs de haine pour vous parler ainsi. Mais pourquoi, mademoiselle, si vous aimez à faire votre petite partie, ne joueriez-vous pas le boston, le soir, chez vous? Est-il donc impossible de remplacer des crétins comme ces Julliard? Vinet et moi nous savons le boston, nous finirons par trouver un quatrième. Vinet peut vous présenter sa femme, elle est gentille, et, de plus, c'est une Chargebœuf. Vous [714] ne ferez pas comme ces guenons de la haute ville, vous ne demanderez pas des toilettes de duchesse à une bonne petite femme de ménage que l'infamie de sa famille oblige à tout faire chez elle, et qui unit le courage d'un lion à la douceur d'un agneau.

Sylvie Rogron montra ses longues dents jaunes en souriant au colonel, qui soutint très bien ce phénomène horrible et prit même un air flatteur.

— Si nous ne sommes que quatre, le boston n'aura pas lieu tous les soirs, répondit-elle.

— Que voulez-vous que fasse un vieux grognard comme moi, qui n'ai plus qu'à manger mes pensions [715]? L'avocat est toujours libre le soir. D'ailleurs, vous aurez du monde, je vous en promets, ajouta-t-il d'un air mystérieux.

— Il suffirait, dit Vinet, de se poser franchement contre les ministériels de Provins, et de leur tenir tête; vous verriez combien l'on vous aimerait dans Provins, vous auriez bien du monde pour vous. Vous feriez enrager les Tiphaine en leur opposant votre salon. Eh bien! nous rirons des autres, si les autres rient de nous. La clique ne se gêne d'ailleurs guère à votre égard [716]!

— Comment? dit Sylvie.

En province, il existe plus d'une soupape par laquelle les commérages s'échappent d'une société dans l'autre. Vinet avait su tous les propos tenus sur les Rogron dans les salons d'où les deux merciers étaient définitivement bannis. Le juge-suppléant, l'archéologue Desfondrilles, n'était d'aucun parti. Ce juge, comme quelques autres personnes indépendantes, racontait tout ce qu'il entendait dire par suite [717] des habitudes de la province, et Vinet avait fait son profit de ces bavardages. Ce malicieux avocat envenima les plaisanteries de Mme Tiphaine en les répétant. En révélant les mystifications auxquelles Rogron et Sylvie s'étaient prêtés, il alluma la colère et réveilla l'esprit de vengeance chez ces deux natures sèches, qui voulaient un aliment pour leurs petites passions.

Quelques jours après, Vinet amena sa femme, personne bien élevée, timide, ni laide ni jolie, très douce et sentant vivement son malheur. Mme Vinet était blonde, un peu fatiguée par les soins de son pauvre ménage, et très simplement mise. Aucune femme ne pouvait plaire davantage à Sylvie. Mme Vinet supporta les airs de Sylvie, et plia sous elle en femme accoutumée à plier. Il y avait sur son front bombé, sur ses joues de rose du Bengale, dans son regard lent et tendre, les traces de ces méditations profondes, de cette pensée perspicace que les femmes habituées à souffrir ensevelissent dans un silence absolu. L'influence du colonel, qui déployait pour Sylvie des grâces courtisanesques arrachées en apparence à sa brusquerie militaire, et celle de l'adroit Vinet atteignirent bientôt Pierrette. Renfermée au logis ou ne sortant plus qu'en compagnie de sa vieille cousine, Pierrette, ce joli écureuil, fut à tout moment atteinte par : « Ne touche pas à cela, Pierrette ! » et par des sermons continuels sur la manière de se tenir. Pierrette se courbait la poitrine et tendait le dos ; sa cousine la voulait droite comme elle, qui ressemblait à un soldat présentant les armes [718] à son colonel; elle lui appliquait parfois de petites tapes dans le dos pour la redresser. La libre et joyeuse fille du Marais apprit à réprimer ses mouvements, à imiter un automate.

Un soir, qui marqua le commencement de la seconde période, Pierrette, que les trois habitués n'avaient pas vue au salon pendant la soirée, vint embrasser ses parents et saluer la compagnie avant de s'aller coucher. Sylvie avança froidement sa joue à cette charmante enfant, comme pour se débarrasser de son baiser. Le geste fut si cruellement significatif, que les larmes de Pierrette jaillirent.

— T'es-tu piquée, ma petite Pierrette? lui dit l'atroce Vinet.

— Qu'avez-vous donc? lui demanda sévèrement Sylvie.

— Rien, dit la pauvre enfant en allant [719] embrasser son cousin.

— Rien? reprit Sylvie. On ne pleure pas sans raison.

— Qu'avez-vous, ma petite belle ? lui dit Mme Vinet [720].

— Ma cousine riche ne me traite pas si bien que ma pauvre grand'mère !

— Votre grand'mère vous a pris votre fortune, dit Sylvie, et votre cousine vous laissera la sienne.

Le colonel et l'avocat se regardèrent à la dérobée.

— J'aime mieux être volée et aimée, dit Pierrette.

— Eh bien, l'on vous renverra d'où vous venez.

— Mais qu'a-t-elle donc fait, cette chère petite? dit Mme Vinet.

Vinet jeta sur sa femme ce terrible regard, fixe et froid, des gens qui exercent une domination absolue. La pauvre ilote, incessamment punie de n'avoir pas eu la seule chose qu'on voulût d'elle, une fortune, reprit ses cartes.

— Ce qu'elle a fait? s'écria Sylvie en relevant la tête par un mouvement si brusque, que les giroflées jaunes de son bonnet s'agitèrent. Elle ne sait quoi s'inventer pour nous contrarier : elle a ouvert ma montre pour en connaître le mécanisme, elle a touché la roue et a cassé le grand ressort. Mademoiselle n'écoute rien. Je suis toute la journée à lui recommander de prendre garde à tout, et c'est comme si je parlais à cette lampe.

Pierrette, honteuse d'être réprimandée en présence des étrangers, sortit tout doucement.

— Je me demande comment dompter la turbulence de cette enfant, dit Rogron.

— Mais elle est assez âgée pour aller en pension, dit [721] Mme Vinet.

Un nouveau regard de Vinet imposa silence à sa femme, à laquelle il s'était bien gardé de confier ses plans et ceux du colonel sur les deux célibataires.

— Voilà ce que c'est de se charger des enfants d'autrui! s'écria le colonel. Vous pouviez encore, en avoir à vous, vous ou votre frère; pourquoi ne vous mariez-vous pas l'un ou l'autre?

Sylvie regarda très agréablement le colonel : elle rencontrait pour la première fois de sa vie un homme à qui l'idée qu'elle aurait pu se marier ne paraissait pas absurde.

— Mais Mme Vinet a raison, s'écria Rogron, ça ferait tenir Pierrette tranquille. Un maître ne coûtera pas grand'chose !

Le mot du colonel préoccupait tellement Sylvie, qu'elle ne répondit pas à Rogron.

— Si vous vouliez faire seulement le cautionnement du journal d'opposition dont nous parlions, vous trouveriez un maître pour votre petite cousine dans l'éditeur responsable; nous prendrions ce pauvre maître d'école, victime des envahissements du clergé.

— Ma femme a raison : Pierrette est un diamant brut qu'il faut polir, dit Vinet à Rogron.

— Je croyais que vous étiez baron, dit Sylvie au colonel, durant une donne et après une longue pause pendant laquelle chaque joueur resta pensif.

— Oui; mais, nommé en 1814, après la bataille de Nangis [722], où mon régiment a fait des miracles, ai-je eu l'argent et les protections nécessaires pour me mettre en règle à la chancellerie? Il en sera de la baronnie comme du grade de général que j'ai eu en 1815, il faut une révolution [723] pour me les rendre.

— Si vous pouviez garantir le cautionnement par une hypothèque, répondit enfin Rogron, je pourrais le faire.

— Mais cela peut s'arranger avec Cournant, répliqua Vinet. Le journal amènera le triomphe du colonel et rendrait votre salon plus puissant que celui des Tiphaine et consorts.

— Comment cela? dit Sylvie.

Au moment où, pendant que sa femme donnait les cartes, l'avocat expliquait l'importance que Rogron, le colonel et lui, Vinet, acquerraient par la publication d'une feuille indépendante pour l'arrondissement de Provins, Pierrette fondait en larmes; son cœur et son intelligence étaient d'accord : elle trouvait sa cousine beaucoup plus en faute qu'elle. L'enfant du Marais comprenait instinctivement combien la charité, la bienfaisance, doivent être absolues. Elle haïssait ses belles robes et tout ce qui se faisait pour elle. On lui vendait les bienfaits trop cher. Elle pleurait de dépit d'avoir donné prise sur elle, et prenait la résolution de se conduire de façon à réduire ses parents au silence, pauvre enfant! Elle pensait alors combien Brigaut avait été grand en lui donnant ses économies. Elle croyait son malheur au comble, et ne savait pas qu'en ce moment il se décidait au salon une nouvelle infortune pour elle.

En effet, quelques jours après, Pierrette eut un maître d'écriture. Elle dut apprendre à lire, à écrire et à compter. L'éducation de Pierrette produisit d'énormes dégâts dans la maison des Rogron. Ce fut l'encre sur les tables, sur les meubles, sur les vêtements; puis les cahiers d'écriture, les plumes égarées partout, la poudre sur les étoffes, les livres déchirés, écornés, pendant qu'elle apprenait ses leçons. On lui parlait déjà, et dans quels termes! de la nécessité de gagner son pain, de n'être à charge à personne. En écoutant ces horribles avis, Pierrette sentait une douleur dans sa gorge : il s'y faisait une contraction violente, son cœur battait à coups précipités. Elle était obligée de retenir ses pleurs, car on lui demandait compte de ses larmes comme d'une offense envers la bonté de ses magnanimes parents.

Rogron avait trouvé la vie qui lui était propre : il grondait Pierrette comme autrefois ses commis; il allait la chercher au milieu de ses jeux pour la contraindre à étudier, il lui faisait répéter ses leçons, il était le féroce maître d'étude de cette pauvre enfant. Sylvie, de son côté, regardait comme un devoir d'apprendre à Pierrette le peu qu'elle savait des ouvrages de femme. Ni Rogron ni sa sœur n'avaient de douceur dans le caractère. Ces esprits étroits, qui, d'ailleurs, éprouvaient un plaisir réel à taquiner cette pauvre petite, passèrent insensiblement de la douceur à la plus excessive sévérité. Leur sévérité fut amenée par la prétendue mauvaise volonté de cette enfant, qui, commencée trop tard, avait l'entendement dur. Ses maîtres ignoraient l'art de donner aux leçons une forme appropriée à l'intelligence de l'élève, ce qui marque la différence de l'éducation particulière à l'éducation publique. Aussi la faute était-elle bien moins celle de Pierrette que celle de ses parents. Elle mit donc un temps infini pour apprendre les éléments. Pour un rien, elle était appelée bête et stupide, sotte et maladroite. Pierrette, incessamment maltraitée en paroles, ne rencontra chez ses deux parents que des regards froids. Elle prit l'attitude hébétée des brebis : elle n'osa plus rien faire en voyant ses actions mal jugées, mal accueillies, mal interprétées. En toute chose, elle attendit le bon plaisir, les ordres de sa cousine, garda ses pensées pour elle, et se renferma dans une obéissance passive. Ses brillantes [724] couleurs commencèrent à s'éteindre. Elle se plaignit parfois de souffrir. Quand sa cousine lui demanda : « Où? » la pauvre petite, qui ressentait des douleurs générales, répondit :

— Partout.

— A-t-on jamais vu souffrir partout? Si vous souffriez partout, vous seriez déjà morte! répondit Sylvie.

— On souffre à la poitrine, disait Rogron l'épilogueur, on a mal aux dents, à la tête, aux pieds, au ventre; mais on n'a jamais vu avoir mal partout! Qu'est-ce que c'est que cela, partout? Avoir mal partout, c'est n'avoir mal *nune* part. Sais-tu ce que tu fais? tu parles pour ne rien dire.

Pierrette finit par se taire, en voyant ses naïves

observations de jeune fille, les fleurs de son esprit naissant, accueillies par des lieux communs que son bon sens lui signalait comme ridicules.

— Tu te plains, et tu as un appétit de moine ! lui disait Rogron.

La seule personne qui ne blessât point cette chère fleur si délicate était la grosse servante Adèle. Adèle allait bassiner le lit de cette petite fille, mais en cachette depuis le soir où, surprise à donner cette douceur à la jeune héritière de ses maîtres, elle fut grondée par Sylvie.

— Il faut élever les enfants à la dure, on leur fait ainsi des tempéraments forts. Est-ce que nous nous en sommes plus mal portés, mon frère et moi? dit Sylvie. Vous feriez de Pierrette une *picheline*, mot du vocabulaire Rogron pour peindre les gens souffreteux et pleurards.

Les expressions caressantes de cette ange [725] étaient reçues comme des grimaces. Les roses d'affection qui s'élevaient si fraîches, si gracieuses dans cette jeune âme, et qui voulaient s'épanouir au dehors, étaient impitoyablement écrasées. Pierrette recevait les coups les plus durs aux endroits tendres de son cœur. Si elle essayait d'adoucir ces deux féroces natures par des chatteries, elle était accusée de se livrer à sa tendresse par intérêt.

— Dis-moi tout de suite ce que tu veux? s'écriait brutalement Rogron, tu ne me câlines certes pas pour rien.

Ni la sœur ni le frère n'admettaient l'affection, et Pierrette était tout affection. Le colonel Gouraud, jaloux de plaire à Mlle Rogron, lui donnait raison en tout ce qui concernait Pierrette. Vinet appuyait également les deux parents en tout ce qu'ils disaient contre Pierrette; il attribuait tous les prétendus méfaits de cette ange à l'entêtement du caractère breton, et prétendait qu'aucune puissance, aucune volonté n'en venait à bout. Rogron et sa sœur étaient adulés avec une finesse excessive par ces deux courtisans, qui avaient fini par obtenir de Rogron le cautionnement du journal *le Courrier de Provins*, et de Sylvie cinq mille francs d'actions. Le colonel et l'avocat se mirent en campagne. Ils placèrent cent actions de cinq cents francs parmi les électeurs propriétaires de biens nationaux, à qui les journaux libéraux faisaient concevoir des craintes; parmi les fermiers et parmi les gens dits indépendants. Ils finirent même par étendre leurs ramifications dans le département, et au delà dans quelques communes limitrophes. Chaque actionnaire fut naturellement abonné. Puis les annonces judiciaires et autres se divisèrent entre *la Ruche* et *le Courrier*. Le premier numéro du journal fut un pompeux éloge de Rogron. Rogron était présenté comme le Laffitte de Provins. Quand l'esprit public eut une direction, il fut facile de voir que les prochaines élections seraient vivement disputées. La belle Mme Tiphaine fut au désespoir.

— J'ai, disait-elle en lisant un article dirigé contre elle et contre Julliard, j'ai malheureusement oublié qu'il y a toujours un fripon non loin d'une dupe, et que la sottise attire toujours un homme d'esprit [726] de l'espèce des renards.

Dès que le journal flamba dans un rayon de vingt lieues, Vinet eut un habit neuf, des bottes, un gilet et un pantalon décents. Il arbora le fameux chapeau gris des libéraux et laissa voir son linge. Sa femme prit une servante, et parut mise comme devait l'être

la femme d'un homme influent; elle eut de jolis
bonnets [727]. Par calcul, Vinet fut reconnaissant.
L'avocat et son ami Cournant, le notaire des libéraux
et l'antagoniste d'Auffray, devinrent les conseils des
Rogron, auxquels ils rendirent deux grands services.
Les baux faits par Rogron père en 1815, dans des
circonstances malheureuses, allaient expirer. L'horti-
culture et les cultures maraîchères avaient pris
d'énormes développements autour de Provins. L'avocat et le notaire se mirent en mesure de procurer
aux Rogron une augmentation de quatorze cents
francs dans leurs revenus par les nouvelles loca-
tions [728]. Vinet gagna deux procès relatifs à des
plantations d'arbres contre deux communes, et dans
lesquels il s'agissait de cinq cents peupliers. L'argent
des peupliers, celui des économies des Rogron, qui
depuis trois ans plaçaient annuellement six mille
francs à gros intérêts, fut employé très habilement à
l'achat de plusieurs enclaves. Enfin Vinet entreprit
et mit à fin l'expropriation de quelques-uns des
paysans à qui Rogron père avait prêté son argent,
et qui s'étaient tués à cultiver et amender leurs terres
pour pouvoir payer, mais vainement. L'échec porté
par la construction de la maison au capital des Rogron
fut donc largement réparé. Leurs biens, situés autour
de Provins, choisis par leur père comme savent
choisir les aubergistes, divisés par petites cultures
dont la plus considérable n'était pas de cinq arpents,
loués à des gens extrêmement solvables, presque tous
possesseurs de quelques morceaux de terre, et avec
hypothèque pour sûreté des fermages, rapportèrent, à
la Saint-Martin de novembre 1826, cinq mille francs.
Les impôts étaient à la charge des fermiers, et il n'y
avait aucun bâtiment à réparer ou à assurer contre

l'incendie. Le frère et la sœur possédaient chacun quatre mille six cents francs en cinq pour cent, et, comme cette valeur dépassait le pair, l'avocat les prêcha pour en opérer le remplacement [729] en terres, leur promettant, à l'aide du notaire, de ne pas leur faire perdre un liard d'intérêt au change.

A la fin de cette seconde période, la vie fut si dure pour Pierrette, l'indifférence des habitués de la maison et la sottise grondeuse, le défaut d'affection de ses parents, devinrent si [730] corrosifs, elle sentit si bien souffler sur elle le froid humide de la tombe, qu'elle médita le projet hardi de s'en aller à pied, sans argent, en Bretagne, y retrouver sa grand'mère et son grand-père Lorrain. Deux événements l'en empêchèrent. Le bonhomme Lorrain mourut, Rogron fut nommé tuteur de sa cousine par un conseil de famille tenu à Provins. Si la grand'mère eût succombé la première, il est à croire que Rogron, conseillé par Vinet, eût redemandé les huit mille francs de Pierrette, et réduit le grand-père à l'indigence.

— Mais vous pouvez hériter de Pierrette, lui dit Vinet avec un affreux sourire. On ne sait ni qui vit ni qui meurt !

Éclairé par ce mot, Rogron ne laissa en repos la veuve Lorrain, débitrice de sa petite-fille, qu'après lui avoir fait assurer à Pierrette la nue propriété des huit mille francs par une donation entre vifs dont les frais furent payés par lui [731].

Pierrette fut étrangement saisie par ce deuil. Au moment où elle recevait ce coup horrible, il fut question de lui faire faire sa première communion : autre événement dont les obligations retinrent Pierrette à Provins. Cette cérémonie nécessaire et

si simple allait amener de grands changements chez
les Rogron. Sylvie apprit que M. le curé Péroux
instruisait les petites Julliard, Lesourd, Garceland
et autres. Elle se piqua d'honneur, et voulut avoir
pour Pierrette le propre vicaire de l'abbé Péroux,
M. Habert [732], un homme qui passait pour appartenir
à la Congrégation [733], très zélé pour les intérêts de
l'Église, très redouté dans Provins, et qui cachait
une grande ambition sous une sévérité de principes
absolue. La sœur de ce prêtre, une fille d'environ
trente ans, tenait une pension de demoiselles dans
la ville. Le frère et la sœur se ressemblaient : tous
deux maigres, jaunes, à cheveux noirs, atrabilaires.

En Bretonne bercée dans les pratiques et la poésie
du catholicisme [734], Pierrette ouvrit son cœur et
ses oreilles à la parole de ce prêtre imposant. Les
souffrances disposent à la dévotion, et presque
toutes les jeunes filles, poussées par une tendresse
instinctive, inclinent au mysticisme, le côté profond
de la religion. Le prêtre sema donc le grain de l'Évangile et les dogmes de l'Église dans un terrain excellent.
Il changea complètement les dispositions de Pierrette. Pierrette aima Jésus-Christ présenté dans la
communion aux jeunes filles comme un céleste
fiancé; ses souffrances physiques et morales eurent
un sens, elle fut instruite à voir en toute chose le
doigt de Dieu. Son âme, si cruellement frappée dans
cette maison sans qu'elle pût accuser ses parents,
se réfugia dans cette sphère où montent tous les
malheureux, soutenus sur les ailes des trois vertus
théologales. Elle abandonna donc ses idées de fuite [735].
Sylvie, étonnée de la métamorphose opérée en Pierrette par M. Habert, fut prise de curiosité. Dès lors,
tout en préparant Pierrette à faire sa première com-

munion, M. Habert conquit à Dieu l'âme, jusqu'alors
égarée, de Mlle Sylvie. Sylvie tomba dans la dévotion. Denis Rogron, sur lequel le prétendu jésuite
ne put mordre, car alors l'esprit de Sa Majesté
libérale feu le Constitutionnel Ier était plus fort
sur certains niais que l'esprit de l'Église, Denis
resta fidèle [736] au colonel Gouraud, à Vinet et au
libéralisme.

Mlle Rogron fit naturellement la connaissance de
Mlle Habert, avec laquelle elle sympathisa parfaitement. Ces deux filles s'aimèrent comme deux
sœurs qui s'aiment. Mlle Habert offrit de prendre
Pierrette chez elle, et d'éviter à Sylvie les ennuis
et les embarras d'une éducation; mais le frère et la
sœur répondirent que l'absence de Pierrette leur
ferait un trop grand vide à la maison. L'attachement
des Rogron à leur petite cousine parut excessif. En
voyant l'entrée de Mlle Habert dans la place, le
colonel Gouraud et l'avocat Vinet prêtèrent à
l'ambitieux vicaire, dans l'intérêt de sa sœur, le
plan matrimonial formé par le colonel.

— Votre sœur veut vous marier, dit l'avocat à
l'ex-mercier.

— A l'encontre de qui? fit Rogron.

— Avec cette vieille sibylle d'institutrice, s'écria
le vieux colonel en caressant ses moustaches grises.

— Elle ne m'en a rien dit, répondit naïvement
Rogron.

Une fille absolue comme l'était Sylvie devait faire
des progrès dans la voie du salut. L'influence du
prêtre allait grandir dans cette maison, appuyée par
Sylvie qui disposait de son frère. Les deux libéraux [737]
qui s'effrayèrent justement, comprirent que, si le
prêtre avait résolu de marier sa sœur avec Rogron,

union infiniment plus sortable que celle de Sylvie
avec le colonel, il pousserait Sylvie aux pratiques
les plus violentes de la religion, et ferait mettre
Pierrette au couvent. Ils pouvaient donc perdre le
prix de dix-huit mois d'efforts, de lâchetés et de
flatteries. Ils furent saisis d'une effroyable et sourde
haine contre le prêtre et sa sœur ; et, néanmoins, ils
sentirent la nécessité, pour les suivre pied à pied,
de bien vivre avec eux. M. et Mlle Habert, qui
savaient le whist et le boston, vinrent tous les soirs.
L'assiduité des uns excita l'assiduité des autres.
L'avocat et le colonel se sentirent en tête des adversaires aussi forts qu'eux, pressentiment que parta-
gèrent M. et Mlle Habert. Cette situation [738] respec-
tive était déjà un combat. De même que le colonel
faisait goûter à Sylvie les douceurs inespérées d'une
recherche en mariage, car elle [739] avait fini par voir
un homme digne d'elle dans Gouraud, de même
Mlle Habert enveloppa l'ex-mercier de la ouate de
ses attentions, de ses paroles et de ses regards.
Aucun des deux partis ne pouvait se dire ce grand
mot de haute politique : Partageons ! Chacun voulait sa proie [740]. D'ailleurs, les deux fins renards
de l'opposition provinoise, opposition qui gran-
dissait, eurent le tort de se croire plus forts que le
sacerdoce : ils firent feu les premiers.

Vinet, dont la reconnaissance fut réveillée par les
doigts crochus de l'intérêt personnel, alla chercher
Mlle de Chargebœuf et sa mère. Ces deux femmes
possédaient environ deux mille livres de rente, et
vivaient péniblement à Troyes [741]. Mlle Bathilde de
Chargebœuf était une de ces magnifiques créatures
qui croient aux mariages par amour et changent
d'opinion vers leur vingt-cinquième année en se

trouvant toujours filles. Vinet sut persuader à
Mme de Chargebœuf de joindre ses deux mille francs
avec les mille écus qu'il gagnait depuis l'établissement
du journal, et de venir vivre en famille à Provins,
où Bathilde épouserait, dit-il, un imbécile [742] nommé
Rogron, et pourrait, spirituelle comme elle était,
rivaliser avec la belle Mme Tiphaine. L'accession
de Mme et de Mlle de Chargebœuf au ménage
et aux idées de Vinet donna la plus grande consistance au parti libéral. Cette jonction consterna
l'aristocratie de Provins et le parti des Tiphaine.
Mme de Bréautey, désespérée de voir deux femmes
nobles ainsi égarées, les pria de venir chez elle. Elle
gémit des fautes commises par les royalistes, et
devint furieuse contre ceux de Troyes en apprenant
la situation de la mère et de la fille.

— Comment! il ne s'est pas trouvé quelque vieux
gentilhomme campagnard pour épouser cette chère
petite, faite pour devenir une châtelaine? disait-elle.
Ils l'ont laissée monter en graine, et elle va se jeter
à la tête d'un Rogron!

Elle remua tout le département sans pouvoir y
trouver un seul gentilhomme capable d'épouser
une fille dont la mère n'avait que deux mille livres
de rente. Le parti des Tiphaine et le sous-préfet se
mirent aussi, mais trop tard, à la [743] recherche de cet
inconnu. Mme de Bréautey porta de terribles accusations [744] contre l'égoïsme qui dévorait la France,
fruit du matérialisme et de l'empire accordé par les
lois à l'argent : la noblesse n'était plus rien! la
beauté plus rien! Des Rogron, des Vinet livraient
combat au roi de France!

Bathilde de Chargebœuf n'avait pas seulement
sur sa rivale l'avantage incontestable de la beauté,

mais encore celui de la toilette. Elle était d'une
blancheur éclatante. A vingt-cinq ans, ses épaules,
entièrement développées, ses belles formes avaient
une plénitude exquise. La rondeur de son cou, la
pureté de ses [745] attaches, la richesse de sa chevelure
d'un blond élégant, la grâce de son sourire, la forme
distinguée de sa tête, le port et la coupe de sa figure,
ses beaux yeux bien placés sous un front bien taillé,
ses mouvements nobles et de bonne compagnie, et
sa taille encore svelte, tout en elle s'harmoniait.
Elle avait une belle main et le pied étroit. Sa santé
lui donnait peut-être l'air d'une belle fille d'auberge,
« mais ce ne devait pas être un défaut aux yeux
d'un Rogron, » dit la belle Mme Tiphaine.

Mlle de Chargebœuf parut la première fois assez
simplement mise. Sa robe de mérinos brun festonnée
d'une broderie verte était décolletée; mais un fichu
de tulle, bien tendu par des cordons intérieurs,
couvrait ses épaules, son dos et le corsage, en s'entr'-
ouvrant néanmoins par devant, quoique le fichu
fût fermé par une *sévigné*. Sous ce délicat réseau,
les beautés de Bathilde étaient encore plus coquettes,
plus séduisantes. Elle ôta son chapeau de velours et
son châle en arrivant, et montra ses jolies oreilles
ornées de pendeloques en or. Elle avait une petite
jeannette en velours qui brillait sur son cou comme
l'anneau noir que la fantasque nature met à la
queue d'un angora blanc. Elle savait toutes les
malices des filles à marier : agiter ses mains en
relevant des boucles qui ne se sont pas dérangées,
faire voir ses poignets en priant Rogron de lui
rattacher une manchette; ce à quoi le malheureux
ébloui se refusait brutalement, cachant ainsi ses
émotions sous une fausse indifférence. La timidité

du seul amour que ce mercier devait éprouver dans sa vie eut toutes les allures de la haine. Sylvie, autant que Céleste Habert, s'y méprirent, mais non l'avocat, l'homme supérieur de cette société stupide, et qui n'avait que le prêtre pour adversaire, car le colonel fut longtemps son allié.

De son côté, le colonel se conduisit dès lors envers Sylvie comme Bathilde envers Rogron. Il mit du linge blanc tous les soirs, il eut des cols de velours sur lesquels se détachait bien sa martiale figure relevée par les deux bouts du col blanc de sa chemise ; il adopta le gilet de piqué blanc et se fit faire une redingote neuve en drap bleu, où brillait sa rosette rouge, le tout sous prétexte de faire honneur à la belle Bathilde. Il ne fuma plus passé deux heures. Ses cheveux grisonnants furent rabattus en ondes sur son crâne à ton d'ocre. Il prit enfin l'extérieur et l'attitude d'un chef de parti, d'un homme qui se disposait à mener les ennemis de la France, les Bourbons enfin, tambour battant.

Le satanique avocat et le rusé colonel jouèrent à M. et à Mlle Habert un tour encore plus cruel que la présentation de la belle Mlle de Chargebœuf, jugée par le parti libéral et chez les Bréautey comme dix fois plus belle que la belle Mme Tiphaine. Ces deux grands politiques de petite ville firent croire de proche en proche que M. Habert entrait dans toutes leurs idées. Provins parla bientôt de lui comme d'un prêtre libéral. Mandé promptement à l'évêché, M. Habert fut forcé [746] de renoncer à ses soirées chez les Rogron ; mais sa sœur y alla toujours. Le salon Rogron fut dès lors constitué et devint une puissance.

Aussi, vers le milieu de cette année, les intrigues

politiques ne furent-elles pas moins vives .ans le
salon des Rogron que les intrigues matrimoniales.
Si les intérêts sourds, enfouis dans les cœurs, se
livrèrent des combats acharnés, la lutte publique
eut une fatale célébrité [747]. Chacun sait que le ministère Villèle fut renversé par les élections de 1826 [748].
Au collège de Provins, Vinet, candidat libéral, à
qui M. Cournant avait procuré le cens par l'acquisition d'un domaine dont le prix restait dû, faillit
l'emporter sur M. Tiphaine. Le président n'eut que
deux voix de majorité. A Mmes Vinet et de Chargebœuf, à Vinet, au colonel se joignirent quelquefois
M. Cournant et sa femme, puis le médecin Néraud,
un homme dont la jeunesse avait été bien orageuse,
mais qui voyait sérieusement la vie; il s'était adonné,
disait-on, à l'étude, et avait, à entendre les libéraux, beaucoup plus de moyens que M. Martener.
Les Rogron ne comprenaient pas plus leur triomphe
qu'ils n'avaient compris leur ostracisme.

La belle Bathilde de Chargebœuf, à qui Vinet
montra Pierrette comme son ennemie, était horriblement dédaigneuse pour elle. L'intérêt général
exigeait l'abaissement de cette pauvre victime.
Mme Vinet ne pouvait rien pour cette enfant, broyée
entre des intérêts implacables qu'elle avait fini
par comprendre. Sans le vouloir impérieux de son
mari, elle ne serait pas venue chez les Rogron, elle
y souffrait trop de voir maltraiter cette jolie petite
créature qui se serrait près d'elle en devinant une
protection secrète et qui lui demandait de lui
apprendre tel ou tel point, de lui enseigner une
broderie. Pierrette montrait ainsi que, traitée doucement, elle comprenait et réussissait à merveille.
Mme Vinet n'était plus utile, elle ne vint plus. Sylvie,

qui caressait encore l'idée du mariage, vit enfin dans [749] Pierrette un obstacle : Pierrette avait près de quatorze ans; sa blancheur maladive, dont les symptômes étaient négligés par cette ignorante vieille fille, la rendait ravissante. Sylvie conçut alors la belle idée de compenser les dépenses que lui causait Pierrette en en faisant une servante. Vinet, comme ayant cause des Chargebœuf, Mlle Habert, Gouraud, tous les habitués influents engagèrent Sylvie à renvoyer la grosse Adèle. Pierrette ne ferait-elle pas la cuisine et ne soignerait-elle pas la maison? Quand il y aurait trop d'ouvrage, elle serait quitte pour prendre la femme de ménage du colonel, une personne très entendue et l'un des cordons bleus de Provins. Pierrette devait savoir faire la cuisine, frotter, dit le sinistre avocat, balayer, tenir une maison propre, aller au marché, apprendre le prix des choses.

La pauvre petite, dont le dévouement égalait la générosité, s'offrit elle-même, heureuse d'acquitter ainsi le pain si dur qu'elle mangeait dans cette maison. Adèle fut renvoyée. Pierrette perdit ainsi la seule personne qui l'eût peut-être protégée. Malgré sa force, elle fut dès ce moment accablée physiquement et moralement. Ces deux célibataires eurent pour elle bien moins d'égards que pour une domestique, elle leur appartenait! Aussi fut-elle grondée pour des riens, pour un peu de poussière oubliée sur le marbre de la cheminée ou sur un globe de verre. Ces objets de luxe qu'elle avait tant admirés lui devinrent odieux. Malgré son désir de bien faire, son inexorable cousine trouvait toujours à reprendre dans ce qu'elle avait fait. En deux ans, Pierrette ne reçut pas un compliment, n'entendit pas une parole affectueuse. Le bonheur pour elle était de ne pas être grondée. Elle supportait avec une patience angélique les humeurs noires de ces deux célibataires, à qui les sentiments doux étaient entièrement inconnus, et qui, tous les jours, lui faisaient sentir sa dépendance. Cette vie où la jeune fille se trouvait, entre ces deux merciers, comme pressée entre les deux lèvres d'un étau, augmenta sa maladie. Elle éprouva des troubles intérieurs si violents, des chagrins secrets si subits dans leur explosion, que ses développements furent irrémédiablement contrariés. Pierrette arriva donc lentement, par des douleurs épouvantables, mais cachées, à l'état où la vit son ami d'enfance en la saluant, sur la petite place, de sa romance bretonne.

Avant d'entrer dans le drame domestique que la venue de Brigaut détermina dans la maison Rogron, il est nécessaire, pour ne pas l'interrompre, d'expliquer l'établissement du Breton à Provins, car il fut en quelque sorte un personnage muet de cette scène.

En se sauvant, Brigaut fut non seulement effrayé du geste de Pierrette, mais encore du changement de sa jeune amie : à peine l'eût-il reconnue, sans la voix, les yeux et les gestes qui lui rappelèrent sa petite camarade si vive, si gaie et néanmoins si tendre. Quand il fut loin de la maison, ses jambes tremblèrent sous lui; il eut chaud dans le dos ! Il avait vu l'ombre de Pierrette et non Pierrette. Il grimpa dans la haute ville, pensif, inquiet, jusqu'à ce qu'il eût trouvé un endroit d'où il pouvait apercevoir la place et la maison de Pierrette; il la contempla douloureusement, perdu dans des pensées infinies, comme un malheur dans lequel on entre sans savoir où il s'arrête. Pierrette souffrait, elle n'était pas heureuse, elle regrettait la Bretagne ! qu'avait-elle ? Toutes ces questions passèrent et repassèrent dans le cœur de Brigaut en le déchirant, et lui révélèrent à lui-même l'étendue de son affection pour sa petite sœur d'adoption. Il est extrêmement rare que les passions entre enfants de sexes différents subsistent. Le charmant roman de Paul et Virginie, pas plus que celui de Pierrette et de Brigaut, ne tranchent la question que soulève ce fait moral, si étrange.

L'histoire moderne n'offre que l'illustre exception de la sublime marquise de Pescaire et de son mari : destinés l'un à l'autre par leurs parents dès l'âge de quatorze ans, ils s'adorèrent et se marièrent; leur union donna le spectacle, au seizième siècle, d'un amour conjugal infini, sans nuages. Devenue veuve à trente-quatre ans, la marquise, belle, spirituelle, universellement adorée, refusa des rois, et s'enterra dans un couvent, où elle ne vit, n'entendit plus que les religieuses [750].

Cet amour si complet se développa soudain dans le cœur du pauvre ouvrier breton. Pierrette et lui s'étaient si souvent protégés l'un l'autre, il avait été si content de lui apporter l'argent de son voyage, il avait failli mourir pour avoir suivi la diligence, et Pierrette n'en avait rien su ! Ce souvenir avait souvent réchauffé les heures froides de sa pénible vie durant ces trois années. Il s'était perfectionné pour Pierrette, il avait appris son état pour Pierrette, il était venu pour Pierrette à Paris en se proposant d'y faire fortune pour elle. Après y avoir passé quinze jours, il n'avait pas tenu à l'idée de la voir, il avait marché depuis le samedi soir jusqu'à ce

lundi matin; il comptait retourner à Paris, mais la
touchante apparition de sa petite amie le clouait à
Provins. Un admirable magnétisme encore contesté,
malgré tant de preuves, agissait sur lui à son insu :
des larmes lui roulaient dans les yeux pendant que
des larmes obscurcissaient ceux de Pierrette. Si,
pour elle, il était la Bretagne et la plus heureuse
enfance; pour lui, Pierrette était la vie ! A seize ans,
Brigaut ne savait encore ni dessiner ni profiler une
corniche, il [751] ignorait bien des choses; mais, à ses
pièces, il avait gagné quatre à cinq [752] francs par
jour. Il pouvait donc vivre à Provins, il y serait à
portée de Pierrette, il achèverait d'apprendre son
état en choisissant pour maître le meilleur menuisier
de la ville, et veillerait sur [753] Pierrette.

En un moment, le parti de Brigaut fut pris.
L'ouvrier courut [754] à Paris, fit ses comptes, y reprit
son livret, son bagage et ses outils. Trois jours après,
il était compagnon chez M. Frappier [755], le premier
menuisier de Provins. Les ouvriers actifs, rangés,
ennemis du bruit et du cabaret, sont assez rares
pour que les maîtres tiennent à un jeune homme
comme Brigaut. Pour terminer l'histoire du Breton
sur ce point, au bout d'une quinzaine il devint
maître compagnon, fut logé, nourri chez Frappier,
qui lui montra le calcul et le dessin linéaire. Ce
menuisier demeure dans la Grand'Rue, à une cen-
taine de pas de la petite place longue au bout de
laquelle était la maison des Rogron. Brigaut enterra
son amour dans son cœur et ne commit pas la
moindre indiscrétion. Il se fit conter par Mme Frappier l'histoire des Rogron; elle lui dit la manière
dont s'y était pris le vieil aubergiste pour [756] avoir
la succession du bonhomme Auffray. Brigaut eut

des renseignements sur le caractère du mercier Rogron et de sa sœur. Il surprit Pierrette au marché le matin avec sa cousine, et frissonna de lui voir au bras un panier plein de provisions. Il alla revoir Pierrette le dimanche à l'église, où la Bretonne se montrait dans ses atours. Là, pour la première fois, Brigaut vit que Pierrette était Mlle Lorrain. Pierrette aperçut son ami, mais elle lui fit un signe mystérieux pour l'engager à demeurer bien caché. Il y eut un monde de choses dans ce geste, comme dans celui par lequel, quinze jours auparavant, elle l'avait engagé à se sauver.

Quelle fortune ne devait-il pas faire en dix ans pour pouvoir épouser sa petite amie d'enfance, à qui les Rogron devaient laisser une maison, cent arpents de terre et douze mille livres de rente, sans compter leurs économies ! Le persévérant Breton ne voulut pas tenter fortune sans avoir acquis les connaissances qui lui manquaient. S'instruire à Paris ou s'instruire à Provins, tant qu'il ne s'agissait que de théorie, il préféra rester près de Pierrette, à laquelle, d'ailleurs, il voulait expliquer et ses projets et l'espèce de protection sur laquelle elle pouvait compter. Enfin, il ne voulait pas la quitter sans avoir pénétré le mystère de cette pâleur qui atteignait déjà la vie dans l'organe qu'elle déserte en dernier, les yeux ; sans savoir d'où venaient ces souffrances qui lui donnaient l'air d'une fille courbée sous la faux de la mort, et près de tomber. Ces deux signes touchants, qui ne démentaient pas leur amitié, mais qui recommandaient la plus grande réserve, jetèrent la terreur dans l'âme du Breton. Évidemment, Pierrette lui commandait ⁷⁵⁶ de l'attendre, et de ne pas chercher à la voir ; autrement, il y avait danger, péril pour elle. En sortant de l'église, elle put lui lancer un regard, et Brigaut vit les yeux de Pierrette pleins de larmes. Le Breton aurait trouvé la quadrature du cercle avant de deviner ce qui s'était passé dans la maison des Rogron [757], depuis son arrivée.

CHAPITRE VII

Ce ne fut pas sans de vives appréhensions que Pierrette descendit de sa chambre le matin où Brigaut avait surgi dans son rêve matinal comme un autre rêve. Pour se lever, pour ouvrir la fenêtre, Mlle Rogron avait [758] dû entendre ce chant et ces paroles assez compromettantes aux oreilles d'une vieille fille; mais Pierrette ignorait les faits qui rendaient sa cousine si alerte. Sylvie avait de puissantes raisons pour se lever et pour accourir à sa fenêtre.

Depuis environ huit jours, d'étranges événements secrets, de cruels sentiments agitaient les principaux personnages du salon Rogron. Ces événements inconnus, cachés soigneusement de part et d'autre, allaient retomber comme une froide avalanche sur Pierrette. Ce monde de choses mystérieuses, et qu'il faudrait peut-être nommer les immondices du cœur humain, gisent à la base des plus grandes révolutions politiques, sociales ou domestiques; mais, en les disant, peut-être est-il extrêmement utile d'expliquer que leur traduction algébrique, quoique vraie, est infidèle sous le rapport de la forme. Ces calculs profonds ne parlent pas aussi brutalement que l'histoire les exprime. Vouloir rendre les circonlocutions, les précautions oratoires, les longues conversations où l'esprit obscurcit à dessein la lumière [759] qu'il y porte, où la parole mielleuse délaye le venin de certaines intentions, ce serait tenter un livre aussi long que le magnifique poème appelé *Clarisse Harlowe*.

Mlle Habert et Mlle Sylvie avaient une égale envie de se marier; mais l'une était de dix ans moins âgée que l'autre, et les probabilités permettaient à Céleste Habert de penser que ses enfants auraient toute la fortune des Rogron. Sylvie arrivait à quarante-deux ans, âge auquel le mariage peut offrir des dangers. En se confiant leurs idées pour se demander l'une à l'autre une approbation, Céleste Habert, mise en œuvre par l'abbé vindicatif, avait éclairé Sylvie sur les prétendus périls de sa position. Le colonel, homme violent, d'une santé militaire, gros garçon de quarante-cinq ans, devait pratiquer [760] la morale de tous les contes de fées : *Ils furent heureux et eurent beaucoup d'enfants*. Ce bonheur fit trembler Sylvie, elle eut peur de mourir, idée qui ravage de fond en comble les célibataires. Mais le ministère Martignac, cette seconde victoire de la Chambre qui renversa le ministère Villèle, était nommé. Le parti Vinet marchait la tête haute dans Provins. Vinet, maintenant le premier avocat de la Brie, *gagnait tout ce qu'il voulait*, selon un mot populaire. Vinet était un personnage. Les libéraux prophétisaient son avènement, il serait certainement député, procureur-général. Quant au colonel, il deviendrait maire de Provins. Ah ! régner comme régnait Mme Garceland, être la femme du maire ! Sylvie ne tint pas contre cette espérance; elle voulut consulter un médecin, quoiqu'une consultation pût [761] la couvrir de ridicule. Ces deux filles, l'une victorieuse de l'autre et sûre de la mener en laisse, inventèrent un de ces traquenards que les femmes conseillées par un prêtre savent si bien apprêter [762]. Consulter M. Néraud, le médecin des libéraux, l'antagoniste de M. Martener, était une faute. Céleste Habert offrit à Sylvie de la cacher dans son cabinet de toilette, et de consulter pour elle-même, sur ce chapitre, M. Martener, le médecin de son pensionnat. Complice ou non de Céleste, Martener répondit à sa cliente [763] que le danger existait déjà, quoique faible, chez une fille de trente ans.

— Mais votre constitution, lui dit-il en terminant, vous permet de ne rien craindre.

— Et pour une femme de quarante ans passés? dit Mlle Céleste Habert.

— Une femme de quarante ans, mariée et qui a eu des enfants, n'a rien à redouter.

— Mais une fille sage, très sage, comme Mlle Rogron, par exemple?

— Sage! il n'y a plus de doute, dit M. Martener. Un accouchement heureux est alors un de ces miracles que Dieu se permet, mais rarement.

— Et pourquoi? dit Céleste Habert.

Le médecin répondit par une description pathologique effrayante; il expliqua comment l'élasticité donnée par la nature dans la jeunesse aux muscles, aux os, n'existait plus à un certain âge, surtout [764] chez les femmes que leur profession avait rendues sédentaires pendant longtemps, comme Mlle Rogron.

— Ainsi, passé quarante ans, une fille vertueuse ne doit plus se marier?

Ou attendre, répondit le médecin; mais alors

ce n'est plus le mariage, c'est une association d'intérêts : autrement, que serait-ce?

Enfin il résulta de cet entretien, clairement,
sérieusement, scientifiquement et raisonnablement,
que, passé quarante ans, une fille vertueuse ne
devait pas trop se marier. Quand M. Martener fut
parti, Mlle Céleste Habert trouva Mlle Rogron verte
et jaune, les pupilles dilatées, enfin dans un état
effrayant.

— Vous aimez donc bien le colonel? lui dit-elle.

— J'espérais encore, répondit la vieille fille.

— Eh bien, attendez! s'écria jésuitiquement
Mlle Habert, qui savait bien que le temps ferait
justice du colonel.

Cependant, la moralité de ce mariage était douteuse. Sylvie alla sonder sa conscience au fond du
confessionnal. Le sévère directeur expliqua les opinions de l'Église, qui ne voit dans le mariage que
la propagation de l'humanité, qui réprouve les
secondes noces et flétrit les passions sans but social.
Les perplexités de Sylvie Rogron furent extrêmes.
Ces combats intérieurs donnèrent une force étrange
à sa passion et lui prêtèrent l'inexplicable attrait
que depuis Ève les choses défendues offrent aux
femmes. Le trouble de Mlle Rogron ne put échapper
à l'œil clairvoyant de l'avocat.

Un soir, après la partie, Vinet s'approcha de sa
chère amie Sylvie, la prit par la main et alla s'asseoir
avec elle sur un des canapés.

— Vous avez quelque chose? lui dit-il à l'oreille [765].

Elle inclina tristement la tête. L'avocat laissa
partir Rogron, resta seul avec la vieille fille et lui
tira les vers du cœur.

— Bien joué, l'abbé! mais tu as joué pour moi,

s'écria-t-il en lui-même [766], après avoir entendu toutes les consultations secrètes faites par Sylvie, et dont la dernière était la plus effrayante.

Ce rusé renard judiciaire fut plus terrible encore que le médecin dans ses explications; il conseilla le mariage, mais dans une dizaine d'années seulement, pour plus de sécurité. L'avocat jura que toute la fortune des Rogron appartiendrait à Bathilde. Il se frotta les mains, son museau s'affina, tout en courant après Mme et Mlle de Chargebœuf, qu'il avait laissées en route avec leur domestique armée d'une lanterne. L'influence qu'exerçait M. Habert, médecin de l'âme, Vinet [767], le médecin de la bourse, la contre-balançait parfaitement. Rogron était fort peu dévot; ainsi l'homme [768] d'Église et l'homme de loi, ces deux robes noires, se trouvaient manche à manche. En apprenant la victoire remportée par Mlle Habert, qui croyait épouser Rogron, sur Sylvie hésitant entre la peur de mourir et la joie d'être baronne, l'avocat aperçut la possibilité de faire disparaître le colonel du champ de bataille. Il connaissait assez Rogron pour trouver un moyen de le marier avec la belle Bathilde. Rogron n'avait pu résister aux attaques de Mlle de Chargebœuf. Vinet savait que la première fois que Rogron serait seul avec Bathilde et lui, leur mariage serait décidé. Rogron en était venu au point d'attacher les yeux sur Mlle Habert, tant il avait peur de regarder Bathilde. Vinet venait de voir à quel point Sylvie aimait le colonel. Il comprit l'étendue d'une pareille passion chez une vieille fille, également rongée de dévotion; et il eut bientôt trouvé le moyen de perdre à la fois Pierrette et le colonel, espérant être débarrassé de l'un par l'autre.

Le lendemain matin, après l'audience, il rencontra, selon leur habitude quotidienne, le colonel en promenade avec Rogron.

Quand ces trois hommes allaient ensemble, leur réunion faisait toujours causer la ville. Ce triumvirat, en horreur au sous-préfet, à la magistrature, au parti des Tiphaine, était un tribunat dont les libéraux de Provins tiraient vanité. Vinet rédigeait *le Courrier* à lui seul, il était la tête du parti; le colonel, gérant responsable du journal, était le bras; Rogron était le nerf avec son argent, il était censé le lien entre le comité directeur de Provins et le comité directeur de Paris. A écouter les Tiphaine, ces trois hommes étaient toujours à machiner quelque chose contre le gouvernement, tandis que les libéraux les admiraient comme les défenseurs du peuple. Quand l'avocat vit Rogron revenant vers la place, ramené au logis par l'heure du dîner, il empêcha le colonel, en lui prenant le bras, d'accompagner l'ex-mercier.

— Eh bien! colonel, lui dit-il, je vais vous ôter un grand poids de dessus les épaules; vous épouserez mieux que Sylvie : en vous y prenant bien, vous pouvez épouser dans deux ans la petite Pierrette Lorrain.

Et il lui raconta les effets de la manœuvre du jésuite.

— Quelle botte secrète, et comme elle est tirée de longueur! dit le colonel.

— Colonel, reprit gravement Vinet, Pierrette est une charmante créature, vous pouvez être heureux le reste de vos jours, et vous avez une si belle santé, que ce mariage n'aura pas pour vous les inconvénients habituels des unions disproportionnées; mais ne croyez pas facile cet échange d'un sort affreux contre un sort agréable. Faire passer votre amante à l'état de confidente est une opération aussi périlleuse que, dans votre métier, le passage d'une rivière sous le feu de l'ennemi. Fin comme un colonel de cavalerie que vous êtes, vous étudierez la position et vous manœuvrerez avec la supériorité que nous avons eue jusqu'à présent et qui nous a valu notre situation actuelle. Si je suis procureur-général un jour, vous pouvez commander le département. Ah ! si vous aviez été électeur, nous serions plus avancés ; j'eusse acheté les deux voix de ces deux employés en les désintéressant de la perte de leurs places, et nous aurions eu la majorité. Je siégerais auprès des Dupin [769], des Casimir Perier [770], et...

Le colonel avait pensé depuis longtemps à Pierrette, mais il cachait cette pensée avec une profonde dissimulation ; aussi sa brutalité envers Pierrette n'était-elle qu'apparente. L'enfant [771] ne s'expliquait pas pourquoi le prétendu camarade de son père la traitait si mal, quand il lui passait la main sous le menton et lui faisait une caresse paternelle en la rencontrant seule. Depuis la confidence de Vinet relativement à la terreur que le mariage causait à Mlle Sylvie, Gouraud avait cherché les occasions de trouver Pierrette seule, et le rude colonel était alors doux comme un chat : il lui disait combien Lorrain était brave, et quel malheur pour elle [772] qu'il fût mort !

Quelques jours avant l'arrivée de Brigaut, Sylvie avait surpris Gouraud et Pierrette. La jalousie était donc entrée dans ce cœur avec une violence monastique. La jalousie, passion éminemment crédule, soupçonneuse, est celle où la fantaisie a le plus d'action; mais elle ne donne pas d'esprit, elle en ôte; et, chez Sylvie, cette passion devait amener d'étranges idées. Sylvie imagina que l'homme qui venait de prononcer ce mot *madame la mariée* à Pierrette [773] était le colonel. En attribuant ce rendez-vous au colonel, Sylvie croyait avoir raison, car, depuis une semaine, les manières de Gouraud lui semblaient changées. Cet homme était le seul qui, dans la solitude où elle avait vécu, se fût occupé d'elle, elle l'observait donc de tous ses yeux, de tout son entendement; et, à force de se livrer à des espérances tour à tour florissantes ou détruites, elle en avait fait une chose d'une si grande étendue, qu'elle y éprouvait les effets d'un mirage moral. Selon une belle expression vulgaire, à force de regarder, elle n'y voyait souvent plus rien. Elle repoussait et combattait victorieusement et tour à tour la supposition de cette rivalité chimérique. Elle faisait un parallèle entre elle et Pierrette : elle avait quarante ans et des cheveux gris; Pierrette était une petite fille délicieuse de blancheur, avec des yeux d'une tendresse à réchauffer un cœur mort [774]. Elle avait entendu dire que les hommes de cinquante ans aimaient les petites filles dans le genre de Pierrette. Avant que le colonel se rangeât et fréquentât la maison Rogron, Sylvie avait écouté dans le salon Tiphaine d'étranges choses sur Gouraud et sur ses mœurs. Les vieilles filles ont, en amour, les idées platoniques exagérées que professent les jeunes filles de vingt ans; elles ont conservé des doctrines absolues comme tous ceux qui n'ont pas expérimenté la vie, éprouvé combien les forces majeures sociales modifient, écornent et font faillir ces belles et nobles idées. Pour Sylvie, être trompée [775] par ce colonel était une pensée qui lui martelait la cervelle.

Depuis ce temps que tout célibataire oisif passe au lit entre son réveil et son lever, la vieille fille s'était donc occupée d'elle, de Pierrette et de la romance qui l'avait réveillée par le mot de mariage. En fille sotte, au lieu de regarder l'amoureux entre ses persiennes, elle avait ouvert sa fenêtre sans penser que Pierrette l'entendrait. Si elle avait eu le vulgaire esprit de l'espion, elle aurait vu Brigaut, et le drame fatal alors commencé n'aurait[776] pas eu lieu.

Pierrette, malgré sa faiblesse, ôta les barres de bois qui maintenaient les volets de la cuisine, les ouvrit et les accrocha, puis elle alla ouvrir également la porte du corridor donnant sur le jardin. Elle prit les différents balais nécessaires à balayer le tapis, la salle à manger, le corridor, les escaliers, enfin pour tout nettoyer, avec un soin, une exactitude qu'aucune servante, fût-elle Hollandaise, ne mettrait à son ouvrage : elle haïssait tant les réprimandes ! Pour elle, le bonheur consistait à voir les petits yeux bleus, pâles et froids de sa cousine, non pas satisfaits, ils ne le paraissaient jamais, mais seulement calmes, après qu'elle avait jeté partout son regard de propriétaire, ce regard inexplicable qui voit ce qui échappe aux yeux les plus observateurs.

Pierrette avait déjà la peau moite quand elle revint à la cuisine y tout mettre en ordre, allumer les fourneaux afin de pouvoir porter du feu chez son cousin et sa cousine en leur apportant à chacun de l'eau chaude pour leur toilette, elle qui n'en avait pas pour la sienne ! Elle mit le couvert pour

le déjeuner et chauffa le poêle de la salle. Pour ces
différents services, elle allait quelquefois à la cave
chercher de petits fagots, et quittait un lieu frais
pour un lieu chaud, un lieu chaud pour un lieu froid
et humide. Ces transitions subites, accomplies avec
l'entraînement de la jeunesse, souvent pour éviter
un mot dur, pour obéir à un ordre, causaient des
aggravations sans remède dans l'état de sa santé.
Pierrette ne se savait pas malade. Cependant, elle
commençait à souffrir; elle avait des appétits étranges,
elle les cachait; elle aimait les salades crues et les
dévorait en secret. L'innocente enfant ignorait
complètement que sa situation constituait une
maladie grave et voulait les plus grandes précautions. Avant l'arrivée de Brigaut, si ce Néraud, qui
pouvait se reprocher la mort de la grand'mère, eût
révélé ce danger mortel à la petite-fille, Pierrette
eût souri : elle trouvait trop d'amertume à la vie [777]
pour ne pas sourire à la mort. Mais, depuis quelques
instants, elle qui joignait à ses souffrances corpo-
relles les souffrances de la nostalgie bretonne, maladie
morale si connue que les colonels y ont égard pour
les Bretons qui se trouvent dans leurs régiments, elle
aimait Provins ! La vue de cette fleur d'or, ce chant,
la présence de son ami d'enfance, l'avaient ranimée,
comme une plante depuis longtemps sans eau rever-
dit après une longue pluie. Elle voulait vivre, elle
croyait ne pas avoir souffert !

Elle se glissa timidement chez sa cousine, y fit
le feu, y laissa la bouilloire, échangea quelques
paroles, alla réveiller son tuteur, et descendit prendre
le lait, le pain et toutes les provisions que les four-
nisseurs apportaient. Elle resta pendant quelque
temps sur le seuil de la porte, espérant que Brigaut

aurait l'esprit de revenir; mais Brigaut était déjà sur la route de Paris. Elle avait arrangé la salle, elle était occupée à la cuisine, quand elle entendit sa cousine descendant l'escalier.

Mlle Sylvie Rogron apparut dans sa robe de chambre de taffetas couleur carmélite, un bonnet de tulle orné de coques sur sa tête, son tour de faux cheveux assez mal mis, sa camisole par-dessus sa robe, les pieds dans ses pantoufles traînantes. Elle passa tout en revue, et vint trouver sa cousine, qui l'attendait pour savoir de quoi se composait le déjeuner.

— Ah! vous voilà donc, mademoiselle l'amou-reuse? dit Sylvie à Pierrette d'un ton moitié gai, moitié railleur.

— Plaît-il, ma cousine?

— Vous êtes entrée chez moi comme une sour-noise et vous en êtes sortie de même; vous deviez cependant bien savoir que j'avais à vous parler.

— Moi...

— Vous avez eu ce matin une sérénade, ni plus ni moins qu'une princesse.

— Une sérénade? s'écria Pierrette.

— Une sérénade? reprit Sylvie en l'imitant. Et vous avez un amant.

— Ma cousine, qu'est-ce qu'un amant?

Sylvie évita de répondre et lui dit :

— Osez dire, mademoiselle, qu'il n'est pas venu sous nos fenêtres un homme vous parler mariage!

La persécution avait appris à Pierrette les ruses nécessaires aux esclaves, elle répondit hardiment [778] :

— Je ne sais pas ce que vous voulez dire...

— Mon chien? dit aigrement la vieille fille.

— Ma cousine, reprit humblement Pierrette.

— Vous ne vous êtes pas levée non plus, et vous n'êtes pas allée [779] non plus nu-pieds à votre fenêtre, ce qui vous vaudra quelque bonne maladie. Attrape ! Ce sera bien fait pour vous. Et vous n'avez peut-être pas parlé à votre amoureux ?

— Non, ma cousine.

— Je vous connaissais bien des défauts, mais je ne vous savais pas celui de mentir. Pensez-y bien, mademoiselle ! il faut nous dire et nous expliquer, à votre cousin et à moi, la scène de ce matin ; sans quoi, votre tuteur verra à prendre des mesures rigoureuses.

La vieille fille, dévorée de jalousie et de curiosité, procédait par intimidation. Pierrette fit comme les gens qui souffrent au delà de leurs forces, elle garda le silence. Ce silence est, pour tous les êtres attaqués, le seul moyen de triompher : il lasse les charges cosaques des envieux, les sauvages escarmouches des ennemis ; il donne une victoire écrasante et complète. Quoi de plus complet que le silence ? Il est absolu ; n'est-ce pas une des manières d'être de l'infini ? Sylvie examina Pierrette à la dérobée. L'enfant rougissait [780], mais sa rougeur, au lieu d'être générale, se divisait par plaques inégales aux pommettes, par taches ardentes et d'un ton significatif. En voyant ces symptômes de maladie, une mère eût aussitôt changé de ton, elle aurait pris cette enfant sur ses genoux, elle l'eût questionnée, elle aurait déjà depuis longtemps admiré mille preuves de la complète, de la sublime innocence de Pierrette, elle aurait deviné sa maladie et compris que les humeurs et le sang détournés de leur voie se jetaient sur les poumons, après avoir troublé les fonctions digestives. Ces taches éloquentes lui eussent appris l'immi-

nence d'un danger mortel. Mais une vieille fille chez
qui les sentiments que nourrit la famille n'avaient
jamais été réveillés, à qui les besoins de l'enfance,
les précautions voulues par l'adolescence étaient
inconnus, ne pouvait avoir aucune des indulgences
et des compatissances inspirées par les mille événements de la vie ménagère conjugale. Les souffrances
de la misère, au lieu de lui attendrir le cœur, y avaient
fait des calus.

— Elle rougit, elle est en faute ! se dit Sylvie.

Le silence de Pierrette fut donc interprété dans le
plus mauvais sens.

— Pierrette, dit-elle, avant que votre cousin ne
descende, nous allons causer. Venez, dit-elle d'un
ton plus doux. Fermez la porte de la rue. Si quelqu'un
vient, on sonnera, nous entendrons bien.

Malgré le brouillard humide qui s'élevait au-dessus
de la rivière, Sylvie emmena Pierrette par l'allée
sablée qui serpentait à travers les gazons jusqu'au
bord de la terrasse en rochers rocaillés, quai pittoresque, meublé d'iris et de plantes d'eau. La vieille
cousine changea de système; elle voulut essayer de
prendre Pierrette par la douceur. La hyène [781] allait
se faire chatte.

— Pierrette, lui dit-elle, vous n'êtes plus un
enfant, vous allez bientôt mettre le pied dans votre
quinzième année, et il n'y aurait rien d'étonnant
à ce que vous eussiez un amant.

— Mais, ma cousine, dit Pierrette en levant les
yeux avec une douceur angélique vers le visage
aigre et froid de sa cousine, qui avait pris son air de
vendeuse, qu'est-ce qu'un amant?

Il fut impossible à Sylvie de définir avec justesse
et décence un amant à la pupille de son frère. Au

lieu de voir dans cette question l'effet d'une adorable innocence, elle y vit de la fausseté.

— Un amant, Pierrette, est un homme qui nous aime et qui veut nous épouser.

— Ah! dit Pierrette. Quand on est d'accord en Bretagne, nous appelons alors ce jeune homme un prétendu.

— Eh bien [782], songez qu'en avouant vos sentiments pour un homme, il n'y a pas le moindre mal, ma petite. Le mal est dans le secret. Avez-vous plu, par hasard, à quelqu'un des hommes qui viennent ici?

— Je ne le crois pas.

— Vous n'en aimez aucun?

— Aucun.

— Bien sûr?

— Bien sûr.

— Regardez-moi, Pierrette?

Pierrette regarda sa cousine.

— Un homme vous a cependant appelée sur la place ce matin?

Pierrette baissa les yeux.

— Vous êtes allée à votre fenêtre, vous l'avez ouverte et vous avez parlé?

— Non, ma cousine; j'ai voulu savoir quel temps il faisait, et j'ai vu sur la place un paysan.

— Pierrette, depuis votre première communion, vous avez beaucoup gagné, vous êtes obéissante et pieuse, vous aimez vos parents et Dieu : je suis contente de vous, je ne vous le disais point pour ne pas enfler votre orgueil...

Cette horrible fille prenait l'abattement, la soumission, le silence de la misère pour des vertus! Une des plus douces choses qui puissent consoler

les Souffrants, les Martyrs, les Artistes au fort de la
Passion divine que leur imposent l'Envie et la Haine,
est de trouver l'éloge là où ils ont toujours trouvé
la censure et la mauvaise foi. Pierrette leva donc
sur sa cousine des yeux attendris et se sentit près
de lui pardonner toutes les douleurs qu'elle lui avait
faites.

— Mais, si tout cela n'est qu'hypocrisie, si je dois
voir en vous un serpent que j'aurai réchauffé dans
mon sein, vous seriez une infâme, une horrible créature !

— Je ne crois pas avoir de reproches à me faire,
dit Pierrette en éprouvant une horrible contraction
au cœur par le passage subit de cette louange ines-
pérée au terrible accent de l'hyène [783].

— Vous savez qu'un mensonge est un péché
mortel?

— Oui, ma cousine.

— Eh bien, vous êtes devant Dieu ! dit la vieille
fille en lui montrant par un geste solennel les jardins
et le ciel, jurez-moi que vous ne connaissiez pas ce
paysan.

— Je ne jurerai pas, dit Pierrette.

— Ah ! ce n'était pas un paysan, petite vipère !

Pierrette se sauva comme une biche effrayée à
travers le jardin, épouvantée de cette question
morale. Sa cousine l'appela d'une voix terrible.

— On sonne, répondit-elle.

— Ah ! quelle petite sournoise ! se dit Sylvie, elle
a l'esprit retors, et maintenant je suis sûre que cette
petite couleuvre entortille le colonel. Elle nous a
entendus dire qu'il était baron. Être baronne ! petite
sotte ! Oh ! je me débarrasserai d'elle en la mettant
en apprentissage, et tôt.

Sylvie resta si bien perdue dans ses pensées, qu'elle ne vit pas son frère descendant l'allée et regardant les désastres produits par la gelée sur ses dahlias.

— Eh bien! Sylvie, à quoi penses-tu donc là? J'ai cru que tu regardais des poissons! quelquefois, il y en a qui sautent hors de l'eau.

— Non, dit-elle.

— Eh bien! comment as-tu dormi?

Et il se mit à lui raconter ses rêves de la nuit.

— Ne me trouves-tu pas le teint *mâchuré?*

Autre mot du vocabulaire Rogron.

Depuis que Rogron aimait, ne profanons pas ce mot, désirait Mlle de Chargebœuf, il s'inquiétait beaucoup de son air et de lui-même. Pierrette descendit en ce moment le perron, et annonça de loin que le déjeuner était prêt. En voyant sa cousine, le teint de Sylvie se plaqua de vert et jaunit : toute sa bile se mit en mouvement. Elle regarda le corridor, et trouva que Pierrette aurait dû l'avoir frotté.

— Je frotterai si vous le voulez, répondit cet ange, ignorant le danger auquel ce travail expose une jeune fille.

La salle à manger était irréprochablement arrangée, Sylvie s'assit et affecta pendant tout le déjeuner d'avoir besoin de choses auxquelles elle n'aurait pas songé dans un état calme, et qu'elle demanda pour faire lever Pierrette, en saisissant le moment où la pauvre petite se remettait à manger. Mais une tracasserie ne suffisait pas, elle cherchait un sujet de reproche, et elle se colérait intérieurement de n'en pas trouver. S'il y avait eu des œufs frais, elle aurait eu certes à se plaindre de la cuisson du sien.

Elle répondait à peine aux sottes questions de son
frère, et cependant elle ne regardait que lui. Ses
yeux évitaient Pierrette. Pierrette était éminemment
sensible à ce manège. Pierrette apporta le café de sa
cousine, comme celui de son cousin, dans un grand
gobelet d'argent où elle faisait chauffer le lait
mélangé de crème au bain-marie. Le frère et la sœur
y mêlaient eux-mêmes le café noir fait par Sylvie, en
doses convenables. Quand elle eut minutieusement
préparé sa jouissance, elle aperçut une légère poussière de café; elle la saisit avec affectation dans le
tourbillon jaune, la regarda, se pencha pour la mieux
voir. L'orage éclata.

— Qu'est-ce que tu as? dit Rogron.

— J'ai... que mademoiselle a mis de la cendre
dans mon café. Comme c'est agréable de prendre du
café à la cendre!... Eh! ce n'est pas étonnant : on
ne fait jamais bien deux choses à la fois. Elle pensait
bien au café! Un merle aurait pu voler par sa cuisine, elle n'y aurait pas pris garde ce matin! comment aurait-elle pu voir voler la cendre? Et puis le
café de sa cousine! Ah! cela lui est bien égal.

Elle parla sur ce ton pendant qu'elle mettait sur
le bord de l'assiette la poudre de café passée à
travers le filtre, et quelques grains de sucre qui ne
fondaient pas.

— Mais, ma cousine, c'est du café, dit Pierrette.

— Ah! c'est moi qui mens? s'écria Sylvie en
regardant Pierrette et la foudroyant par une
effroyable lueur que son œil dégageait en colère.

Ces organisations que la passion n'a point rava-
gées ont à leur service une grande abondance de
fluide vital. Ce phénomène de l'excessive clarté de
l'œil dans les moments de colère s'était d'autant

mieux établi chez Mlle Rogron, que jadis, dans sa boutique, elle avait eu lieu d'user de la puissance de son regard en ouvrant démesurément ses yeux, toujours pour imprimer une terreur salutaire à ses inférieurs.

— Je vous conseille de me donner des démentis, reprit-elle, vous qui mériteriez de sortir de table et d'aller manger seule à la cuisine.

— Qu'avez-vous donc toutes deux? s'écria Rogron. Vous êtes comme des *crins*, ce matin.

— Mademoiselle sait ce que j'ai contre elle. Je lui laisse le temps de prendre une décision avant de t'en parler, car j'aurai pour elle plus de bontés qu'elle n'en mérite !

Pierrette regardait sur la place, à travers les vitres, afin d'éviter de voir les yeux de sa cousine qui l'effrayaient.

— Elle n'a pas plus l'air de m'écouter que si je parlais à ce sucrier ! Elle a cependant l'oreille fine, elle cause du haut d'une maison et répond à quelqu'un qui se trouve en bas... Elle est d'une perversité, ta pupille ! d'une perversité sans nom, et tu ne dois t'attendre à rien de bon d'elle, entends-tu, Rogron?

— Qu'a-t-elle fait de si grave? demanda le frère à la sœur.

— A son âge ! c'est commencer de bonne heure, s'écria la vieille fille enragée.

Pierrette se leva pour desservir, afin d'avoir une contenance : elle ne savait comment se tenir. Quoique ce langage ne fût pas nouveau pour elle, elle n'avait jamais pu s'y habituer. La colère de sa cousine lui faisait croire à quelque crime. Elle se demanda quelle serait sa fureur si elle savait l'escapade de

Brigaut. Peut-être lui ôterait-on Brigaut. Elle eut
à la fois les mille pensées de l'esclave, si rapides, si
profondes, et résolut d'opposer un silence absolu
sur un fait où sa conscience ne lui signalait rien de
mauvais. Elle eut à entendre des paroles si dures,
si âpres, des suppositions si blessantes, qu'en entrant
dans la cuisine, elle fut prise d'une contraction à
l'estomac et d'un vomissement affreux. Elle n'osa
se plaindre, elle n'était pas sûre d'obtenir des soins.
Elle revint pâle, blême, dit qu'elle ne se trouvait
pas bien, et monta se coucher en se tenant de marche
en marche à la rampe, et croyant l'heure de sa mort
arrivée.

— Pauvre Brigaut ! se disait-elle.

— Elle est malade ! dit Rogron.

— Elle, malade ! Mais c'est des *giries !* répondit à haute voix Sylvie et de manière à être entendue.
Elle n'était pas malade ce matin, va !

Ce dernier coup atterra Pierrette, qui se coucha
dans ses larmes en demandant à Dieu de la retirer
de ce monde.

Depuis environ un mois, Rogron n'avait plus à
porter [784] *le Constitutionnel* chez Gouraud; le colonel
venait obséquieusement chercher le journal, faire
la conversation, et emmenait Rogron [785] quand le
temps était beau. Sûre de voir le colonel et de pouvoir le questionner, Sylvie s'habilla coquettement.
La vieille fille croyait [786] être coquette en mettant
une robe verte et un petit châle de cachemire jaune
à bordure rouge, un chapeau blanc à maigres plumes
grises. Vers l'heure où le colonel devait arriver,
Sylvie stationna dans le salon avec son frère, qu'elle
avait contraint à rester en pantoufles et en robe
de chambre.

— Il fait beau, colonel! dit Rogron en entendant
le pas pesant de Gouraud; mais je ne suis pas habillé,
ma sœur voulait peut-être sortir, elle m'a fait garder
la maison; attendez-moi.

Rogron laissa Sylvie seule avec le colonel.

— Où voulez-vous donc aller? vous voilà mise
comme une divinité, demanda Gouraud, qui remar-
quait un certain air solennel sur l'ample visage grêlé
de la vieille fille.

— Je voulais sortir; mais, comme la petite n'est
pas bien, je reste.

— Qu'a-t-elle donc?

— Je ne sais, elle a demandé à se coucher [787].

La prudence, pour ne pas dire la méfiance, de
Gouraud était incessamment éveillée par les résultats de son alliance avec Vinet. Évidemment, la
plus belle part était celle de l'avocat. L'avocat
rédigeait le journal, il y régnait en maître, il en
appliquait les revenus à sa rédaction; tandis que
le colonel, éditeur responsable, y gagnait peu de
chose. Vinet et Cournant avaient rendu d'énormes
services aux Rogron, le colonel [788] en retraite ne
pouvait rien pour eux. Qui serait député? Vinet.
Qui était le grand électeur? Vinet. Qui consultait-on?
Vinet! Enfin il connaissait pour le moins aussi bien
que Vinet l'étendue et la profondeur de la passion
allumée chez Rogron par la belle Bathilde de Chargebœuf. Cette passion devenait insensée, comme
toutes les dernières passions des hommes. La voix
de Bathilde faisait tressaillir le célibataire. Absorbé
par ses désirs, Rogron les cachait, il n'osait espérer
une pareille alliance. Pour sonder le mercier, le colonel s'était avisé de lui dire qu'il allait demander la
main de Bathilde; Rogron avait pâli de se voir un

rival si redoutable, il était devenu froid pour Gouraud et presque haineux. Ainsi Vinet régnait de
toute manière au logis, tandis que lui, colonel, ne
s'y rattachait que par les liens hypothétiques d'une
affection menteuse de sa part, et qui chez Sylvie
ne s'était pas encore déclarée [789]. Quand l'avocat
lui avait révélé la manœuvre du prêtre, en lui conseillant de rompre avec Sylvie et de se retourner
vers Pierrette, Vinet avait flatté le penchant de
Gouraud; mais [790], en analysant le sens intime de
cette ouverture, en examinant bien le terrain autour
de lui, le colonel crut apercevoir chez son allié [791]
l'espoir de le brouiller avec Sylvie et de profiter de
la peur de la vieille fille pour faire tomber toute la
fortune des Rogron dans les mains de Mlle de Chargebœuf. Aussi, quand Rogron l'eut laissé seul avec
Sylvie, la perspicacité du colonel s'empara-t-elle [792]
des légers indices qui trahissaient une pensée inquiète
chez Sylvie. Il aperçut en elle le plan [793] formé de se
trouver sous les armes et pendant un moment seule
avec lui. Le colonel, qui déjà soupçonnait véhémen-
tement Vinet de lui jouer quelque mauvais tour,
attribua cette conférence à quelque secrète insinua-
tion de ce singe judiciaire; il se mit en garde comme
quand il faisait une reconnaissance en pays ennemi,
tenant l'œil sur la campagne, attentif au moindre
bruit, l'esprit tendu, la main sur ses armes. Le colonel
avait le défaut de ne jamais croire un seul mot de
ce que disaient les femmes; et, quand la vieille fille
mit Pierrette sur le tapis et la lui dit couchée à midi,
le colonel pensa que Sylvie l'avait simplement mise
en pénitence dans sa chambre et par jalousie.

— Elle devient très gentille, cette petite, dit-il
d'un air dégagé.

— Elle sera jolie, répondit Mlle Rogron.

— Vous devriez maintenant l'envoyer à Paris dans un magasin, ajouta le colonel. Elle y ferait fortune. On veut de très jolies filles aujourd'hui chez les modistes.

— Est-ce bien là votre avis? demanda Sylvie d'une voix troublée.

— Bon! j'y suis, pensa le colonel. Vinet aura conseillé de nous marier un jour, Pierrette et moi, pour me perdre dans l'esprit de cette vieille sorcière.

— Mais, dit-il à haute voix, qu'en voulez-vous faire? Ne voyez-vous pas une fille d'une incomparable beauté, Bathilde de Chargebœuf, une fille noble, bien apparentée, réduite à coiffer sainte Catherine : personne n'en veut. Pierrette n'a rien, elle ne se marierait jamais. Croyez-vous que la jeunesse et la beauté puissent être quelque chose pour moi, par exemple; moi qui, capitaine de cavalerie dans la Garde impériale, dès que l'Empereur a eu sa Garde, ai mis mes bottes dans toutes les capitales et connu les plus jolies femmes de ces mêmes capitales? La jeunesse et la beauté, c'est diablement commun et sot!... ne m'en parlez plus. A quarante-huit ans, dit-il en se vieillissant, quand on a subi la déroute de Moscou, quand on a fait la terrible campagne de France, on a les reins un peu cassés; je suis un vieux bonhomme. Une femme comme vous [794] me soignerait, me dorloterait; et sa fortune, jointe à mes pauvres mille écus de pension, me donnerait [795] pour mes vieux jours un bien-être convenable, et je la préférerais mille fois à une mijaurée qui me causerait bien des désagréments, qui aurait trente ans et des passions quand j'aurais soixante ans et des rhumatismes. A mon âge, on calcule. Tenez, entre nous soit dit, je ne voudrais pas avoir d'enfants si je me mariais.

Le visage de Sylvie avait été clair pour le colonel pendant cette tirade, et son exclamation acheva de convaincre le colonel de la perfidie de Vinet.

— Ainsi, dit-elle, vous n'aimez pas Pierrette?

— Ah çà! êtes-vous folle, ma chère Sylvie? s'écria le colonel. Est-ce quand on n'a plus de dents qu'on essaie de casser des noisettes? Dieu merci, je suis dans mon bon sens et je me connais.

Sylvie ne voulut pas se mettre alors en jeu, elle se crut très fine en faisant parler son frère.

— Mon frère, dit-elle, avait eu l'idée de vous marier.

— Mais votre frère ne saurait avoir une idée si incongrue [796]. Il y a quelques jours, pour savoir son secret, je lui ai dit que j'aimais Bathilde, il est devenu blanc comme une collerette.

— Il aime Bathilde? dit Sylvie.

— Comme un fou! Et certes Bathilde n'en veut qu'à son argent (Attrape, Vinet! pensa le colonel). Comment, alors, aurait-il parlé de Pierrette? Non, Sylvie, dit-il en lui prenant la main et la lui serrant d'une certaine façon, puisque vous m'avez mis sur ce chapitre... (Il se rapprocha de Sylvie). Eh bien!... (il lui baisa la main, il était colonel de cavalerie, il avait donné des preuves de courage), sachez-le, je ne veux pas avoir d'autre femme que vous. Quoique ce mariage ait l'air d'un mariage de convenance, de mon côté, je me sens de l'affection pour vous.

— Mais c'est moi qui *voulais* vous marier à Pierrette. Et si je lui donnais ma fortune... Hein! colonel?

— Mais je ne veux pas être malheureux dans mon

intérieur, et dans dix ans y voir un jeune freluquet, comme Julliard, tournant autour de ma femme, et lui adressant des vers dans le journal. Je suis un peu trop homme sur ce point ! Je ne ferai jamais un mariage disproportionné sous le rapport de l'âge.

— Eh bien ! colonel, nous causerons de tout cela sérieusement, dit Sylvie en lui jetant un regard qu'elle crut plein d'amour et qui ressemblait assez à celui d'une ogresse. Ses lèvres froides et d'un violet cru se tirèrent sur ses dents jaunes, et elle croyait sourire.

— Me voilà, dit Rogron en emmenant le colonel, qui salua courtoisement la vieille fille.

Gouraud résolut de presser son mariage avec Sylvie et de devenir ainsi maître au logis, en se promettant de se débarrasser, par l'influence qu'il acquerrait sur Sylvie pendant la lune de miel, de Bathilde et de Céleste Habert. Aussi, pendant cette promenade, dit-il à Rogron qu'il s'était amusé de lui l'autre jour : il n'avait aucune prétention sur le cœur de Bathilde, il n'était pas assez riche pour épouser une femme sans dot; puis il lui confia son projet, il avait choisi sa sœur depuis longtemps, à cause de ses bonnes qualités, il aspirait enfin à l'honneur de devenir son beau-frère.

— Ah ! colonel ! ah ! baron ! s'il ne faut que mon consentement, ce sera fait dans les délais voulus par la loi ! s'écria Rogron, heureux de se voir débarrassé de ce terrible rival.

Sylvie passa toute sa matinée dans son appartement à examiner s'il y avait place pour un ménage. Elle résolut de bâtir pour son frère un second étage, et de faire arranger convenablement le premier pour elle et son mari; mais elle se promit aussi, selon la fantaisie de toute vieille fille, de soumettre le colonel à quelques épreuves pour juger de son cœur et de ses mœurs, avant de se décider. Elle conservait des doutes et voulait être sûre que Pierrette n'avait aucune accointance avec le colonel.

Pierrette descendit à l'heure du dîner pour mettre le couvert. Sylvie avait été obligée de faire la cuisine, et avait taché sa robe en s'écriant : « Maudite Pierrette ! » Il était évident que, si Pierrette avait préparé le dîner, Sylvie n'eût pas attrapé cette tache de graisse sur sa robe de soie.

— Vous voilà, la belle picheline? Vous êtes comme le chien du maréchal, que le bruit des casseroles réveille et qui dort sous la forge ! Ah ! vous voulez qu'on vous croie malade, la petite menteuse !

Cette idée : « Vous ne m'avez pas avoué la vérité sur ce qui s'est passé ce matin sur la place, donc vous mentez dans tout ce que vous dites », fut comme un marteau avec lequel Sylvie allait frapper sans relâche sur le cœur et sur la tête de Pierrette.

Au grand étonnement de Pierrette, Sylvie l'envoya s'habiller pour la soirée, après le dîner. L'imagination la plus alerte est encore au-dessous de l'activité que donne le soupçon à l'esprit d'une vieille fille. Dans ce cas, la vieille fille l'emporte sur les politiques, les avoués et les notaires, sur les escompteurs et les avares [797]. Sylvie se promit de consulter Vinet, après avoir tout examiné autour d'elle. Elle voulut avoir Pierrette auprès d'elle afin de savoir, par la contenance de la petite, si le colonel avait dit vrai. Mmes de Chargebœuf vinrent les premières. D'après le conseil de son cousin Vinet, Bathilde avait redoublé [798] d'élégance. Elle était vêtue d'une déli-

cieuse robe bleue en velours de coton, toujours le
fichu clair, des grappes de raisin en grenat et or
aux oreilles, les cheveux en *ringleet* [799], la jeannette
astucieuse, de petits souliers en satin noir, des bas
de soie gris et des gants de Suède; puis des airs de
reine et des coquetteries de jeune fille à prendre
tous les Rogron de la rivière. La mère, calme et
digne, conservait, comme sa fille, une certaine
impertinence aristocratique avec laquelle ces deux
femmes sauvaient tout et où perçait l'esprit de leur
caste [800]. Bathilde était douée d'un esprit supérieur,
que Vinet seul avait su deviner après deux mois de
séjour des dames de Chargebœuf chez lui. Quand il
eut mesuré la profondeur de cette fille froissée par
l'inutilité de sa jeunesse et de sa beauté, éclairée par
le mépris que lui inspiraient les hommes d'une époque
où l'argent était leur seule idole, Vinet surpris s'écria :

— Si c'était vous que j'eusse épousée, Bathilde,
je serais aujourd'hui en passe d'être Garde des
Sceaux. Je me serais appelé Vinet de Chargebœuf,
et je siégerais à droite !

Bathilde ne portait dans son désir de mariage
aucune idée vulgaire, elle ne se mariait pas pour
être mère, elle ne se mariait pas pour avoir un mari,
elle se mariait pour être libre, pour avoir un éditeur
responsable, pour s'appeler madame et pouvoir agir
comme agissent les hommes. Rogron était un nom
pour elle, elle comptait faire quelque chose de cet
imbécile, un député votant dont elle serait l'âme;
elle avait à se venger de sa famille, qui ne s'était
point occupée d'une fille pauvre. Vinet avait beaucoup étendu, fortifié ses idées en les admirant et
les approuvant.

— Chère cousine, lui disait-il en lui expliquant

quelle influence avaient les femmes et lui montrant la sphère d'action qui leur était propre, croyez-vous que Tiphaine, un homme de la dernière médiocrité, arrive par lui-même au tribunal de première instance à Paris? Mais c'est Mme Tiphaine qui l'a fait nommer député, c'est elle qui le pousse à Paris. Sa mère, Mme Roguin, est une fine commère qui fait ce qu'elle veut du fameux banquier du Tillet, l'un des compères de Nucingen, tous deux liés avec les Keller [801], et ces trois maisons rendent des services ou au gouvernement ou à ses hommes les plus dévoués; les bureaux sont au mieux avec ces loups-cerviers de la banque, et ces gens-là connaissent [802] tout Paris. Il n'y a pas de raison pour que Tiphaine n'arrive pas à être président de quelque Cour royale. Épousez Rogron, nous en ferons un député de Provins quand j'aurai conquis pour moi un autre collège de Seine-et-Marne. Vous aurez alors une recette générale, une de ces places où Rogron n'aura qu'à signer. Nous serons de l'opposition, si elle triomphe; mais, si les Bourbons restent, ah! comme nous inclinerons tout doucement vers le centre! D'ailleurs, Rogron ne vivra pas éternellement, et vous épouserez un homme titré plus tard. Enfin, soyez dans une belle position, et les Chargebœuf nous serviront. Votre misère, comme la mienne, vous aura donné sans doute la mesure de ce que valent les hommes : il faut se servir d'eux comme [803] on se sert des chevaux de poste. Un homme ou une femme nous amène de telle à telle étape.

Vinet avait fait de Bathilde une petite Catherine de Médicis. Il laissait sa femme au logis heureuse avec ses deux enfants, et il accompagnait toujours Mmes de Chargebœuf chez les Rogron. Il arriva dans

toute sa gloire de tribun champenois. Il avait alors
de jolies besicles à branches d'or, un gilet de soie,
une cravate blanche, un pantalon noir, des bottes
fines et un habit noir fait à Paris, une montre d'or,
une chaîne. Au lieu de l'ancien Vinet [804] pâle et
maigre, hargneux et sombre, il montrait dans le
Vinet actuel une [805] tenue d'homme politique; il
marchait, sûr de sa fortune, avec la sécurité [806]
particulière à l'homme du Palais qui connaît les
cavernes du droit. Sa petite tête rusée était si bien
peignée, son menton bien rasé lui donnait un air si
mignard, quoique froid, qu'il paraissait agréable [807]
dans le genre de Robespierre. Certes, il pouvait être
un délicieux procureur-général à l'éloquence élas-
tique, dangereuse et meurtrière, ou un orateur d'une
finesse à la Benjamin Constant [808]. L'aigreur et la
haine qui l'animaient naguère avaient tourné en
une douceur perfide. Le poison s'était changé en
médecine.

— Bonjour, ma chère, comment allez-vous? dit
Mme de Chargebœuf à Sylvie.

Bathilde alla droit à la cheminée, ôta son chapeau,
se mira dans la glace et mit son joli pied sur la barre
du garde-cendre pour le montrer à Rogron.

— Qu'avez-vous donc, monsieur? lui dit-elle en
le regardant, vous ne me saluez pas? Ah bien! on
mettra pour vous des robes de velours...

Elle coupa Pierrette pour aller porter sur un
fauteuil son chapeau [809] que la petite fille lui prit
des mains et qu'elle lui laissa prendre comme si
la Bretonne était une femme de chambre. Les
hommes passent pour être bien féroces et les tigres
aussi; mais ni les tigres, ni les vipères, ni les diplo-
mates, ni les gens de justice, ni les bourreaux, ni les

rois ne peuvent, dans leurs plus grandes atrocités, approcher des cruautés douces, des douceurs empoisonnées, des mépris sauvages des demoiselles entre elles, quand les unes se croient supérieures aux autres en naissance, en fortune, en grâce, et qu'il s'agit de mariage, de préséance, enfin des mille rivalités de femme.

Le « Merci, mademoiselle », que dit Bathilde à Pierrette était un poème en douze chants.

Elle s'appelait Bathilde et l'autre Pierrette. Elle était une Chargebœuf, l'autre une Lorrain ! Pierrette était petite et souffrante, Bathilde était grande [810] et pleine de vie ! Pierrette était nourrie par charité, Bathilde et sa mère avaient leur indépendance ! Pierrette portait une robe de stoff à guimpe, Bathilde faisait onduler le velours bleu de la sienne ! Bathilde avait [811] les plus riches épaules du département, un bras de reine ; Pierrette avait des omoplates et des bras maigres ! Pierrette était Cendrillon, Bathilde était la fée ! Bathilde allait se marier, Pierrette allait mourir fille ! Bathilde était adorée, Pierrette n'était aimée de personne ! Bathilde avait une ravissante coiffure, elle avait du goût ; Pierrette cachait ses cheveux sous un petit bonnet et ne connaissait rien à la mode ! Épilogue : Bathilde était tout, Pierrette n'était rien. La fière Bretonne comprenait bien cet horrible poème.

— Bonjour, ma petite, lui dit Mme de Chargebœuf du haut de sa grandeur et avec l'accent que lui donnait son nez pincé du bout.

Vinet mit le comble à ces sortes d'injures en regardant Pierrette et disant : — Oh ! oh ! oh ! sur trois tons, que nous sommes belle, Pierrette, ce soir !

— Belle? dit la pauvre enfant. Ce n'est pas à moi, mais à votre cousine qu'il faut adresser ce mot.

— Oh ! ma cousine l'est toujours, répondit l'avocat. N'est-ce pas, père Rogron? dit-il en se tournant vers le maître du logis et lui frappant dans la main.

— Oui, répondit Rogron.

— Pourquoi le faire parler contre sa pensée? Il ne m'a jamais trouvée de son goût, reprit Bathilde en se tenant [812] devant Rogron. N'est-il pas vrai? Regardez-moi.

Rogron la contempla des pieds à la tête, et ferma doucement les yeux comme un chat à qui l'on gratte le crâne.

— Vous êtes trop belle, dit-il, trop dangereuse à voir.

— Pourquoi?

Rogron regarda les tisons et garda le silence. En ce moment, Mlle Habert entra suivie du colonel. Céleste Habert, devenue l'ennemi commun, ne [813] comptait que Sylvie pour elle; mais chacun lui témoignait d'autant plus d'égards, de politesse et d'aimables attentions que chacun la sapait, en sorte qu'elle était entre ces preuves d'intérêt et la défiance que son frère éveillait en elle. Le vicaire, quoique loin du théâtre de la guerre, y devinait tout. Aussi, quand il comprit que les espérances de sa sœur étaient mortes, devint-il un des plus terribles antagonistes des Rogron. Chacun se peindra Mlle Habert sur-le-champ, quand on saura que, si elle n'avait pas été maîtresse et archimaîtresse de pension, elle aurait toujours eu l'air d'être une institutrice. Les institutrices ont une manière à elles de mettre leurs bonnets. De même que les vieilles Anglaises ont acquis le monopole des turbans, les institutrices ont le monopole de ces bonnets; la carcasse y domine les fleurs, les fleurs en sont plus qu'artificielles; longtemps gardé dans les armoires, ce bonnet est toujours neuf et toujours vieux, même le premier jour. Ces filles font consister leur honneur à imiter les mannequins des peintres; elles sont assises sur leurs hanches et non sur leur chaise. Quand on leur parle, elles tournent en bloc sur leur buste au lieu de ne tourner que leur tête; et, quand leurs robes crient, on est tenté de croire que les ressorts de ces espèces de mécanismes sont dérangés. Mlle Habert, l'idéal de ce genre, avait [814] l'œil sévère, la bouche grimée, et sous son menton rayé de rides les brides de son bonnet, flasques et flétries, allaient et venaient au gré de ses mouvements. Elle avait un petit agrément dans deux signes un peu forts, un peu bruns, ornés de poils qu'elle laissait croître comme des clématites échevelées. Enfin elle prenait du tabac et le prenait sans grâce.

On se mit au travail du boston. Sylvie eut en face d'elle Mlle Habert, et le colonel fut mis à côté, devant Mme de Chargebœuf. Bathilde resta près de sa mère et de Rogron. Sylvie plaça Pierrette entre elle et le colonel. Rogron déploya l'autre table, au cas où MM. Néraud, Cournant et sa femme viendraient. Vinet et Bathilde savaient jouer le whist [815], que jouaient M. et Mme Cournant. Depuis que ces dames de Chargebœuf, comme disaient les gens de Provins, venaient chez les Rogron, les deux lampes brillaient sur la cheminée entre les candélabres et la pendule, et les tables étaient éclairées en bougies à quarante sous la livre, payées d'ailleurs par le prix des cartes.

— Eh bien ! Pierrette, prends donc ton ouvrage,

ma fille, dit Sylvie à sa cousine avec une perfide douceur en la voyant regarder le jeu du colonel.

Elle affectait de toujours très bien traiter Pierrette en public. Cette infâme tromperie irritait la loyale Bretonne et lui faisait mépriser sa cousine. Pierrette prit sa broderie; mais, en tirant ses points, elle continuait à regarder dans le jeu de Gouraud. Gouraud n'avait pas l'air de savoir qu'il eût une petite fille à côté de lui. Sylvie l'observait et commençait à trouver cette indifférence excessivement suspecte. Il y eut un moment dans la soirée où la vieille fille entreprit une grande misère en cœur, le panier était plein de fiches et contenait en outre vingt-sept sous. Les Cournant et Néraud étaient venus. Le vieux juge-suppléant, Desfrondrilles, à qui le ministère de la justice trouvait la capacité d'un juge en le chargeant des fonctions de juge d'instruction, mais qui n'avait jamais assez de talent dès qu'il s'agissait d'être juge en pied, et qui, depuis deux mois, abandonnait le parti des Tiphaine et se tournait vers le parti Vinet, se tenait devant la cheminée, le dos au feu, les basques de son habit relevées. Il regardait ce magnifique salon où brillait Mlle de Chargebœuf, car il semblait que cette décoration rouge eût été faite exprès pour rehausser les beautés de cette magnifique personne [816]. Le silence régnait, Pierrette regardait jouer la misère, et l'attention de Sylvie avait été détournée par l'intérêt du coup.

— Jouez là, dit Pierrette au colonel en lui indiquant cœur.

Le colonel entame une séquence de cœur; les cœurs étaient entre Sylvie et lui; le colonel atteint l'as [817], quoiqu'il fût gardé chez Sylvie par cinq petites cartes.

— Le coup n'est pas loyal, Pierrette a vu mon jeu, et le colonel s'est laissé conseiller par elle.

— Mais, mademoiselle, dit Céleste, le jeu du colonel était de continuer cœur, puisqu'il vous en trouvait !

Cette phrase fit sourire M. Desfondrilles, homme fin et qui avait fini par s'amuser de tous les intérêts en jeu dans Provins, où il jouait le rôle de Rigaudin de *la* [818] *Maison en loterie* de Picard [819].

— C'est le jeu du colonel, dit Cournant, sans savoir de quoi il s'agissait.

Sylvie jeta sur Mlle Habert un de ces regards de vieille fille à vieille fille, atroce et doucereux.

— Pierrette, vous avez vu mon jeu, dit Sylvie en fixant ses yeux sur sa cousine.

— Non, ma cousine.

— Je vous regardais tous, dit le juge archéologue, je puis certifier que la petite n'a vu que le colonel.

— Bah ! les petites filles, dit Gouraud épouvanté, savent joliment couler leurs yeux en douceur.

— Ah ! fit Sylvie.

— Oui, reprit Gouraud, elle a pu voir dans votre jeu pour vous jouer une malice. N'est-ce pas, ma petite belle ?

— Non, dit la loyale Bretonne, j'en suis incapable, et je me serais dans ce cas intéressée au jeu de ma cousine.

— Vous savez bien que vous êtes une menteuse, et, de plus, une petite sotte, dit Sylvie. Comment peut-on, depuis ce qui s'est passé ce matin, ajouter la moindre foi à vos paroles ? Vous êtes une...

Pierrette ne laissa pas sa cousine achever en sa présence ce qu'elle allait dire. En devinant un torrent d'injures, elle se leva, sortit sans lumière et monta

chez elle. Sylvie devint pâle de rage et dit entre ses
dents :

— Elle me le payera.

— Payez-vous la misère? dit Mme de Chargebœuf.

En ce moment, la pauvre Pierrette se cogna le
front à la porte du corridor que le juge avait laissée
ouverte.

— Bon, c'est bien fait ! s'écria Sylvie.

— Que lui arrive-t-il? demanda Desfondrilles.

— Rien qu'elle ne mérite, répondit Sylvie.

— Elle a reçu quelque mauvais coup, dit Mlle Habert.

Sylvie essaya de ne pas payer sa misère en se
levant pour aller voir ce qu'avait fait Pierrette,
mais Mme de Chargebœuf l'arrêta.

— Payez-nous d'abord, lui dit-elle en riant, car
vous ne vous souviendriez plus de rien en revenant.

Cette proposition, fondée sur la mauvaise foi que
l'ex-mercière mettait dans ses dettes de jeu ou dans
ses chicanes, obtint l'assentiment général. Sylvie
se rassit, ne pensa plus à Pierrette, et cette indifférence [820] n'étonna personne. Pendant toute la soirée,
Sylvie eut une préoccupation constante. Quand le
boston fut fini, vers neuf heures et demie, elle se
plongea dans une bergère au coin de sa cheminée
et ne se leva que pour les salutations et les adieux.
Le colonel la mettait à la torture, elle ne savait
plus que penser de lui [821].

— Les hommes sont si faux ! dit-elle en s'endormant.

CHAPITRE VIII

LES AMOURS DE PIERRETTE ET DE BRIGAUT

Pierrette s'était donné un coup affreux dans le champ de la porte, qu'elle avait heurtée avec sa tête à la hauteur de l'oreille, à l'endroit où les jeunes filles séparent de leurs cheveux cette portion qu'elles mettent en papillotes. Le lendemain, il s'y trouva de fortes ecchymoses.

— Dieu vous a punie, lui dit sa cousine le lendemain au déjeuner; vous m'avez désobéi, vous avez manqué au respect que vous me devez en ne m'écoutant pas et en vous [822] en allant au milieu de ma phrase, vous n'avez que ce que vous méritez.

— Cependant, dit Rogron, il faudrait y mettre une compresse d'eau et de sel.

— Bah ! ce ne sera rien, mon cousin, dit Pierrette.

La pauvre enfant en [823] était arrivée à trouver une preuve d'intérêt dans l'observation de son tuteur.

La semaine s'acheva comme elle avait commencé, dans des tourments continuels. Sylvie devint ingénieuse et poussa les raffinements de sa tyrannie jusqu'aux recherches les plus sauvages. Les Illinois, les Chérokées, les Mohicans auraient pu s'instruire avec elle. Pierrette n'osa pas se plaindre des souffrances vagues, des douleurs qu'elle sentit à la tête.

La source du mécontentement de sa cousine était
la non-révélation relativement à Brigaut, et, par
un entêtement breton, Pierrette s'obstinait à garder
un silence très explicable. Chacun comprendra maintenant quel fut le regard que l'enfant jeta sur Brigaut, qu'elle crut perdu pour elle, s'il était découvert,
et que, par instinct, elle voulait avoir près d'elle,
heureuse de le savoir à Provins. Quelle joie pour
elle d'apercevoir Brigaut! L'aspect de son camarade d'enfance était comparable au regard que jette
un exilé de loin sur sa patrie, au regard du martyr
sur le ciel où ses yeux, armés d'une seconde vue, ont
la puissance de pénétrer pendant les ardeurs du
supplice. Le dernier regard de Pierrette avait été si
parfaitement compris par le fils du major, que, tout
en rabotant ses planches, en ouvrant [824] son com-
pas, prenant ses mesures et ajustant ses bois, il se
creusait la cervelle pour pouvoir correspondre avec
Pierrette. Brigaut finit par arriver à cette machi-
nation [825] d'une excessive simplicité. A une certaine
heure de la nuit, Pierrette déroulerait une ficelle au
bout de laquelle il attacherait une lettre. Au milieu
des souffrances horribles que causait à Pierrette sa
double maladie, un dépôt qui se formait à sa tête
et le dérangement de sa constitution, elle était
soutenue par la pensée de correspondre avec Brigaut. Un même désir agitait ces deux cœurs; séparés,
ils s'entendaient! A chaque coup reçu dans le cœur,
à chaque élancement de la tête, Pierrette se disait :
« Brigaut est ici! » Et alors elle souffrait sans se
plaindre [826].

Au premier marché qui suivit leur première rencontre à l'église, Brigaut guetta sa petite amie.
Quoiqu'il la vît tremblante et pâle comme une

feuille de novembre près de quitter son rameau,
sans perdre la tête, il marchanda des fruits à la
marchande avec laquelle la terrible Sylvie marchan-
dait sa provision. Brigaut put glisser un billet à
Pierrette, et Brigaut le glissa naturellement en
plaisantant la marchande et avec l'aplomb d'un
roué, comme s'il n'avait jamais fait que ce métier,
tant il mit de sang-froid à son action, malgré le
sang chaud qui sifflait à ses oreilles et qui sortait
bouillonnant de son cœur en lui brisant les veines
et les artères. Il eut la résolution d'un vieux forçat
au dehors, et au dedans les tremblements de l'innocence, absolument comme certaines mères dans leurs
crises mortelles, où elles sont prises entre deux
dangers, entre deux précipices. Pierrette eut les
vertiges de Brigaut, elle serra le papier dans la poche
de son tablier. Les plaques de ses pommettes passèrent au rouge-cerise des feux violents. Ces deux
enfants éprouvèrent de part et d'autre, à leur insu,
des sensations à défrayer dix amours vulgaires. Ce
moment leur laissa dans l'âme une source vive
d'émotions. Sylvie [827], qui ne connaissait pas l'accent
breton, ne pouvait voir un amoureux dans Brigaut,
et Pierrette revint [828] au logis avec son trésor.

Les lettres de ces deux pauvres enfants devaient
servir de pièces dans un horrible débat judiciaire;
car, sans ces fatales circonstances, elles n'eussent
jamais été connues. Voici donc ce que Pierrette lut
le soir dans sa chambre [829] :

« Ma chère Pierrette, à minuit, à l'heure où chacun
dort, mais où je veillerai pour toi, je serai toutes
les nuits au bas de la fenêtre de la cuisine. Tu peux
descendre par ta croisée une ficelle assez longue

pour qu'elle arrive jusqu'à moi, ce qui ne fera pas
de bruit, et tu y attacheras ce que tu auras à m'écrire.
Je te répondrai par le même moyen. J'ai su qu'*ils*
t'avaient appris à lire et à écrire, ces misérables
parents qui te devaient faire tant de bien et qui te
font tant de mal! Toi, Pierrette, fille d'un colonel
mort pour la France, réduite par ces monstres à
faire leur cuisine!... Voilà donc où sont allées tes
jolies couleurs et ta belle santé! Qu'est devenue
ma Pierrette? qu'en ont-ils fait? Je vois bien que
tu n'es pas à ton aise. Oh! Pierrette, retournons en
Bretagne. Je puis gagner de quoi te donner tout ce
qui te manque : tu pourras avoir trois francs par
jour; car j'en gagne de quatre à cinq [830], et trente
sous me suffisent. Ah! Pierrette, comme j'ai prié
le bon Dieu pour toi depuis que je t'ai revue! Je lui
ai dit de me donner toutes tes souffrances et de te
départir tous les plaisirs. Que fais-tu donc avec eux,
qu'ils te gardent? Ta grand'mère est plus qu'eux.
Ces Rogron sont venimeux, ils t'ont ôté ta gaieté.
Tu ne marches plus à Provins comme tu te mouvais
en Bretagne. Retournons en Bretagne! Enfin je
suis là pour te servir, pour faire tes commandements,
et tu me diras ce que tu veux. Si tu as besoin d'argent,
j'ai à nous soixante écus, et j'aurai la douleur de
te les envoyer par la ficelle au lieu de baiser avec
respect tes chères mains en les y mettant. Ah! voilà
bien du temps, ma pauvre Pierrette, que le bleu
du ciel s'est brouillé [831] pour moi. Je n'ai pas eu deux
heures de plaisir depuis que je t'ai mise dans cette
diligence de malheur; et, quand je t'ai revue comme
une ombre, cette sorcière de parente a troublé
notre heur. Enfin nous aurons la consolation, tous
les dimanches, de prier Dieu ensemble, il nous

écoutera peut-être mieux. Sans adieu, ma chère Pierrette, et à cette nuit. »

Cette lettre émut tellement Pierrette, qu'elle demeura plus d'une heure à la relire et à la regarder; mais elle pensa, non sans douleur, qu'elle n'avait rien pour écrire. Elle entreprit donc le difficile voyage de sa mansarde à la salle à manger, où elle pouvait trouver de l'encre, une plume, du papier, et put l'accomplir sans avoir réveillé sa terrible cousine. Quelques instants avant minuit, elle avait écrit cette lettre, qui fut également citée au procès [832] :

« Mon ami, oh ! oui, mon ami, car il n'y a que toi, Jacques, et ma grand'mère qui m'aimiez [833]. Que Dieu me le pardonne, mais vous êtes aussi les deux seules personnes que j'aime l'une comme l'autre, ni plus ni moins. J'étais trop petite pour avoir pu connaître ma petite maman; mais toi, Jacques, et ma grand'mère, mon grand-père aussi, Dieu lui donne le Ciel ! car il a bien souffert de sa ruine, qui a été la mienne, enfin vous deux qui êtes restés, je vous aime autant que je suis malheureuse ! Aussi, pour connaître combien je vous aime, faudrait-il que vous sachiez combien je souffre; et je ne le désire pas, cela vous ferait trop de peine. On me parle comme nous ne parlons pas aux chiens ! on me traite comme la dernière des dernières ! et j'ai beau m'examiner comme si j'étais devant Dieu, je ne me trouve pas de fautes envers eux. Avant que tu me chantes le chant des mariées, je reconnaissais la bonté de Dieu dans mes douleurs; car, comme je le priais de me retirer de ce monde, et que je me sentais bien malade, je me disais : Dieu

m'entend [834] ! Mais, Brigaut, puisque te voilà, je
veux nous en aller en Bretagne retrouver ma grand'-
maman qui m'aime, quoiqu'ils m'aient dit qu'elle
m'avait volé huit mille francs. Est-ce que je puis
posséder [835] huit mille francs, Brigaut ? S'ils sont à
moi, peux-tu le savoir ? Mais c'est des mensonges ; si
nous avions huit mille francs, ma grand'mère ne
serait pas à Saint-Jacques [836]. Je n'ai pas voulu
troubler ses derniers jours, à cette bonne sainte
femme, par le récit de mes tourments : elle serait
pour en mourir. Ah ! si elle savait qu'on fait laver
la vaisselle à sa petite-fille, elle qui me disait : « Laisse
ça, ma mignonne, » quand dans ses malheurs je
voulais l'aider ; «laisse, laisse, mon mignon, tu gâterais
tes jolies menottes. » Ah bien, j'ai les ongles propres,
va ! La plupart [837] du temps, je ne puis porter le
panier aux provisions, qui me scie le bras en revenant du marché. Cependant, je ne crois pas que mon
cousin et ma cousine soient méchants ; mais c'est
leur idée de toujours gronder, et il paraît que je ne
puis pas les quitter. Mon cousin est mon tuteur.
Un jour que j'ai voulu m'enfuir par trop de mal,
et que je le leur ai dit, ma cousine Sylvie m'a répondu
que la gendarmerie irait après moi, que la loi était
pour mon tuteur, et j'ai bien compris que les cousins
ne remplaçaient pas plus notre père ou notre mère
que les saints ne remplacent le bon Dieu. Que
veux-tu, mon pauvre Jacques, que je fasse de ton
argent ? Garde-le pour notre voyage. Oh ! comme
je pensais à toi, et à Pen-Hoël, et au grand étang !
C'est là que nous avons mangé notre pain blanc en
premier, car il me semble que je vais à mal. Je suis
bien malade, Jacques ! J'ai dans la tête des douleurs à crier, et dans les os, dans le dos, puis je ne

sais quoi aux reins qui me tue, et je n'ai d'appétit
que pour de vilaines choses, des racines, des feuilles;
enfin j'aime à sentir l'odeur des papiers imprimés.
Il y a des moments où je pleurerais si j'étais seule,
car on ne me laisse rien faire à ma guise, et je n'ai
même pas [838] la permission de pleurer. Il faut me
cacher pour offrir mes larmes à celui de qui nous
tenons ces grâces que nous nommons nos afflictions[839].
N'est-ce pas lui qui t'a donné la bonne pensée de
venir chanter sous mes fenêtres le chant des mariées?
Ah! Jacques, ma cousine, qui t'a entendu, m'a dit
que j'avais un amant. Si tu veux être mon amant,
aime-moi bien; je te promets de t'aimer toujours
comme par le passé et d'être ta fidèle servante. »

Pierrette Lorrain.

« Tu m'aimeras toujours, n'est-ce pas? »

La Bretonne avait pris dans la cuisine une croûte
de pain où elle fit un trou pour mettre la lettre et
donner de l'aplomb à son fil. A minuit, après avoir
ouvert sa fenêtre avec des précautions excessives,
elle descendit sa lettre et le pain, qui ne pouvait
faire aucun bruit en heurtant le mur ou les persiennes. Elle sentit le fil tiré par Brigaut, qui le cassa,
puis s'éloigna lentement à pas de loup. Quand il fut
au milieu de la place, elle put le voir indistinctement
à la clarté des étoiles; mais lui la contemplait dans
la zone lumineuse de la lumière projetée par la
chandelle. Ces deux enfants demeurèrent [840] ainsi
pendant une heure, Pierrette lui faisant signe de
s'en aller, lui partant, elle restant, et lui venant
reprendre son poste, et Pierrette lui commandant
de nouveau de quitter la place. Ce manège eut lieu

plusieurs fois, jusqu'à ce que la petite fermât sa fenêtre, se couchât et soufflât sa lumière. Une fois au lit, elle s'endormit heureuse, quoique souffrante : elle avait la lettre de Brigaut sous son chevet. Elle dormit comme dorment les persécutés, d'un sommeil embelli par les anges, ce sommeil aux atmosphères d'or et d'outremer, pleines d'arabesques divines entrevues et rendues par Raphaël.

La nature morale avait tant d'empire sur cette délicate nature physique, que le lendemain Pierrette se leva joyeuse et légère comme une alouette, radieuse et gaie. Un pareil changement ne pouvait échapper à l'œil de sa cousine, qui, cette fois, au lieu de la gronder, se mit à l'observer avec l'attention d'une pie. D'où lui vient tant de bonheur? fut une pensée de jalousie et non de tyrannie. Si le colonel n'eût pas occupé Sylvie, elle aurait dit à Pierrette, comme autrefois : « Pierrette, vous êtes bien turbulente, ou bien insouciante de ce que l'on vous dit ! » La vieille fille résolut d'espionner Pierrette comme les vieilles filles savent espionner. Cette journée fut sombre et muette comme le moment qui précède un orage.

— Vous ne souffrez donc plus, mademoiselle? dit Sylvie au dîner. Quand je te disais qu'elle fait tout cela pour nous tourmenter ! s'écria-t-elle en s'adressant à son frère, sans attendre la réponse de Pierrette.

— Au contraire, ma cousine, j'ai comme la fièvre...

— La fièvre de quoi? Vous êtes gaie comme pinson. Vous avez peut-être revu quelqu'un?

Pierrette frissonna et baissa les yeux sur son assiette.

— Tartufe ! s'écria Sylvie. A quatorze ans ! déjà !

quelles dispositions! Mais vous serez donc une malheureuse?

— Je ne sais pas ce que vous voulez dire, reprit Pierrette en levant ses beaux yeux bruns lumineux sur sa cousine.

— Aujourd'hui, dit-elle, vous resterez dans la salle à manger avec une chandelle, à travailler. Vous êtes de trop au salon, et je ne veux pas. que vous regardiez dans mon jeu pour conseiller vos favoris.

Pierrette ne sourcilla pas.

— Dissimulée! s'écria Sylvie en sortant.

Rogron, qui ne comprenait rien aux paroles de sa sœur, dit à Pierrette :

— Qu'avez-vous donc ensemble? Tâche de plaire à ta cousine, Pierrette; elle est bien indulgente, bien douce, et, si tu lui donnes de l'humeur, assurément tu dois avoir tort. Pourquoi vous chamaillez-vous? Moi, j'aime à vivre tranquille. Regarde Mlle Bathilde, tu devrais te modeler sur elle.

Pierrette pouvait tout supporter, Brigaut viendrait sans doute, à minuit, lui apporter une réponse, et cette espérance était le viatique de sa journée. Mais elle usait ses dernières forces! Elle ne dormit pas, elle resta debout, écoutant sonner les heures aux pendules et craignant de faire du bruit. Enfin minuit sonna, elle ouvrit doucement sa fenêtre, et, cette fois, elle usa d'une corde qu'elle s'était procurée en attachant plusieurs bouts de ficelle les uns aux autres. Elle avait entendu les pas de Brigaut; et, quand elle eut retiré sa corde, elle lut la lettre suivante, qui la combla de joie [841] :

« Ma chère Pierrette, si tu souffres tant, il ne faut pas te fatiguer à m'attendre. Tu m'entendras bien crier comme criaient les *Chuins* (les Chouans). Heureusement, mon père m'a appris à imiter leur cri. Donc, je crierai trois fois, tu sauras alors que je suis là et qu'il faut me tendre la corde; mais je ne viendrai pas avant quelques jours. J'espère t'annoncer une bonne nouvelle. Oh! Pierrette, mourir! mais, Pierrette, y penses-tu? Tout mon cœur a tremblé; je me suis cru mort moi-même à cette idée. Non, ma Pierrette, tu ne mourras pas, tu vivras heureuse et tu seras bientôt délivrée de tes persécuteurs. Si je ne réussissais pas dans ce que j'entreprends pour te sauver, j'irais parler à la justice, et je dirais à la face du ciel et de la terre comment te traitent d'indignes parents. Je suis certain que tu n'as plus que quelques jours à souffrir : prends patience, Pierrette! Brigaut veille sur toi comme au temps où nous allions glisser sur l'étang et que je t'ai retirée du grand trou où nous avons manqué périr ensemble. Adieu, ma chère Pierrette, dans quelques jours nous serons heureux, si Dieu le veut. Hélas! je n'ose te dire la seule chose qui s'opposerait à notre réunion. Mais Dieu nous aime! Dans quelques jours, je pourrai donc voir ma chère Pierrette en liberté, sans soucis, sans qu'on m'empêche de te regarder, car j'ai bien faim de te voir, ô Pierrette! Pierrette qui daignes m'aimer et me le dire. Oui, Pierrette, je serai ton amant, mais quand j'aurai gagné la fortune que tu mérites, et jusque-là je ne veux être pour toi qu'un dévoué serviteur de la vie duquel tu peux disposer. Adieu.

        « Jacques Brigaut ».

Voici ce que le fils du major ne disait pas à Pierrette. Brigaut avait écrit la lettre suivante à Mme Lorrain, à Nantes :

« Madame Lorrain, votre petite-fille va mourir, accablée de mauvais traitements, si vous ne venez pas la réclamer; j'ai eu de la peine à la reconnaître, et, pour vous mettre à même de juger les choses, je vous joins à la présente la lettre que j'ai reçue de Pierrette. Vous passez ici pour avoir la fortune de votre petite-fille, et vous devez vous justifier de cette accusation. Enfin, si vous le pouvez, venez vite, nous pouvons encore être heureux, et plus tard vous trouveriez Pierrette morte.

« Je suis avec respect votre dévoué serviteur.

« Jacques Brigaut ».

« Chez M. Frappier, menuisier, Grand'Rue, à Provins. »

Brigaut avait peur que la grand'mère de Pierrette ne fût morte.

Quoique la lettre de celui que, dans son innocence, elle nommait son amant fût presque une énigme pour la Bretonne, elle y crut avec sa vierge foi. Son cœur éprouva la sensation que les voyageurs du désert ressentent en apercevant de loin les palmiers autour du puits. Dans peu de jours son malheur cesserait, Brigaut le lui disait; elle dormit sur la promesse de son ami d'enfance : et cependant, en joignant cette lettre à l'autre, elle eut une affreuse pensée affreusement exprimée.

— Pauvre Brigaut, se dit-elle, il ne sait pas dans quel trou j'ai mis les pieds.

Sylvie avait entendu Pierrette, elle avait également entendu Brigaut sous sa fenêtre; elle se leva, se précipita pour examiner la place à travers les persiennes, et vit, au clair de la lune, un homme s'éloignant vers la maison où demeurait le colonel et en face de laquelle Brigaut resta. La vieille fille ouvrit tout doucement sa porte, monta, fut stupéfaite de voir de la lumière chez Pierrette, regarda par le trou de la serrure et ne put rien voir.

— Pierrette, dit-elle, êtes-vous malade?

— Non, ma cousine, répondit Pierrette surprise.

— Pourquoi donc avez-vous de la lumière à minuit? Ouvrez. Je dois savoir ce que vous faites.

Pierrette vint ouvrir, nu-pieds, et sa cousine vit la ficelle amassée que Pierrette n'avait pas eu.le soin de serrer, n'imaginant point être surprise. Sylvie sauta dessus.

— A quoi cela vous sert-il?

— A rien, ma cousine.

— A rien? dit-elle. Bon! toujours mentir. Vous n'irez pas ainsi dans le paradis. Recouchez-vous, vous avez froid.

Elle n'en demanda pas plus et se retira, laissant Pierrette frappée de terreur par cette clémence. Au lieu d'éclater, Sylvie avait soudain résolu de surprendre le colonel et Pierrette, de saisir les lettres et de confondre les deux amants qui la trompaient. Pierrette, inspirée par son danger, doubla son corset avec ses deux lettres et les recouvrit de calicot.

Là finirent les amours de Pierrette et de Brigaut.

Pierrette fut bien heureuse de la détermination de son ami, car les soupçons [842] de sa cousine allaient être déjoués en ne trouvant plus d'aliment. En effet,

Sylvie passa trois nuits sur ses jambes et trois soirées
à épier l'innocent colonel, sans voir ni chez Pierrette,
ni dans la maison, ni au dehors, rien qui décelât
leur intelligence. Elle envoya Pierrette à confesse,
et prit ce moment pour tout fouiller chez cette
enfant, avec l'habitude, la perspicacité des espions
et des commis de barrières de Paris. Elle ne trouva
rien. Sa fureur atteignit à l'apogée des sentiments
humains. Si Pierrette avait été là, certes elle l'eût
frappée sans pitié. Pour une fille de cette trempe,
la jalousie était moins un sentiment qu'une occupation : elle vivait, elle sentait battre son cœur, elle
avait des émotions jusqu'alors complètement inconnues pour elle [843] : le moindre mouvement la tenait
éveillée, elle écoutait les plus légers bruits, elle
observait Pierrette avec une sombre préoccupation.

— Cette petite misérable me tuera ! disait-elle.

Les sévérités de Sylvie envers sa cousine arrivèrent
à la cruauté la plus raffinée et empirèrent la situation
déplorable où Pierrette se trouvait. La pauvre
petite avait régulièrement la fièvre, et ses douleurs
à la tête devinrent intolérables. En huit jours, elle
offrit aux habitués de la maison Rogron une figure
de souffrance qui certes eût attendri des intérêts
moins cruels; mais le médecin Néraud, conseillé
peut-être par Vinet, resta plus d'une semaine sans
venir. Le colonel, soupçonné par Sylvie, eut peur
de faire manquer son mariage en marquant la plus
légère sollicitude pour Pierrette. Bathilde expliquait
le changement de cette enfant par une crise prévue,
naturelle et sans danger. Enfin, un dimanche soir,
où Pierrette était au salon, alors plein de monde,
elle ne put résister à tant de douleurs, elle s'évanouit
complètement; et le colonel, qui s'aperçut [841] le

premier de l'évanouissement, alla la prendre et la porta sur l'un des canapés.

— Elle l'a fait exprès, dit Sylvie en regardant Mlle Habert et ceux qui jouaient avec elle.

— Je vous assure que votre cousine est fort mal, dit le colonel.

— Elle était très bien dans vos bras, dit Sylvie au colonel avec un affreux sourire.

— Le colonel a raison, dit Mme de Chargebœuf, vous devriez faire venir un médecin. Ce matin, à l'église, chacun parlait en sortant de l'état de Mlle Lorrain [845], qui est visible.

— Je meurs, dit Pierrette.

Desfondrilles appela Sylvie et lui dit de défaire la robe de sa cousine. Sylvie accourut en disant :

— C'est des giries !

Elle défit la robe; elle allait toucher au corset, Pierrette alors trouva des forces surhumaines, elle se redressa [846] et s'écria :

— Non ! non ! j'irai me coucher.

Sylvie avait tâté le corset, et sa main y avait senti les papiers. Elle laissa Pierrette se sauver, en disant à tout le monde :

— Eh bien ! que dites-vous de sa maladie? ce sont des frimes ! Vous ne sauriez deviner la perversité de cette enfant.

Après la soirée, elle retint Vinet, elle était furieuse, elle voulait se venger; elle fut grossière avec le colonel quand il lui fit ses adieux. Le colonel jeta sur Vinet un certain regard qui le menaçait jusque dans le ventre, et semblait y marquer la place d'une balle.

Sylvie pria Vinet de rester. Quand ils furent seuls, la vieille fille lui dit :

— Jamais, ni de ma vie, ni de mes jours, je n'épouserai le colonel !

— Maintenant que vous en avez pris la résolution, je puis parler. Le colonel est mon ami, mais je suis plus le vôtre que le sien : Rogron m'a rendu des services que je n'oublierai jamais. Je suis aussi bon ami qu'implacable ennemi. Certes, une fois à la Chambre, on verra jusqu'où je saurai parvenir, et Rogron [847] sera receveur-général de ma façon... Eh bien ! jurez-moi de ne jamais rien répéter de notre conversation !

Sylvie fit un signe affirmatif.

— D'abord ce brave colonel est joueur comme les cartes.

— Ah ! fit Sylvie.

— Sans les embarras où sa passion l'a mis, il eût été maréchal de France peut-être, reprit l'avocat. Ainsi, votre fortune, il pourrait la dévorer ! mais c'est un homme profond. Ne croyez pas que les époux ont ou n'ont pas d'enfants, à volonté : Dieu donne les enfants, et vous savez ce qui vous arriverait. Non, si vous voulez vous marier, attendez que je sois à la Chambre, et vous pourrez épouser ce vieux Desfronvilles, qui sera président du tribunal. Pour vous venger, mariez votre frère à Mlle de Chargebœuf, je me charge d'obtenir son consentement ; elle aura deux mille francs de rente, et vous serez alliés aux Chargebœuf comme je le suis. Croyez-le, les Chargebœuf nous tiendront un jour pour cousins.

— Gouraud aime Pierrette, fut la réponse de Sylvie.

— Il en est bien capable, dit Vinet, et capable de l'épouser après votre mort.

— Un joli petit calcul, dit-elle.

— Je vous l'ai dit, c'est un homme rusé comme le diable ! Mariez votre frère, en annonçant que vous voulez rester fille pour laisser votre bien à vos neveux ou nièces, vous atteignez d'un seul coup Pierrette et Gouraud, et vous verrez quelle mine il vous fera.

— Ah ! c'est vrai, s'écria la vieille fille, je les tiens. Elle ira dans un magasin et n'aura rien. Elle est sans le sou, qu'elle fasse comme nous, qu'elle travaille [848] !

Vinet sortit après avoir fait entrer son plan dans la tête de Sylvie, dont l'entêtement lui était connu. La vieille fille devait finir [849] par croire que ce plan venait d'elle. Vinet trouva sur la place le colonel fumant un cigare, et qui l'attendait.

— Halte ! lui dit Gouraud. Vous m'avez démoli, mais il y a dans la démolition assez de pierres pour vous enterrer.

— Colonel !

— Il n'y a pas de colonel, je vais vous mener bon train ; et, d'abord, vous ne [850] serez jamais député...

— Colonel !

— Je dispose de dix voix, et l'élection dépend de...

— Colonel, écoutez-moi donc ! N'y a-t-il que la vieille Sylvie ? Je viens d'essayer de vous justifier : vous êtes atteint et convaincu d'écrire à Pierrette, elle vous a vu sortant de chez vous à minuit pour venir sous ses fenêtres...

— Bien trouvé !

— Elle va marier son frère à Bathilde, et réserver sa fortune à leurs enfants.

— Rogron en aura-t-il [851] ?

— Oui, dit Vinet. Mais je vous promets de vous trouver une jeune et agréable personne avec cent cinquante mille francs. Êtes-vous fou? pouvons-nous nous brouiller? Les choses ont, malgré moi, tourné contre vous; mais vous ne me connaissez pas

— Eh bien, il faut se connaître, reprit le colonel. Faites-moi épouser une femme de cinquante mille écus avant les élections, sinon votre serviteur. Je n'aime pas les mauvais coucheurs, et vous avez tiré à vous toute la couverture. Bonsoir.

— Vous verrez, dit Vinet en serrant affectueusement la main au colonel.

CHAPITRE IX

LE CONSEIL DE FAMILLE

Vers [852] une heure du matin, les trois cris clairs et nets d'une chouette, admirablement bien imités, retentirent sur la place; Pierrette les entendit dans son sommeil fiévreux, elle se leva toute moite, ouvrit sa fenêtre, vit [853] Brigaut, et lui jeta un peloton de soie auquel il attacha une lettre. Sylvie, agitée par les événements de la soirée et par ses irrésolutions, ne dormait pas; elle crut [854] à la chouette.

— Ah! quel oiseau de mauvais augure. Mais, tiens! Pierrette se lève! Qu'a-t-elle?

En entendant ouvrir la fenêtre de la mansarde, Sylvie alla précipitamment à sa fenêtre, et entendit le long de ses persiennes le frôlement du papier de Brigaut. Elle serra les cordons de sa camisole et monta lestement chez Pierrette, qu'elle trouva détortillant la soie et dégageant la lettre.

— Ah! je vous y prends, s'écria la vieille fille en allant à la fenêtre et voyant Brigaut qui se sauvait à toutes jambes. Vous allez me donner cette lettre.

— Non, ma cousine, dit Pierrette, qui, par une de ces immenses inspirations de la jeunesse, et soutenue par son âme, s'éleva jusqu'à la grandeur de la résistance que nous admirons dans l'histoire de quelques peuples réduits au désespoir.

— Ah ! vous ne voulez pas ?... s'écria Sylvie en s'avançant vers sa cousine et lui montrant un horrible masque plein de haine et grimaçant de fureur.

Pierrette se recula pour avoir le temps de mettre sa lettre dans sa main, qu'elle tint serrée par [855] une force invincible. En voyant cette manœuvre, Sylvie empoigna dans ses pattes de homard la délicate, la blanche main de Pierrette, et voulut la lui ouvrir. Ce fut un combat terrible, un combat infâme, comme tout ce qui attente à la pensée, seul trésor que Dieu mette hors de toute puissance, et garde comme un lien secret entre les malheureux et lui. Ces deux femmes, l'une mourante et l'autre pleine de vigueur, se regardèrent fixement. Les yeux de Pierrette lançaient à son bourreau ce regard du Templier recevant dans la poitrine des coups de balancier en présence de Philippe le Bel, qui ne put soutenir ce rayon terrible, et quitta la place foudroyé. Sylvie, femme et jalouse, répondait à ce regard magnétique par des éclairs [856] sinistres. Un horrible silence régnait. Les doigts serrés de la Bretonne opposaient aux tentatives de sa cousine une résistance égale à celle d'un bloc d'acier. Sylvie torturait le bras de Pierrette, elle essayait d'ouvrir les doigts ; et, n'obtenant rien, elle plantait inutilement ses ongles dans la chair. Enfin, la rage s'en mêlant, elle porta ce poing à ses dents pour essayer de mordre les doigts et de vaincre Pierrette par la douleur. Pierrette la défiait toujours par le terrible regard de l'innocence. La fureur de la vieille fille s'accrut à un tel point, qu'elle arriva jusqu'à l'aveuglement ; elle prit le bras de Pierrette, et se mit à frapper le poing sur l'appui de la fenêtre, sur le marbre de la cheminée, comme quand on veut casser une noix pour en avoir le fruit.

— Au secours ! au secours ! cria Pierrette, on me tue !

— Ah ! tu cries, et je te prends avec un amoureux [857] au milieu de la nuit ?...

Et elle frappait sans pitié.

— Au secours ! cria Pierrette, qui avait le poing en sang.

En ce moment, des coups furent violemment frappés à la porte. Également lassées, les deux cousines s'arrêtèrent.

Rogron, éveillé, inquiet, ne sachant ce dont il s'agissait, se leva, courut chez sa sœur et ne la vit pas; il eut peur, descendit, ouvrit et fut comme renversé par Brigaut, suivi d'une espèce de fantôme [858]. En ce moment même, les yeux de Sylvie aperçurent le corset de Sylvie, elle se souvint d'y avoir senti des papiers; elle sauta dessus comme un tigre sur sa proie, entortilla le corset autour de son poing, et le lui montra en lui souriant comme un Iroquois sourit à son ennemi avant de le scalper.

— Ah ! je meurs, dit Pierrette en tombant sur ses genoux. Qui me sauvera ?

— Moi ! s'écria une femme en cheveux blancs qui offrit [859] à Pierrette un vieux visage de parchemin où brillaient deux yeux gris.

— Ah ! grand'mère, tu arrives trop tard, s'écria la pauvre enfant en fondant en larmes.

Pierrette alla [860] tomber sur son lit, abandonnée par ses forces et tuée par l'abattement qui, chez une malade, suivit une lutte si violente. Le grand fantôme desséché prit Pierrette dans ses bras comme les bonnes prennent les enfants, et sortit suivie de Brigaut, sans dire un seul mot à Sylvie, à laquelle elle lança la plus majestueuse accusation par un regard tragique. L'apparition de cette auguste vieille dans son costume breton, encapuchonnée de sa coiffe, qui est une sorte de pelisse en drap noir, accompagnée du terrible Brigaut, épouvanta Sylvie : elle crut avoir vu la Mort. La vieille fille descendit, entendit la porte se fermer, et se trouva nez à nez avec son frère, qui lui dit :

— Ils ne t'ont donc pas tuée?

— Couche-toi, dit Sylvie. Demain matin, nous verrons ce que nous devons faire.

Elle se remit au lit, défit le corset, et lut les deux lettres de Brigaut, qui la confondirent. Elle s'endormit dans la plus étrange perplexité, ne se doutant pas de la terrible action à laquelle sa conduite devait donner [861] lieu.

Les lettres envoyées par Brigaut à Mme veuve Lorrain l'avaient trouvée dans une joie ineffable, et que leur lecture troubla. Cette pauvre septuagénaire mourait de chagrin de vivre sans Pierrette auprès d'elle; elle se consolait de l'avoir perdue en croyant s'être sacrifiée aux intérêts [862] de sa petite-fille. Elle avait un de ces cœurs toujours jeunes que soutient et anime l'idée du sacrifice. Son vieux mari, dont la seule joie était cette petite-fille [863], avait regretté Pierrette; tous les jours, il l'avait cherchée autour de lui. Ce fut une douleur de vieillard de laquelle les vieillards vivent et finissent par mourir. Chacun peut alors juger du bonheur que dut éprouver cette pauvre vieille, confinée dans un hospice, en apprenant une de ces actions rares, et qui cependant arrivent encore en France. Après ses désastres [864], François-Joseph Collinet [865], chef de la maison Collinet, était parti pour l'Amérique avec ses enfants. Il avait trop de cœur pour demeurer ruiné, sans crédit, à Nantes, au milieu des malheurs que sa faillite y causait. De 1814 à 1824, ce courageux négociant, aidé par ses enfants et par son caissier, qui lui resta fidèle et lui donna les premiers fonds, avait recommencé courageusement une autre fortune. Après des travaux inouïs, couronnés par le succès, il vint, vers la onzième année, se faire réhabiliter à Nantes en laissant son fils aîné à la tête de sa maison transatlantique. Il trouva Mme Lorrain [866] de Pen-Hoël à Saint-Jacques, et fut [867] témoin de la résignation avec laquelle la plus malheureuse de ses victimes y supportait sa misère.

— Dieu vous pardonne ! lui dit la vieille, puisque sur le bord de ma tombe vous me donnez les moyens d'assurer le bonheur de ma petite-fille ; mais moi, je ne pourrai jamais faire réhabiliter mon pauvre homme !

M. Collinet apportait à sa créancière, capital et intérêts au taux du commerce, environ quarante-deux mille francs. Ses autres créanciers, commerçants actifs, riches, intelligents, s'étaient soutenus ; tandis que le malheur des Lorrain parut irrémédiable au vieux Collinet, qui promit [868] à la veuve de faire réhabiliter la mémoire de son mari, dès qu'il ne s'agissait que d'une quarantaine de mille francs de plus. Quand la Bourse de Nantes apprit ce trait de générosité réparatrice, on y voulut recevoir Collinet [869] avant l'arrêt de la Cour royale de Rennes ; mais le négociant refusa cet honneur et se soumit à la rigueur du Code de commerce. Mme Lorrain avait donc reçu quarante-deux mille francs la veille du jour où la poste lui apporta les [870] lettres de Brigaut. En donnant sa quittance, son premier mot fut :

— Je pourrai donc vivre avec ma Pierrette et

la marier à ce pauvre Brigaut, qui fera sa fortune avec mon argent !

Elle ne tenait pas en place, elle s'agitait, elle voulait partir pour Provins. Aussi, quand elle eut lu les fatales lettres, s'élança-t-elle dans la ville comme [871] une folle, en demandant les moyens d'aller à Provins avec la rapidité de l'éclair. Elle partit par la malle, quand on lui eut expliqué la célérité gouvernementale de cette voiture. A Paris, elle avait pris la voiture de Troyes, elle venait d'arriver à onze heures et demie chez Frappier, où Brigaut, à l'aspect du sombre désespoir de la vieille Bretonne, lui promit aussitôt de lui amener sa petite-fille, en lui disant en peu de mots l'état de Pierrette. Ce peu de mots effraya tellement la grand'-mère, qu'elle ne put vaincre son impatience, elle courut sur la place. Quand Pierrette cria, la Bretonne eut le cœur atteint par ce cri tout aussi vivement que le fut celui de Brigaut. A eux deux, ils eussent [872] sans doute réveillé tous les habitants, si, par crainte, Rogron ne leur eût ouvert. Ce cri d'une jeune fille aux abois donna soudain à sa grand'-mère autant de force que d'épouvante, elle porta sa chère Pierrette jusque chez Frappier, dont la femme avait arrangé à la hâte la chambre de Brigaut pour la grand'mère de Pierrette. Ce fut donc dans ce pauvre logement, sur un lit à peine fait, que la malade fut déposée; elle s'y évanouit, tenant encore son poing fermé, meurtri, sanglant, les ongles enfoncés dans la chair. Brigaut, Frappier, sa femme et la vieille contemplèrent Pierrette en silence, tous en proie à un étonnement indicible.

— Pourquoi sa main est-elle en sang? fut le premier mot de la grand'mère.

Pierrette, vaincue par le sommeil qui suit les grands déploiements de force, et se sachant à l'abri de toute violence, déplia ses doigts. La lettre de Brigaut tomba comme une réponse.

— On a voulu lui prendre ma lettre, dit Brigaut en tombant à genoux et ramassant le mot qu'il avait écrit pour dire à sa petite amie de quitter tout doucement la maison des Rogron. Il baisa pieusement la main de cette martyre.

Il y eut alors quelque chose qui fit frémir les menuisiers, ce fut de voir la vieille Lorrain, ce spectre sublime, debout au chevet de son enfant. La terreur et la vengeance glissaient leurs flamboyantes expressions dans les milliers de rides qui fronçaient sa peau d'ivoire jauni. Ce front couvert de cheveux gris épars exprimait la colère divine. Elle lisait, avec cette puissance d'intuition départie aux vieillards près de la tombe, toute la vie de Pierrette, à laquelle elle avait, d'ailleurs, pensé pendant son voyage. Elle devina la maladie de jeune fille qui menaçait de mort son enfant chérie ! Deux grosses larmes péniblement nées dans ses yeux blancs et gris auxquels [873] les chagrins avaient arraché les cils et les sourcils, deux perles de douleur se formèrent, leur communiquèrent une épouvantable fraîcheur, grossirent et roulèrent sur les joues desséchées sans les mouiller.

— Ils me l'ont tuée ! dit-elle enfin en joignant les mains.

Elle tomba sur ses genoux, qui frappèrent deux coups secs sur le carreau, elle se mit à faire sans doute un vœu à sainte Anne d'Auray [874], la plus puissante des madones de la Bretagne.

— Un médecin de Paris ! dit-elle à Brigaut.
Cours-y, Brigaut, va !

Elle prit l'artisan par [875] l'épaule et le fit marcher
par un geste de commandement despotique.

— J'allais venir, mon Brigaut ; je suis riche,
tiens ! s'écria-t-elle en le rappelant.

Elle défit le cordon qui nouait les deux vestes de
son casaquin sur sa poitrine, elle en tira un papier
où quarante-deux billets de banque étaient enve-
loppés, et lui dit :

— Prends ce qu'il te faut ! Ramène le plus grand
médecin de Paris.

— Gardez, dit Frappier, il ne pourra pas changer
un billet en ce moment ; j'ai de l'argent, la diligence
va passer, il y trouvera bien une place ; mais [876],
auparavant, ne vaudrait-il pas mieux consulter
M. Martener, qui nous indiquerait un médecin à
Paris ? La diligence ne vient que dans une heure,
nous avons le temps [877].

Brigaut alla réveiller M. Martener. Il amena ce
médecin, qui ne fut pas peu surpris de savoir Mlle Lorrain chez Frappier. Brigaut lui expliqua la scène qui
venait d'avoir lieu chez les Rogron. Le bavardage
d'un amant au désespoir éclaira ce drame domestique au [878] médecin, sans qu'il en soupçonnât
l'horreur ni l'étendue. Martener donna l'adresse du
célèbre Horace Bianchon [879] à Brigaut, qui partit
avec son maître, en entendant le bruit de la diligence. M. Martener s'assit, examina d'abord les
ecchymoses et les blessures de la main, qui pendait
en dehors du lit.

— Elle ne s'est pas fait elle-même ces blessures !
dit-il.

— Non, l'horrible fille à qui j'ai eu le malheur

de la confier la massacrait, dit la grand'mère. Ma pauvre Pierrette criait : « Au secours ! je meurs ! » à fendre le cœur à un bourreau.

— Mais pourquoi? dit le médecin en prenant le pouls de Pierrette. Elle est bien malade, reprit-il en approchant [880] une lumière du lit. Ah ! nous la sauverons difficilement, dit-il, après avoir vu la face. Elle a dû bien souffrir, et je ne comprends pas comment on ne l'a pas soignée.

— Mon intention, dit la grand'mère, est de me plaindre à la justice. Des gens qui m'ont demandé ma petite-fille par une lettre, en se disant riches de douze mille livres de rente, avaient-ils le droit d'en faire leur cuisinière, de lui faire faire des services au-dessus de ses forces?

— Ils n'ont donc pas voulu voir la plus visible des maladies auxquelles les jeunes filles sont parfois sujettes, et qui exigeait [881] les plus grands soins? s'écria M. Martener.

Pierrette fut réveillée et par la lumière que Mᵐᵉ Frappier tenait pour bien éclairer le visage et par les horribles souffrances que la réaction morale de sa lutte lui causait à la tête.

— Ah ! monsieur Martener, je suis bien mal, dit-elle de sa jolie voix.

— Où souffrez-vous, ma petite amie? dit le médecin.

— Là, fit-elle en montrant le haut de sa tête, au-dessus de l'oreille gauche.

— Il y a un dépôt ! s'écria le médecin après avoir pendant longtemps palpé la tête et questionné Pierrette sur ses souffrances. Il faut tout nous dire, mon enfant, pour que nous puissions vous guérir. Pourquoi votre main est-elle ainsi? Ce n'est pas vous qui vous êtes fait de semblables blessures.

Pierrette raconta naïvement son combat avec la cousine Sylvie.

— Faites-la causer, dit le médecin à la grand'-mère, et sachez bien tout. J'attendrai l'arrivée du médecin de Paris, et nous nous adjoindrons le chirurgien en chef de l'hôpital pour consulter : tout ceci me paraît bien grave. Je vais vous faire envoyer une potion calmante que vous donnerez à mademoiselle pour qu'elle dorme ; elle a besoin de sommeil.

Restée seule avec sa petite-fille, la vieille Bretonne se fit tout révéler en usant de son ascendant sur elle, en lui apprenant qu'elle était assez riche pour eux trois, et lui promettant que Brigaut resterait avec elles. La pauvre enfant confessa son martyre, en ne devinant pas à quel procès elle allait donner lieu. Les monstruosités de ces deux êtres sans affection et qui ne savaient rien de la famille découvraient à la vieille femme des mondes de douleur aussi loin de sa pensée qu'ont pu l'être les mœurs des races sauvages de celle des premiers voyageurs qui pénétrèrent dans les savanes de l'Amérique. L'arrivée de sa grand'mère, la certitude d'être à l'avenir avec elle, et riche, endormirent la pensée de Pierrette comme la potion lui endormit le corps. La vieille Bretonne veilla sa petite-fille en lui baisant le front, les cheveux et les mains, comme les saintes femmes durent baiser Jésus en le mettant au tombeau

Dès neuf heures du matin, M. Martener alla chez le président [882], auquel il raconta la scène de nuit entre Sylvie et Pierrette, puis les tortures morales et physiques, les sévices de tout genre que les Rogron avaient déployés sur leur pupille, et les deux maladies mortelles qui s'étaient développées par suite de ces mauvais traitements. Le président envoya chercher le notaire Auffray, l'un des parents de Pierrette dans la ligne maternelle.

En ce moment, la guerre entre le parti Vinet et le parti Tiphaine était à son apogée. Les propos que les Rogron et leurs adhérents faisaient courir dans Provins sur la liaison connue de Mme Roguin avec le banquier du Tillet, sur les circonstances de la banqueroute du père [883] de Mme Tiphaine, un faussaire, disait-on, atteignirent d'autant plus vivement le parti des Tiphaine, que c'était de la médisance et non de la calomnie. Ces blessures allaient à fond de cœur, elles attaquaient les intérêts au vif. Ces discours, redits aux partisans des Tiphaine par les mêmes bouches qui communiquaient aux Rogron les plaisanteries de la belle Mme Tiphaine et de ses amies, alimentaient les haines, désormais combinées [884] de l'élément politique. Les irritations que causait alors en France l'esprit de parti, dont les violences furent excessives [885], se liaient partout, comme à Provins, à des intérêts menacés, à des individualités blessées et militantes. Chacune de ces coteries saisissait avec ardeur ce qui pouvait nuire à la coterie rivale. L'animosité des partis se mêlait autant que l'amour-propre aux moindres affaires, qui souvent allaient fort loin. Une ville se passionnait pour certaines luttes et les étendait de toute la grandeur du débat politique. Ainsi le président vit dans la cause entre Pierrette et les Rogron un moyen d'abattre, de déconsidérer, de déshonorer les maîtres de ce salon où s'élaboraient des plans contre la monarchie, où le journal de l'opposition avait pris naissance.

Le procureur du roi fut mandé. M. Lesourd,

M. Auffray le notaire, subrogé-tuteur de Pierrette, et le président, examinèrent alors, dans le plus grand secret, avec M. Martener la marche à suivre. M. Martener se chargea de dire à la grand'mère de Pierrette de venir porter plainte au subrogé-tuteur. Le subrogé-tuteur convoquerait le conseil de famille, et, armé de la consultation des trois médecins, demanderait d'abord la destitution du tuteur. L'affaire ainsi posée arriverait au tribunal, et M. Lesourd verrait alors à porter l'affaire au criminel en provoquant une instruction.

Vers midi, tout Provins était soulevé par l'étrange nouvelle de ce qui s'était passé pendant la nuit dans la maison Rogron. Les cris de Pierrette avaient été vaguement entendus sur la place, mais ils avaient peu duré; personne ne s'était levé; seulement, chacun s'était demandé :

— Avez-vous entendu du bruit et des cris sur les une heure? qu'était-ce?

Les propos et les commentaires avaient si singulièrement grossi ce drame horrible, que la foule s'amassa devant la boutique de Frappier, à qui chacun demanda des renseignements, et le brave menuisier peignit l'arrivée chez lui de la petite, le poing ensanglanté, les doigts brisés. Vers une heure après midi, la chaise de poste du docteur Bianchon, auprès de qui se trouvait Brigaut, s'arrêta devant la maison de Frappier, dont la femme alla prévenir à l'hôpital M. Martener et le chirurgien en chef. Ainsi les propos de la ville reçurent une sanction. Les Rogron furent accusés d'avoir maltraité leur cousine à dessein et de l'avoir mise en danger de mort. La nouvelle atteignit Vinet au palais de justice; il quitta tout et alla chez les Rogron. Rogron et sa sœur achevaient de déjeuner. Sylvie hésitait à dire à son frère sa déconvenue de la nuit, et se laissait presser de questions sans y répondre autrement que par : « Cela ne te regarde pas. » Elle allait et venait de sa cuisine à la salle à manger pour éviter la discussion. Elle était seule quand Vinet apparut.

— Vous ne savez donc pas ce qui se passe ? dit l'avocat.

— Non, dit Sylvie.

— Vous allez avoir un procès criminel sur le corps, à la manière dont vont les choses à propos de Pierrette.

— Un procès criminel ! dit Rogron qui survint. Pourquoi [886] ? comment ?

— Avant tout, s'écria l'avocat en regardant Sylvie, expliquez-moi sans détour ce qui a eu lieu cette nuit, et comme si vous étiez devant Dieu, car on parle de couper le poing à Pierrette.

Sylvie devint blême et frissonna.

— Il y a donc eu quelque chose ? dit Vinet.

Mlle Rogron raconta la scène en voulant s'excuser ; mais, pressée de questions, elle avoua les faits graves de cette horrible lutte.

— Si vous lui avez seulement fracassé les doigts, vous n'irez qu'en police correctionnelle ; mais, s'il faut lui couper la main, vous pouvez aller en [887] cour d'assises ; les Tiphaine feront tout pour vous mener jusque-là.

Sylvie, plus morte que vive, avoua sa jalousie, et, ce qui fut plus cruel à dire, combien ses soupçons se trouvaient erronés.

— Quel procès ! dit Vinet. Vous et votre frère vous pouvez y périr ; vous serez abandonnés par

bien des gens, même en le gagnant. Si [888] vous
ne triomphez pas, il faudra quitter Provins.

— Oh ! mon cher monsieur Vinet, vous qui êtes
un si grand [889] avocat, dit Rogron épouvanté, con-
seillez-nous, sauvez-nous !

L'adroit Vinet porta la terreur de ces deux imbéciles au comble et déclara positivement que
Mme et Mlle de Chargebœuf hésiteraient à revenir
chez eux. Être abandonnés par ces dames serait
une terrible condamnation. Enfin, après une heure
de magnifiques manœuvres, il fut reconnu que,
pour déterminer Vinet à sauver les Rogron, il devait
avoir aux yeux de tout Provins un intérêt majeur
à les défendre. Dans la soirée, le mariage de Rogron
avec Mlle de Chargebœuf serait donc annoncé. Les
bans seraient publiés dimanche. Le contrat se ferait
immédiatement chez Cournant, et Mlle Rogron y
paraîtrait pour, en considération de cette alliance,
abandonner par une donation entre vifs la nue
propriété de ses biens à son frère. Vinet avait fait
comprendre à Rogron et à sa sœur la nécessité
d'avoir un contrat de mariage minuté deux ou trois
jours avant cet événement, afin de compromettre
Mme et Mlle de Chargebœuf aux yeux du public et
de leur donner un motif de persister à venir dans la
maison Rogron.

— Signez ce contrat, et je prends sur moi l'enga-
gement de vous tirer d'affaire, dit l'avocat. Ce sera
sans doute une terrible lutte, mais je m'y mettrai
tout entier, *et vous me devrez encore un fameux cierge.*

— Ah oui ! dit Rogron.

A onze heures et demie, l'avocat eut plein pouvoir
et pour le contrat et pour la conduite du procès [890].
A midi, le président fut [891] saisi d'un référé intenté

par Vinet contre Brigaut et Mme veuve Lorrain, pour avoir détourné la mineure Lorrain du domicile de son tuteur. Ainsi le hardi Vinet se posait comme agresseur et mettait Rogron dans la position d'un homme irréprochable. Aussi en parla-t-il dans ce sens au Palais. Le président remit à quatre heures à entendre les parties.

Il est inutile de dire à quel point la petite ville de Provins était soulevée par ces événements. Le président savait qu'à trois heures la consultation des médecins serait terminée ; il voulait que le subrogé-tuteur, parlant pour l'aïeule, se présentât armé de cette pièce. L'annonce du mariage de Rogron avec la belle Bathilde de Chargebœuf et des avantages que Sylvie faisait au contrat aliéna soudain deux personnes aux Rogron : Mlle Habert et le colonel, qui tous deux virent leurs espérances anéanties. Céleste Habert et le colonel restèrent ostensiblement attachés aux Rogron, mais pour leur nuire plus sûrement. Ainsi, dès que M. Martener révéla l'existence d'un dépôt à la tête de la pauvre victime des deux merciers, Céleste et le colonel parlèrent du coup que Pierrette s'était donné pendant la soirée où Sylvie l'avait contrainte à quitter le salon, et rappelèrent les cruelles et barbares exclamations de Mlle Rogron. Ils racontèrent les preuves d'insensibilité données par cette vieille fille envers sa pupille souffrante. Ainsi, les amis de la maison [892] admirent des torts graves en paraissant défendre Sylvie et son frère. Vinet [893] avait prévu cet orage ; mais la fortune des Rogron allait être acquise à Mlle de Chargebœuf, et il se promettait, dans quelques semaines, de lui voir habiter la jolie maison de la place et de régner avec elle sur Provins, car il méditait déjà des fusions avec les Bréautey dans l'intérêt de ses ambitions.

Depuis midi jusqu'à quatre heures, toutes les femmes du parti Tiphaine, les Garceland, les Guépin, les Julliard, Galardon, Guénée, la sous-préfète, envoyèrent savoir des nouvelles de Mlle Lorrain. Pierrette ignorait entièrement le tapage fait en ville à son sujet. Elle éprouvait, au milieu de ses vives souffrances, un ineffable bonheur à se trouver entre sa grand'mère et Brigaut, les objets de ses affections. Brigaut avait constamment les yeux pleins de larmes, et la grand'mère cajolait sa chère petite-fille. Dieu sait si l'aïeule fit grâce aux trois hommes de science d'aucun des détails qu'elle avait obtenus de Pierrette sur sa vie dans la maison Rogron.

Horace Bianchon exprima son indignation en termes véhéments. Épouvanté d'une semblable barbarie, il exigea que les autres médecins de la ville fussent mandés, en sorte que M. Néraud fut présent et invité, comme ami de Rogron, à contredire, s'il y avait lieu, les terribles conclusions de la consultation, qui, malheureusement pour les Rogron, fut rédigée à l'unanimité. Néraud, qui déjà passait pour avoir fait mourir de chagrin la grand'mère de Pierrette, était dans une fausse position de laquelle profita l'adroit Martener, enchanté d'accabler les Rogron et de compromettre en ceci M. Néraud, son antagoniste. Il est inutile de donner le texte de cette consultation, qui fut encore une des pièces du procès. Si les termes de la médecine de Molière étaient barbares, ceux de la médecine moderne ont l'avantage d'être si clairs, que l'explication de la maladie de Pierrette, quoique naturelle et malheureusement commune, effraierait les oreilles.

Cette consultation était d'ailleurs péremptoire,

appuyée [894] par un nom aussi célèbre que celui d'Horace Bianchon. Après l'audience, le président resta sur son siège en voyant la grand'mère de Pierrette, accompagnée de M. Auffray, de Brigaut et d'une foule nombreuse. Vinet était seul. Ce contraste frappa l'audience, qui fut grossie d'un grand nombre de curieux. Vinet, qui avait gardé sa robe, leva vers le président sa face froide en assurant ses besicles sur ses yeux verts [895] ; puis, de sa voix grêle et persistante, il exposa que des étrangers s'étaient introduits nuitamment chez M. et Mlle Rogron, et y avaient enlevé la mineure Lorrain. Force devait rester au tuteur, qui réclamait sa pupille. M. Auffray se leva, comme subrogé-tuteur, et demanda la parole.

— Si M. le président, dit-il, veut prendre communication de cette consultation, émanée d'un des plus savants médecins de Paris et de tous les médecins et chirurgiens de Provins, il comprendra combien la réclamation du sieur Rogron est insensée, et quels motifs graves portaient l'aïeule [896] de la mineure à l'enlever immédiatement à ses bourreaux. Voici le fait : une consultation [897] délibérée à l'unanimité par un illustre médecin de Paris mandé en toute hâte, et par tous les médecins de cette ville [898], attribue l'état presque mortel où se trouve la mineure aux mauvais traitements qu'elle a reçus des sieur et demoiselle Rogron. En droit, le conseil de famille sera convoqué dans le plus bref délai, et consulté sur la question de savoir si le tuteur doit être destitué de sa tutelle. Nous demandons que la mineure ne rentre pas au domicile de son tuteur et soit confiée au membre de la famille qu'il plaira à M. le président de désigner.

Vinet voulut répliquer en disant que la consultation devait lui être communiquée, afin de la contredire.

— Non pas à la partie de Vinet, dit [899] sévèrement le président, mais peut-être à M. le procureur du roi. La cause est entendue.

Le président écrivit au bas de la requête l'ordonnance suivante :

« Attendu que, d'une consultation délibérée à l'unanimité par les médecins de cette ville et par le docteur Bianchon, docteur de la Faculté de médecine de Paris, il résulte que la mineure Lorrain, réclamée par Rogron, son tuteur, est dans un état de maladie extrêmement grave, amené par de mauvais traitements et des sévices exercés sur elle au domicile du tuteur et par sa sœur,

« Nous, président du tribunal de première instance de Provins,

« Statuant sur la requête, ordonnons que, jusqu'à [900] la délibération du Conseil de Famille, qui, suivant la déclaration du subrogé-tuteur, sera convoqué [901], la mineure ne réintégrera pas le domicile pupillaire et sera transférée dans la maison du subrogé-tuteur [902] ;

« Subsidiairement, attendu l'état où se trouve la mineure et les traces de violence qui, d'après la consultation des médecins, existent sur sa personne, commettons le médecin en chef et le chirurgien en chef de l'hôpital de Provins pour la visiter ; et, dans le cas où les sévices seraient constants, faisons toute réserve de l'action du ministère public, et ce, sans préjudice de la voie civile prise par Auffray, subrogé-tuteur. »

Cette terrible ordonnance fut prononcée par le président Tiphaine à haute et intelligible voix.

— Pourquoi pas les galères tout de suite? dit Vinet. Et tout ce bruit pour une petite fille qui entretenait une intrigue avec un garçon menuisier! Si l'affaire marche ainsi, s'écria-t-il insolemment, nous demanderons d'autres juges pour cause de suspicion légitime.

Vinet quitta le palais de justice et alla chez les principaux organes de son parti expliquer la situation de Rogron, qui n'avait jamais donné une chiquenaude à sa cousine, et dans qui le tribunal voyait, dit-il, moins le tuteur de Pierrette que le grand électeur de Provins.

A l'entendre, les Tiphaine faisaient grand bruit de rien. La montagne accoucherait d'une souris. Sylvie [903], fille éminemment sage et religieuse, avait découvert une intrigue entre la pupille de son frère et un petit ouvrier menuisier, un Breton nommé Brigaut. Ce drôle savait très bien que la petite fille allait avoir une fortune de sa grand'mère, il voulait la suborner. (Vinet osait parler de subornation!) Mlle Rogron, qui tenait des lettres où éclatait la perversité de cette petite fille, n'était pas aussi blâmable que les Tiphaine voulaient le faire croire. Au cas où elle se serait permis une violence pour obtenir une lettre, ce qu'il expliquait d'ailleurs par l'irritation que l'entêtement breton avait causée à Sylvie, en quoi Rogron était-il répréhensible?

L'avocat fit alors de ce procès une affaire de parti et sut lui donner une couleur politique. Aussi, dès cette soirée, y eut-il des [904] divergences dans l'opinion publique.

— Qui n'entend qu'une cloche n'a qu'un son,

disaient les gens sages. Avez-vous écouté Vinet?
Vinet explique très bien les choses.

La maison de Frappier avait été jugée inhabitable
pour Pierrette, à cause des douleurs que le bruit
y causerait à la tête. Le transport de là chez le
subrogé-tuteur était aussi nécessaire médicalement
que judiciairement. Ce transport se fit avec des
précautions inouïes et calculées pour produire un
grand effet. Pierrette fut mise sur un brancard
avec force matelas, portée par deux hommes,
accompagnée d'une sœur grise ⁹⁰⁵ qui avait à la
main un flacon d'éther, suivie de sa grand'mère,
de Brigaut, de Mme Auffray et de sa femme de
chambre. Il y eut du monde aux fenêtres et sur les
portes ⁹⁰⁶ pour voir passer ce cortège. Certes, l'état
dans lequel était Pierrette, sa blancheur de mourante, tout donnait d'immenses avantages au parti
contraire aux Rogron ⁹⁰⁷. Les Auffray tinrent à
prouver à toute la ville combien le président avait
eu raison de rendre son ordonnance. Pierrette et
sa grand'mère furent installées au second étage de
la maison de M. Auffray. Le notaire et sa femme
leur prodiguèrent les soins de l'hospitalité la plus
large; ils y mirent du faste. Pierrette eut sa grand'-
mère pour garde-malade, et M. Martener vint la
visiter avec le chirurgien le soir même.

Dès cette soirée, les exagérations commencèrent
donc de part et d'autre. Le salon des Rogron fut
plein. Vinet avait travaillé le parti libéral à ce sujet.
Les deux dames de Chargebœuf dînèrent chez les
Rogron, car le contrat devait y être signé le soir.
Dans la matinée, Vinet avait fait ⁹⁰⁸ afficher les
bans à la mairie. Il traita de misère l'affaire relative
à Pierrette. Si le tribunal ⁹⁰⁹ de Provins y portait de

la passion, la Cour royale saurait apprécier les faits, disait-il, et les Auffray regarderaient à deux fois avant de se jeter dans un pareil procès

L'alliance de Rogron avec les Chargebœuf fut une considération énorme aux yeux d'un certain monde. Chez eux, les Rogron étaient blancs comme neige, et Pierrette était une petite fille excessivement perverse, un serpent réchauffé dans leur sein. Dans le salon de Mme Tiphaine, on se vengeait des horribles médisances que le parti Vinet avait dites depuis deux ans : les Rogron étaient des monstres, et le tuteur irait en cour d'assises. Sur la place, Pierrette se portait à merveille; dans la haute ville, elle mourrait infailliblement; chez Rogron, elle avait des égratignures au poignet; chez Mme Tiphaine, elle avait les doigts brisés, on allait lui en couper un. Le lendemain, *le Courrier de Provins* contenait un article extrêmement adroit, bien écrit, un chef-d'œuvre d'insinuations mêlées de considérations judiciaires, et qui mettait déjà Rogron hors de cause. *La Ruche*, qui d'abord paraissait [910] deux jours après, ne pouvait répondre sans tomber dans la diffamation; mais on y répliqua [911] que, dans une affaire semblable, le mieux était de laisser son cours à la justice.

Le Conseil de Famille fut composé par le juge de paix du canton de Provins, président légal : premièrement, de Rogron et des deux MM. Auffray, les plus proches parents; puis, de M. Ciprey [912], neveu de la grand'mère maternelle de Pierrette. Il leur adjoignit M. Habert, le confesseur de Pierrette, et le colonel Gouraud, qui s'était toujours donné pour un camarade du major Lorrain. On applaudit beaucoup à l'impartialité du juge de paix, qui compre-

nait dans le conseil de famille M. Habert et le colonel
Gouraud, que tout Provins croyait très amis des
Rogron.

Dans la circonstance grave où se trouvait Rogron,
il demanda l'assistance de maître Vinet au Conseil
de Famille. Par cette manœuvre, évidemment conseillée par Vinet, Rogron obtint [913] que le Conseil
de Famille ne s'assemblerait que vers la fin du mois
de décembre. A cette époque, le président [914] et sa
femme furent établis à Paris, chez Mme Roguin, à
cause de la convocation des Chambres. Ainsi le
parti ministériel [915] se trouva sans son chef. Vinet
avait déjà sourdement pratiqué le bonhomme Desfondrilles, le juge d'instruction, au cas où l'affaire
prendrait le caractère correctionnel ou criminel que
le président avait essayé de lui donner. Vinet plaida
l'affaire pendant trois heures devant le Conseil de
Famille : il y établit une intrigue entre Brigaut et
Pierrette, afin de justifier les sévérités de Mlle Rogron ;
il démontra combien le tuteur avait agi naturelle-
ment en laissant sa pupille sous le gouvernement
d'une femme ; il appuya sur la non-participation de
son client à la manière dont l'éducation de Pierrette
était entendue par Sylvie. Malgré [916] les efforts de
Vinet, le Conseil fut à l'unanimité d'avis de retirer
la tutelle à Rogron. On désigna pour tuteur M. Auffray, et M. Ciprey pour subrogé-tuteur. Le Conseil
de Famille entendit Adèle, la servante, qui chargea
ses anciens maîtres ; Mlle Habert, qui raconta les
propos cruels tenus par Mlle Rogron dans la soirée
où Pierrette s'était donné le furieux coup entendu
par tout le monde, et l'observation faite sur la santé
de Pierrette par Mme de Chargebœuf. Brigaut produisit la lettre qu'il avait reçue de Pierrette et qui

prouvait leur mutuelle innocence. Il fut démontré que l'état déplorable dans lequel se trouvait la mineure venait d'un défaut de soin du tuteur, responsable de tout ce qui concernait sa pupille. La maladie de Pierrette avait frappé tout le monde, et même les personnes de la ville étrangères à la famille. L'accusation de sévices fut donc maintenue contre Rogron. L'affaire allait devenir publique.

Conseillé par Vinet, Rogron [917] se rendit opposant à l'homologation de la délibération du Conseil de Famille par le tribunal. Le ministère public intervint, attendu la gravité croissante de l'état pathologique où se trouvait Pierrette Lorrain. Ce procès curieux, quoique promptement mis au rôle, ne vint en ordre utile que vers le mois de mars 1828.

Le mariage de Rogron avec Mlle de Chargebœuf s'était alors célébré. Sylvie habitait le deuxième étage de sa maison [918], où des dispositions avaient été faites pour la loger, ainsi que Mme de Chargebœuf, car le premier étage fut entièrement affecté à Mme Rogron. La belle Mme Rogron succéda dès lors à la belle Mme Tiphaine. L'influence de ce mariage fut énorme. On ne vint plus dans le salon de Mlle Sylvie, mais chez la belle Mme Rogron.

Soutenu par sa belle-mère et appuyé par les banquiers royalistes du Tillet et Nucingen, le président Tiphaine eut occasion [919] de rendre service au ministère, il fut un des orateurs du centre les plus estimés, devint juge au tribunal de première instance de la Seine, et fit nommer son neveu, Lesourd, président du tribunal de Provins. Cette nomination froissa beaucoup le juge [920] Desfondrilles, toujours archéologue et plus que jamais suppléant. Le garde des sceaux envoya l'un de ses

protégés à la place de Lesourd. L'avancement de
M. Tiphaine n'en produisit donc aucun dans le
tribunal de Provins. Vinet exploita très habilement
ces circonstances. Il avait toujours dit aux gens [921]
de Provins qu'ils servaient de marchepied aux
grandeurs de la rusée Mme Tiphaine. Le président se
jouait [922] de ses amis. Mme Tiphaine méprisait
in petto la ville de Provins, et n'y reviendrait jamais.
M. Tiphaine père mourut, son fils hérita de la terre
du Fay, et vendit sa belle maison de la ville haute
à M. Julliard. Cette vente prouva [923] combien il
comptait peu revenir à Provins. Vinet eut raison,
Vinet avait été prophète [924]. Ces faits eurent une
grande influence sur le procès relatif à la tutelle de
Rogron.

Ainsi, l'épouvantable martyre exercé brutalement
sur Pierrette par deux imbéciles tyrans, et qui,
dans ses conséquences médicales, mettait M. Martener, approuvé par le docteur Bianchon, dans le
cas d'ordonner la terrible opération du trépan; ce
drame horrible, réduit aux proportions judiciaires,
tombait dans le gâchis immonde qui s'appelle, au
Palais, *la forme*. Ce procès traînait dans les délais,
dans le lacis inextricable de la procédure, arrêté
par les ambages d'un odieux avocat [925]; tandis que
Pierrette, calomniée, languissait et souffrait les
plus épouvantables douleurs connues en médecine.
Ne fallait-il pas expliquer ces singuliers revirements
de l'opinion publique et la marche lente de la justice, avant de revenir dans la chambre où elle vivait,
où elle mourait?

CHAPITRE X

LE JUGEMENT

M. Martener, de même que la famille Auffray, fut en peu de jours séduit par l'adorable caractère de Pierrette et par la vieille Bretonne [926], dont les sentiments, les idées, les façons étaient empreints d'une antique couleur romaine. Cette matrone [927] du Marais ressemblait à une femme de Plutarque. Le médecin voulut disputer cette proie à la mort, car, dès le premier jour, le médecin de Paris et le médecin de province regardèrent Pierrette comme perdue. Il y eut entre le mal et le médecin, soutenu par la jeunesse de Pierrette, un de ces combats que les médecins seuls connaissent et dont la récompense, en cas de succès, n'est jamais ni dans le prix vénal des soins ni chez le malade; elle se trouve dans la douce satisfaction de la conscience et dans je ne sais quelle palme idéale et invisible recueillie par les vrais artistes après le contentement que leur cause la certitude d'avoir fait une belle œuvre. Le médecin tend au bien comme l'artiste tend au beau, poussé par un admirable sentiment que nous nommons la vertu. Ce combat de tous les jours avait éteint chez cet homme de province les mesquines [928] irritations de la lutte engagée entre le parti Vinet et le parti des Tiphaine, ainsi qu'il

arrive aux hommes qui se trouvent tête à tête avec
une grande misère à vaincre.

M. Martener avait commencé par vouloir exercer
son état à Paris; mais l'atroce activité de cette
ville, l'insensibilité que finissent par donner au
médecin le nombre effrayant de malades et la mul-
tiplicité des cas graves, avaient épouvanté son âme
douce et faite pour la vie de province. Il était,
d'ailleurs, sous le joug de sa jolie patrie. Aussi
revint-il à Provins s'y marier, s'y établir et y
soigner presque affectueusement une population
qu'il pouvait considérer comme une grande famille.
Il affecta, pendant tout le temps que dura la maladie
de Pierrette, de ne point parler de sa malade. Sa
répugnance à répondre quand chacun lui demandait
des nouvelles de la pauvre petite était si visible,
qu'on cessa de le questionner à ce sujet. Pierrette
fut pour lui ce qu'elle devait être, un de ces poèmes
mystérieux et profonds, vastes en douleurs, comme
il s'en trouve dans la terrible existence des médecins. Il éprouvait pour cette délicate jeune fille une
admiration dans le secret de laquelle il ne voulut
mettre personne.

Ce sentiment du médecin pour sa malade s'était [929],
comme tous les sentiments vrais, communiqué à
M. et Mme Auffray, dont la maison devint, tant que
Pierrette y fut, douce et silencieuse. Les enfants,
qui jadis avaient fait de si bonnes parties de jeu
avec Pierrette, s'entendirent, avec la grâce de
l'enfance, pour n'être ni bruyants ni importuns. Ils
mirent leur honneur à être bien sages, parce que
Pierrette était malade. La maison de M. Auffray se
trouve dans la ville haute, au-dessous des ruines du
château, où elle est bâtie dans une des marges de

terrain produites par le bouleversement des anciens remparts. De là, les habitants ont la vue de la vallée en se promenant dans un petit [930] jardin fruitier enclos de gros murs, d'où l'on plonge sur la ville. Les toits des autres maisons arrivent au cordon extérieur du mur qui soutient ce jardin [931]. Le long de cette terrasse est une allée qui aboutit à la porte-fenêtre du cabinet de M. Auffray. Au bout s'élèvent un berceau de vigne et un figuier, sous lesquels il y a une table ronde, un banc et des chaises peints en vert. On avait donné à Pierrette une chambre au-dessus du cabinet de son nouveau tuteur. Mme Lorrain y couchait sur un lit de sangle auprès de sa petite-fille. De sa fenêtre, Pierrette pouvait donc voir la magnifique vallée de Provins, qu'elle connaissait à peine; elle était sortie si rarement de la fatale maison des Rogron! Quand il faisait beau temps, elle aimait à se traîner au bras de sa grand'-mère jusqu'à ce berceau. Brigaut, qui ne faisait plus rien, venait voir sa petite amie trois fois par jour, il était [932] dévoré par une douleur qui le rendait sourd à la vie; il guettait avec la finesse d'un chien de chasse M. Martener, il l'accompagnait toujours et sortait avec lui. Vous imagineriez difficilement les folies que chacun faisait pour la chère petite malade.

Ivre de désespoir, la grand'mère cachait son déses-poir, elle [933] montrait à sa petite-fille le visage riant qu'elle avait à Pen-Hoël. Dans son désir de se faire illusion, elle lui arrangeait et lui mettait le bonnet national avec lequel Pierrette était arrivée à Provins. La jeune malade lui paraissait ainsi se mieux ressembler à elle-même : elle était délicieuse à voir, le visage entouré de cette auréole de batiste bordée de dentelles empesées. Sa tête, blanche de la blancheur du biscuit, son front auquel la souffrance imprimait un semblant de pensée profonde, la pureté des lignes amaigries par la maladie, la lenteur du regard et la fixité des yeux par instants, tout faisait de Pierrette un admirable chef-d'œuvre de mélancolie. Aussi l'enfant était-elle servie avec une sorte de fanatisme. On la voyait si douce, si tendre et si aimante ! Mme Martener avait envoyé son piano chez sa sœur, Mme Auffray, dans la pensée d'amuser Pierrette, à qui la musique causa des ravissements. C'était un poème que de la regarder écoutant un morceau de Weber, de Beethoven ou d'Hérold, les yeux levés, silencieuse, et regrettant sans doute la vie qu'elle sentait lui échapper. Le curé Péroux et M. Habert, ses deux consolateurs religieux, admiraient sa pieuse résignation. N'est-ce pas un fait [934] remarquable et digne également et de l'attention des philosophes et de celle des indifférents, que la perfection séraphique des jeunes filles et des jeunes gens marqués en rouge par la Mort dans la foule, comme de jeunes arbres dans une forêt? Qui a vu l'une de ces morts sublimes ne saurait rester ou devenir incrédule. Ces êtres exhalent comme un parfum céleste, leurs regards parlent de Dieu, leur voix est éloquente dans les plus indifférents discours, et souvent elle sonne comme un instrument divin, exprimant les secrets de l'avenir ! Quand Martener félicitait Pierrette d'avoir accompli quelque difficile prescription, cet ange disait, en présence de tous, et avec quels regards !

— Je désire vivre, cher monsieur Martener, moins pour moi que pour ma grand'mère, pour mon Brigaut, et pour vous tous, que ma mort affligerait.

La première fois qu'elle se promena, dans le mois

de novembre, par le beau soleil de la Saint-Martin, accompagnée de toute la maison, et que Mme Auffray lui demanda si elle était fatiguée :

— Maintenant, que je n'ai plus à supporter d'autres souffrances que celles envoyées par Dieu, je puis y suffire. Je trouve dans le bonheur d'être aimée la force de souffrir.

Ce fut la seule fois que, d'une manière détournée, elle rappela son horrible martyre chez les Rogron, desquels elle ne parlait point, et leur souvenir devait lui être si pénible, que personne ne parlait d'eux.

— Chère madame Auffray, lui dit-elle un jour, à midi, sur la terrasse, en contemplant la vallée éclairée par un beau soleil et parée des belles teintes rousses de l'automne, mon agonie chez vous m'aura donné plus de bonheur que ces trois dernières années.

Mme Auffray regarda sa sœur, Mme Martener, et lui dit à l'oreille :

— Comme elle aurait aimé !

En effet, l'accent, le regard de Pierrette, donnaient à sa phrase une indicible valeur.

M. Martener entretenait une correspondance avec le docteur Bianchon, et ne tentait rien de grave sans ses approbations. Il espérait d'abord établir le cours voulu par la nature, puis faire dériver le dépôt à la tête par l'oreille. Plus vives étaient les douleurs de Pierrette, plus il concevait d'espérances. Il obtint de légers succès sur le premier point, et ce fut un grand triomphe. Pendant quelques jours, l'appétit de Pierrette revint et se satisfit de mets substantiels pour lesquels sa maladie lui donnait jusqu'alors une répugnance caractéristique; la couleur de son teint changea, mais l'état de la tête était horrible. Aussi le docteur supplia-t-il le grand médecin, son conseil, de venir. Bianchon vint, resta deux jours à Provins, et décida une opération, il épousa toutes les sollicitudes du pauvre Martener, et alla chercher lui-même le célèbre Desplein [935]. Ainsi l'opération fut faite par le plus grand chirurgien des temps anciens et modernes; mais ce terrible aruspice dit à Martener en s'en allant avec Bianchon, son élève le plus aimé :

— Vous ne la sauverez que par un miracle. Comme vous l'a dit Horace, la carie des os est commencée. A cet âge, les os sont encore si tendres !

L'opération avait eu lieu dans le commencement du mois de mars 1828. Pendant tout le mois, effrayé des douleurs épouvantables que souffrait Pierrette, M. Martener fit plusieurs voyages à Paris; il y consultait Desplein et Bianchon, auxquels il alla jusqu'à proposer une opération dans le genre de celle de la lithotritie, et qui consistait à introduire dans la tête un instrument creux à l'aide duquel on essayerait l'application d'un remède héroïque pour arrêter les progrès de la carie. L'audacieux Desplein n'osa pas tenter ce coup de main chirurgical, que le désespoir avait inspiré à Martener.

Aussi, quand le médecin revint de son dernier voyage à Paris, parut-il à ses amis chagrin et morose. Il dut annoncer, par une fatale soirée, à la famille Auffray, à Mme Lorrain, au confesseur et à Brigaut réunis, que la science ne pouvait plus rien pour Pierrette, dont le salut était seulement dans la main de Dieu. Ce fut une horrible consternation. La grand'mère fit un vœu et pria le curé de dire tous les matins, au jour, avant le lever de Pierrette, une messe à laquelle elle et Brigaut assistèrent.

Le procès se plaidait. Pendant que la victime des Rogron se mourait, Vinet la calomniait au tribunal. Le tribunal homologua la délibération du Conseil de Famille, et l'avocat interjeta sur-le-champ appel. Le nouveau procureur du roi fit un réquisitoire qui détermina une instruction. Rogron et sa sœur furent obligés de donner caution pour ne pas aller en prison. L'instruction exigeait l'interrogatoire de Pierrette. Quand M. Desfondrilles vint chez Auffray, Pierrette était à l'agonie, elle avait son confesseur à son chevet, elle allait être administrée. Elle suppliait en ce moment même la famille assemblée de pardonner à son cousin et à sa cousine, ainsi qu'elle le faisait elle-même en disant, avec un admirable bon sens, que le jugement de ces choses appartenait à Dieu seul.

— Grand'mère, dit-elle, laisse tout ton bien à Brigaut (Brigaut fondait en larmes). Et, dit Pierrette en continuant, donne mille francs à cette bonne Adèle qui me bassinait mon lit en cachette. Si elle était restée chez mes cousins, je vivrais...

Ce fut à trois heures, le mardi de Pâques, par une belle journée, que ce petit ange cessa de souffrir. Son héroïque grand'mère voulut la garder pendant la nuit avec les prêtres, et la coudre de ses vieilles mains raides dans le linceul. Vers le soir, Brigaut quitta la maison Auffray, descendit chez Frappier.

— Je n'ai pas besoin, mon pauvre garçon, de te demander des nouvelles, lui dit le menuisier.

— Père Frappier, oui, c'est fini pour elle, et non pas pour moi.

L'ouvrier jeta sur tout le bois de la boutique des regards à la fois sombres et perspicaces.

— Je te comprends, Brigaut, dit le bonhomme Frappier. Tiens, voilà ce qu'il te faut.

Et il lui montra des planches en chêne de deux pouces [936].

— Ne m'aidez pas, monsieur Frappier, dit le Breton; je veux tout faire moi-même.

Brigaut passa la nuit à *raboter et à ajuster la bière de Pierrette, et plus d'une fois il enleva d'un seul coup [937] de rabot un ruban de bois humide de ses larmes. Le bonhomme Frappier le regardait faire en fumant. Il ne lui dit que ces deux mots, quand son premier garçon assembla les quatre morceaux :

— Fais donc le couvercle à coulisse : ces pauvres parents ne l'entendront pas clouer...

Au jour, Brigaut alla chercher le plomb nécessaire pour doubler la bière. Par [938] un hasard extraordinaire, les feuilles de plomb coûtèrent exactement la somme qu'il avait donnée à Pierrette pour son voyage de Nantes à Provins. Ce courageux Breton, qui avait résisté à l'horrible douleur de faire lui-même la bière de sa chère compagne d'enfance, en doublant ces funèbres planches de tous ses souvenirs, ne tint pas à ce rapprochement : il défaillit et ne put emporter le plomb; le plombier l'accompagna en lui offrant d'aller avec lui pour souder la quatrième feuille, une fois que le corps serait mis dans le cercueil. Le Breton brûla le rabot et tous les outils qui lui avaient servi, il fit ses comptes avec Frappier et lui dit adieu. L'héroïsme avec lequel ce pauvre garçon s'occupait, comme la grand'mère, à rendre les derniers devoirs à Pierrette le fit intervenir dans la scène suprême qui couronna la tyrannie des Rogron.

Brigaut [939] et le plombier arrivèrent assez à temps

chez M. Auffray pour décider par leur force brutale une infâme et horrible question judiciaire. La chambre mortuaire, pleine de monde, offrit aux deux ouvriers un singulier spectacle. Les Rogron s'étaient dressés hideux auprès du cadavre de leur victime pour la torturer encore après sa mort. Le corps, sublime de beauté, de la pauvre enfant gisait sur le lit de sangle de sa grand'mère. Pierrette avait les yeux fermés, les cheveux en bandeau, le corps cousu dans un gros drap de coton.

Devant ce lit, les cheveux en désordre, à genoux, les mains étendues, le visage en feu, la vieille Lorrain criait :

— Non, non, cela ne se fera pas !

Au pied du lit étaient le tuteur, M. Auffray, le curé Péroux et M. Habert. Les cierges brûlaient encore. Devant la grand'mère étaient le chirurgien de l'hospice et M. Néraud, appuyés de l'épouvantable et doucereux Vinet. Il y avait un huissier. Le chirurgien de l'hospice était revêtu de son tablier de dissection. Un de ses aides avait défait sa trousse, et lui présentait un couteau à disséquer.

Cette scène fut troublée par le bruit du cercueil, que Brigaut et le plombier laissèrent tomber; car Brigaut, qui marchait le premier, fut saisi d'épouvante à l'aspect de la vieille mère Lorrain qui pleurait.

— Qu'y a-t-il? demanda Brigaut en se plaçant à côté de la vieille grand'mère et serrant convulsivement un ciseau qu'il apportait.

— Il y a, dit la vieille, il y a, Brigaut, qu'ils veulent ouvrir le corps de mon enfant, lui fendre la tête, lui crever le cœur après sa mort comme pendant sa vie.

— Qui? fit Brigaut d'une voix à briser le tympan des gens de justice.

— Les Rogron.

— Par le saint nom de Dieu !...

— Un moment, Brigaut..., dit M. Auffray en voyant le Breton brandissant son ciseau.

— Monsieur Auffray, dit Brigaut pâle autant que la jeune morte [940], je vous écoute parce que vous êtes M. Auffray; mais, en ce moment, je n'écouterais pas...

— La justice ! dit Auffray.

— Est-ce qu'il y a une justice? s'écria le Breton. La justice, la voilà ! dit-il en menaçant l'avocat [941], le chirurgien et l'huissier de son ciseau qui brillait au soleil.

— Mon ami, dit le curé, la justice a été invoquée par l'avocat de M. Rogron, qui est sous le coup d'une accusation grave, et il est impossible de refuser à un inculpé les moyens de se justifier. Selon l'avocat de M. Rogron, si la pauvre enfant que voici succombe à son abcès dans la tête, son ancien tuteur ne saurait être inquiété; car il est prouvé que Pierrette a caché pendant longtemps le coup qu'elle s'était donné...

— Assez ! dit Brigaut.

— Mon client..., dit Vinet.

— Ton client, s'écria le Breton, ira dans l'enfer et moi sur l'échafaud; car, si quelqu'un de vous fait mine de toucher à celle que ton client a tuée, et si le carabin ne rentre pas son outil, je le tue net.

— Il y a rébellion, dit Vinet, nous allons en instruire le juge.

Les cinq étrangers se retirèrent.

— O mon fils ! dit la vieille en se dressant et

sautant au cou de Brigaut, ensevelissons-la bien vite, ils reviendront ! ...

— Une fois le plomb scellé, dit le plombier, ils n'oseront peut-être plus.

M. Auffray courut chez son beau-frère, M. Lesourd, pour tâcher d'arranger cette affaire. Vinet ne voulait pas autre chose. Une fois Pierrette morte, le procès relatif à la tutelle, qui n'était pas jugé, se trouvait éteint sans que personne pût en arguer pour ou contre les Rogron : la question demeurait indécise. Aussi l'adroit Vinet avait-il bien prévu l'effet que sa requête allait produire.

A midi, M. Desfondrilles fit son rapport au tribunal sur l'instruction relative à Rogron, et le tribunal rendit un jugement de non-lieu parfaitement motivé.

Rogron n'osa pas se montrer à l'enterrement de Pierrette, auquel assista toute la ville. Vinet avait voulu l'y entraîner, mais l'ancien mercier eut peur d'exciter une horreur universelle.

Brigaut quitta Provins après avoir vu combler la fosse où Pierrette fut enterrée, et alla de son pied à Paris. Il écrivit une pétition à la dauphine [942] pour, en considération du nom de son père, entrer dans la garde royale, où il fut aussitôt admis. Quand se fit l'expédition d'Alger, il écrivit encore à la dauphine pour obtenir d'être employé. Il était sergent, le maréchal Bourmont [943] le nomma sous-lieutenant dans la ligne. Le fils du major se conduisit en homme qui voulait mourir. La mort a jusqu'à présent respecté Jacques Brigaut, qui s'est distingué dans toutes les expéditions récentes sans y trouver une blessure. Il est aujourd'hui chef de bataillon dans la ligne. Aucun officier n'est plus taciturne ni meilleur. Hors le service, il reste presque muet, se promène seul et vit mécaniquement. Chacun devine et respecte une douleur inconnue. Il possède quarante-six mille francs qui lui ont été légués par la vieille Mme Lorrain [944], morte à Paris en 1829.

Aux élections de 1830, Vinet fut nommé député, les services qu'il a rendus au nouveau gouvernement lui ont valu la place de procureur-général. Maintenant, son influence est telle, qu'il sera toujours nommé député. Rogron est receveur-général dans la ville même où Vinet remplit ses fonctions; et, par un hasard surprenant, M. Tiphaine y est premier président de la cour royale, car le justicier s'est [945] rattaché sans hésitation à la dynastie de Juillet. L'ex-belle Mme Tiphaine vit en bonne intelligence avec la belle Mme Rogron [946]. Vinet est au mieux avec le président Tiphaine.

Quant à l'imbécile Rogron, il dit des mots comme celui-ci :

— Louis-Philippe ne sera vraiment roi que quand il pourra faire des nobles !

Ce mot [947] n'est évidemment pas de lui. Sa santé chancelante fait espérer à Mme Rogron de pouvoir épouser dans peu de temps le général marquis de Montriveau, pair de France, qui commande le département et qui lui rend des soins [948]. Vinet demande très proprement des têtes, il ne croit jamais à l'innocence d'un accusé. Ce procureur-général pur sang passe [949] pour un des hommes les plus aimables du ressort, et il n'a pas moins de succès à Paris et à la Chambre; à la Cour [950], il est un délicieux courtisan [951].

Selon la promesse de Vinet, le général baron Gouraud, ce noble débris de nos glorieuses armées, a épousé une demoiselle Matifat, âgée [952] de vingt-

cinq ans, fille d'un droguiste de la rue des Lombards,
et dont la dot était de cinquante mille écus. Il commande, comme l'avait prophétisé Vinet, un département voisin de Paris. Il a été nommé pair de
France à cause de sa conduite dans les émeutes sous
le ministère de Casimir Périer. Le baron [953] Gouraud
fut un des généraux qui prirent l'église Saint-Merri,
heureux de *taper sur les pékins* qui les avaient vexés
pendant quinze ans, et son ardeur a été récompen-
sée par le grand cordon de la Légion d'honneur.

Aucun des personnages qui ont trempé dans la
mort de Pierrette n'a le moindre remords. M. Desfondrilles est toujours archéologue; mais, dans
l'intérêt de son élection, le procureur-général Vinet
a eu soin de le faire nommer président du tribunal.
Sylvie a une petite cour et administre les biens de
son frère; elle prête à gros intérêts et ne dépense
pas douze cents francs par an.

De temps en temps, sur cette petite place, quand
un enfant de Provins y arrive de Paris pour s'y
établir, et sort de chez Mlle Rogron, un ancien partisan des Tiphaine dit :

— Les Rogron ont eu dans le temps une triste
affaire à cause d'une pupille...

— Affaire de parti, répond le président Desfondrilles. On a voulu faire croire à des monstruosités.
Par bonté d'âme, ils ont pris chez eux cette
Pierrette, petite fille assez gentille et sans fortune; au moment [954] de se former, elle eut une
intrigue avec un garçon menuisier, elle venait pieds
nus à sa fenêtre y causer avec ce garçon, qui se tenait
là, voyez-vous? Les deux amants s'envoyaient [955] des
billets doux au moyen d'une ficelle. Vous comprenez
que, dans son état, aux mois d'octobre et de novembre,

il n'en fallait pas davantage pour faire aller à mal une fille qui avait les pâles couleurs. Les Rogron [956] se sont admirablement bien conduits, ils n'ont pas réclamé leur part de l'héritage de cette petite, ils ont tout abandonné à sa grand'mère. La morale de cela, mes amis, est que le diable nous punit toujours d'un bienfait.

— Ah! mais c'est bien différent, le père Frappier me racontait cela tout autrement.

— Le père Frappier consulte plus sa cave que sa mémoire, dit alors un habitué du salon de Mlle Rogron.

— Mais le vieux M. Habert...

— Oh! celui-là, vous savez son affaire?

— Non.

— Eh bien, il voulait faire épouser sa sœur à M. Rogron, le receveur-général.

Deux hommes se souviennent chaque jour de Pierrette : le médecin Martener et le major Brigaut, qui, seuls, connaissent l'épouvantable vérité.

Pour donner à ceci d'immenses proportions, il suffit de rappeler qu'en transportant la scène au moyen âge et à Rome, sur ce vaste théâtre, une jeune fille sublime, Béatrix Cenci, fut conduite au supplice par des raisons et par des intrigues presque analogues à celles qui menèrent Pierrette au tombeau. Béatrix Cenci n'eut pour tout défenseur qu'un artiste, un peintre. Aujourd'hui, l'histoire et les vivants, sur la foi du portrait de Guido Reni, condamnent le pape, et font de Béatrix une des plus touchantes victimes des passions infâmes et des factions [957].

Convenons entre nous que la légalité serait pour les friponneries sociales une belle chose [958], si Dieu n'existait pas.

Novembre 1839 [959].

NOTES

NOTES

LE CURÉ DE TOURS

1. Cette dédicace parut pour la première fois dans l'édition de 1843 de *la Comédie humaine*.

— Pierre-Jean David (né à Angers en 1783, mort en 1856) a été l'un de nos plus grands et de nos plus féconds sculpteurs. Il suffira de rappeler ici ses nombreux médaillons et ses bustes des hommes célèbres de son temps. Il avait plusieurs fois manifesté le désir de faire le buste de Balzac qui avait chaque fois résisté. En 1842 encore, en automne probablement, Balzac avait argué auprès de David d'une promesse qu'il aurait faite, à Mme Hanska semble-t-il, de ne pas consentir à ce qu'il soit fait, n'importe de quelle manière, de portrait de lui. Il s'estime trop peu glorieux pour l'honneur que David veut lui faire. « Plus tard, dit-il, si je suis quelque chose et si l'interdiction se lève, je serai tout à vous. » (*Correspondance*, p. 362.) David n'eut pas à attendre longtemps. Le 21 novembre de cette même année 1842, Balzac écrit à Mme Hanska qu'il a dîné chez Victor Hugo, désireux de l'aboucher avec David qui voulait faire de Balzac un « buste colossal en marbre pour le joindre à ceux de Chateaubriand, de Victor Hugo, de Lamartine, de Gœthe, de Cooper ». Voilà pour notre modeste auteur une bien glorieuse compagnie. Il accepte d'ailleurs d'y entrer, et dit à Mme Hanska : « Répondez-moi que cela vous rend heureuse, et votre petit mot vaudra plus pour moi que toutes les statues du monde. » (*Lettres à l'Etrangère*, II, 84.) Il précise que c'est la troisième tentative que David vient de faire auprès de lui. Le 1er février 1843, il écrit à Mme Hanska que le buste sera achevé pour l'exposition de 1844 et que (quand ils seront mariés) ils l'auront dans leur salon. (*Op. cit.*, II, 115.) Il fut placé, en effet, dans le grand salon bleu et or sur une console Louis XV, entre deux vases de Chine. Il portait cette inscription :

A SON AMI DE BALZAC
P.-J. DAVID D'ANGERS
1844

Il est aujourd'hui au musée Carnavalet. Il y en a un exemplaire en bronze sur la tombe de Balzac au Père-Lachaise. Le 3 décembre 1843, Balzac écrivait à Mme Hanska que le buste en glaise était terminé. Il avait fallu à David, pour accomplir cette œuvre, dix séances d'une journée. Balzac avait promis de poser quelques séances encore pour le marbre. Il déclare qu'il ne veut rien dire de « cette grande œuvre » ; il en dit pourtant « que David et quelques autres [la] croient ce qu'il a fait de mieux, *vu* [il souligne] *la beauté de l'original, sous le rapport de l'expression et des qualités purement symptomatiques relatives à l'écrivain*, termes [dit-il à Mme Hanska] que vous ne contesterez probablement pas. » (*Op. cit.*, 11, 219.)

2. L'abbé François Birotteau avait été le directeur de Mme de Mortsauf ; il l'avait assistée quand elle fut près de mourir ; deux ans plus tard il était venu en aide, dans la mesure où il l'avait pu, c'est-à-dire fort insuffisamment, à son frère César quand celui-ci se trouva dans de grandes difficultés pécuniaires. (Cf. *Le Lys dans la vallée* et *César Birotteau*. Voir aussi : *Répertoire de la Comédie humaine*, par Anatole Cerfberr et Jules Christophe, p. 38.)

3. Var. : « Sur les neuf heures du soir, et vers la fin du mois d'octobre, l'abbé Birotteau, surpris ». (1832, 34 et 39.)

4. Var. : « où il avait été passer la soirée traversait aussi vite que ». *(Ibid.)*

5. Var. : « *le Cloître*, situé derrière le chevet de la cathédrale Saint-Gatien. » *(Ibid.)*

6. Var. : « Birotteau était un petit homme [...] apoplectique, et qui, âgé ». *(Ibid.)*

7. Var. : « prêtre avait le ». *(Ibid.)*

8. Var. : « semelles, car, si fortes qu'elles fussent et malgré » (1832) ; — « semelles, quelque fortes qu'elles fussent et malgré ». (1834 et 39.)

9. Var. : « flanelle dont il s'empaquetait les pieds en tout temps, avec ». (1832, 34 et 39).

10. Dans *la Muse du Département*, on voit la baronne de Listomère recevoir Gravier, receveur des finances et le mari de cette Espagnole qui avait été accouchée secrètement par le chirurgien français Béga, qu'il avait d'ailleurs aussitôt assassiné. (*Répertoire*, p. 317.)

11. Var. : « Listomère, cette petite félicité contribuait à lui faire endurer la pluie ». (1832, 34 et 39.)

12. Var. : « Puis, en ce moment, occupé de caresser sa chimère ». *(Ibid.)*

13. Var. : « canonicat vacant pour ». (1843).

14. Var. : « s'il avait perdu au jeu, s'il avait appris que l'abbé Poirel ». *(Ibid.)* — L'abbé Poirel ne paraît que dans cette nouvelle.

15. Var. : « chanoine; alors il eût trouvé la pluie bien froide; mais il se trouvait » (1832); — «... alors il eût trouvé la pluie bien froide; il eût peut-être maudit son existence, mais il se trouvait ». (1834 et 39.)

16. Var. : « où les sensations de l'âme font tout oublier, et, s'il hâtait le pas, c'était par un mouvement machinal; aussi la vérité historique oblige » (1832); même texte en 1834 et 39, moins le mot « et » avant « s'il hâtait ».

17. Var. Le passage qui commence ici est bien différent et plus court dans l'édition de 1832 : « Il existe, dans le Cloître, un passage qui aboutit à la grande rue. Les arcs-boutants de Saint-Gatien traversent les murs de la seule maison qu'il y ait à gauche de cette espèce de rue, et sont implantés... »

18. Var. : « Jadis, existait » (1834); — « Jadis existaient ». (1839).

19. Var. : « qui séparait ». (1834 et 39.)

20. Var. : « du Cloître dans la Grand'Rue ». *(Ibid.)*

21. Var. : « est occupé par ». (1834.)

22. Var. : « maison. Les arcs-boutants de Saint-Gatien en traversent les murs et sont implantés ». (1834 et 39).

23. Var. : « si l'église a été bâtie » (1832); — « si l'église fut bâtie ». (1834 et 39.)

24. Var. : « le temps, il est facile de voir qu'elle devait appartenir au chapitre de la cathédrale, et faire autrefois partie » (1832); — «... il est facile de voir qu'elle fit toujours partie ». (1834 et 39.)

25. Var. : Tours, la ville la moins littéraire ». (1832.)

26. Var. : « l'arcade gothique qui, s'harmoniant sans doute avec l'ensemble de l'édifice, formait jadis le portail des habitations ecclésiastiques, placées dans cette partie du cloître et réservées à ceux que leurs fonctions appelaient le plus souvent à l'église. Cette maison étant au nord, se trouve... » *(Ibid.)*

27. Var. : « devait s'harmonier avec le caractère ». (1834 et 39.)

28. Var. Les mots « cette maison » ne sont pas dans l'édition de 1832.

29. Var. « choucas logés ». (1832.)

30. Var. : « des êtres d'une nullité. » *(Ibid.)*

31. Mⁱˡᵉ Gamard ne paraît que dans cette nouvelle.

32. Var. : « acquis nationalement ». (1832, 34 et 39.)

33. Var. : « mauvais qu'une dévote conservait sous la Restauration, un bien national, soit que les gens religieux lui supposassent l'intention de le léguer au chapitre, soit que les gens du monde crussent que la destination n'en avait jamais été changée.

« C'était vers cette maison, où il demeurait depuis deux ans, que se dirigeait l'abbé Birotteau. » (1832, 34 et 39.) « L'appartement qu'il y occupait avait été comme ». (1832.)

34. Horace, *Satires*, liv. II, vi, 1.

35. Var. : « une dizaine ». (1832.)

36. Var. : Le passage qui commence à ce mot « et » et qui finit à « parmi les saints. » n'est pas dans l'édition de 1832; aux éditions de 1834 et 1839 il manque seulement la fin, depuis : « ce sentiment indicible ».

37. Var. : « pour calmer les impatiences de l'amour-propre » (1834.)

38. Var. : « l'appartement où il était maintenant logé, ce sentiment si minime » (1832). Il y a « si minime » aussi en 1834 et 39.

39. Var. : « comme toutes les passions, fécondes en remords. » (1832); — « comme toutes les passions fécondes en espérances, en plaisirs et en remords. » (1834 et 39.)

40. Var. Le mot « logés » manque aux éditions 1832, 34 et 39.

41. Var. : « devint son pensionnaire, elle ». (1832, 34 et 39.)

42. L'abbé Chapeloud ne paraît que dans cette nouvelle. Sur l'abbé Troubert, voir la note 503.

43. Var. Les mots « en son vivant » manquent dans les éditions de 1832, 34 et 39.

44. Var. : « les fois que celui-ci » (1832 à 39) « était jadis entré chez le chanoine il en avait admiré l'appartement ». (1832.)

45. Var. : « l'envie d'être possesseur de toutes ces belles choses; il lui avait été impossible d'étouffer ». (1832 à 39.)

46. Var. : « mais toujours croissante. ». *(Ibid.)*

47. Var. : « ils ne possédaient rien ». *(Ibid.)*

48. Var. : « prêtres et avaient épuisé leurs minces économies à passer » (1832) — même texte en 1834 et 39 sauf, au début : « Ils avaient ».

49. Var. : « vicaire de cette église. Ce fut alors que Chape-

loud se mit en pension » (1832); — « ...de la cathédrale. Alors Chapeloud se mit en pension ». (1834 et 39.)

50. Var. : « de sa concupiscence » (1832 à 39) ; — dans les mêmes éditions, il manque, dans la suite de cette phrase, le mot « quelquefois ».

51. Var. : « aimera toujours. Le logement était composé d'un grand salon et d'une chambre à coucher à laquelle attenait une petite cellule; puis d'une espèce de galerie en retour soutenue par des ogives qui décoraient le fond du jardin. Cet appartement, que desservait un escalier ». (1832.)

52. Var. : « bâtiment donnant sur » (1832.)

53. Var. : « en pierre mal sculptée. » (1832, 34 et 39.) « Tout le mobilier, que le pauvre chanoine put d'abord y mettre consistait en un lit ». (1832.)

54. Var. : « L'appartement était donc comme une ». (1832.)

55. Var. : « dame dont il dirigeait la conscience lui ayant laissé deux mille francs par testament, il employa » (1832); — même version en 1834 et 39 sauf qu'il y a a « lui laissa » au lieu de « lui ayant laissé ».

56. Var. : « château acheté ». (1832.)

57. Var. : « noire. Cette bibliothèque était un très beau morceau, remarquable par des sculptures et par un travail dignes de l'admiration des connaisseurs et des artistes. » (1832 à 39.)

58. Var. : « L'abbé Chapeloud en fit l'acquisition, séduit par le bon marché mais surtout par ». (1832.)

59. Var. : « de la galerie. Alors les économies qu'il avait faites sur ses traitements lui permirent de restaurer entièrement cette galerie. Le parquet en fut ». (1832 à 39.)

60. Var. : « les boiseries peintes de manière à figurer les couleurs naturelles, les belles teintes ». *(Ibid.)*

61. Var. : « Une cheminée en marbre toute neuve remplaça » (1832); — « Une cheminée en marbre remplaça ». (1834 et 39.)

62. Var. : « et des meubles de Boulle » (1832 à 39) « par lesquels il compléta l'ensemble de cette galerie. Dans l'espace » (1832); — « par lesquels il acheva de donner à sa galerie une physionomie pleine de caractère, séduisante par sa noble et sévère harmonie. Dans l'espace ». (1834 et 39.)

— Balzac mentionne maintes fois, dans ses romans, les meubles de Boulle. Il les aimait. Il en possédait. André-Charles Boule, ou Boulle (on trouve, et par Balzac même, ce nom écrit des deux manières), naquit et mourut à Paris

(1642-1732). Fils d'un ébéniste, il devint ébéniste lui-même, mais avec une habileté, un sentiment de l'art qui fait de lui un maître, et, dans son domaine, un créateur. Il sut tirer un admirable parti de la combinaison de bois de diverses essences et de l'incrustation dans le bois de riches métaux.

63. Var. Les mots « quoique légers » manquent aux éditions de 1832 à 1839.

64. Var. : « les rayons vides de la bibliothèque. » (1832 à 39.)

65. Var. : « Enfin, un de ses oncles, ancien oratorien, lui donna, en mourant, une collection complète in-folio ». *(Ibid.)*; — en 1843, texte de notre version sauf : « lui légua en mourant une collection complète... »

66. Var. : « une convoitise involontaire. » (1832 à 39.)

67. Var. : « ecclésiastiques; et sa passion s'accrut de jour en jour. Restant là des journées entières à travailler, il pouvait apprécier le silence et la paix de cet asile dont il n'avait primitivement apprécié que l'heureuse distribution. Puis, les années » (1832) — «...et sa passion [...] Restant là des journées [...] cet asile, il pouvait en apprécier... », la suite comme dans notre texte. (1834 et 39.)

68. Var. : « une dame lui offrit un ». (1832 à 39.)

69. Var. : « les yeux de l'abbé sans qu'il se doutât de cette destination. » *(Ibid.)*

70. Var. Les mots « elle éblouit le vicaire » manquent dans les éditions de 1832 à 39.

71. Var. : « le salon dont le meuble quoique ». (1832 à 39.)

72. Var. : « rouge avait ébloui les yeux de Birotteau. » *(Ibid.)*

73. On écrit plutôt : lampas.

74. Var. : « se résumait chez l'abbé Birotteau par le sentiment. » (1832.)

75. Var. : « Chapeloud, homme franc, aimable ». (1832 à 39.)

76. Var. : « ce qui doit être moins facile ». *(Ibid.)*

77. Var. : « Chapeloud. Aussi celui-ci paya-t-il sa dette [...] sa mort à son ami qui ». *(Ibid.)*

78. Le journal *la Quotidienne* était royaliste et catholique. Il eut une existence assez mouvementée. Fondée en 1792, *la Quotidienne ou Nouvelle Gazette universelle, par une société de gens de lettres*, parut d'abord du 22 septembre 1792, commencement de l'ère républicaine, jusqu'au 18 octobre 1793.

Interdite une première fois, elle reparut sous le titre de
Tableau de Paris, puis, du 19 février au 5 octobre 1795, sous
son titre primitif. De nouvelles vicissitudes l'obligèrent plusieurs fois encore d'emprunter d'autres noms. Elle redevint,
du 7 novembre 1795 au 22 mars 1796, le *Tableau de Paris ;*
du 23 mars au 13 avril de la même année, elle fut le *Bulletin
politique de Paris et des départements ;* du 14 avril au 21 octobre
suivants, la *Feuille du jour ;* puis, réunissant ce titre et son
titre ancien, elle fut, du 22 octobre 1796 au 7 septembre 1797,
la Quotidienne ou Feuille du jour. Obligée de se dissimuler
de nouveau, elle fut ensuite le *Bulletin de la République ;* une
fois de plus supprimée, elle redevint *la Quotidienne* avant de
disparaître après le 18 fructidor. Elle ne reparut qu'à la
Restauration, du 1er juin 1814 au 31 mars 1815, par les soins
de Michaud, l'auteur de l'*Histoire des Croisades.* Pendant les
Cent Jours (du 1er avril au 6 juillet), elle reprit le titre de
Feuille du jour. Réunissant, une deuxième fois, deux de
ses titres, elle reparut le 7 juillet 1815, s'appelant, jusqu'au
18 septembre suivant, *la Quotidienne ou Feuille du jour.*
Puis, et jusqu'en février 1847, elle redevint tout simplement *la Quotidienne.* Sous la Restauration, ce journal fut
vivement royaliste; il critiqua la politique des ministères
Decazes, Villèle et Martignac et se réjouit de l'arrivée de
Polignac au gouvernement. Après la Révolution de 1830,
la Quotidienne se trouva dans l'opposition. En février 1847,
elle fusionna avec *la France et l'Echo français* pour former
l'Union monarchique qui, à partir du 27 février 1848, s'appela
l'Union tout court.

79. VAR. : « consécutives, jamais je n'ai manqué de linge
blanc, ni d'aubes, ni de surplis, ni de rabats. Je trouve ».
(1832.)

80. VAR. : « suffisant, tout bien blanc, en bonne odeur, mes
meubles frottés ». *(Ibid.)*

81. VAR. : « poussière. Avez-vous vu un grain de poussière
chez moi? » *(Ibid.)*

82. VAR. : « choisi; les choses toutes bonnes; bref ». *(Ibid.)*

83. VAR. : « demander quelque chose !... Voilà » (1832);
— « demander quoi que ce soit. Voilà ». (1834 et 39.)

84. VAR. : « Brst ! » (1832 à 39.)

85. VAR. : « me voyez tisonner. » (1832.) Les trois phrases
qui suivent, jusqu'au mot « toujours », manquent dans cette
édition.

86. VAR. : « Ces paroles accusaient un bonheur fantastique»
(1832; — « Mais les paroles du chanoine accusaient un bonheur
qui paraissait fantastique ». (1834 et 39.)

87. Var. : « Enfin le bien-être [...] lui était échu. Cependant, comme il est » (1832 à 1839); « difficile même à un prêtre ». (1832.)

88. Var. : « arrivant à la porte de sa maison. Peut-être ». (1832 à 39.)

89. Var. : « il sonna de nouveau et de manière ». (1832.)

90. Var. : « être tous sortis, ». (1832 à 39.)

91. Var. : « cailouteux, dont la maison était bordée, mais les peines du podagre » (1832); — « cailouteux dont la maison était bordée. Néanmoins, le malaise... » (1834 et 39.)

92. Var. Les mots « de la porte » ne sont pas dans l'édition de 1832.

93. Var. : « dit-il à la servante. » (1832.)

94. Var. : « bien que tous les mercredis je vais chez Mme de Listomère. » *(Ibid.)*

95. Var. : « chambre, et n'y voyant pas briller de feu ». (1832 à 39.)

96. Var. : « qui lui avaient rendu la vie si douce pendant dix-huit mois. Or ». (1833.)

97. Var. : « deviner les petites choses ». *(Ibid.)*

98. Var. : « Marianne à l'endroit du feu. » (1832 à 39.)

99. Var. : « Le bonhomme semblait accablé [...] malheur, et il tourna successivement ses yeux sur » (1832); — même texte moins le mot « et » en 1834 et 39.

100. Var. : « physionomie trahissait les douleurs ». (1832 à 39.)

101. Var. : « à sa maîtresse ou un vieillard aux arbres qu'il a plantés. En effet, il venait ». *(Ibid.)*

102. Var. : « d'esprit; car les vieilles filles ont toutes ». (1832.)

103. Var. Cette phrase n'est pas dans l'édition de 1832. En 1834 et 39, il y a deux menues variantes; au début : « Un homme du monde »; et « deux fois, mais le bon ».

104. Var. : « diriger la conscience des vieilles femmes et creuser ». (1832 à 39.)

105. Var. : « rentré comme j'ai ». (1832.)

106. Var. : « faire comprendre. » *(Ibid.)*

107. Var. : « Que diable ». (1832 à 39.)

108. Var. : « pendant une douzaine de mois ». *(Ibid.)*

109. Var. : « Il n'y a qu'un homme de génie ou un intrigant qui se disent » (1832); — « J'ai eu tort... » parce que l'intérêt ». (1832 à 39.)

110. Var. : « confesseur de deux pensionnats de jeunes filles, l'abbé » (1832); — « confesseur des pensionnats de la ville, l'abbé ». (1834 et 39.)

111. Var. : « des idées sociales ». (1832 à 39.)

112. Var. : « innocence, savent » (1832); — « innocence et savent ». (1834 et 39.)

113. Var. : « par les niais ». (1832 à 39.)

114. Var. : « il jugea parfaitement ». (1832.)

115. Var. : « il avait calculé sa conduite chez Mlle Gamard. Elle avait à cette époque trente-huit ans ». (1832 à 39.)

116. Var. : « tard en réserve et en haute ». *(Ibid.)*

117. Var. : « Or, le chanoine comprit que pour bien vivre avec son hôtesse il ne fallait lui accorder d'attentions et de soins que ce qu'il pouvait lui en conserver toujours. Alors, il ne laissa ». (1832); — même texte en 1834 et 39 sauf : « il ne devait » au lieu de « il ne fallait », et à la fin, la suppression du mot « Alors ».

118. Var. : « qui doivent exister entre ». (1834).

119. Var. : « abstenu de paraître au déjeuner, en ». (1832 à 39.)

120. Var. Les mots « une tasse de café à la crème » manquent dans les éditions de 1832 à 39. — On est étonné de voir ces prêtres déjeuner avant de se lever; ils ne disaient donc pas la messe?

121. Var. : « l'heure sacramentelle. » (1832 à 39.)

122. Var. : « il lui avait fait ». *(Ibid.)*

123. Var. : « réponses. Leur conversation roulait sur la manière dont Mlle Gamard avait dormi durant la nuit, dont elle avait déjeuné; puis sur l'air de son visage, l'hygiène nécessaire à sa personne ». *(Ibid.)*

124. Var. : « tel prêtre. Pendant le dîner ». *(Ibid.)*

125. Var. : « de maison; sûr de caresser [...] étaient faites les confitures, les... » *(Ibid.)*

126. Var. Les mots « entre eux » ne sont pas dans l'édition de 1832.

127. Var. : « fille avait réglé l'action des tangentes nécessaires entre ». (1832 à 39.)

128. Var. : « les concessions dont il avait besoin pour le bonheur. » *(Ibid.)*

129. Var. Dans l'édition 1832, cette phrase finit au mot « vivre ».

130. VAR. : « rien parce qu'il était complètement » (1832); — « rien. Il était complètement ». (1834 et 39.)

131. VAR. : « et il était » (1832); — « Troubert était » (1834 et 39); — « devenu pour elle ». (1832 à 39.)

132. VAR. : « parmi celles dont Mlle Gamard faisait sa société, pensaient ». (1832 à 39.)

133. VAR. : « Troubert, ayant des vues [...] se l'était insensiblement attachée par patience, et néanmoins la dirigeait ». (1832.)

134. VAR. : « de la gouverner. » (1832 à 39.)

135. VAR. : « fille, voulant un pensionnaire de mœurs douces avait pensé naturellement ». *(Ibid.)*

136. VAR. : « du chanoine n'étant pas encore connu, elle avait médité d'en donner le logement à son ». *(Ibid.)*

137. VAR. : « désirs dont il pouvait dès lors avouer la violence, qu'elle n'osa seulement pas lui parler de l'abbé Troubert, et fit [...] de son intérêt ». *(Ibid.)*

138. VAR. : « chanoine, elle remplaça les briques blanches de Château-Renaud, dont son appartement était carrelé, par ». *(Ibid.)*
— On n'écrit aujourd'hui ni Château-Regnaud ni Château-Renaud mais Châteaurenault. C'est un chef-lieu de canton de l'Indre-et-Loire, arrondissement de Tours, où l'on fabrique en effet des briques réfractaires.

139. Un parquet en point de Hongrie est un parquet composé de lattes parallèles les unes aux autres, disposées obliquement et formant des rangs qui obliquent alternativement en sens opposé. C'est la disposition, aujourd'hui encore, la plus courante.

140. VAR. : « Gamard. Or, en venant demeurer chez elle, il était à peu près dans la situation ». (1832). — Même texte, moins le mot « or », en 1834 et 39.

141. VAR. : « heureux; il avait les yeux éblouis de son bonheur; et alors, quand il n'eût pas été » (1832); — « ...il avait les yeux si éblouis de son bonheur que, quand il n'eût pas été » (1834). — En 1839 texte de notre édition, sauf : « Quand il n'eût pas été ».

142. VAR. : « d'intelligence, il lui eût été impossible de juger ». (1832 à 39.)

143. VAR. : « la mesure qu'il devait mettre dans ses rapports journaliers avec elle. » *(Ibid.)*

144. VAR. : « qu'il avait rêvé. » *(Ibid.)*

145. VAR. : « charitable, le type de la femme de l'évangile, la femme sage ». *(Ibid.)*

146. VAR. : « expérience des choses du monde, il entra » (1832); — « expérience des choses du monde, entra-t-il ». (1834 et 39.)

147. Pauline Salomon de Villenoix, fille d'un père israélite et d'une mère catholique, paraît dans la nouvelle *Un drame au bord de la mer* et surtout dans le roman de *Louis Lambert.* Elle était une riche héritière et sa beauté était remarquable, dit Balzac, qui ajoute : « Ses traits offraient dans sa plus grande pureté les caractères de la beauté juive. » Louis Lambert la connut à Blois et, aussitôt il s'éprit d'elle. Elle l'aima et elle l'eût épousé s'il n'était devenu fou. Du moins le recueillit-elle dans sa propriété de Villenoix et veilla-t-elle sur lui jusqu'à ce qu'il mourût. Il mourut le 25 septembre 1824, à l'âge de vingt-huit ans. Mlle Pauline de Villenoix devait avoir vingt-quatre ans alors. Elle en avait donc environ vingt-six quand l'abbé Birotteau prit logement chez Mlle Gamard. Elle n'était par conséquent pas une très vieille fille. (Cf. *Répertoire,* p. 541.)

148. VAR. : « Villenoix, étant venue le voir, Mlle Gamard eut la joie » (1832); — même texte en 1834 et 39 sauf qu'il y a « étant venue le soir. » « Le voir » est sans doute une faute d'impression.

149. VAR. : « une soirée très agréable. » (1832 à 39.)

150. VAR. : « du monde, car il suffit » (1852); — « du monde. En effet, il suffit ». (1834 et 39.)

151. VAR. : « dirigeassent avec plaisir !... *Avec plaisir !* » (1832.)

152. VAR. : « qui désiraient ». *(Ibid.)*

153. VAR. : « chez elle; et qu'étant déjà réunis en nombre suffisant ». (1832 à 39.)

154. VAR. : « que Mlle Salomon [...]; de la semaine à venir, et qu'elle se devait à ses amis ». (1832.)

155. VAR. : « Villenoix appartenait à la société ». (1832 à 39.)

156. VAR. : « Tours, elle triomphait de l'avoir chez elle quoique Mlle Salomon y vînt uniquement par amitié pour le vicaire. Mlle Gamard se vit donc, grâce » (1832); — « Tours; Mlle Gamard triomphait donc de l'avoir dans son salon quoique », la suite comme en 1832. (1834 et 39.)

157. VAR. : « former une société ». (1832.)

158. Mlle Merlin de la Blottière ne paraît que dans cette nouvelle.

159. Var. Le mot « hélas » manque dans les éditions de 1832 à 39.

160. Var. Les mots « le logis » ne sont pas dans l'édition de 1832.

161. Var. : « Or, comme malgré [...] six personnes et qu'il en fallait au moins quatre pour constituer un boston, elle fut forcée » (1832). — « Or, malgré [...] six personnes ; il en fallait... » la suite comme en 1832. (1834 et 39.)

162. Var. : « dont ils offrent le mystère, outre le besoin ». (1832.)

163. Var. : « de perpétuellement divorcer ». *(Ibid.)*

164. Var. : « le mouvement, ce fanatisme de locomotion, ce besoin d'être » (1832) ; — « ...ce fanatisme de locomotion, cette nécessité d'être ». (1834 et 39.)

165. Var. : « leur faute. Le pauvre abbé Birotteau, sans même avoir sondé le vide, la nullité, la petitesse des idées de Mlle Gamard s'aperçut, un peu tard, par son malheur, de ses redites éternelles, des défauts qui lui étaient communs avec toutes les vieilles filles et de ceux qu'elle avait en propre. Le mal tranche chez autrui si vigoureusement ». (1832.)

166. Var. : « frappe souvent ». *(Ibid.)*

167. Var. : « médisance : il est si naturel de nous plaindre quand nous sommes offensés que nous devrions toujours pardonner le bavardage railleur dont nos ridicules sont l'objet, et » (1832) ; — en 1834 et 39, texte de notre édition, sauf à la fin : « dont nos ridicules sont l'objet et ».

168. Var. : « Mais le bon vicaire n'ayant pas en lui des qualités qui pussent contraster avec les défauts de son hôtesse fut obligé, pour les reconnaître et pour en être choqué, de subir la douleur, ce cruel avertissement donné par la nature à toutes ses créations. » (1832.) — En 1834 et 39, texte de notre édition avec une petite variante : « d'éviter si promptement ».

169. Var. : « Or, presque toutes les vieilles filles » (1832) ; — même texte, sans le mot « or » en 1834 et 39.

170. Var. : « vie devant une autre vie et d'autres caractères » (1832).

171. Var. Les mots « pour la plupart » manquent de 1832 à 39.

172. Var. : « arrivait souvent. » (1832.)

173. Var. : « portée en toute chose et ». *(Ibid.)*

174. Var. : « but? C'est ce que personne n'eût pu dire parce que Mlle Gamard ». *(Ibid.)*

175. Var. : « Or, le nouveau pensionnaire, quoique très mouton de sa nature, n'aimait » (1832). — Même texte, moins le mot « Or » en 1834 et 39.

176. Var. : « surtout lorsqu'elle se trouve armée de pointes; aussi ne s'expliquant pas la » (1832); — même texte mais avec « est armée » en 1834 et 39.

177. Var. : « Gamard voulait lui assaisonner à sa manière, croyant qu'elle y réussirait aussi bien qu'à faire des confitures » (1832); — même texte, mais avec « en croyant » en 1834 et 39.

178. Var. : « et des petites picoteries auxquelles » (1832 à 39) « l'abbé Birotteau s'efforça de ne pas être sensible ». (1832).

179. Var. : « année passée sans ». (1832.)

180. Var. : « habitudes en retournant deux jours par semaine chez Mme de Listomère, deux autres jours chez Mlle Salomon, et passant les trois autres ». (1832.)

181. Var. : « Aussi fut-elle encore plus outragée ». (1832 à 39.)

182. Var. : « pour ce que l'on refuse. » (1832); — « pour l'objet du refus. » (1834 et 39.)

183. Var. : « à se justifier aux dépens ». (1832.)

184. Var. : « flatteur qu'il passa ». *(Ibid.)*

185. Var. : « sans en penser un mot, lui disaient : « Comment vous si douce et si bonne, etc... Consolez-vous ». *(Ibid.)*

186. Var. : « croissant, car on trouve à tout moment des raisons de s'aimer mieux ou de se haïr davantage; aussi l'abbé ». *(Ibid.)*

187. Var. : « su *bien corder* », (1832 à 39) « pour se servir de son expression, avec la vieille fille; il était pour elle ». (1832.)

188. Var. : « calculée. Or, comme le pauvre prêtre avait un grand fonds d'indulgence, les piqûres d'épingle par lesquelles Mlle Gamard commença l'attaque ne l'atteignirent pas tout d'abord, et il lui fallut les quatre » (1832); — « calculée. Il lui fallut donc les quatre ». (1834 et 39.)

189. Var. : « chez lui pour lui ». (1832 à 39.)

190. Var. : « dont il n'apercevait même pas encore toutes les conséquences. » (1832); — « dont il n'apercevait même pas encore les dernières conséquences. » (1834 et 39.)

191. Var. : « il en trouvait ». (1832 à 39.)

192. Var. : « son hôtesse, car l'intus-susception des âmes et le pouvoir du : « *connais-toi toi-même!* ... » composent une science inconnue aux gens médiocres. Les choses grandes ». (1832.)

193. Var. : « drame de bas étage ». (1832 à 39.)

194. Var. : « où les sentiments dont la vie humaine est agitée se retrouvent tout aussi violents que s'ils étaient excités » (1832); — même texte en 1834 et 39, sauf : « dont le cœur humain est agité ».

195. Var. : « intérêts, ont exigé cette espèce d'introduction, dont il était difficile à un historien exact de resserrer les développements nécessaires. » (1832.) — En 1834 et 39, texte de notre édition, sauf « il était difficile » au lieu de « il eût été... »

196. Var. : « si fortement à son canonicat que, ne songeant plus aux quatre circonstances dont il avait désespéré la veille, en croyant y apercevoir les sinistres pronostics d'un avenir plein de malheur, il sonna ». (1832.)

197. Var. : « Chez lui, car il n'était pas homme à se lever sans feu; puis ». (1832.)

198. Var. : « pendant lesquelles Marianne » (1832 à 39), « avait coutume de lui allumer du feu. Une demi-heure » (1832); — « ... de lui embraser la cheminée en le tirant de son lit par les bourdonnements... », la suite comme dans notre édition. (1834 et 39.)

199. Var. : « s'étant passée sans [...] paru, le vicaire ». (1832.)

200. Var. : « frappé discrètement ». (1832 à 39.)

201. Var. : « encore fait le feu ». *(Ibid.)*

202. Var. : « vers lui. — Si mademoiselle savait que vous n'avez pas de feu » (1832); « elle la gronderait bien ! » (1832 à 39.)

203. Var. : « Le vicaire le mit au fait de ses ». (1832 à 39.)

204. Var. : « agissait ne sachant pas que ». (1832.)

205. Var. : « grassouillet; sa figure, toute ronde et rougeaude, peignait sa bonhomie sans idées, mais celle de » *(Ibid.)*

206. Var. : « profondes offrait dans certains ». *(Ibid.)*

207. Var. : « pour découvrir en lui ces deux sentiments, car il restait dans un calme parfait, abaissant toujours ses paupières sur ». *(Ibid.)*

208. Var. : « devenait clair et perçant quand il le voulait. Du reste, les cheveux roux du chanoine s'harmoniaient avec sa physionomie. Demeurant presque toujours perdu dans ses graves méditations, plusieurs » (1832); — en 1834 et 39 texte de notre édition, sauf à la fin de la phrase où il y a : « le voile que jettent sur les traits de graves méditations ».

209. Var. : « le montrant abattu sous le despotisme de Mlle Gamard ou presque hébété par elle et par ». (1832.)

210. Var. : « jamais; seulement, quand il lui arrivait d'être ému ». *(Ibid.)*

211. Var. : « franchise, aimant [...] et s'amusant de tout avec simplicité. » *(Ibid.)*

212. Var. : « Ils avaient ». *(Ibid.)*

213. Var. : « total d'esprit ». (1832 à 39.)

214. Var. : « Ses compétiteurs le désignaient même volontiers et souhaitaient ». (1832.)

215. Var. : « par sa maladie. Loin ». (1832 à 39.)

216. Var. : « leur paraissait ». (1832.)

217. Var. : « de l'église métropolitaine ». (1832 à 39.)

218. Var. : « dans chaque occasion ». *(Ibid.)*

219. Var. : « dit le vicaire, voulant » (1832); — « dit le bon prêtre voulant ». (1834 et 39.)

220. Littré définit le pouillé : « dénombrement, état de tous les bénéfices d'un diocèse, d'une abbaye, etc. » On peut donc parler d'un pouillé des évêchés, mais non pas d'un pouillé des évêques. Il y avait des pouillés particuliers à une abbaye et des pouillés généraux contenant le tableau de toutes es abbayes d'un même ordre religieux, ou celui de tous les évêchés d'une province ecclésiastique ou même de tout un royaume. On a, notamment, pour la province de Tours le *Pouillé général des bénéfices de l'archevêché de Tours et des diocèses d'Angers, Dol, Le Mans, Nantes, Quimper, Corentin, Saint-Brieuc, Saint-Pol-de-Léon, Tréguier et Vannes*, publié à Vannes, en 1648, en un volume in-4°; et le *Pouillé de l'archevêché de Tours avec les onze évêchés qui en sont suffragants*, en manuscrit à la Bibliothèque nationale.

221. Var. : « les jouissances dont il était entouré ». (1832 et 34.)

222. Var. : « mais la cloche du déjeuner se fit bientôt entendre, et celui-ci, pensant ». (1832.)

223. Var. : « se lever. — C'est un bonhomme, se dit-il. » (1832 et 34.)

224. Var. : « vous ne m'encombrerez pas ma ». (1832.)

225. Var. : « Ce sont ». (1832 à 39.)

226. Var. : « dit-elle, car M. Birotteau ». (1832.)

227. Var. : « très bien; vous êtes cause ». *(Ibid.)*

228. Var. : « Ayant dit, Mlle Gamard s'assit et ajouta. » (1832 à 39.)

229. Var. : « d'égards dont son hôtesse était coupable envers lui, tandis ». (1832 à 39.)

230. Var. : « éviter toute querelle. » *(Ibid.)*

231. Var. : « dont l'hôtesse occupait le centre, assise sur une chaise garnie » (1832); — « dont l'hôtesse occupait le centre et qu'elle dominait du haut de sa chaise à patin garnie ». (1834 et 39.)

232. Var. : « de café toute sucrée ». (1832 et 34.)

233. Var. : « un bol rempli ». (1832.)

234. Var. : « referma dédaigneusement. » (1832 à 39.)

235. Var. : « loquacité particulière un peu vide, il prétendait » (1832); — « loquacité vide et sonore comme l'est un ballon, il prétendait ». (1834 et 39.)

236. Var. : « digestion. Son hôtesse partageant cette doctrine [...] malgré sa mésintelligence, à causer avec lui pendant ». (1832 à 39.)

237. Var. : « mais le vicaire, depuis plusieurs semaines, avait usé toute son intelligence [...] insidieuses qui lui déliassent la langue. » (1832.)

238. Var. : « la vie toute béotienne ».*(Ibid.)*

239. Var. : « personnelles politiques, religieuses et littéraires. » *(Ibid.)*

240. Var. : « 1824 ». (1832.) Lapsus ou faute d'impression.

241. Var. : « Qui ne rirait de voir établir par eux que le roi de France avait tous les impôts à lui; que les Chambres étaient assemblées contre le clergé; qu'il était mort plus de trois cent mille ». (1832.)

242. Var. : « morts en six mois ». *(Ibid.)*

243. Var. : « absurdes. Birotteau sentant sa langue morte s'était résigné à manger » (1832); — « ...mais en ce moment Birotteau se sentait la langue morte. Il se résigna donc à manger ». (1834 et 39.)

244. Var. : « conversation; mais trouvant bientôt ce silence dangereux pour son estomac, et le jeu de ses mâchoires bien monotone, il se hasarda à dire : ». (1832.)

245. Var. : « inutile. Alors, regardant le ciel par le petit espace qui se trouvait au-dessus » (1832); — « ...Alors, il regarda le ciel... », la suite comme dans notre édition. (1834 et 39.)

246. Var. : « Saint-Gatien, il dit encore : Il fera » (1832); — «·Saint-Gatien et dit encore : Il fera. » (1834 et 39.)

247. Var. : « qu'hier. Mais il ne reçut point de réponse. Mlle Gamard ». (1834 et 39.)

248. Var. : « Aucune créature [...]... la nature élégiaque et désolée de ». (1832.)

249. Var. : « existences dont il est impossible de deviner ni le but ni l'utilité. La morale ». (1832 à 39.)

250. Var. : « bien dont nous ne voyons pas immédiatement les effets » (1832); — même texte sauf le dernier mot : « résultats ». (1834 et 39.)

251. Var. : « de son utilité donne ». (1832 à 39.)

252. Var. : « la vie, il est indubitable que la certitude ». *(Ibid.)*

253. Var. : « sociale, peut-être injuste, est ». (1832.)

254. Var. : « dans leurs âmes le chagrin constamment exprimé par leurs figures » (1832); — « dans leurs âmes le chagrin qu'expriment constamment leurs figures ». (1834 et 39.)

255. Var. Ce mot « constamment » manque dans les éditions de 1832 à 39. C'est qu'il était employé déjà deux lignes avant. Voir la note précédente.

256. Var. : « causes plus graves ». (1832 à 39.)

257. Var. : « les consolations douces ». (1832.)

258. Cette dissertation sur les vieilles filles, et principalement peut-être l'accusation de méchanceté qu'elle leur fait, ont déterminé une lectrice de Balzac à lui écrire une lettre véhémente et d'un romantisme assez morbide que M. Marcel Bouteron a publiée dans son édition de *Lettres de femmes adressées à Honoré de Balzac; première série* (1832-1836) (*Les Cahiers Balzaciens*, n° 3. A la Cité des Livres, 1924, in-16; p. 23-27.) Cette femme signe L. Saint-H. Sa lettre porte le cachet de la poste du 25 avril 1836. Elle est adressée à « Monsieur de Balzac, au bureau de *la Chronique de Paris*, rue de Vaugirard, 36 ». Balzac dirigeait alors cette publication.

Voici cette lettre; on aimerait de savoir si Balzac y répondit et surtout, dans l'affirmative, ce qu'il y répondit :

« Monsieur,

« Je viens de lire une de vos *Scènes de la vie privée*, intitulée *les Célibataires*, et je vous avoue que cet ouvrage m'a causé un pénible étonnement. Je croyais en en voyant le titre que vous alliez prendre parti contre la société en faveur des victimes qu'elle fait; et j'ai trouvé que vous vous joigniez à elle pour les accabler ! Ce n'est point là ce que j'avais attendu d'un homme dont les autres écrits témoignent tant de raison et de philosophie. N'auriez-vous pas dû, plutôt, en dépeignant tout ce que la privation des tendresses d'épouse et de mère a de cruel pour la femme, tout ce que les vices et l'égoïsme de l'état de garçon a de dégradant pour l'homme, vous proposer pour but de faire adopter au monde des maximes moins barbares envers les unes et plus sévères envers les autres. On dirait au contraire que vous voulez l'inviter à redoubler de cruauté et d'injustice en lui persuadant que les femmes qui restent isolées sur la terre ont toujours mérité leur sort, et que tout malheureux doit être traité en ennemi parce que « *la souffrance rend méchant* »? L'esprit d'observation dont vous êtes doué ne vous a-t-il pas fait comprendre que les ridicules et les défauts des vieilles filles ne sont qu'une fatale conséquence de l'injuste anathème prononcée contre ces martyres de l'honneur? Ah! monsieur, vous n'êtes pas père sans doute! Si vous aviez connu tout ce qu'il y a de félicité à presser un fils dans ses bras, au lieu de vous réunir aux bourreaux qui la tourmentent, vous auriez trouvé des larmes pour la pauvre créature que la nature condamne depuis son enfance à des souffrances continuelles, souvent terribles, et qui, ayant compté un jour sur l'amour et la maternité pour l'en dédommager, se voit dépouillée de ces dons de son créateur par les vices d'un homme auquel il plaît de se contenter durant toute sa vie de la courtisane et de l'épouse adultère? Faut-il encore qu'elle soit privée de la consolation des malheureux : la pitié qu'ils inspirent? On s'étonne, on se fâche, lorsqu'elles deviennent à la fin égoïstes et malveillantes, mais y a-t-il quelque chose de plus propre à aigrir le caractère, à endurcir le cœur que de ne rencontrer autour de soi que des êtres auxquels la peine qu'ils vous supposent cause un plaisir de démon? Que d'être un objet d'animadversion générale, sans avoir à se reprocher aucune action qui ait dû la provoquer? Ont-elles si grand tort de s'en prendre de leurs malheurs au monde qui permet à l'homme tous les désordres grâces auxquels il peut trouver doux de se passer du mariage? Quand vous approuvez qu'elles soient condamnées sur le dédain dont elles sont victimes, vous oubliez que vous-même avez dit dans un autre ouvrage : « *Que prouve un mari? Que, jeune fille, une femme était richement dotée, ou bien qu'elle avait une mère adroite* *. » Et dans un autre : « *Qui se marie aujourd'hui? Des commerçants dans l'intérêt de leur capital, ou, pour être deux à traîner la charrue, des paysans qui veulent faire des ouvriers ; des agents de change, des notaires, obligés de payer leurs charges* **? » Voilà pour la ville. Voici maintenant pour la campagne : « *Il arrive à chaque instant qu'un paysan quitte sa fiancée pour quelques arpents de terre que possède de plus*

---

* *La Duchesse de Langeais*, édit. Calmann-Lévy, in-18, p. 213.
** *Le Contrat de mariage*, même édition, p. 6.

une autre femme *. » Et c'est après de pareils aveux sur
l'état de la société qu'on ose prétendre que l'infortunée qui
reste seule doit inspirer de *l'horreur!* Cet isolement, cette
impossibilité de trouver à s'associer, n'est-ce pas plutôt une
preuve de la supériorité de sa nature? Peut-être en ce moment
voudriez-vous me rappeler que vous avez fait une distinction
pour quelques vieilles filles, en qui vous voulez bien reconnaître *des créatures héroïques, dont le dévouement est sublime ***,
mais comment, lorsqu'on s'amuse à déchirer le cœur de
toutes celles qu'on rencontre par tant de coups de poignard,
peut-on toujours distinguer quelle est l'espèce de celle sur
laquelle on frappe?

« Ah! Mme Hortense Allart a raison quand elle juge que
la coutume de l'Inde qui condamne à mort au moment de sa
naissance la fille qui ne trouvera pas de mari est cent fois
moins cruelle que celle de l'Europe, qui la laisse exister pour
lui faire de la vie un long supplice***. Oh! je les devine, moi,
toutes les douleurs qui doivent torturer l'âme d'une misérable
femme sur le front de laquelle les rides ont écrit : « *Tu ne
seras point mère!* » C'est une inscription semblable à celle de
l'enfer! Non! Non! ma fille ne la subira pas cette affreuse
destinée; elle ne deviendra pas, la pauvre enfant, si douce,
si bonne, elle ne deviendra jamais un objet d'horreur! Elle
ne sera point méprisable sans avoir cessé d'être estimable;
haïe, tandis qu'elle est si bienveillante! Mon parti est pris :
j'ai puisé dans la lecture de votre ouvrage un courage ter-

---

* *Le Médecin de campagne*, édit. Garnier frères, p. 126.
** *Le Curé de Tours*, p. 56 du présent volume.
*** Cf. Hortense ALLART : *La femme et la démocratie de nos temps.*
(Paris, 1836, in-8º.) Cet ouvrage avait paru en janvier. C'est dans
son chapitre X, p. 21-22, que la correspondante de Balzac avait lu
ce passage qu'il peut être intéressant de citer ici : « De quel droit
d'ailleurs la société immole-t-elle à son repos des créatures vivantes,
des femmes qui, aux deux bouts de la chaîne morale, expirent,
les unes dans un isolement forcé, les autres dans une dégradation
abominable? De quel droit sacrifiez-vous cette infortunée qui
marche en aveugle, sans savoir les dangers déplorables qui l'attendent? vous lui souriez au premier pas quand elle s'engage, imprudente et légère : son insouciance et sa bonté vous plaisent; elle
a souvent tendu généreusement la main au misérable qu'elle va
remplacer aux hospices. Les esclaves sont moins à plaindre; on
en fit une traite moins atroce. Et cette honnête fille du bourgeois
pauvre, qui doit vivre sous les yeux de sa mère, qui soupire et
souffre, que tout contrarie; cette fille, qui meurt avant trente ans,
quel crime a-t-elle commis? Et la coutume de l'Inde qui, encore
aujourd'hui, tue à sa naissance la fille qui ne trouvera pas de mari,
n'est-elle pas plus humaine? »

rible. Veuve, dénuée de fortune, je ne pourrai peut-être jamais amasser assez d'or pour acheter à mon enfant une de ces courtisanes mâles qu'on appelle *un mari*. Eh bien ! plutôt que de l'abandonner aux insupportables outrages qui l'attendraient, je la cacherai dans la tombe ; oui, je la tuerai, mais j'aime mieux la voir morte que livrée à la souillure des mépris d'un monde stupide et barbare, où les esprits supérieurs qui devraient éclairer l'opinion sont les premiers à parler à l'appui des plus atroces préjugés. »

259. VAR. : « de plaire, l'art du goût, l'élégance, leur ». (1832.)

260. VAR. : « de ce qui est agréable à autrui. Sans se rendre bien compte ». (1832.)

261. VAR. : « Or, comme la jalousie [...] féminins, elles sont jalouses à vide et connaissent uniquement les malheurs ». (1832.)

262. VAR. : « les hommes leur pardonnent parce ». (1832 à 39.)

263. VAR. : « dans la destinée de la femme de ». *(Ibid.)*

264. VAR. : « Aussi leurs regards sont-ils toujours obliques ». *(Ibid.)*

265. VAR : « Elles ne » (1832 à 39), et dans la suite de la phrase « parce qu'elles. »

266. VAR. : « noir dont ils ». *(Ibid.)*

267. VAR. : « signes qu'elle avait au menton, ses lèvres étaient minces ; ses dents qui ne manquaient pas de blancheur semblaient trop longues ». (1832 à 39.)

268. VAR : « migraines, accident qui la ». *(Ibid.)*

269. VAR. : « il existait toujours ». (1832.)

270. VAR. : « demi-perruque presque toujours mal bouclée ». *(Ibid.)*

271. VAR. : « serrait sa taille ». (1832 à 39.)

272. VAR. : « la blancheur ni des couleurs ». (1832.)

273. VAR. : « idées comme la forme de son front ». *(Ibid.)*

274. VAR. : « son caractère et sa vie ». *(Ibid.)*

275. VAR. : « droite ; et suivant l'observation » (1832) ; — « droite ; puis elle justifiait l'observation ». (1834 et 39.)

276. VAR. : « le mouvement imprimé se distribuât dans ». (1832.)

277. VAR. : « ondulations gracieuses qui sont si attrayantes chez les femmes ; elle était pour ». *(Ibid.)*

278. Var. : « turcs, dont étaient ornés les murs ». (1832 à 39.)

279. Var. : « salle à manger où [...], et qui n'avait pour toute décoration que deux consoles et un baromètre; mais à la place ». (1832.)

280. Var. : « *le salon jaune*, et qu'il y avait sur la cheminée des flambeaux et une pendule en cristal. Quant au ». *(Ibid.)* En 1834 et 39 texte de notre édition, sauf deux petites variantes : « que les draperies;... que sur la cheminée ».

281. Var. : « influence sur la vie de l'abbé ». (1832 à 39.)

282. Var. : « Birotteau et qui, semblable à toutes les vieilles filles, faute d'exercer selon les vœux de la nature l'activité donnée à la femme l'avait transportée par nécessité de la dépenser, peut-être, dans les intrigues ». (1832.) En 1834, 39 et 43, texte de notre édition avec cette variante : « Faute d'exercer selon... »

283. Var. : « égoïstes, dont les vieilles filles finissent par s'occuper exclusivement ». (1832.)

284. Var. : « cette pauvre femme ». *(Ibid.)*

285. Var. Dans les éditions de 1832 à 39, cette phrase finit là.

286. Var. : « de café toute pesante ». (1832 à 39.)

287. Var. : « qui décrivaient ». (1832.)

288. Var. : « porte-persienne; il paraissait être l'objet de leur attention; et tous deux ». *(Ibid.)*

289. Var. : « canonicat et absorbé ». *(Ibid.)*

290. Var. : « également le reproche et la joie de le trouver en faute. » *(Ibid.)*

291. Var. : « possible, car l'expression verbale d'un tel soupçon eût causé » *(Ibid.) ;* — « ...l'expression verbale du soupçon que concevait le vicaire eût causé ». (1834 et 39.)

292. Var. : « éloquentes dont Mlle Gamard avait, comme toutes les femmes de sa classe, le secret et l'habitude. » (1832 à 39.)

293. Var. : « ne paraître jamais ». (1832.)

294. Var. : « Gamard lui devinrent réellement insupportables. Tant que ». (1832 à 39.)

295. Var. : « fait chez lui peu de progrès » (1832); « mais, depuis l'affaire de l'averse, du bougeoir ». (1832 à 39.)

296. Var. : « Alors, il arriva rapidement ». (1832 à 39.)

297. Var. : « à planer sur le vicaire comme un oiseau de proie pèse ». (1832.)

298. VAR. : « ces niaiseries étaient toute son existence, sa chère existence qui mettait des occupations ». *(Ibid.)*

299. VAR. : « forts devaient être des malheurs ». *(Ibid.)*

300. VAR. : « prêtre s'était changé en enfer. » (1832); — « ...s'était changé subitement en enfer. » (1834 et 39.)

301. VAR. : « secret dont les heures de sa vieillesse étaient flétries ayant altéré sa santé, le bon prêtre résolut de faire (1832); — « ... dont les heures de sa vieillesse étaient flétries, altéra sa santé »; la suite comme dans notre édition. (1834 et 39.)

302. VAR. : « où il ne laissait pénétrer personne ». (1832 à 39.)

303. VAR. : « choses moins importantes ». *(Ibid.)*

304. VAR. : « Troubert. Celui-ci écouta d'un air » (1832 à 39); « froid et grave ». (1832.)

305. VAR. : « Une flamme même parut ». (1832.)

306. VAR. : « vrais, toute l'amertume ». *(Ibid.)*

307. VAR. : « mystérieux. L'abbé Troubert resta pendant un moment silencieux; puis, il fit une de ces réponses dont il fallait étudier longtemps toutes les paroles avant d'en bien comprendre la portée, mais qui ». (1832 à 39.)

308. VAR. : « dont il respectait l'âge et les connaissances, que ». *(Ibid.)*

309. VAR. : « pouvait bien devenir ». (1832.)

310. VAR. : « Que, du reste, il ». (1832 à 39.)

311. VAR. La phrase qui commence ici n'est pas dans l'édition de 1832.

312. VAR. : « dont il ne pouvait détruire les projets que ». (1834 et 39.) Dans les mêmes éditions, il manque, vers la fin de la phrase, le mot « premier ».

313. VAR. : « Saint-Georges, cette maison, exposée au midi, entourée de rochers, offrait ». (1832.)

314. VAR. Les mots « pour quoi que ce soit » ne sont pas dans les éditions de 1832 à 39.

315. VAR. : « assis sur une terrasse. » (1832 à 39.)

316. VAR. : « Birotteau, je n'ai ». *(Ibid.)*

317. VAR. : « surpris en interrompant l'avocat ». *(Ibid.)*

318. VAR. : « Gamard veut [...] Caron, et je suis venu m'entendre ». *(Ibid.)*

319. VAR. : « Et il se retira. » (1832.)

320. VAR. : « était absorbé par les images ». *(Ibid.)*

321. Var. : « furent assis ». *(Ibid.)*

322. Var. : « détails de ses aventures. Or, ses auditeurs, que le séjour à la campagne commençait à ennuyer, s'intéressèrent ». *(Ibid.)*

323. Var. : « province, et ce fut à qui prendrait parti ». *(Ibid.)*

324. Sterne (au chapitre XIX de son *Tristram Shandy*) pense que certains noms sont révélateurs du caractère, de la moralité, de la position sociale des personnages. Balzac pensait de même. Dans son *Echantillon de causerie française*, il écrit à propos du nom d'un certain Rusca dont on avait raconté une histoire : « Un jour j'aurai la suite de Rusca. Ce nom me fait pressentir un drame; car je partage, quant aux noms, la superstition de M. Gautier Shandy. Je n'aimerais pas une demoiselle qui s'appellerait Pétronille ou Sacountala, fût-elle jolie. » *(Œuvres complètes*, XX, 328; Calmann-Lévy, 1926, in-8°). Et dans *Ursule Mirouet :* « Ne doit-on pas reconnaître avec Sterne l'occulte puissance des noms qui tantôt raillent et tantôt précisent les caractères? » (Édition Calmann-Lévy, in-18, p. 5.) Voir l'étude de Spoelberch de Lovenjoul : *A propos de la recherche et de la physionomie des noms dans la Comédie humaine*, dans son ouvrage : *Un roman d'amour* (Calmann-Lévy, 1899, in-16).

325. Var. : « des dorures monarchiques ». (1832 à 39.)

326. Var. : « manières polies; se permettant ». (1832.)

327. Var. : « encore avec ses cheveux. » *(Ibid.)*

328. Le baron de Listomère ne paraît que dans cette nouvelle.

329. Var. Cette phrase finit au mot « secrets » dans l'édition de 1832.

330. Var. : « Gamard parce que Mlle Gamard ». (1832.)

331. Var. : « elle... et vous en sortirez. » La fin de cet alinéa manque dans l'édition de 1832.

332. Var. : « Ce vieux propriétaire ». (1832 à 39.) — M. de Bourbonne était propriétaire et gentilhomme. Il avait été mousquetaire et même galant mousquetaire. Il était tourangeau, mais il avait vécu à Paris et y avait fait bonne figure au faubourg Saint-Germain. Il paraît encore dans *Madame Firmiani*. (Cf. *Répertoire*, p. 55.)

333. Var. : « Aussi fallait-il une légère observation pour s'apercevoir que ». (1832 à 39.)

334. Var. : « et comme il » (1832) « avait su arrondir les prairies de sa terre aux dépens des laisses ». (1832 à 39.) — Lais ou laisses : alluvions.

335. Var. : « l'État, il passait pour ». (1832.)

336. Var. : « demandé ce qu'il était à ». (1832 à 39.)

337. Var. : « *malin!* était la réponse proverbiale faite par tous ses jaloux car, en Touraine, la jalousie » (1832); — «...était la réponse », la suite comme dans notre édition. (1834 et 39.)

338. Var. : « pendant lequel chacun parut réfléchir ». (1832.)

339. Var. : « le vieux propriétaire ». (1832 à 39.)

340. Var. : « personnel avait été remis, dit Mⁱˡᵉ Salomon, est tombé dangereusement malade ». *(Ibid.)*

341. Var. : « Maintenant, votre nomination de chanoine dépend ». *(Ibid.)*

342. Var. : « dont notre bon abbé sera frappé ». *(Ibid.)*

343. Var. : « prouvé que..., etc. Alors les ». *(Ibid.)*

344. Var. : « et dont s'effraya seul M. de Bourbonne » (1832); — « et dont M. de Bourbonne fut seul effrayé. » (1834 et 39.) — Ce Fabius auquel, deux lignes après, Balzac compare M. de Bourbonne est, dans cette célèbre famille romaine, Maximus Quintus Verrucosus Fabius que sa tactique de prudence et d'atermoiements avait fait surnommer Cunctator « le Temporisateur ». (275?-203 av. Jésus-Christ.)

345. Var. : « sec dont il est impossible de rendre le langage télégraphique. » *(Ibid.)*

346. Var. : « à effrayer le vicaire ». (1832.)

347. Var. : « signature, l'avocat reprit ». (1832 à 39.)

348. Var. : « — Eh bien! dit-il après. » *(Ibid.)*

349. Var. : « Et il lui rendit la renonciation. » *(Ibid.)*

350. Var. : « mes deux beaux. » (1832.)

351. Var. : « le ton dont les mères promettent ». *(Ibid.)*

352. Var. : « Gamard; et si nous ne trouvons pas d'appartement qui vous plaise... eh bien, nous vous prendrons chez nous. Allons ». *(Ibid.)*

353. Var. De 1832 à 39, cette phrase finit au mot « reçu ».

354. Var. : « qu'ils se désolent » (1832); — « qu'ils s'effrayent » (1834); — « qu'ils s'effraient ». (1839.)

355. Var. : « s'endormir, il se tortura l'esprit, et ». (1832.) Ce dernier membre de phrase a été reporté deux lignes après dans les éditions postérieures.

356. Var. : « et tout en désordre ». (1832.)

357. Var. : « trame. Cependant Mⁱˡᵉ Salomon lui restait. Mais, trahi par toutes ses vieilles illusions ». *(Ibid.)*

358. VAR. : « restent fièrement ». *(Ibid.)*

359. VAR. : « restant vierges. Mais, en consacrant les sentiments de la femme au culte du malheur, ces vieilles filles atteignent à tout l'héroïsme de leur sexe, et en idéalisent, pour ainsi dire, la destination en renonçant aux récompenses et n'en acceptant ». *(Ibid.)*

360. VAR. : « Sera la vivante poésie. » *(Ibid.)* — Mlle Marie-Maurice Virot de Sombreuil, née à Limoges en 1774, morte à Avignon en 1823. Elle est célèbre par le dévouement avec lequel elle sauva la vie de son père, qui avait été maréchal de camp et gouverneur des Invalides et qui, après la journée du 10 août 1792, fut emprisonné à l'Abbaye. Il eût été parmi les victimes des massacres de septembre si sa fille ne se fût jetée au-devant de lui en demandant au peuple sa grâce. Son courage et sa beauté l'obtinrent. Le maréchal de Sombreuil fut, d'ailleurs, emprisonné environ deux ans plus tard, et cette fois il fut condamné à mort et exécuté.

361. VAR. : « aima. Le jeune homme dont elle devait être la femme perdit la raison. Pendant vingt années ». (1832.) — « Vingt années » est certainement le fait d'une erreur matérielle. On a vu, à la note 147, que le jeune homme aimé était Louis Lambert.

362. VAR. : « malheureux dont elle avait » (1832 à 39); « assez épousé la folie pour ne plus y croire. » (1832.)

363. VAR. : « franche de langage ». (1832.)

364. VAR. : « malgré l'irrégularité ». *(Ibid.)* Ce terme ne saurait s'appliquer à la beauté de Mlle de Villenoix telle que Balzac la montre dans *Louis Lambert.*

365. VAR. : « et dont il allait s'exiler » (1832); — « et dont il devait... » (1834 et 39.)

366. VAR. : « plus là, il est ». (1832.)

367. VAR. : « au pauvre vicaire » (1832). « Puis, il comprit le caractère ». (1832 à 1839.)

368. VAR. : « le vicaire jugea ». (1832.)

369. VAR. : « idées stupéfiantes s'élevèrent ». (1832 à 39.)

370. VAR. : « du pauvre prêtre et ». (1832.)

371. VAR. : « simplicité de mon existence ». *(Ibid.)*

372. VAR. : « A ces mots terribles, oubliant l'affaire du canonicat, Birotteau descendit ». (1832 à 39.)

373. VAR. : « mes meubles. — Quoi ! dit-elle, est-ce que ». (1832.)

374. VAR. : « mettre de richesse ». *(Ibid.)*

375. Var. : « Birotteau était foudroyé » (1832 à 39); « car il pouvait encore entendre, pour son malheur, la voix claire de Mlle Gamard disant : — N'est-il pas ». (1832.)

376. Var. : « dans une boîte fermée dont il gardait toujours la clef. A l'aspect ». (1832.)

377. Var. : « chanoine ! et lui, Birotteau, restant sans asile » (1832); — « ... Lui, Birotteau, restait... » (1834 et 39.)

378. Var. : « maison ayant fait signe au cocher, le pauvre vicaire fut recueilli demi-mort par sa fidèle amie. Il lui fut impossible de prononcer autre chose que des mots » (1832); — « maison, ayant compris le désespoir du pauvre homme, fit un signe au cocher qui s'arrêta. Puis ». La suite, comme dans notre édition. (1834 et 39.)

379. Var. : « de cette tête ». (1832.)

380. Var. : « l'Alouette, attribuant cet instant de désespoir à la nomination ». *(Ibid.)*

381. Var. : « — Qui? disait-elle. » *(Ibid.)*

382. Var. En 1832 cette phrase finissait au mot «passé».

383. Var. : « à lire l'acte ». (1832.)

384. Var. : « l'énigme, et il arriva à une clause ». *(Ibid.)*

385. Var. : « Birotteau, et attendu qu'il reconnaît être ». (1832 à 39.)

386. Var. : « la dite soussignée ». *(Ibid.)*

387. Var. : « par telle cause que ce soit. » *(Ibid.)*

388. Var. : « à telle époque que ce puisse être ». *(Ibid.)*

389. Var. : « engagements de mademoiselle ». (1832.)

390. Var. : « dont il n'avait pas même discuté les termes tant » (1832); — « dont jadis il ne discuta même pas les termes ». (1834 et 39.)

391. Var. : « ruiné, c'est donc à moi qu'il appartient de vous ». (1832.)

392. Var. : « dit le propriétaire ». (1832 à 39.)

393. Var. : « est assez honteuse ». (1832.)

394. Var. : « et peut nuire à l'abbé Troubert, nous obtiendrons sans doute quelque ». *(Ibid.)*

395. Var. : « excepté le propriétaire ». (1832 à 39.)

396. Var. : « bien nette ». (1832.)

397. Var. : « qu'un arbre doit, pour vivre ». *(Ibid.)*

398. Var. : « contestés, donnait, en recueillant Birotteau chez elle, le ». *(Ibid.)*

399. Var. : « les paroles, les démarches ». *(Ibid.)*

400. VAR. : « autres, pronostiquant les mariages, et blâmant la conduite de leurs amies, comme de leurs ennemies ». *(Ibid.)*

401. VAR. : « la police de Tours, armées ». (1832 à 39.)

402. VAR. : « les portant » (1832) « à s'approprier la sagesse du sanhédrin » (1832 à 39), « elles donnaient » (1832) « le ton du bavardage dans leurs sphères respectives ». (1832 à 39.)

403. VAR. : « Villenoix étaient, dans la hiérarchie sociale de Tours, situés au-dessus de ceux ». (1832.)

404. VAR. Dans *le Siècle*, il n'y a pas le mot « romain ».

405. VAR. : « où, comme l'a dit Montesquieu [...] à saisir une tempête dans un verre d'eau ». (1832.)

— Je ne sais où Balzac a pris ce texte; mais Montesquieu, dans son *Esprit des Lois*, écrit (liv. II, chap. III : *des Lois relatives à la nature de l'aristocratie :* « Dans toute magistrature il faut compenser la grandeur de la puissance par la brièveté de sa durée. Un an est le temps que la plupart des législateurs ont fixé; un temps plus long serait dangereux, un plus court serait contre la nature des choses. Qu'est-ce qui voudrait gouverner ainsi ses affaires domestiques? A Raguse, le chef de la République change tous les mois; les autres officiers toutes les semaines; le gouverneur du château tous les jours. Ceci ne peut avoir lieu que dans une république environnée de puissances formidables, qui corrompraient aisément de petits magistrats. » *(Esprit des Lois*, édit. Garnier frères, I, 14.)

406. VAR. : « sociaux, car c'est une erreur de croire que le temps et la vie soient rapides seulement aux cœurs en proie à de vastes projets et qui, alors, se sentent vivre ». (1832.)

407. VAR. Les deux phrases qui vont du mot « Dieu » au mot « voyage » ne sont pas dans l'édition de 1832.

408. VAR. : « critiques, en jetant un ». (1832.)

409. VAR. : « et des abbés en cherchant la cause ». *(Ibid.)*

410. VAR. : « bonne cause, ou ayant remis le ». *(Ibid.)*

411. VAR. : « Tours, avaient laissé prendre les devants aux amis de Mlle Gamard, lesquels expliquèrent l'affaire peu avantageusement pour l'abbé Birotteau. » *(Ibid.)*

412. VAR. : « procès, ajoutant que ». *(Ibid.)*

413. VAR. : « d'ingratitude, etc., etc. L'avoué parla pendant une heure. Puis, après [...] l'escalier : il prit [...] à part et l'engagea ». *(Ibid.)*

414. Var. : « Mme de Listomère.

« — Je ne connais pas à Tours un seul homme de chicane, à moins de prendre l'avoué des libéraux, qui veuille se charger de ce procès, s'écria M. de Bourbonne.

« — Hé bien ! » (1832). — En 1834 et 39 texte de notre édition avec deux variantes : 1° « qui veuille » au lieu de « qu'il voulût »; 2° absence des mots : « sans avoir l'intention de vous le faire perdre ».

415. Var. : « lui recommander la prudence en ». (1832.)

416. Var. : « vicaire; car tous les gens ». *(Ibid.)*

417. Var. : « leur donnent une valeur de douze mille francs; mais enfin [...] entier à trente mille francs. » *(Ibid.)* — Ce M. Salmon, ne paraît que dans *le Curé de Tours.*

418. Var. : somme énorme, il y avait ». *(Ibid.)*

419. Var. : « cette pièce n'en était pas moins un chef-d'œuvre de logique judiciaire fortifiée par tous les articles du Code et la condamnait si évidemment que trente ou quarante copies en furent faites et coururent par toute la ville. » *(Ibid.)*

420. Var. : « de frégate ». (1832 à 39.)

421. Var. : « et se présenta à ». (1832.)

422. Var. : « dont M. de Listomère lui fît part ». (1832 à 39.) « Le lendemain, le baron consulta les bureaux, nonobstant la parole du ministre ». (1832.)

423. Var. : « d'être présenté au ministre » (1832); « ce travail confirmait ». (1832 à 39.)

424. Var. : « à Tours; que tu avais des opinions détestables; que tu ne suivais pas la ligne du gouvernement, or, comme ses phrases ». (1832.)

425. Var. : « Chambre, je lui ai dit : Ah çà ! entendons-nous. Alors il a fini ». *(Ibid.)*

426. Var. : « avec la Congrégation. »
La Congrégation fut fondée à Paris, le 2 février 1801, jour de la Chandeleur, par un ancien jésuite, le père Delpuits, sous l'invocation de la Sainte Vierge. C'était une association pour la prière, l'édification mutuelle et la charité; sa devise était : « *Cor unum et anima una,* un seul cœur et une seule âme. » Ses membres peu nombreux étaient des hommes jeunes, des étudiants en médecine et en droit, quelques polytechniciens, quelques employés de ministère, et quelques employés de commerce. A la fin de l'année 1804, le duc Mathieu de Montmorency, qui venait de passer la quarantaine, se joignit à eux. Napoléon, après sa rupture avec le Pape, prononça la dissolution de nombreuses institutions pieuses,

parmi lesquelles « tous les établissements connus sous le nom de Congrégations de la Sainte Vierge ».

La Congrégation cependant subsistait bien qu'inactive. Ses membres se retrouvèrent le 15 décembre 1811, derrière le cercueil du père Delpuits. En 1814 ses réunions reprirent au séminaire des Missions étrangères, rue du Bac, sous la direction de l'abbé Legris-Duval qui fut remplacé au mois d'août de la même année par le Père Ronsin, ancien Père de la Foi devenu jésuite. L'objet déclaré de l'institution est la défense de la foi et des bonnes mœurs. Cette fois les membres sont plus nombreux qu'au temps du Père Delpuits. Il en est de toutes conditions, des plus modestes aux plus élevées. Il y eut de petits commerçants, mai aussi de nombreux prélats; de hauts fonctionnaires, comme le baron Alphonse de la Bouillerie, maître des requêtes au Conseil d'État, Espivent de la Villeboinest, conseiller à la Cour royale; des hommes politiques, comme le prince Jules de Polignac. Cependant le nombre des congréganistes ne fut jamais très considérable; il ne semble, même au temps de la plus grande prospérité, avoir guère dépassé un millier. Il y eut aussi des associations établies en province. Une soixantaine environ, dont une vingtaine dans les collèges ou petits séminaires. A la Congrégation s'ajoutèrent des filiales de prosélytisme : la *Société des bonnes œuvres*, divisée en trois sections : Hôpitaux, Prisons, Petits Savoyards; la *Société des bonnes études*, pour la propagation de la foi; la *Société catholique des bons livres ;* des associations pour le placement des ouvriers et leur entretien s'ils sont sans ouvrage, pour l'apprentissage des orphelins.

Cela faisait, aux yeux des libéraux, beaucoup de ramifications. De plus, la présence, dans la Congrégation, de personnages puissants et influents devait la rendre suspecte d'être une organisation appliquée à user et même à abuser de sa puissance et de son influence pour servir les ambitions de ses membres. L'oncle du baron de Listomère pensait ainsi. Et aussi M. de Montlosier, vieux gentilhomme d'Auvergne, catholique et royaliste, qui, retiré dans sa province, composa un petit ouvrage qu'il intitula : *Mémoire à consulter sur un système religieux et politique tendant à renverser la religion, la société et le trône* et qu'il fit paraître en 1826. Les discussions qu'il suscita furent vives. Les adversaires de la Congrégation exagérèrent et son ingérence politique et administrative, et le nombre de ses membres. On dit qu'il était de 48.000 alors qu'il n'était qu'entre 1.000 et 1.200. M. de Montlosier rédigea une *Dénonciation aux cours royales relativement au système religieux et politique signalé dans le « Mémoire à consulter ».*

La Cour royale de Paris en délibéra. M. de Montlosier y fut réfuté et battu. Il s'adressa alors à la Chambre des pairs qui en délibéra, à son tour, le 18 janvier. Là encore M. de Montlosier fut vaincu. Le rapport de M. de Portalis, qui le réfutait, fut adopté par 130 voix sur 186 votants. La Congrégation subsista donc, mais elle disparut quand fut détrôné le roi Charles X qui l'avait protégée. Voir sur la Congrégation, l'ouvrage de M. Geoffroy de Grandmaison (Paris, Plon, 1889, in-8°); et, pour un résumé succinct, la plaquette de M. J.-M. Villefranche : *Histoire et Légende de la Congrégation* (Bloud et Cᴵᵉ, 1908, in-16).

— A la Congrégation, Balzac a, on l'a vu, substitué *La grande aumônerie*. C'était une institution ecclésiastique qui datait de François Iᵉʳ. D'abord chargé de distribuer les aumônes royales, le grand aumônier, qui fut en général un prélat d'une haute naissance, finit par avoir des pouvoirs ecclésiastiques fort étendus. Il avait sous sa direction un premier aumônier, des aumôniers auxiliaires, les chapelains royaux. La grande aumônerie fut supprimée en 1790. Napoléon la rétablit en faveur de son oncle le cardinal Fesch. Au temps du *Curé de Tours*, le grand aumônier était le prince de Croy, archevêque de Rouen, cardinal et pair de France. Le premier aumônier était Mᵉʳ de Frayssinous, ancien ministre des Affaires ecclésiastiques. La grande aumônerie fut supprimée une deuxième fois en 1830. Elle fut rétablie par Napoléon III en 1857 et disparut avec le second Empire.

427. Vᴀʀ. : « où il est l'homme de la Congrégation ». (1832.)

428. Vᴀʀ. : « au ministre; mais si tu veux. » *(Ibid.)*

429. Vᴀʀ. : « général; car tu sauras que ». *(Ibid.)*

430. Le ministère des Affaires ecclésiastiques et de l'Instruction publique fut institué par une ordonnance du 24 août 1824. Les services de l'Instruction publique dépendaient depuis 1822 de M. de Frayssinous, grand maître de l'Université. C'est lui qui eut la charge du ministère nouveau. Il la garda jusqu'en 1828. Il était donc ministre des Affaires ecclésiastiques au temps du *Curé de Tours*. Ce ministère subit d'ailleurs des fluctuations diverses. Les services de l'Instruction publique en furent détachés le 9 janvier 1828 pour être rattachés au ministère de l'Intérieur; ils constituèrent un ministère indépendant le 19 février 1829; ils furent, dans le courant de la même année, rattachés aux Affaires ecclésiastiques, en furent de nouveau séparés en 1830, et en 1848 y furent de nouveau réunis pour former le ministère de l'Instruction publique et des cultes. La direction des cultes fut,

suivant les circonstances, rattachée à des ministères divers
(justice ou intérieur le plus souvent), jusqu'à la séparation
des Églises et de l'État.

431. Le passage qui suit, depuis : « Comprends-tu ? » jusqu'à
« ... mettre ses doubles souliers et partit » (p. 74) n'est pas dans
l'édition de 1832.

432. Var. : « Hum ! comprends-tu ? » (1834 et 39.)

433. Var. : « où celui-ci prenait ». *(Ibid.)*

434. *Le Lutrin*, chant I, vers 186. Le vers qui suit est :

« C'est par là qu'un prélat signale sa vigueur. »

435. Var. : « encore pardonner; mais après ». (1834
et 39.)

436. Var. : « Le lendemain du jour où M. de Listomère
revint chez sa tante, après ». (1832.)

437. Var. : « A ces mots » (1832 à 39) « le pauvre Birotteau pâlit ». (1832.)

438. Var. Cet alinéa est, dans l'édition de 1832, rédigé
ainsi : « Alors elle déroula succinctement devant le pauvre
homme l'immense étendue de cette affaire et de ses suites.
Puis, en lui dévoilant la vie de l'abbé Troubert, elle lui en fit
concevoir la portée, l'incapacité, le pouvoir; elle lui démontra
tout ce qu'avait de force la trame si habilement ourdie de sa
vengeance; tout ce qu'il lui avait fallu dépenser de puissance
morale pour rester en présence d'un ennemi pendant douze
ans, et de haine pour persécuter encore Chapeloud dans son
ami. Elle était femme, habile, spirituelle, adroite, elle devina
tout, le passé, le présent, et même l'avenir, car elle conjura
Birotteau de s'expatrier. Puis, elle dit en terminant ».

439. Var. : « soupçonnées. Il était aussi effrayé [...]
abîme, et il écoutait [...] aucune idée, sa bienfaitrice qui
disait maintenant ». (1834 et 39.)

440. Var. : « manque, mais donnez-moi ». (1832.)

441. Var. : « à son amie un regard désespéré qui la navra
de peine ». *(Ibid.)*

442. Var. La phrase qui suit n'est pas dans l'édition de
1832.

443. Var. Cette phrase finit là dans l'édition de 1832.

444. Var. : « apportez-le, et avec le secours ». (1832.)

445. Var. Cette phrase finit là dans l'édition de 1832.

446. Var. Cette phrase en italiques n'est pas dans l'édition
de 1832.

447. Var. : « Le renvoi de Birotteau fut une nouvelle d'autant plus ». (1832.)

448. Var. : « devant se marier ». *(Ibid.)*

449. Var. : « du vicaire. Ceci était d'une profondeur digne de Troubert, car personne ne connaissait encore le désistement de Birotteau le jour qu'il abandonna la maison de Mme de Listomère ». *(Ibid.)*
— L'alinéa qui vient après et la phrase qui le suit (de : « Ainsi les instructions.. » à « ... tout diriger ») ne sont pas dans l'édition de 1832.

450. Var. : « événement bien grave étant survenu, rendit [...] médités par cette dame pour apaiser ». (1832.)

451. Var. : « Gamard, ayant pris du froid, s'était mise au lit et toute la ville retentissait des plaintes excitées par une feinte commisération. » *(Ibid.)*

452. Var. : « Birotteau la tuait. » (1832 à 39.)

453. Var. : « femelle et que répétait la ville ». (1832.)

454. Var. : « de voir ». *(Ibid.)*

455. Var. : « tableaux, une femme qui l'avait méconnu [...] puis consentit à la recevoir ». *(Ibid.)*

456. Var. : « ne mit dans la discussion de ses intérêts ou dans la conduite d'une affaire, plus ». *(Ibid.)*

457. Var. Le passage suivant, depuis : « semblable » jusqu'à « en apparence insignifiantes » n'est pas dans l'édition de 1832.

458. Var. Dans l'édition de 1832 cette phrase finit là.

459. Dans tout ce dialogue, tous les propos pensés, imprimés en italique et qui en forment comme le contrechant, ont été ajoutés seulement dans l'édition de 1834.

460. Personnage fabuleux et asiatique du moyen âge dont la légende fut connue en Europe vers le milieu du xiie siècle. Il régnait, disait-on, sur une contrée dont il était à la fois le chef politique et le chef religieux. On lui attribue de nombreux faits remarquables. On en fait aussi un voyageur : on le montre dans l'Inde et en Abyssinie, dont on prétend qu'il devint le négus. Du xve au xviie siècle, d'ailleurs, l'Abyssinie fut désignée sous le nom de royaume du Prêtre Jean.

461. Var. : « monsieur, j'ai exigé de M. Birotteau son désistement et je vous l'apportais ». (1832.)

462. Var. Cette phrase n'est pas dans les éditions de 1832 à 39.

463. Var. : « dit le prêtre ». (1832 à 39.)

464. Var. Le passage qui commence ici et qui finit par
« *Oui, la religion c'est toi* », n'est pas dans l'édition de 1832.

465. Var. : « Puis changeant de ton » (1832) : « — Monsieur votre neveu n'a-t-il pas été à Paris? » (1832 à 39.)

466. Var. : « Il y retourne ce soir » (1832 à 39); — la suite
de cette phrase n'est pas dans l'édition de 1832.

467. Var. : « Ils ne » (1832); dans cette édition la phrase
finit au mot « prêtre ».

468. Var. : « chrétiens; je prends maintenant ». (1832.)

469. Var. Cette phrase finit là dans l'édition de 1832.

470. Var. Cette phrase n'est pas dans l'édition de 1832.

471. Var. La suite de cette phrase manque aussi en 1832.

472. Var. : « de compassion, même en faveur d'une
amitié perdue. Birotteau m'a suppliée » (1832); — « de compassion. Birotteau, dont vous devez connaître le caractère
faible, m'a suppliée ». (1834 et 39.)

473. Var. : « A... ce qu'il a cru des droits... le portrait ».
(1832.)

474. Var. Les mots « dit-elle en continuant » ne sont pas
dans les éditions de 1832 à 39.

475. Var. La phrase qui commence ici n'est pas dans
l'édition de 1832. Dans celles de 1834 et 39 son début est :
« L'accent qu'elle prit pour... »

476. Var. : « connaisseur émérite que l'abbé descendit ».
(1832.)

477. Var. : « sa réponse sur cette transaction; mais il est
probable que des raisons péremptoires le décidèrent, pendant
le débat, à se faire de la famille de Listomère plutôt une
alliée qu'une ennemie ». (1832.) « Il revint bientôt ». (1832 à 43.)

478. Var. Le passage qui commence ici et qui finit à :
« ... *avoir pour amis que pour ennemis* » n'est pas dans l'édition
de 1832.

479. Var. : « que l'archevêque achèverait l'ouvrage qu'elle
avait si ». (1832.)

480. Var. : « apprit dans la soirée ». (1832 à 39.)

481. Var. : « Son testament ayant été ouvert, personne ».
(1832.)

482. Var. : « vie décorée par tant de [...] silence, par
tant de vertus ignorées ». *(Ibid.)*

483. Var. : « la noblesse et la haute délicatesse de son
âme ». *(Ibid.)*

484. Var. : « qui devaient flétrir sa vie ». *(Ibid.)*

485. Var. : « reposer en paix ». *(Ibid.)*

486. Var. : « les parties finies, ils furent ». *(Ibid.)*

487. Var. : « Là, reprit ». *(Ibid.)*

488. Var. : « du pont; or, ce pont a dix-sept cents pieds ». (1832 à 39.)

489. Var. : « terminent à chaque bout offrent une dimension égale. » *(Ibid.)*

490. Var. Cette phrase finit là dans l'édition de 1832.

491. Var. : « réparer; il va se trouver enterré dans un fond... Quelle atroce combinaison ! » (1832.)

492. Var. : « de peindre ». (1832 à 39.)

493. Var. : « évêque de... » *(Ibid.)*

494. Var. : « dans son diocèse, mais donna par un acte authentique, au chapitre, la maison de Mlle Gamard; la bibliothèque et les livres de Chapeloud au petit séminaire, en y joignant un capital de cent mille livres; puis il dédia ». (1832.) Comme on le voit, ce passage a été bien augmenté dans l'édition de 1834.

495. Var. Cette phrase finit là dans l'édition de 1832.

496. Var. : « de captation, mais le baron fut nommé capitaine ! Par une ». (1832.)

497. Var. La fin de cet alinéa : « L'assassin [...] censurer Birotteau », n'est pas dans l'édition de 1832.

498. Var. : « évêque de... passait ». (1832.)

499. Var. : « d'une terrasse. Il était pâle » (1832 à 39).

500. Var. : « ses yeux animés [...] bonne chère et naïvement dénués d'aucune autre idée, un voile ». (1832.)

501. Var. : « dix mois ». (1832 et 34.)

502. Var. : « L'évêque lui lança un regard ». (1832 et 34.)

503. Var. : « Puis, consentant à l'oublier, il passa. » (1832). — L'abbé Troubert paraît encore, comme évêque de Troyes, dans *le Député d'Arcis*. (Cf. *Répertoire*, p. 514.)

504. Var. : « temps, Philippe II ou Richelieu. Mais le célibat a, pour les célibataires et pour la société, ce vice capital que, concentrant les qualités de l'homme sur une seule passion, l'égoïsme, elle les rend » (1832); — « ... Philippe II ou Richelieu, mais aujourd'hui, l'Église... » la suite comme dans notre édition sauf cette variante : « le célibat a, pour la société, ce vice, » en 1834 et 39.

505. Le roman du *Curé de Tours* finit ici dans l'édition de 1832.

506. Var. : « le système dont il est victime et qu'il ». (1834 et 39.)

507. Var. : « Mais, non, la machine ». (1834 et 39.)

508. Var. : « des peuples neufs ou des idées nouvelles ». *(Ibid.)*

509. Var. : « de ce siècle prouverait ». *(Ibid.)*

510. Var. : « représentait petitement au fond ». *(Ibid.)*

511. Non daté dans les éditions de 1832 à 39.

PIERRETTE

512. Cette dédicace parut pour la première fois dans *le Siècle*, le 27 janvier 1840, à la suite du dernier feuilleton de *Pierrette*. Elle portait le titre d'Envoi. Dans *le Siècle* et dans l'édition de 1840, cette dédicace est datée : « Aux Jardies, novembre 1839 ».

— Anna de Hanska était la fille de Mme Hanska, que Balzac aima d'un si long amour et qu'il finit par épouser quelques mois avant de mourir. Le 2 juin 1839, Balzac lui écrivait : « La première œuvre un peu *jeune fille* que je ferai, je la dédierai à votre très chère Anna; mais j'attendrai pour cela un mot de vous dans votre première lettre, car il faut que cela vous convienne. » *(Lettres à l'Etrangère,* I, 514.) En juillet de la même année, faisant allusion à son roman de *Pierrette,* il écrivit à Mme Hanska : « J'aurai, d'ici à quelques jours, une délicieuse petite histoire qui pourra être lue par Anna; je veux la lui dédier, et vous me direz si cela lui fait plaisir et à vous. » *(Op. cit.,* I, 518.) Le 30 octobre, il mentionne, parmi divers ouvrages qu'il achève : « *Pierrette* dédiée à votre chère Anna. » *(Op. cit.,* I, 522.) En février 1840 : « *Pierrette* a paru dans *le Siècle.* Le manuscrit est relié pour Anna. L'envoi a paru; je vous le joins ici. » *(Op. cit.,* I, 528.) Le manuscrit de *Pierrette* est aujourd'hui à la bibliothèque Lovenjoul.

En août 1840, quand le roman va paraître en librairie, Balzac écrit à Mme Hanska. « *Pierrette* va paraître. Vous pouvez la faire lire à Anna, quoi que vous en disiez. Il n'y a rien d'*impropre.* » *(Op. cit.,* I, 544.)

Mlle Anna de Hanska avait alors quatorze ans. Six années plus tard, elle épousa (le 13 octobre 1846) le Comte Georges Mnizech, à qui Balzac témoigna autant d'affection qu'à la jeune fille. N'étaient-ils pas ses futurs belle-fille et beau-fils?

513. Var. : « de mélancolie et chargée de tristesse. Mais ne faut-il ». *(Siècle.)*

514. Var. : « jamais et vous peindre des misères que vos jolies ». *(Ibid.)*

515. Var. : « aventure qui puisse passer ». *(Siècle* et 1840.)

516. Var. : « mais vous apprendrez peut être combien ». *(Ibid.)*

517. Voici la préface, mentionnée dans notre Introduction et qui parut dans l'édition de 1840 :

Préface

L'état du Célibataire est un état contraire à la société. La Convention eut un moment l'idée d'astreindre les célibataires à des charges doubles de celles qui pesaient sur les gens mariés. Elle avait eu là la plus équitable de toutes les pensées fiscales et la plus facile à exécuter. Voyez ce que le Trésor gagnerait à un petit amendement ainsi conçu : *Les contributions directes de toute nature seront doublées quand le contribuable ne sera pas ou n'aura pas été marié.* S'il existe en France un million de célibataires payant une cote dont la moyenne soit de dix francs, le budget des recettes serait grossi de dix millions.

Et les filles à marier ne cesseraient de rire en pensant à ces cotes doublées et aux leurs qui ne le seraient pas encore.

Et les gens mariés poufferaient de rire.

Et l'école genevoise et anglaise, qui veut nous moraliser, tirerait ses lèvres minces sur ses dents jaunes. Et les percepteurs ne pourraient s'empêcher de rire en écrivant leurs petits carrés de papier azuré, jaune, gris, verdâtre, rouge qui se soldent toujours avec frais.

Ce serait un rire universel.

La publication de cette idée, renouvelée des cartons de la Convention, est d'autant plus courageuse que celui qui la soulève est garçon ; mais il y a des cas où les intérêts sociaux doivent l'emporter sur les intérêts particuliers.

Ceci part d'un principe. Ce principe est la haine profonde de l'auteur contre tout être improductif, contre les célibataires, les vieilles filles et les vieux garçons, ces bourdons de la ruche !

Aussi, dans la longue et complète peinture des mœurs, figures, actions et mouvements de la société moderne, a-t-il résolu de poursuivre le Célibataire, en réservant toutes les exceptions nobles et généreuses comme le prêtre, le soldat et quelques dévouements rares.

La première œuvre où il s'occupa de cette classe de vertébrés fut intitulée à tort *Les Célibataires;* elle s'appellera désormais *l'Abbé Troubert* *. Il y avait mis quatre figures différentes qui

---

* Finalement, ainsi qu'on l'a vu, ce fut *le Curé de Tours.*

rendent assez les vices et les vertus du célibataire ; mais ce n'était qu'une indication. Pierrette est la continuation de la peinture du Célibataire, riche trésor de figures et qui doit lui offrir encore plus d'un modèle. Le chevalier de Valois, dans *la Vieille Fille*, le chevalier d'Espard dans *l'Interdiction*, figure muette, effacée ; de Marsay, dans plusieurs scènes et notamment dans *la Fille aux yeux d'or, la Fleur des Pois*, etc. ; Chesnel, ce vieux et dévoué notaire, dans *le Cabinet des Antiques* ; Poiret et Mlle Michonneau, dans *le Père Goriot* *, ne sont, jusqu'à présent, que des accidents, ils n'ont pas été des figures principales, des types portant au front un sens social ou philosophique.

L'un de nos plus terribles célibataires, Maxime de Trailles, se marie. Ce mariage est en train de se conclure dans *Une Election en province* **, scène qui se prélasse entre deux

---

* Le chevalier de Valois, s'il resta célibataire, avait pourtant essayé de se marier, sur le tard il est vrai, avec une demoiselle, Mlle Rose-Victoire Cormon, qui n'était elle-même plus très jeune, mais qui était très riche. Cette vieille fille se maria avec un autre roquentin, M. du Bousquier. M. du Bousquier déçut les espérances de son épouse que, paraît-il, il respecta plus qu'elle n'aurait pu le prévoir.

Le chevalier d'Espard paraît, en effet, silencieux mais non désintéressé auprès de sa belle-sœur, dont il se faisait le complice, — par intérêt naturellement, — dans la tentative d'interdiction du marquis d'Espard, son frère.

De Marsay ne se maria pas. Il se contentait de belles aventures galantes. Mais il mourut vers la quarantaine. S'il eût autant vécu que M. du Bousquier, peut-être fût-il, — et avec moins de réserve sans doute, — devenu aussi un mari. Le roman *la Fleur des. pois*, que mentionne ici Balzac, reçut un nouveau titre dans l'édition de 1842 de *la Comédie humaine*. Il s'appela dès lors *le Contrat de mariage*.

Chesnel était, comme M. de Valois, comme M. du Bousquier, un célibataire d'Alençon, où Balzac avait donc réuni quelques variétés de vieux garçons. M. du Bousquier qui lui, du moins, voulait se marier, reprochait au notaire Chesnel de lui avoir fait manquer un premier mariage et d'avoir un moment compromis celui qu'il conclut enfin avec Mlle Cormon.

Mlle Michonneau, quadragénaire, et Poiret, de beaucoup son aîné, après avoir fait l'ornement de la pension Vauquer, finirent par se marier, à la fin du roman du *Père Goriot*.

** Ce roman fut annoncé aussi avec les titres de : *le Député à Paris*, et de *Une élection en Champagne*. Le titre définitif fut *le Député d'Arcis*. Balzac n'en écrivit que la première partie : *l'Election*. Il n'y maria pas ce joueur et ce viveur de Maxime de Trailles. C'est M. Charles Rabou qui, achevant l'ouvrage que Balzac n'avait pu finir, maria Maxime de Trailles, à l'âge de cinquante ans, avec

des compartiments d'acajou qui contiennent les scènes inédites et qui ne ressemblent pas mal à des coulisses de théâtre. Oui, cette nouvelle doit être publiée dans l'intérêt des familles qui grouillent entre les mille pages de cette longue œuvre et qui s'alarmaient en sachant Maxime toujours affamé. — *Il le fallait!* a dit l'auteur en se drapant dans sa robe de chambre par un beau mouvement semblable à celui d'Odry * qui s'élève en disant ce mot à la grandeur des Fatum des anciens.

Il-le-fal-lait ! Que voulez-vous ? il s'élevait mille accusations contre les dandys des Etudes de mœurs. Une critique imbécile et lâche en voulait à Maxime de Trailles ! on le travaillait dans les journaux, on le prétendait trop immoral, d'un dangereux exemple; on allait jusqu'à nier son existence ! Pour en finir, son père a fini par le marier. On criera encore, car en France on crie à propos de tout, et on crie bien plus à propos du bien qu'à propos du mal; mais enfin, une fois Maxime de Trailles marié, père de plusieurs enfants, rallié sincèrement à la nouvelle dynastie, employé par elle, il aura des défenseurs; il sera riche d'ailleurs, il pourra payer quelques flatteurs, et s'abonnera sans doute à quelques rédacteurs, ce qui est bien plus utile que de s'abonner à des journaux.

Beaucoup de femmes se sont récriées : Comment vous mariez ce monstre qui nous a fait tant de mal, qui a séduit et quitté Mme de Restaud **, qui a joué tant que le Jeu a été debout, et vous le faites heureux, et père de famille ? Ce sera d'un horrible exemple, il fallait qu'il finît très mal, comme Faust, ou comme don Juan ou comme les vieux garçons qui ont *fait des siennes*, avec d'horribles souffrances, ayant plus ou moins de névralgies, d'apoplexies, de paralysies.

— Que voulez-vous ! ce diable de Maxime se porte bien, a dit l'auteur. Puis où est le danger ? le proverbe : *la mauvaise herbe croît toujours*, mentirait donc ? Vous ne voudriez donc pas que le catholicisme eût quelquefois raison, et que le repentir ne fût pas admis ?

Ces femmes qui étaient des femmes d'esprit ont compris. Elles ont approuvé le mariage de Maxime de Trailles. Ce mariage ne coûte qu'une promesse de la liste civile, c'est bien

---

Mlle Cécile-René Beauvisage, pas pour longtemps d'ailleurs, car au bout de deux ans, elle obtint un jugement en séparation de corps. Voir *la Famille Beauvisage*, troisième partie du *Député d'Arcis*.

* Odry, acteur comique d'une drôlerie naturelle, excellent dans les rôles de benêt, joua surtout au théâtre des Variétés et avec un inépuisable succès.

** La comtesse Anastasie de Restaud, fille aînée du père Goriot.

peu de chose ; le premier ministre donne une place à de Trailles,
qui devient d'ailleurs, un excellent député.

Vous verrez cet épisode de nos mœurs politiques, d'ici à
quelques mois : les mariages et les élections se font plus vite
qu'ils ne se racontent.

On a pardonné la figure de de Marsay à l'auteur ; mais
à cause de la certitude où l'on est que de Marsay est mort.
Puis de Marsay a été très utile à son pays, il a été premier
ministre, il a fait de grandes choses, il avait du moins l'intention de les faire ; ses titres à l'estime de son pays, le rachat
des fautes de sa jeunesse, toute sa belle vie est dans les *Scènes
de la vie politique.* Ces trop célèbres scènes sont, malheureusement encore, entre les compartiments d'acajou où dorment
tant de marionnettes impatientes de s'élancer dans la vie
du cabinet de lecture.

Rastignac a été sous-secrétaire d'État, il est doctrinaire,
il est assez pédant, la politique l'a rendu suffisant ; mais il
a fini par épouser Mlle de Nucingen. Les petits journaux, la Cour et la ville ont beaucoup glosé de ce mariage, on
a beaucoup parlé des relations de Rastignac pendant la
Restauration avec Delphine de Nucingen ; mais Rastignac
a laissé dire : il est bon gentilhomme, il est spirituel, il s'est
montré grand seigneur là ou des bourgeois eussent été fort
embarrassés. D'ailleurs, il dit que beaucoup de belles-mères
en ont fait autant, et il a eu le bon esprit de faire nommer
évêque son frère, l'abbé Gabriel de Rastignac, en sorte que
Mme de Nucingen est reçue à la Cour *.

Si donc il se rencontre des Célibataires dans le monde des
Études de mœurs, attribuez-les à cette nécessité à laquelle
nous avons tous obéi d'avoir vingt ans ; mais, quant aux
Célibataires sérieusement célibataires, volant la civilisation,
et ne lui rendant rien, l'auteur a l'intention formelle de les
flétrir, en les piquant sur le coton, sous verre, dans un compar-
timent de son Muséum, comme on fait pour les insectes curieux et rares. Pierrette est due à ce système de dénonciation
sociale, politique, religieuse et littéraire.

N'accusez pas non plus l'auteur d'un parti pris de mordre

---

* Eugène de Rastignac avait été pendant une quinzaine d'années
l'amant de Mme Delphine de Nucingen, fille cadette du père Goriot.
C'est cinq ans environ après leur rupture qu'il épousa la fille de son
ancienne maîtresse. Il avait alors un peu plus de quarante ans.

Son frère Gabriel était, à la fin de la Restauration, secrétaire
particulier de l'évêque de Limoges. Il fut élevé à l'épiscopat en
1832. Il était bien jeune pour une telle dignité et une telle charge ;
il n'avait pas encore trente ans.

les gens à la façon des chiens enragés : il n'est pas célibatairo-phobe. L'une des sottises les plus haineuses, les plus envieuses, les plus ridicules entre toutes celles dont il est l'objet, ou auxquelles il est en butte, est de faire croire qu'il a des idées absolues, une haine constante, indivisible, contre certaines classes de la société, contre les notaires, les marchands, les usuriers, les bourgeois, les propriétaires, les journalistes, les banquiers, etc.

Et d'abord, il les aime comme le marquis de Valenciana doit chérir les bien-aimés terrains d'où il tire annuellement ses lingots d'or *.

Puis, en honneur et conscience, quand le dessin de la fresque littéraire où se meuvent tant de personnages sera terminé, que vous pourrez la contempler dans son entier, vous serez tout étonné de la quantité de niaiseries, de sottises, de faux jugements, pommes cuites et quelquefois crues qui aura été jetée à l'auteur pendant que son crayon courait sur la muraille, et qu'il était sur ses tréteaux (assez mal assurés), peignant, peignant, peignant.

Car, alors, vous verrez que, s'il était forcé de pourtraire des niais, comme les Rogron, il faisait aussi le portrait du quincaillier Pillerault ; que, s'il esquissait un Claparon, il mettait à côté la figure de Gaudissart et celle du petit Popinot (aujourd'hui maire d'un arrondissement, chevalier de la Légion d'honneur et très bien avec le trône, entouré d'institutions citoyennes) **. Le marquis d'Espard dans *l'Interdiction* ne

---

* Valenciana, petite ville du Mexique, dans les Andes, où il y avait d'importantes mines, non pas d'or, mais d'argent, qui pendant les trente dernières années du xviiie siècle et les dix premières années du xixe, produisaient environ pour trente-huit millions de francs d'argent par an.

** L'histoire des Rogron est dans le roman de *Pierrette*. Pillerault avait tenu à Paris une maison de quincaillerie à l'enseigne de *la Cloche d'or*. C'était un homme d'intelligence et de cœur et dévoué à ses amis quand il le fallait. César Birotteau en fit l'épreuve. Balzac aussi d'ailleurs, car l'original de Pillerault est Théodore Dablin, quincaillier et collectionneur qui était lié avec la famille de Balzac et qui fut pour Honoré de Balzac, à qui il rendit maints services pécuniaires, un ami fidèle et dévoué. Pillerault paraît surtout dans le roman de *César Birotteau*.

Claparon, qui paraît aussi dans *César Birotteau*, outre quelques autres romans, était, au contraire, un homme peu sûr, d'une honnê-teté douteuse et qui se fit, dans des opérations suspectes, l'agent de banquiers eux-mêmes peu scrupuleux comme du Tillet et Nucin-gen. Claparon avait été commis-voyageur, comme Gaudissart, mais Gaudissart, s'il était bavard, vantard, comme beaucoup de gens de

compense-t-il pas du Tillet ? * César Birotteau ne contraste-t-il pas avec le baron de Nucingen ? **

Mais l'auteur ne veut pas plus se répéter dans ses préfaces qu'il ne se répétera dans son œuvre. Voici bientôt six ans, il a, dans la préface d'une édition du *Père Goriot* ***, opposé à des accusations fausses, ennemies, mensongères, atroces, illégales, impudentes, infâmes, sottes, malvenues, indélicates, saugrenues, portées contre le peuple féminin du monde représenté dans ses ouvrages, une liste exacte de toutes ses femmes, filles, veuves, et prouvé par cette liste que la somme des personnages vertueux était d'un tiers supérieure à celle des personnages qui avaient quelque chose à se reprocher, bénéfice qui certes ne se rencontre pas dans le monde vrai.

Depuis cette préface, il s'est tenu en garde, il a renforcé le bataillon vertueux, soit parmi les hommes, soit parmi les femmes ; et les accusations ont continué. Que faire ?

Savez-vous en quoi consiste notre immoralité, notre profonde corruption ? à rendre les fautes séduisantes, à les excuser !

Mais, s'il n'y avait pas d'immenses séductions dans les fautes, en ferait-on ? Puis, s'il n'y avait pas de vices, y aurait-il des vertus ?

---

sa profession, était un brave homme, fort capable de reconnaissance et qui payait en dévouement les services qu'il avait reçus. Compromis abusivement dans une affaire de conspiration et mis hors de cause par le juge Jean-Jules Popinot, magistrat intègre, chargé de l'instruction, il se dévoua aux intérêts d'Anselme Popinot, neveu du juge et commis chez Birotteau. Anselme Popinot fonda une maison de droguerie, épousa Césarine Birotteau, réussit, par son travail et son intelligence, à faire une belle fortune, reçut les honneurs que rappelle ici Balzac, devint même ministre et fit alors obtenir à son ami Gaudissart la direction d'un théâtre, lui rendant ainsi service pour service.

* Le marquis d'Espard se résout à une vie obscure de travail et d'économie pour parvenir à payer aux descendants d'une famille de protestants, qui s'était exilée sous Louis XIV, la valeur de domaines qui lui avaient été alors confisqués et dont le roi avait fait donation à un aïeul du marquis d'Espard. Il est certain qu'il forme un grand contraste avec ce Félicien du Tillet qui, commis des Birotteau, s'y rendit coupable d'une indélicatesse et qui lancé ensuite dans la banque fit fortune par tous les moyens qu'il put.

** L'intégrité de César Birotteau, malheureux dans son commerce mais qui peina jusqu'à ce qu'il eut acquis les moyens de se faire réhabiliter, s'oppose non moins franchement à l'entregent et aux manœuvres de Frédéric de Nucingen, banquier comme du Tillet, dont il fut d'ailleurs l'ami. (Voir les notes 660, 662 et 801).

*** On trouvera cette préface dans notre édition du *Père Goriot*, à la note 2 (pp. 337-345).

Ne devrait-on pas attendre, en bonne conscience, qu'un auteur eût déclaré son œuvre finie, avant de la critiquer? Avant de dire s'il a ou n'a pas une pensée d'avenir, ou philosophique, ne devrait-on pas chercher s'il a voulu, s'il a dû avoir une pensée? Sa pensée sera la pensée même de ce grand tout qui se meut autour de vous, s'il a eu le bonheur, le hasard, le je ne sais quoi, de le peindre entièrement et fidèlement. Dans certaines peintures, il est impossible de séparer l'esprit de la forme.

Si, lisant cette histoire vivante des mœurs modernes, vous n'aimez pas mieux, toi boutiquier, mourir comme César Birotteau ou vivre comme Pillerault, que d'être du Tillet ou Roguin *; toi jeune fille, être Pierrette plutôt que Mme de Restaud; toi femme, mourir comme Mme de Mortsauf ** que de vivre comme Mme de Nucingen; toi homme, civiliser comme le fait Benassis que de végéter comme Rogron, être le curé Bonnet au lieu d'être Lucien de Rubempré, répandre le bonheur comme le vieux soldat Génestas au lieu de vivre comme Vautrin ***, certes le but de l'auteur serait manqué. Les applications individuelles de ces types, le sens des mille histoires qui formeront cette histoire des mœurs ne seraient pas compris. Mais, comme le tableau général est fait dans une pensée encore plus élevée, et qu'il n'est pas encore temps d'expliquer, ce ne sera qu'un très petit malheur.

Pierrette est donc le second tableau où les Célibataires sont

---

* Sur Roguin, voir la note 660.
** Mme de Mortsauf mourut d'un amour auquel, en honnête femme, elle avait résisté. *(Le Lys dans la Vallée.)*
*** Benassis est le charitable et apostolique *Médecin de campagne.* L'abbé Bonnet est le charitable et apostolique *Curé de village.* Lucien de Rubempré eut une existence agitée, toute menée par l'ambition et le plaisir. Il eut des aventures galantes, dont la dernière fut avec Esther van Gobseck, fille soumise. Accusé — à tort d'ailleurs — d'être l'auteur ou le complice de l'empoisonnement d'Esther et de vols commis chez elle, il fut enfermé à la Conciergerie et il se pendit dans sa cellule. (Épisode de *Splendeurs et Misères des Courtisanes.* Mais Rubempré paraît dans plusieurs autres romans.)
Genestas, enfant de troupe, qui parvint au grade de lieutenant-colonel. Il était commandant quand Balzac fit son portrait aux premières pages du *Médecin de campagne.* Il est appelé « simple et loyal soldat », « espèce de Bayard sans faste ». Il est un digne compagnon du docteur Benassis dans le village qu'ils parcouraient ensemble.
Vautrin, bien qu'il ait fini comme chef de la police dans une principauté italienne, était un ancien forçat, que l'on connaît mieux sous ce nom de Vautrin, ou sous celui de Trompe-la-Mort, qu'on lui donnait aussi, que sous son nom véritable de Jacques Collin.

les figures principales, car, si Rogron se marie, il ne faut pas prendre son mariage comme un dénouement, il reste Rogron, il n'a pas longtemps à vivre, le mariage le tue.

Malheureusement cet ouvrage a quelques imperfections de détail qui disparaîtront plus tard*, il sera plus fortement relié qu'il ne l'est aux parties antérieures avec lesquelles il doit se marier. Ce défaut vient précisément de la nécessité où se trouve l'auteur de publier séparément les différentes parties d'un grand tout. Il a déjà fait observer que nous ne sommes plus dans ces époques où les artistes pouvaient s'enfermer, vivre paisiblement, à l'écart, et sortir de leur solitude armés d'un ouvrage entièrement fait et qui se publiait en entier, comme les œuvres de Gibbon, de Montesquieu, de Hume, etc. Au lieu de vivre pour la science, pour l'art, pour les lettres, on est obligé de faire des lettres, de l'art et de la science pour vivre, ce qui est contraire à la production des belles œuvres. Cet état de choses ne changera pas sous un gouvernement essentiellement ennemi des lettres, qui ne cache pas son antipathie, qui refuse une pension alimentaire aux poètes devenus fous de misère, qui laisse dépérir le commerce le plus florissant que la France devrait avoir en temps de paix, *la librairie de nouveauté*, qui encourage par son inaction la piraterie la plus honteuse pour le droit public de l'Europe : *la contrefaçon **,* qui distribue, comme vous le savez, les fonds destinés aux beaux-arts, qui consacre des millions à des pierres, et refuse quelques mille francs à la littérature. Quelque jour, la statue de ce pauvre Louis XIV, érigée dans la cour de Versailles, lèvera le bras, ouvrira la bouche et dira : que ces pierres redeviennent des écus, et nourrissent vos hommes de talent !

Ce qu'il y a de plus singulier, c'est de voir ces mêmes gens, qui n'ont que le sens des choses matérielles, ou leurs organes, ou, ce qui me semble plus original, quelques puritains stupides accuser la littérature de mercantilisme : les sauvages sont moins inconséquents. Disons mieux, ils sont moins naïfs. En accordant le dire et le fait, il est impossible de déclarer plus nettement à une littérature qu'on ne veut pas d'elle.

Nul ne connaît mieux que l'auteur les défauts de *Pierrette*; il est quelques endroits où des développements sont nécessaires,

---

* Comme on le verra par les notes qui suivent, Balzac a fait un certain nombre de corrections à ce roman, mais peu d'importantes et dans une moindre proportion que dans d'autres ouvrages, que, pour prendre un exemple à propos, dans la nouvelle *le Curé de Tours*.

** On a vu dans l'*Introduction* qu'une contrefaçon belge de *Pierrette* avait paru avant l'édition originale française.

et une main amie les lui avait indiqués ; il y avait aussi quelque chose à redresser dans la maladie dont meurt l'héroïne ; quelques figures voulaient encore des coups de pinceau ; mais il est des moments où les retouches gâtent au lieu de perfectionner une toile ; il vaut mieux la laisser dans sa nature, jusqu'à ce que le goût, cet éclair du jugement, revienne. Malgré les suppositions de beaucoup de paresseux et de fainéants, incapables d'écrire une page en français, ou de créer un drame, ou de composer un personnage, d'inventer une situation ou de suer un livre par leur tête de bois, imaginant que la fécondité exclut la Réflexion et le Faire, comme si Raphaël, Walter Scott, Voltaire, Titien, Shakespeare, Rubens, Buffon, lord Byron, Boccace, Lesage ne donnaient pas d'éclatants démentis à leurs niaises assertions ; comme si l'esprit, par la rapidité de ses recherches et de ses mouvements, par l'étendue de son point de vue, ne donnait pas au temps, pour les travailleurs, une mesure autre que celle que lui trouvent les oisifs et les écervelés ! Voici bientôt dix ans que d'autres écervelés accusent l'auteur d'annoncer des ouvrages et de ne pas les publier ; mais essayez d'accorder des hannetons ; vous serez bientôt forcé de les laisser là, ce que l'auteur fait de tous ceux dont il s'agit.

Le Bonhomme Rouget sera la troisième scène de la vie de province où il essayera de peindre les malheurs qui attendent les célibataires pendant leur vieillesse *. Le sujet ne sera pas encore épuisé, mais il y aura bien assez de célibataires pour le moment. *Sat prata biberunt **.*

Ah ! il y a encore quelques autres niais qui accusent l'auteur d'avoir un excessif amour-propre, il est bien aise de leur faire observer que la preuve de son peu d'amour-propre existe dans la publication de ses ouvrages, qui donnent lieu à tant de critiques raisonnables.

Aux jardies, juin 1840.

518. Var. : « A cinq heures du matin, à l'aube, au milieu d'octobre 1827, un jeune ». (*Siècle* et 1840.)

---

* Ce roman ne fut pas intitulé *le Bonhomme Rouget ;* Balzac songea ensuite à l'intituler *la Rabouilleuse ;* il parut dans *la Presse* où la première partie eut pour titre *les Deux frères*, et la deuxième *Un ménage de garçon en province.* Dans l'édition Furne de *la Comédie humaine* (1843), le roman entier parut sous le titre de : *Un ménage de garçon.* Enfin, dans ses notes posthumes, Balzac est revenu au titre de *la Rabouilleuse.* (Cf. Introduction à notre édition de ce roman.)
** Derniers mots de la troisième bucolique de Virgile : Les prés ont assez bu ; c'est-à-dire : C'en est assez.

519. Var. Dans cette phrase et dans la suivante tous les verbes sont au présent aux versions du *Siècle* et de 1840.

520. Voir, sur Martener, la note 606.

521. Var. : « la grande rue du bas Provins. » (*Siècle* et 1840).

522. Var. : « reconnut une maison célèbre dans la ville et qu'on lui ». *(Ibid.)*

523. Var. Le passage qui commence ici et qui finit par les mots : « du petit commerçant retiré » n'est pas dans la version du *Siècle*.

524. Var. : « et trahit la cuisine ». (1840.)

525. Var. : « prétentieusement disposés ». *(Ibid.)*

526. Var. : « contre le premier tilleul ». (*Siècle* et 1840.)

527. Cette chanson n'est pas seulement bretonne. On la chantait dans bien des provinces. Gérard de Nerval la cite parmi les *Chansons et légendes du Valois*. M. Julien Tiersot, qui a recherché la musique de cette chanson parmi les mélodies de Bruguière, déclare ne pas l'y avoir trouvée. (Cf. son livre : *la Chanson populaire et les poètes romantiques*, p. 283; Plon, s. d. [1931] in-16). Dans le même ouvrage (p. 112) il reproduit la « mélodie type » de cette chanson, « certainement ressemblante », dit-il, à celle que Gérard de Nerval « a pu connaître ». Il l'emprunte aux « *Chansons populaires des provinces de l'Ouest*, de J. Bujeaud, en élaguant de la notation des additions parasites. »

528. On désigne cette chanson par le premier vers de sa première strophe :

Combien j'ai douce souvenance,

plutôt que, comme le fait ici Balzac, par le premier vers de la deuxième. Chateaubriand écrit, de cette romance : « J'en avais composé les paroles sur un air des montagnes d'Auvergne, remarquable par sa douceur et sa simplicité. » (*Œuv. compl.*, III, 126; Garnier frères.)

529. Var. : « bouquet que ma main vous présente ». *(Siècle.)*

530. Var. : « L'enfant de la Bretagne montra ». (*Siècle* et 1840.)

531. Var. Les deux phrases suivantes (« Y a-t-il [...] en rie ») ne sont pas dans le texte du *Siècle*.

532. Var. : « son tour ni ses collerettes. » (*Siècle* et 1840.)

533. Var. : « et qui paraissait sous son bonnet de nuit, dont l'harmonie avait été dérangée par les mouvements du sommeil, désordre qui lui donne l'air menaçant ». *(Ibid.)*

534. Var. Les deux phrases suivantes : « Les bâillements ...] une étoffe » ne sont pas dans le texte du *Siècle*.

535. Var. : « immense. La nuit, cet Eden des malheureux, lui permettait d'échapper aux ennuis ». *(Siècle.)*

536. Var. : « ou russe, elle ne vivait heureuse que durant son sommeil. Après ». *(Ibid.)*

537. Var. : « auquel le pauvre Breton » *(Siècle* et 1840) « s'empressa d'obéir ». *(Siècle.)*

538. La plus célèbre des îles Borromées.

539. Var. : « de jeune fille qui annonce ». *(Siècle.)*

540. Var. Cette phrase finit au mot « bras » dans la version du *Siècle ;* la suite manque jusqu'aux mots : « carnation appauvrie. »

541. Var. : « les yeux à prunelles de tabac d'Espagne mélangées de points noirs et dont l'iris était brun. Pierrette ». *(Siècle* et 1840.)

542. Var. : « plus purs. » *(Ibid.)*

543. Var. : « manières. Vous voulez son histoire »? *(Siècle.)*

544. Var.: «unique, mariée dès ». *(Siècle* et 1840.) — « nommé Rogron, père et mère de M. et de Mlle Rogron, cousin et cousine de Pierrette. » *(Siècle.)* — « nommé Rogron, cousin et cousine de Pierrette. » (1840.)

— Les Rogron et les Auffray ne paraissent que dans *Pierrette.*

545. Var. : « le bonhomme Auffray eut une charmante fille mariée par amour à un brave officier nommé Lorrain, capitaine dans la garde ». *(Siècle* et 1840.) On voit que ce passage y était bien plus court.

546. Var. : « impériale, cet officier avait emmené sa femme avec lui. L'amour ». *(Siècle* et 1840.)

547. Var. : « le capitaine ». *(Ibid.)*

548. Var. : « mourut sans avoir ». *(Ibid.)*

549. Var. : « manœuvrée par M. et Mme Rogron, vieilles gens avares qu'ils ». *(Ibid.)*

550. Var. : « à sa veuve que la maison sur ». *(Ibid.)*

551. Var. : « mère de Mme Lorrain la jeune avait alors trente-neuf ans. » *(Ibid.)*

552. Il n'est question du docteur Néraud que dans *Pierrette.*

553. Var. : « la succession de son père et de sa mère disparut ». *(Siècle* et 1840).

554. Var. : « à huit mille francs. Le colonel Lorrain ». *(Ibid.)* — Le major (ou colonel) Lorrain mourut à la bataille de Montereau, dit Balzac, c'est-à-dire le 18 février 1814.

555. Var. : « Pen-Hoël, petit bourg de Bretagne situé ». *(Ibid.)*

556. Var. : « reçue; elle apportait ». *(Ibid.)*

557. Var. : « Pen-Hoël; elle leur confia les huit mille. » *(Ibid.)*

558. Var. : « l'éloignement; elle prit toutefois [...] maison que les Lorrain possédaient ». *(Ibid.)*

559. Pierre Mercier, dit la Vendée, né en 1774, mort en 1800, fut, non pas dans un roman de Balzac, mais véritablement, l'un des chefs de la Chouannerie. Il fut un agent très actif de Georges Cadoudal. Arrêté en 1794 et emprisonné à Brest, il parvint à s'évader. Il reprit peu après la lutte et, toujours sous les ordres de Cadoudal, il prit part aux affaires de Quiberon, de Granchamp et de Pluvigner. Il fit de vains efforts, d'abord en 1795 quand le comte d'Artois débarqua en Bretagne, puis en 1799, en Angleterre, afin de convaincre les princes français de devenir, sur le sol français, les chefs agissants de la révolte. Il n'obtint qu'un secours pécuniaire. Ayant repris les armes une nouvelle fois, il périt dans une embuscade.

560. Var. Les mots « sous le marquis de Montauran » ne sont pas dans la version du *Siècle*.
— Le marquis Alphonse de Montauran avait été chargé, en 1799, par le duc de Provence (Louis XVIII) de gouverner la Bretagne, la Normandie, le Maine et l'Anjou. Il reçut le surnom de *le Gars* et devint chef des Chouans. Il épousa Marie de Verneuil, une espionne, mais, sitôt après le mariage, ils furent, lui et sa femme, tués par les républicains. Voir *les Chouans*. (Cf. *Répertoire*, p. 366.)

561. Gaudebert-Calyste-Charles, baron du Guénic, fut aussi l'un des chefs du soulèvement des Chouans en 1799, où son surnom fut *l'Intimé*. Il fut l'ami du comte. de Montauran et l'un des témoins de son mariage. Ayant réussi à se réfugier en Irlande, il y épousa une Irlandaise, miss Fanny O'Brien. Rentré en France en 1814, il reçut la croix de Saint-Louis. En 1832, quand la Vendée se souleva en faveur de la duchesse de Berry, il reprit de nouveau ses armes d'insurgé. Il mourut en 1837. Voir *les Chouans* et *Béatrix*. (*Répertoire*, p. 261.)

562. Le major Brigaut, dont la bravoure est attestée par les vingt-sept blessures qu'il reçut, paraît, bien entendu, dans *les Chouans*. (*Répertoire*, p. 65.) Son fils Jacques Brigaut, Pierrette Lorrain et tous les autres Lorrain ne paraissent que dans *Pierrette*.

563. Le vicomte de Kergarouët, époux de Jacqueline de

Pen-Hoël et neveu du comte de Kergarouët qui devint amiral. Il paraît, dans *Béatrix*, ainsi que la vicomtesse et leurs filles dont l'une s'éprit du baron du Guénic que, d'ailleurs, elle n'épousa pas. (*Répertoire*, p. 282.)

564. VAR. : « rien faire pour ». (*Siècle* et 1840.)

565. Cette institution était située rue de Chaillot, 99 *bis*, dans un ancien couvent de chanoinesses de l'abbaye Notre-Dame de la Paix. Elle fut fondée en 1801 ; sa destination était de servir de maison de retraite pour des vieillards hommes ou femmes. C'était une entreprise particulière, mais un décret du 17 janvier 1806 la soumit à la surveillance du gouvernement et, l'année suivante, elle passa dans l'administration des hospices de Paris. Le prix de la pension y était modéré (600 ou 650 francs par an) ; on y était bien traité et bien soigné ; et l'on a dit que Sainte-Périne était « comme un hôtel d'invalides civils ».

566. VAR. : « et nommé Sainte-Anne ». (*Siècle* et 1840.) On indique une fois pour toutes cette variante qui, naturellement, est répétée chaque fois qu'il est question de cet établissement.

567. VAR. Tout cet alinéa manque au texte du *Siècle*.

568. VAR. : « public, qui n'est pas d'un grand rapport, dépasse [...] des plus féconds romanciers ». (1840.)

569. VAR. : « dans les départements ». (*Ibid.*)

570. VAR. : « sa sœur, tous deux héritiers de leur père. Aussi ». (*Siècle* et 1840.)

571. VAR. : « Le père Rogron, vieil aubergiste de Provins, personnage à figure enflammée [...] bulbeux, était un gros homme court ». (*Ibid.*)

572. VAR. : « Ce vieux Rogron ». (*Ibid.*)

573. VAR. : « L'ex-aubergiste prit goût ». (*Ibid.*)

574. VAR. : « franchise.

« — Je leur donnerai un coup de pied dans leur prussien quand ils seront en âge de me comprendre en leur disant », *(Siècle)* ; — « ...Je leur donnerai un coup de pied vous savez où quand ils seront... », la suite comme ci-dessus. (1840.)

575. Les Guépin ne paraissent que dans *Pierrette*.

576. VAR. : « trente-sept ans ». (*Siècle* et 1840.)

577. VAR. : « A trente-cinq ans ». (*Ibid.*)

578. VAR. : « d'esprit dont étaient doués le frère et la sœur ». (*Ibid.*)

579. VAR. : « se promenaient sans avoir de souci que pour la mercerie ». (*Ibid.*)

580. VAR. : « *d'autre?* Ce crétin eût ruiné sa sœur. Sylvie ». *(Ibid.)*

581. VAR. : « parleuse, il avait ». *(Ibid.)*

582. VAR. : « du détaillant, il finit ». *(Ibid.)*

583. VAR. : « de là, je ne sais ». *(Ibid.)*

584. VAR. : « nécessitent leurs mille et un articles, ces détaillants sont, relativement à la pensée, comme des poissons sur la paille, au soleil. Ces deux mécaniques ». *(Ibid.)*

585. VAR. : « une vingtaine ». *(Ibid.)*

586. VAR. : « sa femme; elle manifestait ». *(Ibid.)*

587. La vallée de Cachemire, que dominent les cimes neigeuses de l'Himalaya, est agréable et féconde; son climat est doux; la végétation y est variée et abondante. Il y a beaucoup de fleurs et notamment des roses, qui y poussent à foison et sans culture.

Frangistan est le nom que les Orientaux donnent à l'Europe occidentale, ou encore au pays des Francs. Les Persans appellent les Français : Frangis. Je ne sais quel pays Balzac a voulu désigner ici de ce nom.

588. C'est-à-dire la poésie des roses. Mourachiff-ed-Din Saadi (né à Chiraz vers 1184, mort en 1293), qui après de longs voyages en Orient et quelques aventures se retira dans un ermitage, auprès de sa ville natale, est, en effet, le poète des roses; des roses aussi de la sagesse. Son ouvrage *le Gulistan* ou *Jardin des Roses* est célèbre dans le monde entier. Une traduction française en fut faite par André du Ryer et publiée en 1634; une autre, faite par d'Alègre, parut en 1704; une autre, par l'abbé Gaudin, parut en 1789. Il en parut une traduction avec des notes de Ch. Frémery, chez Didot frères en 1858. Enfin, M. Frantz Toussaint en a fait paraître une traduction chez H. Piazza, en 1935.

589. VAR. : « par un de ces hasards prodigieux, elles prirent ». *(Siècle* et 1840.)

— Une tradition prétend que les roses de Palestine furent rapportées par Thibaut IV, comte de Champagne et de Brie, roi de Navarre, qui vécut de 1201 à 1253 et qui prit part à la sixième croisade. S'il rapporta vraiment des roses de Jéricho, il se devait de les apporter à Provins, qui était, en France, sa capitale et qui, sous sa domination, devint une ville prospère. La rose de Palestine, ou, comme dit Balzac, de Jéricho, est cette belle rose rouge, qui est la parure des jardins, et que l'on appelle rose de France et, aussi, rose de Provins.

590. VAR. : « Voilà ». *(Siècle* et 1840.)

591. VAR. : « de Reims ». *(Ibid.)*

592. PADOU : « Nom donné à des rubans de bourre de soie. On écrivait autrefois padoue ». *(Littré.)* On écrivait padoue du nom de la ville d'Italie où cette sorte de rubans se fabriqua d'abord. On fait aussi du padou moitié fil et moitié soie.

593. VAR. : « Provins en occupait une grande dans sa pensée ». *(Siècle.)*

594. THÉRIAKIS : en Orient, fumeurs et mangeurs d'opium.

595. VAR. : « des dahlias. » *(Siècle* et 1840.)

596. VAR. : « bonnets mirifiques ». *(Ibid.)*

597. VAR. : « établissement, et le vieil aubergiste était peu causeur. Envoyés ». *(Ibid.)*

598. VAR. : « d'une fille qui, malgré ». *(Siècle* et 1840.)

599. VAR. : « garder; ils prendraient des obligations; il serait ». *(Ibid.)*

600. VAR. : « la vie de leur cousine; mais leurs œuvres en province ». *(Ibid.)*

601. VAR. : « La similitude avec ». *(Ibid.)*

602. VAR. : « Peignons-nous ». *(Siècle.)*

603. VAR. : « Les Rogron n'avaient jamais été ». *(Siècle* et 1840.)

604. Les Provinois réunis dans cet alinéa ne paraissent que dans *Pierrette*, sauf la jolie Mᵐᵉ Tiphaine qui paraît encore dans *la Vendetta*. On l'y voit fréquenter, comme élève, l'atelier du peintre Servin et manifester des opinions libérales. *(Répertoire*, p. 502.)

605. VAR. : « de Provins ! Heureuse Mᵐᵉ Tiphaine, voici par quels moyens elle était parvenue ». *(Siècle* et 1840.)

606. Le docteur Martener et Mᵐᵉ Martener ne paraissent que dans *Pierrette*. Les Goncourt, dans leur *Journal*, parlent d'un Martener, qui était « le fils du médecin dont Balzac n'a pas changé le nom dans *Pierrette* ». (Édition Fasquelle, VI, 150.) Je n'ai pas pu vérifier s'il y avait eu en 1827 un docteur Martener à Provins; l'*Almanach du Commerce* qui y indique trois pharmaciens n'y indique aucun médecin. Il n'est pas mentionné non plus, cette année-là, de docteur Martener à Paris.

607. Les Galardon et les Lesourd ne paraissent que dans *Pierrette;* les Auffray aussi, comme on l'a déjà rappelé dans la note 544.

608. VAR. : « fermier, l'adjoint au maire se prit ». *(Siècle.)*

609. VAR. : « désintéressée pour l'ange ». *(Siècle* et 1840.)

610. Var. : « journal dont elle serait l'Égérie. » *(Siècle)*
— « ...dont elle fut l'Egérie. » (1840.)

611. Var. : « avait entrepris. » *(Siècle.)*

612. La comtesse de Bréautey ne paraît que dans *Pierrette.*

613. Var. : « cachet, un certain vernis ». *(Siècle* et 1840.)

614. Var. : « On connaissait ses caractères. Une fois ». *(Siècle.)*

615. Var. : « Sylvie fut une très mauvaise joueuse; elle développa tout son caractère ». *(Siècle* et 1840.)

616. Var. : « rente; ils assommèrent donc cette société ». *(Siècle.)*

617. Var. : « comme ils l'ont ». *(Siècle.)*

618. Voir sur Vinet la note 951 et sur Gouraud la note 952.

619. Var. : « Sylvie, insolence très remarquée en province. Sylvie eut chez ». *(Siècle* et 1840.)

620. Var. Les mots « disait-elle » ne sont pas dans *le Siècle.*

621. Var. : « concevait qu'on ne lui laissât pas gagner ses misères. Madame ». *(Siècle.)*

622. Var. : « suivirent le président et la présidente jusque ». *(Siècle* et 1840.)

623. Var. : « Tiphaine et l'imitèrent ». *(Ibid.)*

624. Var. : « provisions dont on ». *(Ibid.)*

625. Marbre noir ou rouge portant des veines d'un jaune doré.

626. Voir la note 139.

627. Var. : « Ces rideaux ». *(Siècle* et 1840.)

628. Le prince Joseph Poniatowski (1763-1813), général polonais, neveu du roi Stanislas-Auguste. Il prit part à la guerre de la France contre la Russie. Il était d'une grande bravoure. Napoléon le fit maréchal de France le 16 octobre 1812 sur le champ de bataille de Leipzig. Trois jours plus tard, ayant à contenir l'ennemi sur les bords de l'Elster blanche, mais disposant de forces insuffisantes, il refusa de se rendre, et, malgré les blessures qu'il avait reçues, il poussa son cheval dans la rivière qui était dans un moment de crue et il s'y noya.

Horace Vernet fit de cet épisode un tableau qui fut, avec d'autres toiles de lui, refusé au salon de 1822. Mais l'exposition de ces diverses toiles, dans son atelier, eut un grand succès.

629. Quand les Alliés assiégèrent Paris, en 1814, Moncey défendit avec une ténacité et une valeur rares la barrière Clichy, qui se trouvait à l'endroit où est aujourd'hui la place

Clichy. Moncey ne céda que lorsqu'un messager lui apporta l'annonce de la capitulation de Paris. Il avait établi son quartier général dans le fameux cabaret du père Lathuile et il avait eu, sous ses ordres, Jean-Baptiste Claude Odiot (1763-1850), orfèvre qui servait alors comme officier. A la demande d'Odiot, Horace Vernet fit un tableau de cette *défense de la barrière de Clichy;* il n'y a pas peint un épisode de bataille, mais Moncey à cheval, donnant ses instructions à Odiot, qui est à pied. Au fond, le cabaret du père Lathuile. Ce tableau fut peint en 1820.

630. Je ne sais si Napoléon pointa souvent lui-même des canons. Il le fit, dit-on, au siège de Toulon, en 1793, quand il n'était encore que le capitaine Bonaparte. Un canonnier ayant été tué à une batterie, Bonaparte chargea lui-même dix à douze coups. On a fait de cet épisode le sujet d'une image d'Épinal.

631. Ivan Mazeppa (1644-1709), qui fut iman des Cosaques de l'Ukraine. Il était, dans sa jeunesse, devenu l'amant d'une très grande dame dont le mari, qui la surprit un jour, le fit saisir par ses valets, puis lier sur un cheval indompté qui l'emporta, plusieurs jours durant, dans un galop effréné jusqu'à ce qu'il se trouvât au milieu de steppes. Cet événement, plus ou moins dramatisé par l'imagination des narrateurs, a inspiré des poètes et des peintres. On connaît le poème de Victor Hugo, *Mazeppa*, dans les *Orientales*, et celui de Byron. Dans le poème de Byron, Mazeppa raconte lui-même son effroyable aventure et comment le coursier qui l'emportait allait rapide comme le vent, à travers tous les obstacles, laissant derrière lui les taillis et les arbres et étant, dans une forêt, poursuivi toute une nuit par des troupes de loups. C'est de cet épisode qu'Horace Vernet a tiré la plus célèbre de ses deux toiles sur Mazeppa : le *Mazzepa aux loups*. On a dit qu'il avait un jeune loup dans son jardin, qu'il en fit des études et que de là vint le choix de son sujet. L'autre tableau de Mazeppa : le *Mazeppa aux chevaux*, est tiré de la scène où le cheval de Mazeppa arrivant épuisé dans la steppe, des chevaux sauvages, « mille chevaux », dit Byron, apparaissent, sans cavaliers, et galopent avec fracas vers Mazeppa et sa pauvre monture. (Cf. *Mazeppa; Œuvres complètes de Byron*, édition Garnier frères, p. 529 et 533.) Le *Mazeppa aux chevaux* fut peint en 1825, le *Mazeppa aux loups* en 1826. Ils furent exposés tous les deux au Salon de 1827. Au même salon, Louis Boulanger exposa un *Supplice de Mazeppa*. C'est Mazeppa, pendant qu'on le lie sur le coursier, tandis que le mari dirige d'un air satisfait cette affreuse scène. Le *Mazeppa aux loups*,

d'Horace Vernet, est au musée Calvet à Avignon, ainsi qu'une réplique que son auteur en a faite.

632. Var. : « ces sujets ». (*Siècle* et 1840.)

633. Var. : « grosse boule absolument ». (*Siècle* et 1840.)

634. Var. : « notre chère ». (*Siècle* et 1840.)

635. Var. : « cinquante à soixante ». (*Ibid.*)

636. Var. : « étaient tombés dans ». (*Ibid.*)

637. Var. : « *Constitutionnel* dont les abonnements étaient supportés par tiers ». (*Ibid.*)

— Le *Constitutionnel* s'était appelé d'abord : *l'Indépendant, chronique nationale, politique et littéraire;* il avait paru sous ce titre du 1er mai au 7 août 1815. Un article en faveur de La Bédoyère le fit supprimer, Il prit alors le titre de *l'Echo du soir* ou *l'Ami du Prince* qu'il ne garda pas longtemps (11-25 août 1815). Obligé de changer son titre une nouvelle fois, il s'appela, du 26 août au 23 octobre 1815, *Courrier, journal politique et littéraire.* Le 29 octobre, il devint *le Constitutionnel* et il le resta jusqu'au 3 juillet 1817. C'est alors que, pour un article où la police discerna une allusion sympathique au duc de Reichstadt, le duc Decazes le supprima. Ses propriétaires achetèrent le *Journal du Commerce* qui végétait, et c'est sous le titre de *Journal du Commerce, de politique et de littérature* que, du 24 juillet 1817 au 1er mai 1819, *le Constitutionnel* reparut. Enfin, une nouvelle législation de la presse permit de lui rendre ce titre qui redevint le sien, le 2 mai 1819 et qu'il garda jusqu'à la fin de sa carrière, c'est-à-dire jusqu'en 1866.

Après avoir eu de nombreux abonnés (il en avait 22.000 en 1830), *le Constitutionnel* périclita au point de n'en avoir plus que 3.720 en 1843. On décida de le vendre aux enchères publiques. C'est au docteur Véron qu'il fut adjugé. Véron, en y appelant des auteurs à succès comme Eugène Sue, George Sand, Alexandre Dumas, Balzac, le releva. Après la Révolution de 1848 il le vendit au banquier Mirès. Il le vendit 1.900.000 fr. Il l'avait acheté 432.000. (Cf. les *Mémoires d'un Bourgeois de Paris,* par le docteur Véron, Paris, 1856, III, 264-340.)

638. Ce personnage ne paraît que dans *Pierrette.*

639. Var. : « Dites-moi ». (*Siècle.*)

640. Louis-François-Armand de Vigneron du Plessys, duc de Richelieu, né et mort à Paris (1696-1788), petit-neveu du cardinal. Il porta d'abord le titre de duc de Fronsac et fut célèbre sous ce nom par sa vie de plaisirs et de dissipation. Certaines de ses galanteries, puis un duel, puis sa participation à la conspiration de Cellamare le firent mettre trois fois à la Bastille. Ces mésaventures ne nuisirent point à sa carrière.

S'il était mondain, s'il avait l'art et le bonheur de plaire aux femmes, il sut aussi, dans les emplois auxquels il fut appelé, montrer de rares qualités. Il fut diplomate et occupa de 1725 à 1728 l'ambassade de France à Vienne. Il fut encore et surtout un soldat. Dès 1712 il avait servi sous Villars. Plus tard il prit part à la guerre pour la succession de Pologne, à la guerre pour la succession d'Autriche, à la guerre de Sept ans. Dans toutes ces campagnes, il se distingua. Il fut nommé lieutenant général en 1744 et maréchal de France en 1748. C'est en 1758 qu'il prit possession de son gouvernement de Guyenne. Son entrée à Bordeaux se fit avec un faste royal.

641. VAR. : « on y verra, soit sur ». (Ibid.)

642. Christophe Opoix, né à Provins le 28 février 1745, et mort, à Provins aussi, en 1840. Il était pharmacien quand ses concitoyens firent de lui leur député à la Convention. Républicain modéré, il ne vota pas la mort de Louis XVI, mais seulement la détention jusqu'à la conclusion de la paix. Quand son mandat législatif eut pris fin il retourna dans sa ville. Il se livrait à des travaux d'histoire locale et de science; il étudia surtout les eaux de Provins. Il fut nommé, en 1815, garde général des eaux et forêts, et, plus tard, inspecteur des eaux minérales de Provins. Il fut aussi élu membre de l'Académie royale de médecine.

Parmi ses ouvrages, il faut mentionner ici : *Analyse des eaux minérales de Provins, suivie d'une dissertation sur l'état de la sélénité dans les eaux.* (Paris et Provins, 1796, in-12); — *Minéralogie de Provins et de ses environs, avec l'analyse de ses eaux minérales, leurs propriétés médicales, la manière de les prendre, le régime que l'on doit suivre et autres observations sur les eaux.* (Paris, Barbou, et Provins, Lebeau, 1803, 2 vol. in-12; cet ouvrage fut réédité en 1808, en 2 vol. in-8°.)

M. Opoix, pour se distraire sans doute de ces savants travaux, mais sans se détourner tout à fait de leur sujet, fit même une petite comédie, que je ne conseillerais à aucun théâtre de reprendre, et dont le titre est : *Les Eaux minérales de Provins, avec un divertissement.* (Provins, Lebeau, 1824, in-8°.) L'année précédente M. Opoix avait publié : *Histoire et description de Provins.* (Provins, Lebeau, et Paris, Raynal, 1823.)

643. VAR. : « est-elle impossible. Cette ville a fait faillite; elle a jadis ». (Siècle.)

644. VAR. : « féodales ! Les sous-préfets ». (Ibid.)

645. VAR. Le passage qui commence ici et qui finit par les mots « des deux célibataires », n'est pas dans le texte du *Siècle.*

646. VAR. : « Monsieur, disait le vieux Martener en voyant le juge enfourcher son dada, a fait un grand ouvrage [...] constructions. » (1840.)

647. VAR. : « Il revenait à sa maison. » (*Siècle* et 1840.)

648. VAR. : « cause, était vieilli. » *(Ibid.)*

649. VAR. : « nouvelles. On croyait ». *(Ibid.)*

650. VAR. : « fille également mortes. » *(Ibid.)*

651. VAR. : « la perspective d'avoir ». *(Ibid.)*

652. VAR. : « Si son frère ne ». *(Ibid.)*

653. VAR. : « Mme Garceland rappela par quelques mots, dits à voix basse pendant une donne, l'histoire [...] les iniquités du vieil usurier Rogron. » (*Siècle* et 1840.)

654. VAR. : « — Mais c'est une espèce d'hospice pour les vieillards [...] avait été substitut du procureur du roi à Nantes ». *(Ibid.)*

655. VAR. : « l'épigramme talleyranesque. » *(Siècle.)*

656. VAR. : « nouvelle obtenait dans la haute société de Provins; elle y était coulée. A compter ». *(Ibid.)*

657. VAR. : « adhérents que Sylvie appelait la Clique. » *(Ibid.)*

658. VAR. : « est la parente aux Guillaume ». (*Siècle* et 1840.) Guillaume avait été le commis de Chevrel qui, à la fin du XVIIIe siècle, avait fondé, rue Saint-Denis, la maison du *Chat qui pelote*. Il épousa leur fille et leur succéda dans la direction de la maison. Voir *la Maison du chat qui pelote*. (*Répertoire*, p. 253.)

659. Joseph Lebas fut le commis de Guillaume au magasin du *Chat qui pelote*. De même que Guillaume avait épousé la fille de son patron Chevrel, Joseph Lebas épousa la fille de son patron Guillaume et il devint à son tour le propriétaire du fonds. Il fut lié avec César Birotteau à la réhabilitation commerciale de qui il contribua. Il fut aussi l'ami de Célestin Crevel. Quand il quitta les affaires, sous la Monarchie de Juillet, il se retira à Corbeil. Voir *la Maison du chat qui pelote*, *César Birotteau*, *la Cousine Bette*. (*Répertoire*, p. 304.)

660. VAR. : « Et puis son père est ce Roguin qui a manqué en 1819 de ruiner les Birotteau, les parfumeurs. » (*Siècle* et 1840.)

— La maison Birotteau était une maison de parfumerie à l'enseigne de *la Reine des roses*, au 397 de la rue Saint-Honoré. Dans *la Maison du chat qui pelote* on trouve les Birotteau en relations avec les Guillaume. Dans *la Rabouilleuse* on voit César Birotteau fournisseur de la princesse de Blamont-

Chavry, de la marquise d'Espard, des Lenoncourt, de Marsay, de Ronquerolles, de Vandenesse, d'Aiglemont. Le roman de *César Birotteau* raconte sa déconfiture commerciale, sa réhabilitation et sa mort. (*Répertoire*, p. 98.)

Le principal auteur de la ruine de Birotteau fut le notaire Roguin qui ruina aussi Guillaume Grandet, Mme Bridau et Mme Descoings. (Cf. *César Birotteau* et *la Rabouilleuse*.) Roguin était un jouisseur, un dissipateur et qui se compromit par des opérations indélicates. Avant l'histoire de *César Birotteau*, on avait vu Roguin, en sa qualité de notaire, faire, au nom de Ginevra del Piombo, qui s'était fiancée à Luigi da Porta, des sommations respectueuses au père de cette jeune fille. *(La Vendetta.)* (Cf. *Répertoire*, p. 443.)

661. VAR. : « C'est propre !... » *(Siècle.)* « ...Et puis, elle a marié ». (*Siècle* et 1842.)

662. Ferdinand du Tillet, enfant naturel, abandonné dès sa naissance, avait été commis chez César Birotteau dont il avait sans succès courtisé la femme, et au préjudice de qui il avait commis une indélicatesse. Il devint ensuite banquier et, comme il avait beaucoup d'entregent et peu de scrupules, il réussit rapidement dans cette profession. Il couronna sa réussite par un beau mariage avec la plus jeune fille du comte de Granville, pair de France. Il fonda un journal qui lui fut fort utile pour ses affaires. Il fut élu député. Il se montra dur pour les victimes qu'il fit. Il l'avait été pour César Birotteau ; il le fut pour Raoul Nathan avec qui il fonda son journal et qu'il évinça ensuite. Il le fut aussi pour Maxime de Trailles, devenu son débiteur et contre qui il engagea des poursuites. Sur la fin de sa vie, il entretint Séraphine Sinet, dite Carabine. Voir : *César Birotteau ; la Maison Nucingen ; les Petits Bourgeois ; la Rabouilleuse ; Melmoth réconcilié ; Illusions perdues ; les Secrets de la Princesse de Cadignan ; Une fille d'Eve ; l'Interdiction ; le Député d'Arcis ; la Cousine Bette ; les Comédiens sans le savoir. (Répertoire*, p. 499-501.)

663. VAR. : « ils devinrent alors sans ». (*Siècle* et 1840).

664. VAR. : « devenir le théâtre d'intérêts qui cherchaient un centre. » *(Siècle* et 1840.)

665. VAR. : « et leurs mœurs ». *(Ibid.)*

666. M. Cournant ne paraît que dans *Pierrette*.

667. VAR. : « nationaux. Ces deux hommes excessivement fins, heureux ». *(Siècle* et 1840.)

668. VAR. : « de celles dont les femmes vous disent ». *(Ibid.)*

669. VAR. : « agile, il y avait un esprit ». *(Ibid.)*

670. VAR. : « et douze cents francs de retraite pour toute fortune. » *(Siècle.)*

671. Var. : « et pour toute fortune les produits ». *(Ibid.)* Cela faisait deux emplois bien rapprochés de l'expression : « pour toute fortune. »

672. Var. : « Sa femme, alliée aux Chargebœuf ». *(Siècle et 1840.)*

673. Balzac est discret sur l'exploit de ce Chargebœuf de la Croisade de Saint Louis. Joinville, l'historien de cette croisade, l'est plus encore ; lui qui nomme tant de personnages, il ne nomme aucun Chargebœuf.

674. Var. : « ambitieuse avait manqué. » *(Siècle et 1840.)*

675. Var. : « public ; les gens riches » *(Siècle)* ; — « public, mais les gens riches » (1840) « de la famille Chargebœuf refusèrent de l'appuyer ; ils étaient moraux, leur prétendu » *(Siècle) ;* « refusèrent de l'appuyer ; ils étaient moraux et désapprouvaient... » la suite comme dans notre édition. (1840.)

676. Var. : « s'appelait Vinet ; il fut éconduit de branche en branche. Quand il se servit de sa femme elle ne trouva ». *(Siècle.)*

677. Var. : « à Coulommiers. » *(Siècle et 1840.)*

678. Var. : « contre les Chargebœuf ». *(Ibid.)*

679. Var. : « sa misère ; il prit dans son fiel un point de résistance, il devint libéral ». *(Siècle.)*

680. Var. : « Sa jeune figure ». *(Siècle et 1840.)*

681. Var. : « ses mécomptes et ses misères. Il savait ». *(Ibid.)*

682. Var. : « Accoutumé par son désir de parvenir à tout concevoir. » *(Ibid.)*

683. Var. : « célibataires, il comptait sur ». *(Siècle.)*

684. Var. : « vigoureux apprenti ». *(Ibid.)*

685. Var. : « de Reims ». *(Siècle et 1840.)* — Chaque fois qu'il sera question de cette voiture il y a, dans *le Siècle* et en 1840, « Reims ». On ne relèvera pas chaque fois la variante.

686. Léopold Robert (1794-1835) eut le dessein de caractériser les quatre saisons en Italie. Il ne le réalisa pas entièrement. Du moins avait-il peint le tableau de l'été dans sa *Halle des moissonneurs dans les marais Pontins*. Ce tableau parut au salon de 1831 et fit un très grand effet. Il assura et accrut la renommée de Léopold Robert, qui fut fêté de toutes parts et à qui Louis-Philippe tint à remettre de sa main la Croix de la Légion d'honneur. Gustave Planche, dans son article sur Léopold Robert du *Dictionnaire de la conversation*, écrit que « le visage de la mère qui tient son enfant dans les bras est empreint

d'une tendresse rêveuse ». Ce tableau fameux fut reproduit de bien des manières. Dans la maison de Balzac, rue Fortunée, on pouvait voir deux vases de Sèvres où étaient peints des scènes d'après Léopold Robert, sur l'un *les Vendanges*, sur l'autre *les Moissonneurs ;* et sur l'un des murs, une gravure avant la lettre des *Moissonneurs*, par Mercurus.

687. Var. : « Quand elle fut ». (*Siècle* et 1840.)

688. Var. : « en dépliant ». *(Siècle.)*

689. Var. : « six cents ». *(Ibid.)* — De même dans la suite du texte.

690. Var. : « Si la Bretagne fut pleine de misère pour elle » (*Siècle* et 1840) « elle était pleine d'affection ». *(Siècle.)*

691. Var. : « par la campagne. » *(Siècle.)*

692. Var. : « courent après ». (*Siècle* et 1840.)

693. Var. : « ils se battaient. Ils étaient toujours les bienvenus et recueillaient ». *(Ibid.)*

694. Var. Les mots « mais jusque » ne sont ni dans *le Siècle* ni dans l'édition de 1840.

695. Var. : « tapage, qui m'a réveillée? je n'ai pas pu me rendormir; il faudra [...] sans faire de bruit ». (*Siècle* et 1840.)

696. Var. : « propreté, faut être ». *(Ibid.)*

697. Var. : « Elle était incapable [...] sa cousine. Seulement elle souffrait et devait ». *(Ibid.)*

698. Var. : « chose qui conduit les célibataires à remplacer ». *(Ibid.)*

699. Var. : « Puis elle avait fait de ce nettoyage une occupation ». *(Ibid.)*

700. Var. : « forte ! L'acier de son œil bleu glissait jusque sous les meubles et vous eussiez plus ». *(Ibid.)*

701. Var. : « histoires; tout le monde m'aimait bien. » *(Siècle.)*

702. Mlle Borain ne paraît que dans *Pierrette*.

703. Var. : « recommencer encore un ». (*Siècle*, 1840 et 43.)

704. Var. : « qui voyait dans sa bienfaisance moins ». *(Siècle* et 1840.)

705. Var. : « avec les sentiments de ». *(Siècle.)*

706. Var. : « Ces gronderies eurent [...] Pierrette; elles furent la pente par laquelle les deux célibataires retombèrent dans l'ancienne ornière d'où leur établissement les avait ». *(Siècle* et 1840.)

707. Var. : « imbécile; ils se crurent ». *(Ibid.)*

708. Var. : « de refréner ». *(Siècle.)*

709. Var. : « passive. Son cousin lui ». *(Siècle* et 1840.)

710. Var. : « Pierrette au dehors. » *(Ibid.)*

711. Var. : « Six semaines. » *(Ibid.)*

712. Var. : « vinrent passer ». *(Ibid.)*

713. Var. : « à la belle Mme Martener. Quand la vieille fille leur parla du procédé de la belle Mme Tiphaine en termes très amers, le colonel » *(Siècle) ;* — « à la bonne Mme Tiphaine, en termes très amers, le colonel ». (1840.)

714. Var. : « gentille, elle est alliée aux Chargebœuf et vous ». *(Siècle* et 1840.)

715. Var. : « qui n'ai plus qu'à manger mes douze cents francs de pension ». *(Siècle).*

716. Var. : « Ils ne sont pas gênés d'ailleurs à votre égard. » *(Siècle* et 1840.)

717. Var. : « racontait tout par suite ». *(Ibid.)*

718. Var. : « portant les armes ». *(Ibid.)*

719. Var. : « — Qu'avez-vous donc, mademoiselle, lui demanda sévèrement Sylvie. *(Siècle* et 1840.)

« — Qu'avez-vous, ma petite belle, lui dit Mme Vinet.

« — Rien, lui dit-elle, en allant... » *(Siècle) ;* — « Rien, dit-elle... (1840.)

720. On a vu, à la note précédente, que cette réplique était placée un peu avant dans la version du *Siècle* (et peut-être, d'ailleurs, par erreur).

721. Var. : « âgée pour apprendre, dit ». *(Siècle* et 1840.)

722. Nangis, en Seine-et-Marne, arrondissement de Melun; le 17 février 1814, pendant la campagne de France, les Français y remportèrent une victoire sur les Autrichiens.

723. Var. Cette phrase finit là dans *le Siècle.*

724. Var. : « passive. Ce fut alors que ses brillantes ». *(Ibid.)*

725. Var. : « cet ange » *(Siècle* et 1840); ce qui est mieux. Même variante à la page suivante; mais à la page 213 il y a bien « cet » dans ces mêmes versions.

726. Var. Cette phrase finit là dans *le Siècle* et dans l'édition de 1840.

727. Var. : « de jolis chapeaux. » *(Siècle.)*

728. Var. : « locatures. » *(Siècle* et 1840.)

729. Var. : « le placement ». *(Siècle.)*

730. Var. : « étaient si ». *(Siècle* et 1840.)

731. Var. : « dont il paya les frais. » *(Ibid.)*

732. M. l'abbé Habert ne paraît que dans *Pierrette.*

733. Voir la note 426.

734. Var. : « du catholicisme absolu ». *(Siècle* et 1840.)

735. Ici commence, dans *le Siècle,* le feuilleton du mardi 21 janvier. Ce jour-là parut, au bas de la première colonne du feuilleton, la note suivante en réponse aux remarques de lecteurs d'une susceptibilité politique particulièrement délicate :

« Des observations nous étant venues de quelques personnes au sujet des tendances politiques qu'elles ont cru entrevoir dans certains détails de la nouvelle que nous publions en ce moment, nous croyons devoir répéter ce que nous écrivions le 1er janvier 1839 relativement à *la Fille d'Eve,* première nouvelle que *le Siècle* a publiée de M. de Balzac :

« Pour l'auteur, comme pour nous, nous dirons que la collaboration de M. de Balzac au *Siècle* est purement littéraire. Les tendances politiques ou sociales qu'il pouvait manifester, soit dans cette première œuvre, soit dans celles qui suivront, n'impliqueraient donc aucune espèce de solidarité avec les doctrines que le journal a pour mission de soutenir. Nous parlons ici de simples tendances, et non pas d'opinions proprement dites. La politique ayant sa tribune officielle dans *le Siècle,* le feuilleton doit s'abstenir. C'est un territoire neutre où sans doute les opinions contraires, quand elles sont positivement prêchées, ne sauraient être admises, mais d'où, sous peine d'annihiler l'individualité de chaque écrivain, et d'imposer à son talent des entraves parfaitement inutiles, ses sympathies, quelles qu'elles soient, ne sauraient être proscrites quand elles sont formulées à l'état purement littéraire. »

736. Var. : « ne put mordre, resta fidèle ». *(Siècle.)* On voit qu'il y manque le trait satirique contre le libéralisme politique. On peut se demander si son absence n'est pas due à une suppression que, malgré le texte de la déclaration citée à la note précédente, *le Siècle* aurait suggérée à Balzac. Il faudrait avoir les épreuves de ce feuilleton pour le savoir, mais cela est plausible.

737. Var. : « les deux amis ». *(Siècle.)* « Amis » n'aurait-il pas été substitué à libéraux, pour les raisons supposées à la note 736?

738. Var. : « Leur situation ». *(Siècle.)*

739. Var. : « d'une cour, car elle ». *(Siècle* et 1840.)

740. Var. : « A chacun sa proie. » *(Ibid.)*

741. Var. : « à Coulommiers. » *(Ibid.)* De même à la fin de l'alinéa.

742. Var. : « épouserait un imbécile » *(Ibid.)* ; — « épouserait, répondit-il, un imbécile ». (1843.)

743. Var. : « aussi, vainement, à la » *(Siècle)* ; « aussi, soudainement à la » (1840).

744. Var. : « inconnu. De là des accusations terribles » *(Siècle)* ; — « ... De là ces accusations terribles. » (1840.)

745. Var. : « de son col » *(Siècle)*, « la magnificence de ». *(Siècle* et 1840.)

746. Var. : « M. Habert fut promptement mandé à l'évêché, forcé ». *(Siècle.)*

747. Var. : « une célébrité parlementaire. » *(Ibid.)*

748. « Chacun sait », dit Balzac. Or, il se trompe. Le ministère Villèle fut renversé par les élections qui eurent lieu en novembre 1927, à la suite de la dissolution de la Chambre, prononcée le 6 du même mois. Ces élections, venant après la tentative de faire voter la loi dite de justice et d'amour contre la presse et le licenciement de la garde nationale, furent en majorité, contraires au ministère, qui démissionna en décembre et qui fut remplacé par le ministère Martignac.

749. Var. : « voyait dans ». *(Siècle* et 1840.)

750. La marquise de Pescaire appartenait à la puissante et célèbre famille romaine des Colonna. Elle s'appelait Victoria et était fille de Fabrice Colonna, qui fut grand connétable du royaume de Naples. Elle fut fiancée dès l'enfance, comme le dit Balzac, à Fernando Francisco d'Avallos, marquis de Pescara, qui se distingua dans la guerre contre les Français, où il fut vainqueur à Crémone et à Gênes et où il contribua grandement à la victoire de Pavie. Il mourut en 1525 à l'âge de trente-six ans, laissant veuve Victoria Colonna, qu'il avait épousée en 1507. Elle avait, quand elle se maria, dix-sept ans et était, par sa beauté, par sa culture, par ses qualités d'esprit, un objet d'admiration. Quand elle devint veuve, elle était dans tout son éclat. Les partis s'offrirent à elle, nombreux. Elle les refusa tous et demeura fidèle à la mémoire de celui qui avait été le seul amour de sa vie. Elle composa des poésies remarquables où elle exprime et son amour et sa douleur. Au bout de six ans, en 1531 donc, elle se retira dans un couvent, d'abord à Orvieto, ensuite à Viterbe. Elle y mourut en 1547. La première édition de ses poésies avait paru en 1539 sans nom de ville ni d'imprimeur. D'autres éditions avaient paru à Venise en 1540 et en 1544, chacune augmentée de plusieurs poèmes. En 1558, et à Venise encore, parut une

édition nouvelle : *Tutte le sue rime con l'espositione del Rinaldo Corso*. Au xix⁰ siècle parut la belle édition : *Le Rime di Vittoria Colonna, corrette su i testi a penna, e pubblicate con la vita della medesima, dal cav. Pietro Ercole Visconti. Si aggiungono le poesie ommesse nelle preced. edizioni e le inedite.* (Roma, tipographia Salviucci, 1840, grand in-8⁰.)

751. VAR. : « dessiner ni faire un profil; il ». *(Siècle.)*

752. VAR. : « six à sept ». *(Ibid.)*

753. VAR. : « et pourrait veiller sur ». *(Siècle* et 1840.)

754. VAR. : « fut pris. Il courut ». *(Siècle* et 1840.)

755. M. et Mᵐᵉ Frappier ne paraissent que dans *Pierrette.*

756. VAR. : « dont le vieil aubergiste s'y était pris pour ». *(Siècle* et 1840.)

757. VAR. : « ce qui se passait » *(Siècle)* « dans la maison des Rogron ». La phrase finit là. *(Siècle* et 1840.)

758. VAR. : « fenêtre, sa cousine avait dû ». *(Siècle* et 1840.)

759. VAR. : « à dessein la clarté de la lumière ». *(Ibid.)*

760. VAR. : « homme plein de santé, devait pratiquer ». *(Siècle.)*

761. VAR. : « médecin. Une consultation pouvait. » *(Siècle* et 1840.)

762. VAR. : « traquenards auxquels les femmes excellent, conseillées par un prêtre. » *(Siècle.)*

763. VAR. : « à sa cliente des choses effrayantes, d'où il résultait pathologiquement, scientifiquement et raisonnablement ». *(Siècle).* Il y a donc là près d'une page de moins que dans les versions postérieures.

764. VAR. : « âge, faute d'exercice, surtout ». (1840.)

765. VAR. : « amie Sylvie et lui dit à l'oreille : Vous avez quelque chose. » *(Siècle.)*

766. VAR. : « l'abbé! s'écria-t-il en lui-même, mais tu as bien joué pour moi. » *(Siècle* et 1840). La suite de l'alinéa manque dans ces deux versions.

767. VAR. : « avec une fille armée d'une lanterne. Si M. Hubert, médecin de l'âme, exerçait une influence, Vinet ». *(Siècle* et 1840.)

768. VAR. : « parfaitement; et comme M. Rogron était fort peu dévot, l'homme ». *(Ibid.)*

769. André-Marie-Jean-Jacques Dupin (1783-1865). On l'appelait Dupin l'aîné pour le distinguer de ses deux frères, Charles

Dupin, qui fut ingénieur de la marine, membre de l'Académie des sciences, sénateur; et Philippe Dupin, qui fut un avocat célèbre et devint bâtonnier du barreau de Paris. Dupin l'aîné fut d'abord avocat aussi et plaida de grands procès : ceux du maréchal Ney, des généraux Alix et Roger, de Béranger, du *Constitutionnel*, etc. Il avait débuté dans la politique comme député de la Nièvre à la Chambre des représentants pendant les Cent Jours. Ce fut un bref mandat. Sa carrière parlementaire ne commença réellement qu'en 1827. Il fut élu alors député de Mamers. Il siégea au Centre et combattit la politique de Charles X. Il contribua ainsi à l'avènement de la monarchie constitutionnelle. Louis-Philippe lui manifesta sans tarder sa reconnaissance en le nommant, dès le 23 août 1830, procureur-général près la Cour de Cassation. En 1832 il fut élu président de la Chambre et il le resta jusqu'en 1839. Le 24 février 1848 il se déclarait partisan de la régence de la duchesse d'Orléans, mais dès le lendemain, la révolution étant victorieuse, il accepta les faits accomplis. Il fut député de la Nièvre à l'Assemblée Constituante, puis à l'Assemblée Législative, qui fit de lui son président. Il facilita d'ailleurs l'institution de l'Empire du même cœur qu'il s'était accommodé de la République. Sa carrière parlementaire finit en décembre 1851, mais il garda ses fonctions de procureur-général à la Cour de Cassation jusqu'à ce qu'il se retirât dans sa terre de Raffigny. Il était membre de l'Académie française et de l'Académie des sciences morales et politiques. C'était un orateur clair, assez rude, spirituel et souvent d'une vive ironie ainsi qu'il le montra notamment par ses saillies comme président au parlement. Il a publié un recueil en onze volumes de ses *Réquisitoires, Plaidoyers* et *Discours de rentrée* (Paris, 1834-1852); des *Mémoires* en 4 vol. (Paris, 1855-1861) et plusieurs autres ouvrages.

770. Casimir Périer (1777-1832), après avoir servi dans l'armée de 1798 à 1800 et fait la campagne d'Italie, fonda à Paris, en 1801, avec son frère Scipion une maison de banque qui devint rapidement des plus importantes. Les Périer faisaient partie de la bourgeoisie nantie. Quand, en 1817, Casimir Périer fut élu député de Paris, il y défendit le maintien des conquêtes politiques de 1789 et le respect de la Charte. Il ne s'associa donc pas aux manœuvres du parti libéral, il soutint en 1827 le ministère Martignac et il fallut la politique hasardeuse et imprudente du ministère Polignac pour modifier son attitude. La Révolution de Juillet, qu'il n'avait pas désirée, étant accomplie, il se rallia au gouvernement nouveau. Il fut le 3 août 1830 élu président de la Chambre; le 11 août il fit partie, comme ministre sans portefeuille,

du premier ministère Guizot; quand, le 2 novembre suivant, ce ministère fut remplacé par le ministère Laffitte,
Casimir Périer refusa le portefeuille de l'Intérieur, qui lui
fut offert et redevint président de la Chambre. A la fois
trop optimiste, trop vain et trop irrésolu, Laffitte, par sa faiblesse envers les émeutiers qui, à la suite de la messe anni-
versaire de la mort du duc de Berry (14 février 1831), avaient
saccagé l'église Saint-Germain-l'Auxerrois, puis l'archevêché,
achève de perdre son autorité. Il doit abandonner le pouvoir et
il désigne lui-même au roi, pour son successeur, Casimir Périer,
qui devint président du Conseil le 13 mars 1831. Homme
énergique et de juste milieu, Casimir Périer entendit assurer
l'ordre contre les menées des extrémistes de droite et de
gauche, les légitimistes et les républicains. Il réprima vigoureusement le soulèvement carliste de la Vendée et l'insurrection lyonnaise des canuts. Mais atteint par l'épidémie de
choléra, qui fit alors tant de ravages à Paris, il mourut dans
la nuit du 15 au 16 mai 1832.

771. VAR. « Aussi l'enfant ». (*Siècle* et 1840.)

772. VAR. : « quel malheur pour elle ». *(Ibid.)*

773. VAR. : « venait de parler de mariage à Pierrette ».
(Ibid.)

774. VAR. : « tendresse à vous tirer l'âme. » *(Ibid.)*

775. VAR. : « nobles idées. Être trompée ». *(Siècle.)*

776. VAR. : « fatal qui commençait en ce moment n'aurait »
(Ibid.); — « fatal qui commençait n'aurait ». (1840.)

777. VAR. Cette phrase finit là dans les versions du *Siècle*
et de l'édition de 1840.

778. VAR. : « Instruite par la persécution des ruses nécessaires aux esclaves, Pierrette répondit hardiment ». (*Siècle* et
1840.)

779. VAR. : « vous n'avez pas été ». *(Ibid.)*

780. VAR. : « dérobée : elle rougissait ». (*Siècle* et 1840.)

781. VAR. : « L'hyène ». (1843.)

782. VAR. : « Oui. Hé bien ». *(Siècle.)*

783. VAR. : « la hyène ». (*Siècle* et 1840.) Voir la note 780.

784. VAR. : « mois, au lieu d'aller porter ». *(Siècle.)*

785. VAR. : « conversation. Il emmenait souvent Rogron »
(Siècle); — « ...et emmenait souvent Rogron ». (1840.)

786. VAR. : « était beau. Sylvie s'habilla coquettement,
elle croyait » *(Siècle)*; — en 1840, texte de notre édition,
sauf à la fin : « elle croyait ».

787. Var. : « à s'aller coucher ». (*Siècle* et 1840.)

788. Var. : « Rogron, et lui, colonel ». (*Ibid.*)

789. Var. : « qui ne s'était pas encore déclarée chez Sylvie ». (*Ibid.*)

790. Var. : « flatté son penchant; mais ». (*Ibid.*)

791. Var. : « chez Vinet ». (*Ibid.*)

792. Var. : « sa perspicacité s'empara-t-elle ». (*Ibid.*)

793. Var. : « chez Sylvie et le plan » (*Ibid.*)

794. Var. : « un vieux bonhomme, vous me trouverez excessivement peu chevaleresque, mais je préfère à tout une bonne fille comme vous pour femme. Une femme comme vous ». (*Siècle.*)

795. Var. : « à mes douze cents francs, me donnerait » (*Ibid.*)

796. Var. : « aussi incongrue. » (*Siècle* et 1840.)

797. Var. : « Dans ce cas, elles sont au-dessus des politiques, des avoués, des notaires et des avares. » (*Siècle*); — « ...elles sont au-dessus des politiques, des avoués, des notaires, des escompteurs et des avares. » (1840.)

798. Var. : « Bathilde avait, d'après le conseil de Vinet, redoublé ». (*Siècle* et 1840.)

799. Mot anglais, dont l'orthographe correcte est *ringlet*. On appelle cette sorte de coiffure, en France, des repentirs ou des anglaises.

800. Var. : « de la noble caste ». (*Siècle* et 1840.)

801. Var. : « du Tillet, lequel est au mieux avec les Nucingen; ils sont liés avec les Keller. » (*Ibid.*) Voir sur du Tillet la note 662. — Le baron Frédéric de Nucingen, banquier comme du Tillet, épousa Delphine Goriot, la fille cadette du père Goriot. Ses opérations financières conduites en collaboration avec les Keller, avec du Tillet, avec Rastignac, causèrent bien des ruines; mais, avec la fortune, elles lui menèrent les honneurs. Nucingen parvint à la dignité de grand officier de la Légion d'Honneur et à la pairie. Il paraît dans *la Maison Nucingen; le Père Goriot; Pierrette; César Birotteau; Illusions perdues; Splendeurs et misères des courtisanes; Autre étude de femme; les Secrets de la princesse Cadignan; Un homme d'affaires; la Cousine Bette; la Muse du Département; les Comédiens sans le savoir.* (*Répertoire*, p. 386-387.) — Les Keller étaient deux frères, banquiers aussi : François Keller qui, de 1816 à 1836, fut député d'Arcis et qui fut un peu plus tard fait pair de France; Adolphe, homme d'affaires, très adroit et très dangereux. François paraît dans *la Paix du*

ménage; César Birotteau; Eugénie Grandet ; le député d'Arcis; les Employés ; Adolphe, dans *les Petits bourgeois* et *César Birotteau.* (*Répertoire*, p. 281-282.)

802. VAR. : « banque. Puis, ils connaissent ». *(Ibid.)*

803. VAR. : « s'en servir comme ». *(Ibid.)*

804. VAR. : « Ce n'était plus le Vinet ». *(Ibid.)*

805. VAR. : « sombre; le Vinet actuel avait une ». *(Ibid.)*

806. VAR. : « politique, sûr de sa fortune, et la sécurité ». *(Ibid.)*

807. VAR. : « peignée, il avait sa barbe si bien faite, un air si mignard quoique froid, qu'il était devenu agréable ». *(Ibid.)*

808. VAR. : « à la Walpole. » *(Siècle.)*

— Henri-Benjamin Constant de Rebecque (1767-1830), né à Lausanne d'une famille protestante française réfugiée en Suisse pour cause de religion. On connaît ses amours avec Mᵐᵉ de Charrière et avec Mᵐᵉ de Staël. Son roman psychologique et autobiographique d'*Adolphe* est aujourd'hui le seul de ses ouvrages qui trouve des lecteurs; il donne à son nom la plus grande gloire. Benjamin Constant a cependant beaucoup écrit sur la politique. Il était l'un des théoriciens et il fut, en France, l'un des représentants des idées libérales. Ses doctrines firent de lui, au Tribunat, d'où d'ailleurs il fut exclu, un opposant à la politique du premier Consul. Aux Cent-Jours, malgré son hostilité proclamée contre Napoléon, il accepta l'offre que Napoléon lui fit d'entrer au Conseil d'État et il collabora à la rédaction de l'*Acte additionnel*, destiné à rendre plus libérale la Constitution de l'Empire. Sous la Restauration, il fut élu député en 1819 et il le resta jusqu'à sa mort. Il défendit avec ténacité, avec ardeur, avec éloquence, les idées libérales. Il était un remarquable dialecticien, et disposait avec l'art le plus agréable et le plus brillant les chaînes de ses raisonnements. Il était vif et piquant dans la riposte. Il avait de l'esprit et il savait manier l'ironie. Balzac parle de sa finesse oratoire. Cormenin le trouvait même trop fin, et après de grands éloges, il faisait sur le talent de Benjamin Constant cette réserve : « Mais on doit le dire, ces finesses de style, cette exquise élégance, cet art des synonymies poussé au dernier point, ôtent à la récitation parlementaire sa vigueur, sa souplesse naturelle et même sa grâce. Il ne faut pas trop que la Tribune sente l'Académie et qu'un orateur ne soit qu'un artiste. » Et encore : « Il éblouissait plus qu'il n'échauffait. Il était plus adroit que véhément, plus persuasif que convaincant, plus fin que coloré, plus délié que nourri, plus subtil que fort. » (*Livre des Orateurs*, Pagnerre, 1869, in-8°; p. 344 et 345.)

809. Var. : « porter son chapeau ». *(Ibid.)*

810. Var. : « Elle était petite et souffrante, l'autre était grande ». *(Siècle.)*

811. Var. : « Elle avait ». *(Siècle* et 1840.)

812. Var. : « se mettant ». *(Ibid.)*

813. Var. : « Habert était l'ennemie commun; elle ne ». *(Ibid.)*

814. Var. : « Habert était l'idéal de ce genre; elle avait ». *(Ibid.)*

815. Var. : « wisk ». *(Siècle.)*

816. Var. : « rehausser toute sa personne. » *(Ibid.).*

817. Var. : « arrive à l'as ». *(Siècle* et 1840.)

818. Var. : « dans *la* ». *(Ibid.)*

819. *La Maison en loterie,* comédie en un acte, mêlée de couplets, par Picard et Radet, fut représentée pour la première fois au théâtre de l'Odéon le 8 décembre 1817; elle fut reprise au théâtre du Gymnase le 14 décembre 1824. Rigaudin, dès la première scène où il parle et chante, seul à sa fenêtre, y définit son rôle ainsi :

> Puis je persifle, je raille,
> Tous les habitants du lieu.
> Par mes soins on se chamaille,
> C'est un vrai plaisir des dieux.
> . . . .
> Dans la rue et sur la place,
> D'ici, sans être aperçu,
> Je vois tout ce qui se passe
> Et je ris comme un bossu.

Comment aurait-il pu rire autrement? Il était bossu en effet; bossu et, ce qui n'allait pas mal ensemble, clerc de notaire.

820. Var. : « Pierrette. Son indifférence ». *(Siècle* et 1840.)

821. Var. : « qu'en penser ». *(Ibid.)*

822. Var. : « vous m'avez manqué en ne m'écoutant pas et vous ». *(Ibid.)*

823. Var. : « Elle en ». *(Ibid.)*

824. Var. : « ses planches, ouvrant ». *(Ibid.)*

825. Var. : « machine ». *(Ibid.)*

826. Var. Cette phrase n'est ni dans *le Siècle*, ni dans l'édition de 1840.

827. Var. : « d'émotions. Le colonel n'était pas là; Sylvie ». *(Siècle* et 1840.)

828. Var. : « ne pouvait soupçonner Pierrette. Pierrette revint ». *(Ibid.)*

829. Var. Dans *le Siècle* et dans l'édition de 1840, suit ce titre : « *Lettre de Brigaut à Pierrette* ».

830. Var. : « de six à sept ». (*Siècle* et 1840.)

831. Var. : Cette phrase finit là dans les textes du *Siècle* et de 1840.

832. Var. Puis le titre : « *Pierrette à Brigaut.* »

833. Var. : « m'aimez ». (*Siècle* et 1840.)

834. Var. : « Il m'entend! » *(Ibid.)*

835. Var. : « je peux avoir ». *(Ibid.)*

836. Var. : « ma grand'mère ne serait pas à Sainte-Anne si nous avions huit mille francs ». *(Ibid.)*

837. Var. : « propres! La plupart ». *(Ibid.)*

838. Var. : « Et j'aime à sentir [...] imprimés. Enfin, il y a des [...] seule, car je n'ai même pas ». *(Ibid.)*

839. Var. : « nommons afflictions. » *(Ibid.)*

840. Var. : « chandelle. Ils demeurèrent ». *(Ibid.)*

841. Var. Puis le titre : « *Brigaut à Pierrette* ».

842. Var. : « son ami; les soupçons ». (*Siècle* et 1840.)

843. Var. : « émotions qui jusqu'alors lui avaient été complètement inconnues. » (*Siècle* et 1840.)

844. Var. : « complètement. Le colonel n'y tint pas; il s'aperçut ». *(Ibid.)*

845. Var. Cette phrase finit là dans les textes du *Siècle* et de l'édition de 1840.

846. Var. : « alors retrouva ses forces, se redressa ». (*Siècle* et 1840.)

847. Var. : « parvenir. Rogron ». *(Ibid.)*

848. Var. : « n'aura rien. Qu'elle travaille! » *(Ibid.)*

849. Var. : « Sylvie, et il connaissait son entêtement; elle devait finir ». *(Ibid.)*

850. Var. : « bon train, vous ne ». *(Ibid.)*

851. Var. : « En auront-ils? » *(Ibid.)*

852. Var. Ce chapitre, dans le *Siècle*, commence ainsi : Une scène horrible et·qui frappa Pierrette par des émotions inattendues, se passa dans la nuit de ce dimanche au lundi. » Même texte dans l'édition de 1840, avec la variante : « allait

se passer » au lieu de « se passa ». Puis notre texte : « Vers une heure... ».

853. Var. : « moite et ouvrit sa fenêtre. Elle vit ». (*Siècle* et 1840.)

854. Var. : « Sylvie ne dormait pas; elle était agitée [...] irrésolutions. Elle crut ». *(Ibid.)*

855. Var. : « serrée avec ». *(Siècle.)*

856. Var. : « Sylvie était femme et jalouse; elle répondait à ces regards magnétiques par des éclairs ». (*Siècle* et 1840.)

857. Var. : « avec ton amant ». *(Ibid.)*

858. Var. : « suivi d'un fantôme. » *(Ibid.)*

859. Var. : « et offrant ». *(Ibid.)*

860. Var. : « Elle alla ». *(Ibid.)*

861. Var. : « allait donner ». (*Siècle* et 1840.)

862. Var. : « croyant avoir sacrifié son bonheur aux intérêts ». *(Ibid.)*

863. Var. : « dont cette petite-fille était la joie ». *(Ibid.)*

864. Var. Dans *le Siècle* et dans l'édition de 1840 cette expression est au singulier et placée plus loin dans la phrase, après le mot « enfants ».

865. Ce personnage ne paraît que dans Pierrette.

866. Var. : « ce courageux négociant avait recommencé, par des travaux inouïs, lui, ses enfants et son caissier qui lui resta fidèle et lui donna les premiers fonds, une fortune qui, vers la onzième année, lui permettait de se faire réhabiliter à Nantes. Il laissa son fils dirigeant sa maison transatlantique et vint à Nantes vers le milieu de 1827. Il trouva Mme Lorrain ». (*Siècle* et 1840.)

867. Var. : « à Sainte-Anne, où il fut ». *(Siècle.)*

868. Var. : « quarante-deux mille francs. Comme le malheur des Lorrain était le plus âpre, le seul irrémédiable, car les autres créanciers, tous commerçants, s'étaient soutenus, le vieux Collinet promit ». (*Siècle* et 1840.)

869. Var. : « recevoir malgré la loi Collinet ». *(Ibid.)*

870. Var. : « où elle reçut les ». *(Ibid.)* Cela faisait deux fois dans moins de deux lignes le mot : reçu.

871. Var. : « la ville où elle court comme ». (*Siècle* et 1840.)

872. Var. : « que le fut Brigaut; ils eussent ». *(Ibid.)*

873. Var. : « à qui ». (*Siècle* et 1840.)

874. Var. : « à la sainte Vierge d'Auray ». *(Ibid.)*

875. Var. : « Elle le prit par » (*Siècle*, 1840 et 43.)

876. Var. : « passer, nous irons, mais ». *(Siècle* et 1840.)

877. Var. : « il y a le temps ». *(Ibid.)*

878. Var. : « éclaira le drame sourd au ». *(Ibid.)*

879. Horace Bianchon paraît d'abord dans *le Père Goriot* où il est l'un des pensionnaires de la maison Vauquer. Il est alors étudiant en médecine, devient interne à l'hôpital Cochin et, avec l'aide de son ami Eugène de Rastignac, il donne des soins au père Goriot.

Il fit une belle carrière et fut comblé d'honneurs. Il devint officier de la Légion d'Honneur, professeur à la Faculté de Médecine, membre de l'Institut. Il eut l'occasion de soigner de nombreux personnages de *la Comédie humaine*. Il paraît donc dans de nombreux romans ou nouvelles, outre *Pierrette: le Père Goriot; la Messe de l'athée; César Birotteau; l'Interdiction; Illusions perdues ; la Rabouilleuse; les Secrets de la princesse de Cadignan; les Employés; Etude de femme; Splendeurs et misères des courtisanes (la Dernière incarnation de Vautrin); Honorine; l'Envers de l'histoire contemporaine; la Peau de chagrin; Une double Famille; Un prince de la Bohême; Mémoires de deux jeunes mariées; la Muse du Département; la Fausse maîtresse; les Petits bourgeois; la Cousine Bette; le Curé de village. (Répertoire,* p. 350.)

880. Var. : « en priant d'approcher ». *(Siècle* et 1840.)

881. Var. : « des maladies et qui exigeait ». *(Ibid.)*

882. Var. : « le président du tribunal ». *(Ibid.)*

883. Var. : « du notaire, père de ». *(Ibid.)*

884. Var. : « les haines combinées ». *(Ibid.)*

885. Var. : « étaient excessives. » *(Ibid.)*

886. Var. : « dit Rogron épouvanté. Pourquoi? » *(Ibid.)*

887. Var. : « lui avez fracassé les doigts vous pouvez n'aller qu'en police [...] main, vous irez en ». *(Ibid.)*

888. Var. : « gagnant; mais si ». *(Ibid.)*

889. Var. : « Vinet, vous si grand ». *(Ibid.)*

890. Var. : « du procès imminent. » *(Ibid.)*

891. Var. : « président du tribunal fut ». *(Ibid.)*

892. Var. : « de la maison Rogron ». *(Ibid.)*

893. Var. : « paraissant les défendre, Vinet ». *(Ibid.)*

894. Var. : « d'ailleurs concluante et terrible, appuyée ». *(Ibid.)*

895. Var. : « yeux d'un vert jaune ». *(Ibid.)*

896. Var. : « avait l'aïeule ». *(Ibid.)*

897. Var. : « Voilà le fait. Le fait est une consultation ». *(Ibid.)*

898. Var. Cette phrase s'arrête là dans *le Siècle* et dans l'édition de 1840.

899. Var. : « Non pas à vous, dit ». *(Siècle* et 1840.)

900. Var. : « du tuteur, le président du tribunal de Provins, statuant sur la requête, ordonne : jusqu'à » *(Siècle); —* « du tuteur, nous président du tribunal civil de première... »; la suite comme dans notre édition (1840).

901. Var. : « de famille, que le subrogé-tuteur a déclaré par-devant nous être convoqué ». *(Siècle* et 1840.)

902. Var. : « la maison du sieur Auffray son subrogé-tuteur, notaire à Provins ». *(Ibid.)*

903. Var. : « électeur de Provins. Les Tiphaine faisaient grand bruit de rien. Sylvie ». *(Ibid.)*

904. Var. : « fit alors de ce [...] parti et lui donna [...] politique. Dès cette soirée il y eut des ». *(Ibid.)*

905. Var. : « sœur de l'hôpital ». *(Ibid.)*

906. Var. Cette phrase s'arrête là dans *le Siècle* et dans l'édition de 1840.

907. Var. : « contraire à Vinet et aux Rogron » *(Siècle* et 1840.)

908. Var. : « Vinet avait, dans la matinée, fait ». *(Ibid.)*

909. Var. : « Il traita l'affaire relative à Pierrette de misère et dit que si le tribunal ». *(Ibid.)*

910. Var. : « *La Ruche*, journal de Provins, qui paraissait ». *(Ibid.)*

911. Var. : « diffamation; il y répliqua. » *(Ibid.)*

912. Ce M. Ciprey ne paraît que dans *Pierrette*.

913. Var. : « Conseillée par lui, Vinet, obtint ». *(Siècle* et 1840.)

914. Var. : « le président Tiphaine ». *(Ibid.)* De même un peu après.

915. Var. : « le parti des Tiphaine ». *(Ibid.)*

916. Var. : « dont sa sœur entendait l'éducation de Pierrette. Malgré ». *(Ibid.)*

917. Var. : « Rogron, conseillé par Vinet ». *(Ibid.)*

918. Var. : « de Chargebœuf fut célébré. Sylvie s'était établie au deuxième étage de la maison ». *(Ibid.)*

919. Var. : « énorme. Ce ne fut plus le salon de Mlle Sylvie,

mais le salon de la belle Mme Rogron. Le président Tiphaine soutenu [...] Nucingen, eut occasion ». *(Ibid.)*

920. VAR. : « beaucoup le vice-président et surtout le juge ». *(Siècle.)*

921. VAR. : « toujours menacé les gens ». *(Ibid.)*

922. VAR. : « s'était joué ». *(Ibid.)*

923. VAR. : « Julliard, ce qui prouva ». *(Ibid.)*

924. VAR. : « Vinet avait raison. Vinet était prophète. » *(Ibid.)*

925. VAR. : « ambages de Vinet ». *(Siècle.)*

926. VAR. : « de Pierrette, par la Bretonne ». *(Siècle* et 1840.)

927. VAR. : « Cette vieille matrone ». *(Ibid.)*

928. VAR. : « avait éteint en lui les mesquines ». *(Siècle* et 1840.)

929. VAR. : « Ce sentiment s'était ». *(Ibid.)*

930. VAR. : « remparts. Elle a la vue de la vallée et un petit ». *(Ibid.)*

931. VAR. : « soutient le jardin. » *(Siècle.)*

932. VAR. : « Brigaut venait voir [...] par jour; il ne faisait plus rien; il était ». *(Siècle* et 1840.)

933. VAR. : « La grand'mère, ivre de désespoir, le cachait, elle ». *(Ibid.)* L'éditeur de 1869-1876 a corrigé la phrase définitive et mis, au commencement : « Ivre de douleur », au lieu de « Ivre de désespoir », le mot désespoir étant répété dans la même ligne.

934. VAR. : « C'est un fait ». *(Siècle* et 1840.)

935. Desplein, d'une famille pauvre, parvint très méritoirement à faire ses études de médecine et à les faire brillamment. Il fut interne à l'Hôtel-Dieu et, quand il exerça, il devint vite célèbre. Il donna ses soins à de nombreux personnages de Balzac comme on le verra dans divers autres romans : *la Messe de l'Athée ; Ferragus ; les Employés ; la Rabouilleuse ; l'Envers de l'Histoire contemporaine ; Modeste Mignon ; la Dernière incarnation de Vautrin ; Honorine ; le Cousin Pons.* (Cf. *Répertoire,* p. 137-138.)

936. VAR. : « de dix-huit lignes. » *(Siècle* et 1840.) C'est-à-dire d'un pouce et demi.

937. VAR. : « d'un coup ». *(Siècle.)*

938. VAR. : « bière, et par ». *(Siècle* et 1840.)

939. Var. : « En effet Brigaut ». *(Ibid.)*

940. Var : « pâle autant que Pierrette ». *(Ibid.)*

941. Var. : « la voilà ! Il menaça l'avocat ». *(Ibid.)*

942. Il n'y eut point de dauphin sous le règne de Louis XVIII. A la mort de ce roi le duc d'Angoulême, fils de Charles X, reprit ce titre. Il fut le vingt-cinquième et le dernier dauphin de France. La dauphine était donc la duchesse d'Angoulême, Marie-Thérèse, fille de Louis XVI.

943. Le maréchal Bourmont (1773-1846), après avoir servi dans les gardes françaises, puis, pendant l'Emigration, dans l'armée de Condé; après avoir pris part au soulèvement de la Vendée, servit sous l'Empire; il fit les campagnes de Russie, d'Allemagne et de France. Rallié aux Bourbons pendant la première Restauration, il réussit à servir sous Napoléon pendant les Cent-Jours, mais en juin 1815, avant les derniers désastres, il alla rejoindre Louis XVIII à Gand. L'Empire tombé une seconde fois, Bourmont servit de nouveau le roi. En 1823, il prit part à la guerre d'Espagne. En 1829, il devint ministre de la Guerre. Il fut nommé commandant en chef dans l'expédition contre Alger et reçut le titre de maréchal de France. Il refusa de prêter serment au gouvernement de Louis-Philippe, participa à la tentative légitimiste de la duchesse de Berry, puis à celle de don Miguel au Portugal où il s'était exilé. Rentré en France en 1840, il vécut ses dernières années dans la retraite au château de Bourmont en Anjou, où il était né et où il mourut.

944. Var. : « la veuve Lorrain ». *(Siècle* et 1840.)

945. Var. : « car il s'est ». *(Ibid.)*

946. Var. : « L'ancienne belle Mme Tiphaine [...] avec l'ex-belle Mme Rogron. » *(Ibid.)*

947. Var. : « des nobles ! lequel mot ». *(Ibid.)*

948. Mme Rogron n'épousa pas le marquis de Montriveau. Montriveau avait aimé autrefois la marquise de Langeais qui se conduisit envers lui avec une cruelle coquetterie et qui le fit beaucoup souffrir. Il se vengea d'elle. Se croyant dédaignée à son tour, elle s'était retirée dans un lointain couvent des Carmélites où, avec le concours de ses compagnons de l'association des Treize, il tenta de l'enlever. Il finit par y réussir seul et trop tard, et il ne put l'enlever que morte. Il paraît dans *la Duchesse de Langeais, le Père Goriot, Illusions perdues, Autre étude de femme, le Député d'Arcis.* (*Répertoire*, p. 370-371.)

949. Var. : « C'est le procureur général pur sang; il passe ». (*Siècle* et 1840.)

950. Var. : « à Paris, à la Cour. » *(Ibid.)*

951. Vinet, dont à peu près toute l'histoire tient dans le roman de *Pierrette*, paraît encore, épisodiquement, dans *le Cousin Pons, le Député d'Arcis, les Petits bourgeois.* (Répertoire, p. 543.)

952. Var. : « Le général Gouraud a épousé, selon la promesse de Vinet, une demoiselle Matifat, de Luzarches, âgée ». *(Siècle,* 1840 et 43.)

— Il est parlé encore incidemment du général Gouraud dans *le Cousin Pons,* où il paraît comme commanditaire du théâtre que dirigeait Gaudissart. (*Répertoire,* p. 227.) Mlle Matifat qu'il épousa était la fille du droguiste Matifat, dont la boutique était rue des Lombards et qui était lié avec César Birotteau. Quoique marié et père de famille, il entretint quelque temps l'actrice Sophie Grignault, dite Florine. Devenu veuf, il se remaria et se retira des affaires sous le règne de Louis-Philippe. Il fut aussi, par la suite, comme son gendre le général Gouraud, parmi les commanditaires de Gaudissart devenu directeur de théâtre. Voir *César Birotteau ; la Rabouilleuse ; Illusions perdues ; la Maison Nucingen ; le Comte de Sallenauve.* (*Répertoire,* p. 345.)

953. La phrase qui commence ici n'est pas dans la version du *Siècle.* Dans l'édition de 1840 elle n'est pas complète. Elle commence par « Il fut un des généraux » et elle finit à « pendant quinze ans ».

— Les obsèques du général Lamarque, le 5 juin 1832, furent l'occasion d'un mouvement républicain d'insurrection. Ce mouvement gagna, sur la rive gauche, le quartier du Jardin des Plantes et le versant de la montagne Sainte-Geneviève ; sur la rive droite, la partie qui va de la pointe Saint-Eustache à la Bastille. Dès le matin du 6 juin l'insurrection était virtuellement vaincue. Cependant certains éléments prolongèrent la résistance qui, dans l'après-midi, était dans le lacis de petites rues entourant l'église Saint-Merry ; ils combattirent avec un courage opiniâtre de maison en maison, ne cédant le terrain que pas à pas. Mais à la fin de la journée ils avaient dû tout céder.

954. Var. : « monstruosités. C'était une petite fille assez gentille ; elle n'avait pas de fortune, ils l'ont prise avec eux et au moment ». *(Siècle* et 1840.)

955. Var. : « Voyez-vous ? Ils s'envoyaient ». (*Siècle* et 1840.)

956. Var. : « davantage pour la rendre malade. Mais les Rogron » *(Siècle) ;* — « ...pour rendre malade une fille en train de se former. Mais... ». (1840.)

957. Béatrix Cenci, de la noble famille romaine des Cenci, naquit vers 1583. Sa vie fut courte et son destin cruel. Selon une tradition, fille d'un père dépravé qui aurait abusé d'elle, elle aurait en vain cherché un secours auprès du pape et se serait ensuite liguée avec sa belle-mère Lucrèce Petroni et avec son frère Giacomo pour faire assassiner l'indigne suborneur pendant son sommeil. Béatrix Cenci et son frère auraient été arrêtés et soumis à la torture; Lucrèce Petroni aurait avoué le crime; Béatrix n'aurait fait aucun aveu; ils auraient cependant été tous les deux mis à mort. Selon une autre version, Béatrix et ses parents ne prirent qu'à peine part au meurtre et n'y prirent peut-être pas part du tout. Ils auraient été les victimes d'une affreuse intrigue. Béatrix Cenci, après avoir subi avec courage les tourments de la torture, fut exécutée à seize ans. Son exécution émut de pitié le peuple de Rome. Elle a reçu les surnoms de *la Belle parricide* et de *l'Ange du parricide*. On a un portrait d'elle qui est attribué à Guido Reni, que Balzac nomme ici. L'histoire de Béatrix Cenci devait exciter l'imagination des auteurs dramatiques. Il y a un drame de Shelley sur *les Cenci*. Le marquis de Custine fit représenter en 1833, sur le théâtre de la Porte Saint-Martin, une tragédie : *Béatrix Cenci*, en cinq actes et en vers. Balzac fut aussi tenté par ce sujet. A la page 129 de ses *Pensées, Sujets, Fragmens*, il inscrit parmi ses projets réalisables « en pièces de théâtre : *Béatrix Cenci*, tragédie en 5 actes. » Il ne l'a d'ailleurs pas faite.

958. VAR. : « la légalité serait une belle chose… » (*Siècle* et 1840.)

959. Non daté dans *le Siècle* ni dans l'édition de 1840.

— On lira peut-être avec intérêt, après la lettre citée à la note 258 au sujet du *Curé de Tours*, celle qu'écrivit à Balzac, le 2 mars 1840, après la lecture de *Pierrette*, une demoiselle Léonie Lescourt. Cette lettre a, comme l'autre, été publiée par M. Marcel Bouteron, mais dans la deuxième série (1837-1840) des *Lettres de femmes adressées à Honoré de Balzac. (Les Cahiers balzaciens,* nº 5; A la Cité des Livres, 1927, in-16, p. 46-47.)

Mˡˡᵉ Léonie Lescourt écrit :

« Pardonnez-moi, Monsieur, de vous écrire, pardonnez-moi d'avoir pensé que l'auteur de *Pierrette* voudra peut-être protéger une jeune fille qui vient lui demander protection. Vous êtes puissant, Monsieur, et je ne vous demande que de m'obtenir d'entrer au Conservatoire pour être artiste dramatique. C'est que je ne suis pas heureuse, moi, toutes les souffrances qu'a éprouvées la jeune fille dont vous avez écrit l'histoire, ne sont rien, en comparaison des miennes. J'ai perdu mon père que j'avais 5 ans (et j'en ai 17). Ma mère restée veuve ne m'a jamais aimée; elle est remariée depuis dix mois, et Dieu sait tout ce que j'ai enduré d'humiliations; le pain que je mange on me le reproche, et c'est un beau jour quand les mauvais traitements ne viennent pas appuyer les paroles. Vous voyez bien, Monsieur, que je ne puis rester dans cette maison plus longtemps, quel avenir !...

« — Ce que je veux, c'est un peu de gloire, une position libre et indépendante, ce que je ne veux pas, c'est la charité d'un beau-père et d'une mère qui n'ont pour moi que de la pitié. Avec quelques économies que j'ai, et en travaillant, je pourrai suffire à tous mes besoins, le rêve de toute ma vie a été d'être actrice, et je le serai. Oh ! monsieur ! ne me refusez pas ce service, si j'étais près de vous je vous le demanderais à genoux, vous le voyez, il ne me reste qu'une espérance, et j'espère en vous !

« Léonie LESCOURT.

« Si vous daignez me répondre, veuillez mettre votre lettre chez la portière, j'irai la prendre dimanche à 4 heures si je peux sortir. »

— On ne sait pas si Balzac répondit à cette lettre. On aimerait, comme pour la lettre citée à la note 258, de connaître la réponse qu'il aurait pu faire. Il était d'ailleurs moins difficile de répondre à cette lettre-ci qu'à l'autre.

TABLE DES MATIÈRES